AU CŒUR, DES LARMES
OU
LA PROMESSE DES HOMMES

"Dans la tourmente de la première guerre mondiale et dans la genèse du monde moderne, deux familles normandes, l'une paysanne et l'autre bourgeoise, ne pourront empêcher que resurgissent les ombres du passé. Entre amour fraternel et drames familiaux, les Durrieux devront se reconstruire face à l'agressivité de ce nouveau siècle qui emportera avec lui l'innocence de la jeunesse et libérera de douloureux souvenirs."

Roman

Dépôt légal ·

Au cœur, des larmes
ou
La promesse des hommes

Didier PERNEL

A ma femme Céline et mes enfants Adrien et Maëliss

A mon père..

« Toute ressemblance avec des personnes existantes
ou ayant existé, ne serait que pure coïncidence »

Au cœur, des larmes
ou
La promesse des hommes

I

Les jours raccourcissaient et la nature commençait à s'habiller d'or et de pourpre. L'automne imposait ses couleurs dans la campagne normande. La dénudation progressive des arbres, apportait une sensation mélancolique dans le cœur des hommes. Une mélancolie du temps qui file, laissant les beaux jours mourir doucement. Les oiseaux migrateurs ont pris leur décision, il faut partir, quitter le pays. En levant les yeux, on pouvait apercevoir leur vol traverser ce ciel aux nuages bas. En ce lundi d'octobre, le village à travers ses vieilles maisons, ses devantures fatiguées, ses platanes aux feuilles rougissantes et ses rues pavées semblait lui aussi subir la tristesse du changement de saison. Ce village aux maisons simples et gracieuses, aux façades de calcaire et de brique, aux hautes fenêtres, sous des corniches de pierre dont les toits recouverts de tuiles plates, absorbent le silence des hommes. Les habitations laissaient sous ce ciel morose, résonner dans les ruelles, en cette sombre journée, les pas frapper le sol, comme un roulement de tambour, annonçant une triste nouvelle.

Une tragédie est survenue quelques jours plus tôt. La Jeanne, l'épouse de Roger vient de quitter ce monde. Elle avait attendu pour partir, certainement pour accompagner le dernier voyage de l'été, afin que ce dernier l'emmène dans un endroit où il ne cessera de briller. La famille marchait lentement derrière le carrosse funèbre. En tête du cortège se trouvaient le père, ses deux fils et leur petite sœur âgée de onze ans, qui serrait fortement la main de son frère aîné. Aucune larme sur les joues de ce dernier, il semblait accepter cette fatalité, fixant fièrement devant lui, le véhicule qui transportait sa mère dans son dernier voyage. La mère est morte !Dans le regard du père, on apercevait une grande tristesse accompagnée comme son fils aîné de cet orgueil ; celui d'avoir eu pour épouse une femme forte, courageuse, qui jamais ne s'était plaint. Quant à la petite Roselyne, elle n'osa regarder la boite qui enfermait sa maman, elle se contentait certainement pour éviter d'éclater en sanglot, de fixer les sabots des chevaux qu'elle apercevait sous le corbillard. Le visage défait, elle récita cette prière que sa mère lui avait apprise en cachette, car il ne fallait pas parler du bon Dieu devant le père. Puis, il y avait Julien, frère jumeau de Roselyne, né quelques minutes avant celle-ci. Il était le plus sensible et certainement l'enfant le plus affecté par cette disparition. Il était seul à ne pas retenir ses larmes. Rien ne semblait pouvoir le réconforter. Qu'allait-il devenir maintenant qu'elle était partie ? Pourquoi l'avait-elle quitté si tôt ? Dans sa douleur surgissait une puissante colère. Pourquoi le bon Dieu lui avait-il enlevé ce qu'il avait de plus cher ? La vie ne sera plus la même maintenant. Il le savait. Il savait que sa mère ne sera plus là pour le protéger. Il comprenait avec résignation que sa vie de garçon venait de se terminer au moment même où les yeux de Jeanne s'étaient fermés.

Le cortège avançait silencieusement en direction du cimetière qui n'était plus qu'à dix minutes de marche. Personne ne prononçait un mot. On entendait uniquement quelques femmes sangloter, les membres de la famille, une tante qui

n'était plus toute jeune. La grand-mère maternelle, aidé de son fils, suivait difficilement ; refusant de rester chez elle, malgré son grand âge, aussi forte de caractère que fut sa fille, elle ne cessait de murmurer :
- C'est moi qu'il fallait prendre seigneur, pas ma fille !
Derrière, suivirent les amis, les habitants du village, qui tous, connaissaient la bonne Jeanne. Beaucoup d'entre eux se remémoraient cette femme exceptionnelle, son caractère, cette foi qu'elle avait en Dieu et qu'elle ne pouvait partager avec son homme. Certains, comme le boulanger, se souvenaient de son entêtement et de cette phrase qu'elle répétait souvent à ceux qui lui conseillaient de surveiller sa santé : *« Faut pas s'en faire pour moi ! »*. Chaque fois qu'elle semblait fatiguée, malade, elle réussissait toujours à se relever, à guérir et à repartir de plus belle avec ce sourire qui ne la quittait pratiquement jamais. Oui, la Jeanne était bien courageuse, mais hélas son corps n'était pas aussi fort que son caractère. Elle était bien plus fragile qu'elle ne le laissait paraître et personne n'était dupe, surtout pas le Roger qui, silencieusement s'inquiétait pour son épouse en admirant cette force, cette volonté de ne jamais se laisser abattre par cette fragilité physique.
La Jeanne ne s'était jamais remise de cette maudite tuberculose qui avait fini par avoir raison de son corps et de ses forces.
Les derniers jours furent si pénibles, quand elle toussait en crachant et en vomissant le peu qu'elle mangeait. Consciente que cette fois, elle ne réussirait pas à surmonter cette rechute. Le docteur et également ami de la famille avait expliqué avec chagrin que la fin était proche.

Au cœur, des larmes
ou
La promesse des hommes

Dans cette chambre où l'épouse était allongée, la fin venait d'être annoncée, Roger comprenait que cette merveilleuse épouse, ne sera désormais plus près de lui.

Comme il s'en voulait de ne pas avoir cherché à mieux la comprendre, comme il culpabilisait d'être entré dans les habitudes avec la Jeanne. Cette épouse, si droite si attentive au bien vivre du foyer. Mais il était trop tard, elle allait le quitter, lui dire adieu. Fidèle à son caractère, Jeanne lui fit un dernier sourire et quelques recommandations pour l'éducation de ses enfants. Surtout pour le plus jeune des fils, en essayant d'avoir la promesse de son époux de ne pas être trop dur avec lui, qu'il n'était pas comme l'aîné. Julien était différent.

Tous les soirs, Roger était au chevet de Jeanne, essayant de rattraper ces moments de tendresses perdus, mais il n'avait jamais su comment s'y prendre. Il était un homme de la terre, un homme qui fut élevé à la dure et à qui on n'avait jamais appris les gestes et les paroles de la tendresse. Assis auprès d'elle, il essayait maladroitement de se racheter, de lui faire comprendre qu'il l'avait toujours aimé.

Compréhensive, la Jeanne, lui avait pris la main en lui murmurant difficilement ces quelques mots :

- Protège-les ! Aime-les ! Car je vous ai tant aimés... Pardonnez-moi... Que le seigneur me pardonne mes péchés !

En l'écoutant, il ne se rendit pas compte que sa main gauche serrait de plus en plus fort celle si affaiblie de sa bien-aimée. Il refusait de la laisser partir, mais les forces s'échappaient de ce corps si éprouvé par la maladie et à chaque seconde qui passait, la main fragile de son épouse glissait doucement de son étreinte. Roger sentit son cœur battre si vite, qu'il lui

semblait que ce dernier allait exploser de tristesse et de colère. En regardant son visage blême, il fut accablé et désarmé par le malheur qui le frappait et ne pouvait maintenir Son regard sur la face atrocement amaigrie de sa femme qui était en train de perdre son dernier combat. Il s'efforçait d'écouter ses dernières paroles, comprenant que bientôt, cette voix qu'il aimait tant, ne résonnerait plus dans cette maison dans laquelle ils avaient vécu heureux.
Jeanne fut prise d'une forte toux. Un filet de sang sortit de sa bouche, que Roger essuya. Elle leva les yeux vers son époux d'un regard suppliant et lui murmura :
- Promets-moi !
Attentif, Roger s'approcha de son épouse pour lui demander :
- Que dois-je te promettre ?
Les yeux absents et cernés, le visage épuisé, elle tendit sa main pour la poser sur la face de son époux et lui murmura inquiète :
-Promets-moi, que quoi qu'il arrive... De toujours aimer Julien.
Il lui coupa la parole pour la rassurer :
- Bien sûr voyons ! Il est mon fils, même s'il est différent de Jean et je l'aime aussi fort que les deux autres !
Jeanne le fit taire d'un geste de la main pour continuer :
- Laisse-moi finir, je t'en prie ! Je veux que tu me jures d'offrir des études à Julien, je veux qu'il réussisse à devenir quelqu'un ! Quoi qu'il arrive, quoi que l'on dise, fais-moi cette promesse ! Je t'en prie, promets !
Roger l'embrassa en retrouvant cette tendresse qu'il avait pourtant délaissée si longtemps et qu'il regrettait affreusement à cet instant. Lorsque leurs lèvres se touchèrent

pour la dernière fois, il lui murmura doucement.
- Je te le promets !
Soulagée, elle se détendit en laissant tomber ses bras sur le lit. Ses yeux se fixèrent dans le regard de Roger, ses mains serrèrent son chapelet, ses lèvres cessèrent de frémir pour laisser un dernier sourire se dessiner sur son visage déjà figé. C'était fini, Jeanne venait d'expirer.
Elle avait toute sa vie désirée que l'un de ses enfants puisse réussir, car malgré sa condition, elle était une femme qui avait réussi à se cultiver. Depuis sa plus tendre enfance, elle était douée pour les études et très bonne élève. Elle aurait pu faire de bonnes études, si seulement sa mère avait eu les moyens de les financer. Cependant, elle avait persisté pour trouver des moments pour apprendre, en profitant du docteur Roca qui lui prêtait souvent des livres et qui parfois, l'aidait certains dimanches à se cultiver. Même si cela ne lui servait en rien dans sa vie de tous les jours, elle avait cependant toujours ressenti une certaine fierté d'avoir pu acquérir certaines connaissances.
Roger pensa à cette promesse en entendant les pas des galoches de ceux qui marchaient derrière lui, tout en sachant qu'il lui sera bien difficile de tenir celle-ci, car il lui faudra faire beaucoup de privations pour assurer les études du cadet. Les temps étaient bien durs, et tenir une ferme demandait beaucoup de labeur, de sacrifices, pour pouvoir vivre sans excès. Il songea à son propriétaire qui se moquait bien de ses difficultés. Seul le loyer importait pour cet homme. Roger le connaissait bien et savait que ce dernier n'hésiterait pas à le menacer une nouvelle fois d'annuler le bail au travers de son régisseur, pour reprendre son bien, s'il ne pouvait honorer le

loyer. Il ignorait comment il allait s'y prendre pour offrir les études à Julien. Cet enfant qu'il avait tant de mal à comprendre. Pourquoi son deuxième fils était-il si différent ? En le regardant marcher, il se sentit désarmé, révolté, contre cette injustice, contre ces gens qui se sentent puissants parce qu'ils possèdent les finances. Etait-il juste que certains ne puissent pas accéder à une autre vie ? Bien sûr que non ! Songea-t-il. Comment faire autrement ? Il fallait bien remplacer la mère, et en regardant sa petite fille, il sentit une nouvelle fois son cœur se serrer. Bientôt, il lui faudrait décider qu'elle reste à la ferme pour remplacer sa mère à la tâche, aux travaux ménagers et pour s'occuper des bêtes, car malgré son statut de gérant, il ne pouvait cependant se permettre de payer une employée. C'était de la révolte qui était en lui, de la tristesse et du désarroi de ne pas pouvoir offrir à ses enfants le plus beau et la chance qu'ils étaient en droit de réclamer. Il fallait pour l'amour de sa femme et pour donner au moins à l'un de ses enfants cette opportunité, qu'il tienne sa promesse. Même s'il ignorait comment il allait s'y prendre en ces heures si pénibles, et comment il allait expliquer ce choix aux deux autres.

Malgré les opinions de son époux, Jeanne fut inhumée religieusement. Roger fut le seul à rester à l'extérieur de l'église, ne pouvant mettre les pieds dans ce lieu qu'il considérait, comme un endroit fait pour abrutir et affaiblir les gens. Le monde des hommes était bien plus réel avec ses injustices que ces bondieuseries.

Il était farouchement contre tous ces curés, ces bonnes sœurs, cette foi stupide, faite pour endormir le peuple, abrutir les hommes et en faire des agneaux sans cervelle. Toutes ces

croyances le mettaient souvent hors de lui. Personne ne pouvait entamer ce sujet sans réveiller sa colère.
Non, la religion était un sujet qu'il ne fallait surtout pas entamer avec le Roger. Ce n'était rien d'autre pour lui que l'outil de l'oppression qui pendant des siècles avait engendré la haine, l'ignorance, l'inquisition, qui n'avait fait naître que des tyrans qui s'abreuvaient de la misère.
Mais par amour, il avait finalement accepté que son épouse reçoive cet entretien catholique qu'elle souhaitait tant.
Ce ne fut pas simple d'ouvrir sa porte au curé du village pour que les derniers sacrements soient donnés.
Lorsqu'ils furent dans le cimetière, il regarda ses trois enfants faire leur dernier adieu. Son irritation s'amplifiait de plus en plus en écoutant une nouvelle fois le curé réciter ses psaumes.
Qu'avait-il donc fait ce bon Dieu ? Rien ! Roger ne comprenait pas tous ces gens qui se signaient. Qu'est-ce que cela leur avait apporté ? La misère était toujours présente dans ce bas monde, et la mort emportait toujours ceux qui, pourtant, furent si utiles pour les autres. Comment un Dieu peut-il accepter de laisser partir une mère laissant derrière elle trois gosses dans la douleur ?
Il ressentit une forte envie de prendre ce prêtre par le col et de le chasser violemment, afin qu'il cesse de prêcher toutes ces paroles inutiles. Mais il n'en fit rien.
Plus tard, ils se retrouvèrent seuls au-dessus de la sépulture.
Roger voulu s'approcher de ses enfants pour les serrer contre lui, mais c'était un geste de faiblesse, un geste qu'on ne lui avait jamais appris. Alors, il ne bougea pas, regardant tristement ces derniers, dont les regards se perdaient sur ce

trou béant, dans lequel, reposerait à tout jamais leur mère bien aimée.
Julien martyrisé par la souffrance se mit à fondre en larmes en hurlant :
- C'est à cause de toi ! Je te déteste !
Puis, il s'écroula le cœur déchiré.
Jean s'approcha de son petit frère et le serra dans ses bras essayant de le réconforter du mieux qu'il pouvait, de lui faire comprendre que c'était la maladie qui avait emporté leur mère et rien d'autre.
Roger fut paralysé par ces dures paroles qu'il venait d'entendre de la bouche de son propre fils. Il lui était impossible de répondre quoi que ce soit. Ces reproches venaient de le frapper comme un couperet s'abattant sur sa victime. Ainsi, son fils venait de l'accuser de la mort de son épouse. Cette haine dans ces paroles venait de lui lacérer le cœur, comme pour lui donner le coup de grâce et finir de l'anéantir. Jean comprit que Julien ne savait plus ce qu'il disait et que la douleur lui faisait dire des mots qu'il ne pensait pas, que cette atroce épreuve, lui faisait dire n'importe quoi. Il leva les yeux essayant de faire comprendre à son pauvre père que les mots du cadet n'étaient pas prémédités. Roger, impuissant ne put que les regarder tous deux enlacés, puis il se retourna pour éclater en sanglots. Cela en était trop. La mort et les reproches. La petite Roselyne alla se blottir contre lui en laissant les larmes couler à flot et en ne cessant de répéter : « Moi je t'aime papa ! Moi je t'aime ! ».
Dans cette déchirure, l'esprit vidé par ce grand malheur, il ressentit une étrange sensation. Celle de sentir son âme

s'élever au-dessus de lui, avec une forte impression qu'il faisait un cauchemar et qu'il allait se réveiller, rassuré de savoir qu'il trouverait sa femme près de lui. Hélas, ce n'était pas un cauchemar, mais la triste réalité qu'il fallait accepter pour continuer à vivre, pour ses enfants.
Le Julien n'avait pas tout à fait tort. Pourquoi ne s'était-il pas rendu compte plus tôt que sa femme était si malade ? Il se sentit coupable de ne pas avoir su la protéger, de ne pas avoir su être un bon père ni un bon époux. Il culpabilisait d'avoir été si impuissant sur ce mal qui avait fini par emporter la Jeanne. En fixant son aîné, une forte émotion s'empara de lui, car ce dernier était si courageux. Bien plus que lui. Pour la première fois de sa vie, l'homme qui d'habitude arborait l'image d'un père robuste, ne ressentit à cet instant plus aucune force et se sentit abattu comme un pauvre animal sans défense. Jean qui agissait comme un grand frère protecteur avec les deux derniers se leva et prit la main de son père en lui disant :
- Il faut partir maintenant papa. Cela ne sert à rien de rester plus longtemps !
La Jeanne avait raison. Le fils aîné saurait surmonter cette atroce douleur.
En s'efforçant de contrôler ses émotions, Roger prit conscience, qu'il n'avait pas le droit de flancher, que ses enfants n'avaient plus que lui maintenant. Qu'il fallait rester ce père de famille dont ils avaient tant besoin, comme il avait toujours su l'être auparavant. Alors, il prit sa fille dans ses bras, serra la main de Julien qui semblait déjà regretter les mots qu'il venait de jeter à son père et lança un regard de fierté à son aîné en disant :

Au cœur, des larmes
ou
La promesse des hommes

-Jean a raison, cela ne sert à rien de rester plus longtemps ! Partons avec fierté car notre douleur ne regarde personne d'autre que nous.
Une silhouette était longuement restée immobile à quelques mètres de là, attendant d'être seule. Lorsque l'homme et ses enfants disparurent derrière les grilles du cimetière, la silhouette décida de se diriger vers la tombe de Jeanne. L'inconnu s'immobilisa devant celle-ci pendant de longues minutes, puis s'agenouilla pour jeter une rose sur le cercueil. Il se releva pour se retirer avant la venue des fossoyeurs.

Au cœur, des larmes
ou
La promesse des hommes

Au cœur, des larmes
ou
La promesse des hommes

II

Avril 1911, les difficultés s'accumulaient suite à la moisson qui n'avait pas été bonne l'année précédente, une longue sécheresse avait perduré jusqu'à fin août et n'avait pas permis aux semis de germer convenablement. La moitié de la récolte fut perdue, et il fallait bientôt payer le bail. Roger ne détenait que trois hectares dans cette propriété, et cultivait les cinq autres qui appartenaient à son propriétaire, mais le résultat de la récolte était très minime. Quand la moisson était mauvaise le montant du fermage lui, restait toujours le même et augmentait, si le propriétaire en ressentait le besoin. Ses économies commençaient à s'amenuiser et son rêve de posséder, lui aussi d'autres hectares devenait de plus en plus inaccessible. Roger n'était qu'un employé qui gérait l'exploitation. Et lorsque la fauche n'était pas bonne, les disputes fusaient avec le boiteux, Pierrot le régisseur, qui le menaçait alors de se débarrasser de lui. Cette perspective était très inquiétante. Si son propriétaire décidait un jour de le chasser, il devrait alors quitter sa demeure et vendre ses terres. Les relations avec le régisseur étaient toujours très mauvaises, une forte haine existait entre eux, pour des raisons personnelles, sur un passé obscur qui les liait.
La pluie ne cessait de tomber et les mois à venir s'annonçaient déjà très difficiles. Ses réserves de foin pour

les bêtes diminueraient à vue d'œil et ne suffiraient pas à tenir jusqu'aux prochaines récoltes. Il faudra puiser dans les économies pour pouvoir tenir. Il ignorait comment il allait pouvoir rémunérer ses journaliers lorsque ces derniers viendront pour la moisson, le battage et le treillage.
Depuis que la Jeanne était partie, le sort semblait s'acharner sur ses épaules. Il regarda son cadet et sa fille partir à l'école, tout en se protégeant de la pluie avec les capuches de leurs paletots. Ces derniers se hâtaient, car leurs souliers cloutés s'enfonçaient dans la boue. La paille dont leurs souliers étaient rembourrés pour les protéger du froid, ne leur servait à rien par temps de pluie.
Roger se mit à soupirer avec résignation, révolté par cette malchance qui s'installait sur ses épaules et qui semblait vouloir se poursuivre. Il jeta sa bêche violemment sur cette terre si ingrate, qu'il cultivait depuis tant d'années et qui, elle aussi, semblait l'abandonner à son triste sort. L'ouvrage était ingrat et même avec l'aide de quelques voisins, l'accumulation des difficultés, ne lui permettait pas de pouvoir envisager un avenir plus radieux pour sa descendance. Mais il restait fier de ce qu'il était, fier d'être agriculteur, car c'était avec sa sueur, ses mains blessées par tant d'années de besogne, qu'il faisait vivre sa famille et qu'il avait réussi à obtenir un peu de terre. Cette terre si capricieuse, si redoutable, était malgré tout son gagne-pain, son métier, sa vie et il ne savait rien faire d'autre que la cultiver. C'était bien plus qu'un métier c'était son unique univers. Semer, récolter, retourner la terre, nourrir ses bêtes, gérer ses ouvriers. Fils d'agriculteur, on ne savait rien faire d'autre depuis des générations. Après tout, ce n'était pas la

première fois que le fermage se montrait incertain. Que deviendrait-il s'il ne pouvait plus cultiver ? Qu'adviendrait-il d'eux si le propriétaire décidait de revendre l'exploitation et donc de les renvoyer ? Non cela ne devait jamais arriver. Où irait-il lui et ses enfants ? Ce serait la fin.
Il se rendit compte maintenant que c'était irréalisable. Il était fils de paysan et il comprenait avec colère que ses fils ne pourraient aspirer à une autre vie. Comment avait-il put faire ce serment ! Auparavant, il avait toujours tenu ses engagements envers quiconque. C'était une question d'honneur. Pour lui, l'honneur était ce qu'il y avait de plus important chez un homme. Si un homme manquait à sa parole, alors il devenait un lâche et n'était plus digne de confiance envers personne. Pourtant, cette fois, il se rendit compte que sous l'effet de la douleur, il avait promis quelque chose d'impossible. Julien qui venait de prendre douze ans, ne pourrait devenir qu'un homme de la terre. Le père allait bientôt avoir considérablement besoin de ses deux fils. Lorsque son cadet aura passé son certificat d'étude en juin, il devra alors apprendre à devenir fermier. Quant à Roselyne, elle s'occupera des travaux de la maison et des animaux de la ferme. Vaincu par la fatalité, par son acte de naissance qui avait fait de lui un fils de fermier et non d'un notable ou d'un bourgeois, sous cette pluie qui ne cessait de tomber et qui traversait sa blaude, il décida en cette matinée d'aller s'asseoir sur le tronc d'un chêne coupé et de cacher son visage dans ses mains, uniquement pour ne plus penser, pour oublier son sort ne serait-ce qu'un instant.
Roselyne et Julien se dirigèrent en ce matin frileux, en direction de l'école communale. Petit établissement collé au

mur de la mairie. Les cours des garçons étaient donnés par le maître François et ceux des filles par son épouse. Monsieur Valentin François était très satisfait de son jeune élève. Ce dernier était studieux et attentif. Julien s'abreuvait des paroles, des leçons, que lui donnait son maître. C'était pour lui plus qu'un besoin. L'école représentait le seul moyen pour éviter de penser, pour recouvrir sa peine, pour chasser ce manque de tendresse que lui donnait son père. Avec son professeur, il s'évadait dans l'histoire, les mathématiques, l'orthographe, la grammaire, la géographie et les leçons de chose. Il s'enivrait de ce savoir que celui-ci communiquait avec tant de passion à ses élèves. Il aimait tant l'odeur âcre de l'encre, ces odeurs bien particulières aux classes d'école, celles des tables en bois, de la craie, de cet air confiné dans lequel macéraient les différentes exhalaisons des respirations. L'odeur de la poussière, des boiseries et de tous ces objets, ardoises, livres, cahiers. Il aimait entendre, le bruit des galoches, les bousculades, lorsque les élèves s'installaient derrière leurs pupitres et ces murmures, lorsque l'instituteur faisait la dictée au fond de la classe. Il appréciait tant ce moment où tous, ils se retrouvaient autour du poêle posé au milieu de la pièce, frigorifiés par le froid de l'hiver, et sur lequel ils déposaient quelques châtaignes ramassées en automne. Parfois, il arrivait que le maître participe avec plaisir à la dégustation des marrons chauds. Malgré les mauvais tours que certains de ses camarades de classe se faisaient entre eux et dont quelquefois il était victime, malgré aussi certaines punitions qui parfois tombaient sur les élèves

les moins disciplinés, l'école offrait à Julien tous ces moments privilégiés. Mais quand les cours se terminaient, qu'il fallait rentrer avec sa petite sœur, les angoisses du jeune garçon revenaient le perturber. Il savait que son frère faisait son possible pour l'aider à surmonter cet énorme chagrin. Il regrettait également les paroles qu'il avait dites à son père dans le cimetière.
Mais jamais il n'oserait aller lui demander pardon.
Cependant, le dimanche représentait l'évasion. Il fallait à tout prix se divertir, s'amuser, se retrouver, se reconstruire. C'est pour cela que Roger consacrait désormais le premier dimanche de chaque mois à ses enfants.
Ensemble, ils s'efforçaient de partager des moments agréables, essayant de cette manière, de récupérer le temps perdu et de chasser pour une journée, les inquiétudes des jours à venir. Quel dommage que cela n'ait pas été fait plus tôt, quel dommage de ne pas avoir partagé ces moments avec Jeanne. Cela l'aurait rendue si heureuse, de voir son époux et ses enfants s'amuser, se découvrir. Simplement vivre comme une vraie famille. Ce jour-là, le soleil était au rendez-vous.
Assis sur une couverture, sur laquelle se trouvait un panier d'osier, d'où dépassait une bouteille de cidre, trois serviettes et les victuailles pour le pique-nique, Roger ferma les yeux, laissant la légère brise lui caresser le visage. Il revit cette époque des jours heureux. Il revit son épouse avec son merveilleux sourire, il se souvint de ses yeux noirs, de sa beauté, de sa force de caractère, mais aussi de sa gaieté et de ses rires. Il songea à ce moment inoubliable, lorsque pour la première fois, ils échangèrent un baiser qui scellerait pour l'éternité leur union.

Oui, ces moments de bonheur avaient existé, ces instants d'intimité, de tendresse que sa femme lui offrait lorsque dans de très rares moments, ils se retrouvaient tous les deux. Tous ses souvenirs l'emmenèrent vers le chemin de la nostalgie, du regret, pour atteindre celui de la tristesse, de ces nuits de solitude qui désormais le déchireront jusqu'à la fin de sa vie.
Cependant, le temps commençait à cicatriser les blessures, permettant ainsi à Roger de comprendre que le rôle de père n'était pas uniquement celui de garantir une protection matérielle, mais aussi d'échanger avec ses enfants des moments de complicité, de joie et surtout de s'aimer et de ne pas se le cacher. Il s'efforçait à s'imposer ces moments de bonheur éphémères, mais si primordiaux pour maintenir cet esprit familial qui était si important. Ce partage et cette sensation d'être toujours quoi qu'il arrive une famille unie.
C'est ainsi, qu'il commença vraiment à découvrir le caractère de chacun, c'est ainsi, qu'il s'aperçut qu'ils étaient tous les trois différents, qu'ils avaient leur personnalité bien à eux. Il comprit une nouvelle fois que sa femme avait raison. Roselyne dans sa robe ornée de broderies et de dentelles et qui portait sur ses épaules un fichu de laine fleuri, que lui avait tricoté sa mère, semblait s'amuser. Elle était une petite fille au regard malicieux. Ses yeux couleur noisette étaient couronnés d'une chevelure brune, qui ondulait gracieusement sur sa silhouette. Elle était assez discrète et malgré son jeune âge, elle savait cacher sa peine pour ne pas rendre encore plus malheureux son père qu'elle adorait. Son caractère était assez partagé, elle était fragile et courageuse à la fois et surtout elle débordait d'amour. Auparavant, elle ne cessait de rire, toujours joyeuse, comme si rien ne pouvait lui arriver. Depuis

la disparition de sa mère, il lui arrivait assez souvent de s'isoler dans l'étable, certainement pour pleurer en cachette de ce manque qui la poursuivrait toute sa vie. Jean était vêtu d'une blaude dont le col, les pattes d'épaule et les manches, étaient ornés de broderies blanches. Un bonnet de laine sur la tête, il resta assis à regarder les plus jeunes s'amuser. Du haut de ses dix-sept ans, il était fort comme un homme et assez beau garçon, malgré cette cicatrice qui s'était imposée sur sa joue gauche, après avoir reçu accidentellement le couperet d'une faucille, en jouant avec son frère dans l'atelier du père. Il n'avait qu'une ambition, réussir à avoir sa propre exploitation, pour ne jamais dépendre d'un propriétaire. Combien de fois, il eut envie d'aller s'expliquer avec ce Pierrot qui menaçait sa famille ! Il ne supportait pas cette menace continuelle, il n'acceptait pas de voir le père revenir les poings fermés se sentant toujours humilié par cet homme dont dépendaient les siens. Jean était un jeune homme travailleur et fier. Le portrait tout craché de Roger à son âge. Julien, lui, était bien différent des autres. Il était sensible, discret, émotif, rêveur et aimait tant apprendre, découvrir le pourquoi des choses.
Roger l'observa savourer l'air de ce petit coin de campagne près de cette rivière qui coulait paisiblement sous les reflets du soleil. Celui-ci avait enfin décidé de se montrer, pour dessiner dans le paysage de cette campagne normande, aux couleurs chatoyantes et si reposantes, de gracieuses courbes étincelantes. L'évidence fut belle et bien là, ce jeune garçon n'était pas fait pour être fermier.
Il le regardait donner quelques leçons à sa petite sœur, sur le nom des arbres, sur le pourquoi de la nature, sur l'importance

de respecter celle-ci. Julien expliqua certains faits historiques qui eurent lieu dans cette région. Il aimait raconter et échanger ce qu'il avait appris.
Il ressemblait à un petit professeur avec sa jeune élève. Comme il se sentait fier lorsqu'elle le regardait admirative, sur ce savoir qu'elle ne pourra hélas, jamais avoir. Même le grand frère les avait rejoints, fier lui aussi d'avoir un petit frère qui déjà, savait bien plus de choses que lui. Roger s'aperçut de cette différence que ce garçon avait envers sa sœur, son frère et envers lui-même. Julien était bien le portrait craché de sa mère, avec le même goût pour l'instruction. Son épouse était si instruite, qu'il n'avait jamais compris ce mystère qu'elle soit tombée amoureuse d'un homme aussi ignorant que lui. Elle qui fut la fille d'un épicier avait accepté de prendre pour époux un cultivateur, en abandonnant par amour tous ses rêves.
Son cœur était gonflé d'orgueil d'avoir un fils si intelligent qui avait une si grande facilité pour l'instruction. Mais, il ressentit aussi une grande amertume, sachant que ce dernier ne pourra certainement jamais bénéficier qu'on lui donne sa chance.
- C'est ainsi se dit-il en murmurant. Je n'y peux rien ma pauvre Jeanne !
De retour à la ferme en milieu d'après-midi, Roselyne demanda la permission d'aller se promener au village. Roger avait refusé. Il n'aimait pas beaucoup que sa fille soit seule à errer sur les chemins.
- Je vais l'accompagner !, s'écria Julien.
Finalement, Roger accepta, en précisant qu'ils ne devaient pas rentrer trop tard.

Au cœur, des larmes
ou
La promesse des hommes

-Viens-tu avec nous Jean ? demanda le jeune frère.
-Non, je vais aider papa pour préparer la journée de demain !
Quand ils arrivèrent au village, Julien s'arrêta quelques secondes devant la grille du cimetière. Il eut un moment d'hésitation. La tentation était si forte d'aller se recueillir au-dessus de sa chère maman. Six mois déjà ! Une boule se serra dans son estomac. Fallait-il entrer ou passer son chemin ?
Ce fut Roselyne qui prit la décision :
- Allez-viens ! Soyons joyeux aujourd'hui, c'est une belle journée.
- Tu as raison, soyons joyeux.
Ils tournèrent donc les talons pour se diriger vers le centre du village.
Soudain, Roselyne se mit à partir en courant en direction d'une jeune demoiselle qui devait avoir son âge.
- Claire ! C'est moi Roselyne.
La jeune fille s'arrêta dans sa démarche pour fixer la petite qui accourait vers elle.
- Bonjour Roselyne ! Répondit-elle. Tu te promènes seule ?
- Je suis avec mon frère.
Quand ils furent l'un en face de l'autre, le garçon fut abasourdi et intimidé par la beauté de cette jeune fille qui respirait la joie de vivre et qui, avec son charme naturel provoquait chez lui un embarras qui visiblement étonna Roselyne.
- Que t'arrive-t-il Julien ? Dis quelque chose tu as l'air bizarre tout d'un coup ! »
Furieux contre sa sœur, il se mit subitement à devenir écarlate, et pour sauver la face, grommela quelques mots assez incompréhensibles :

- Tu dis n'importe quoi, je... Je... C'est génial de te revoir. Tu reviens pour combien de temps ?
Roselyne eut un regard malicieux en direction de son frère.
- Je ne suis ici que pour le dimanche ! Je retourne dès ce soir chez ma mère à Paris pour les études, répondit Claire.
Confuse, elle ajouta :
- J'ai appris pour ta maman je voudrais te dire que…
Julien, lui coupa brusquement la parole :
- Je te remercie ! Mais je préfère que l'on parle d'autre chose.
Embarrassée, la jeune demoiselle venait de s'apercevoir de sa maladresse et s'efforça en avalant sa salive d'entamer un autre sujet :
- Figure-toi que je veux être infirmière et pourquoi pas médecin, comme mon père ! Après tout, nous les femmes, nous sommes aussi douées que vous les hommes, si ce n'est plus ! S'efforçant de faire oublier sa maladresse, elle lui demanda :
-Et toi Julien qu'est-ce que tu deviens ?
- On fait aller, je passe mes journées à travailler mes cours, ensuite, je suis à la ferme et parfois, je sors avec mes copains, enfin rien de bien intéressant.
Tout en marchant tranquillement dans les ruelles, ils discutèrent et entamèrent différents propos.
-Je suis contente de te revoir, tu as tellement grandi en un an. Je me souviens de l'été dernier, tu semblais être encore un petit garçon, qui ne songeait qu'à faire des bêtises. Mais aujourd'hui tu parais avoir mûri et tu es devenu joli garçon, termina-t-elle avec un petit regard espiègle.
Julien songea que c'était évident, qu'il n'était plus le même. Lui aussi savait qu'il était devenu différent. Sa tendre

enfance, son insouciance étaient en train de le quitter. Désormais, le monde des adultes approchait à grands pas. Il n'était plus un enfant, mais un jeune garçon qui s'obligeait à mûrir, à s'endurcir pour se protéger du chagrin.
Ils marchèrent encore, en parlant, en s'appréciant. Enfin, ils s'arrêtèrent sur le perron de la mairie pour s'y asseoir. Julien était heureux du retour de Claire. Ils se souvinrent ensemble de ces journées, quand ils partageaient des moments près de la rivière, quand ils jouaient dans la ferme ou encore quand ils se parlaient au travers de la palissade qui séparait les cours de récréation. Ils se souvinrent qu'ils aimaient flâner tous les deux, s'asseyant sur le bord du chemin et raconter ce qu'ils aimeraient être lorsqu'ils seront devenus des adultes. Ils étaient véritablement de très bons amis. Et Julien avoua la tristesse qu'il avait ressentie, le jour où il avait appris que son amie partait sur Paris, suite à la séparation de ses parents.
Bientôt elle sera une jeune femme et Julien la regardera peut-être d'un regard nouveau. Mais pour l'heure les retrouvailles leur apportaient uniquement un doux moment, celui d'un bonheur retrouvé. De cette amitié surprenante d'un fils d'agriculteur et d'une fille d'un modeste médecin de village, devenue une coquette citadine.
L'après-midi toucha à sa fin et il fallait rentrer. Avant de se séparer, elle lui promit de venir lui rendre visite, ce serait l'occasion pour son père de revoir son ami Roger. Roselyne heureuse de retrouver le sourire sur les lèvres de son frère embrassa chaleureusement son amie pour ensuite s'éloigner avec Julien sur le chemin du retour.
Elle était bien maligne la petite Roselyne. En effet, elle avait combiné cette rencontre avec Claire, afin de lui offrir cette

belle surprise, ce qui redonna au garçon un peu de cette joie disparue.

Au cœur, des larmes
ou
La promesse des hommes

III

Comme toutes les nuits avant le sommeil, Julien récita cette prière que sa mère lui avait apprise. Il retira de sous sa taie d'oreiller une photographie prise lors d'un dimanche de promenade dans les rues de Rouen. Après la mort de sa mère, Julien avait insisté auprès de son père pour avoir l'autorisation de garder cette photographie près de lui. Au début réticent, son père avait fini par accepter :
« Après tout, si cela peut le réconforter ! », avait-il songé. Ce n'est que de cette façon qu'il arrivait à trouver le sommeil. Lorsqu'il se retrouvait enfin seul dans son lit et que tous les autres étaient couchés, il lui racontait sa journée, comme auparavant du temps où elle venait le border. A cette époque, Jeanne aimait le questionner. C'étaient des moments privilégiés, des instants d'échanges, de tendresses, lorsqu'il se blottissait contre elle, humant son odeur protectrice, en caressant ses cheveux. Des moments si importants pour un petit garçon de se sentir aimé et protégé.
Ces moments de câlins, de complicités, d'échanges, de secrets, il les revivait tous les soirs. C'était une manière pour lui d'avoir à jamais Jeanne près de lui, comme si elle était toujours présente. Sentir son parfum et imaginer les questions qu'elle lui aurait posées, le laissant parler jusqu'à ce que le sommeil l'emporte. Et les paupières humides, il finissait toujours par s'endormir après l'avoir embrassée.
Au matin, le chant du coq le réveilla comme tous les jours à cinq heures.

Le père préparait le petit déjeuner constitué d'une soupe accompagnée de pain et d'un verre de lait.
- Debout tout le monde, il est l'heure ! cria le père.
Quelques minutes plus tard, la petite famille était réunie autour de la table. La pièce était assez modeste mais très bien entretenue. Sur les murs blanchis à la chaux, étaient accrochés quelques ustensiles de cuisine et des étagères sur lesquelles se trouvaient des récipients en cuivre. Collé au mur central, un bahut à deux battants, où l'on mettait les provisions, mais aussi la vaisselle, les papiers importants, ainsi que le linge de maison. Celui-ci était surmonté d'un vaisselier en chêne qui servait pour poser les plats, auprès de ce dernier, une pendule ainsi que le fusil du père. Un coffre en bois renfermait lui aussi quelques réserves alimentaires, telles que du pain, des céréales, et des pommes de terre. Ce dernier reposait sous l'unique fenêtre de la cuisine. Près de celui-ci, on apercevait aussi un broc qui contenait le lait. Plusieurs récipients étaient disposés dans la cuisine, tels que le charnier qui conservait le lard, une jade, mais aussi un baril dans lequel étaient entreposés quelques pots de confiture et du sucre. Enfin, au bout de la pièce, face au dernier mur, se trouvaient deux fauteuils en bois. Jean ne dormait plus dans la même chambre que ses cadets depuis le décès de la mère, mais avait son lit dans la chambre de son père qui était située au-dessus de l'étable, recevant ainsi la chaleur des bêtes. L'autre chambre était séparée de la cuisine par une cloison de planches qui n'atteignait pas le plafond, afin que la chaleur de la cheminée puisse se propager à l'intérieur de toute la maison. Leur habitation était bien plus spacieuse que celle des simples ouvriers paysans, qui, pour la plupart, ne

comprenait souvent qu'une unique pièce. Dans la demeure de la famille Durrieux, la cheminée ne devait jamais s'éteindre, car on disait ici qu'une maison sans feu, était une maison sans âme. Au-dessus des flammes se trouvait toujours pendue à la crémaillère cette marmite en fonte d'où s'échappait un petit filet de vapeur symbolisant peut-être l'âme du foyer, mais il y avait surtout cette cuisinière à bois que Jeanne affectionnait particulièrement. Les pièces étaient recouvertes d'un plafond traversé par une grosse poutre centrale qui supportait le grenier à foin, dont la porte s'ouvrait sur le pignon. Le bois à l'intérieur de la cheminée brûlait encore, réchauffant légèrement la petite famille. Une fois assis, ils burent silencieusement leur bol accompagné du pain que le père avait fait.

Les travaux de la matinée étaient pour les garçons, de nourrir les animaux de la basse-cour et alimenter les bœufs et les vaches de regain. Roger s'occupera de tuer un lapin et chargera la Roselyne de préparer celui-ci pour le déjeuner. Ensuite, elle préparera le linge pour la lessive. Plus tard, les deux plus jeunes iront à l'école alors que l'aîné terminera les travaux matinaux en entretenant le hangar et le fournil. Il fallait aussi sortir les vaches pour les conduire au pré et entretenir les outils pour les prochains semis. Roger se chargera de réparer les deux mancherons d'une charrue pour assurer une meilleure conduite de labour, tandis que Jean s'occupera des roues qui devaient être restaurées.

Bientôt, ils retourneront dans les champs pour aérer la terre.

Chaque journée qui passait se ressemblait, entretien, et préparation des futures cultures.

Julien adorait parcourir le chemin de l'école. Il appréciait ce moment qui lui permettait de prendre le temps d'admirer cette vallée, avec sa forêt, ses rivières, ses champs à perte de vue. Il avait hâte de voir dans les jours à venir ce mois d'avril offrir ses premières couleurs, au travers de ces coquelicots, de ces fleurs sauvages qui longeront le chemin, qui coloreront de leurs différentes aquarelles les herbages. Il aimait avec sa sœur s'arrêter un petit instant pour dire bonjour à l'âne qui, enfermé avec les vaches dans le pré du meunier, affectionnait de recevoir quelques caresses. L'endroit recouvert de cette verdure si luxuriante laissait une sensation de liberté et l'horizon s'arrêtait au pied des collines. Pourtant, le paysage s'était transformé depuis la fin du siècle dernier. Son père fut le témoin de ce changement qui allait en grandissant au fil des années. Il avait vu se dresser des cheminées çà et là après avoir détruit quelques parcelles des bois alentours. Les prairies remplaçaient les jachères et les champs recevaient de nouvelles cultures. Certains agriculteurs s'étaient tournés vers d'autres plantations, telles que la betterave à sucre, les champs de lin qui étaient des ressources prometteuses. Ces nouvelles cultures avaient vu naître de nouvelles industries, comme des distilleries, des sucreries, des filatures aux abords de certaines communes. Cette nouvelle industrialisation n'empêchait pas pour autant le dépeuplement de cette région non féconde. Beaucoup de familles quittèrent cette vallée pour trouver un emploi vers les manufactures de la Seine inférieure. Mais Julien aimait cette terre qui était encore dominée par cette hêtraie, qui cachait une faune si discrète. La forêt était considérée par les hommes comme une alliée. Elle apportait de quoi manger et se chauffer. Elle faisait aussi vivre un bon nombre de familles. Tous ces bûcherons qui se donnaient si difficilement à la tâche pour couper les grumes, élaguer, scier et revendre le fruit de leur travail aux exploitants forestiers qui, à leur tour revendaient le bois pour le chauffage, pour les industries papetières et les scieries. Cette saison qui allait bientôt recevoir les premiers rayons du soleil, allait permettre sur les collines, aux pommiers de se draper de fleurs blanches tandis que les champs revêtiront une parure multicolore. Au détour du sentier, Julien imagina déjà la floraison des jacinthes, des primevères et d'autres fleurs sauvages. Il sentit son cœur se soulever de joie en songeant au retour des hirondelles, aux papillons qui, après avoir défroissé leurs ailes viendront butiner les diverses fleurs, participant ainsi à la pollinisation des champs. Il humait déjà le parfum doux de toutes ces senteurs florales, il imaginait toutes ces couleurs oubliées durant les longs mois d'hiver et qui jailliront devant ses yeux. Il entendait déjà le chant des oiscaux comme la saveur inégalée des premiers fruits. L'engourdissement de l'hiver allait laisser sa place à la reprise des activités du printemps, à l'éveil de tous les animaux, au premier envol des insectes. Les fleurs s'épanouiront une nouvelle fois dans l'intimité d'un nouveau manteau vert. La campagne s'éveillera et la reproduction des animaux commencera un nouveau cycle. Oui, Julien aimait cette nature, ces prairies, ces arbres, ces arbustes, ces haies qui apporteront différentes fresques par la naissance de nombreux ornements printaniers, qui apporteront à ce paysage, couleurs et vitalité sur cette région trop longtemps endormie par le froid hivernal. Amoureux de la nature, il poussa un soupir de soulagement en songeant à toute cette multitude d'êtres vivants qui peupleront à nouveau les pâturages. Il avait hâte de remettre les pieds dans les futaies qui abandonneront bientôt les couleurs fades de l'hiver, pour laisser s'installer le vert vif du feuillage et qui laisseront filtrer une lumière clairsemé jusqu'au tapis de fleurs. Les gouaches saisissantes des fleurs juvéniles viendront faire chanter le cœur des hommes. Les mammifères, les oiseaux, les insectes revivront dans cette végétation si gourmande. Ce sera la saison des amours ! Le cycle de la vie reprendra en accueillant aussi le retour des oiseaux migrateurs qui feront une nouvelle fois leurs nids pour donner vie à leurs progénitures. Cette renaissance devrait aussi redonner la lumière dans le cœur du jeune garçon.

IV

Sous les sourires du soleil de ce premier dimanche de mai, lorsque les obligations habituelles furent exécutées, ils étaient libres de faire ce qu'ils voulaient. Julien se mit à réfléchir sur ce qu'il allait bien pouvoir faire en attendant l'arrivée de Claire, qui ne serait à la ferme qu'en début d'après-midi.
Il décida donc de partir à la pêche.
Après avoir préparé son matériel, il embrassa sa sœur et salua son père. Jean avait refusé de l'accompagner puisqu'il devait rejoindre un ami au village. Julien s'apercevait que leur différence d'âge commençait à les éloigner, que leurs centres d'intérêts n'étaient plus les mêmes. Jean était tout simplement devenu un homme.
D'un pas décidé, il s'en alla seul en direction de la rivière. Comme cela lui semblait bon de flâner, de prendre le temps dans cette végétation qui avait enfin retrouvé le sourire du printemps. Il traversa les champs sillonnés, les prairies parsemées de pissenlits. Il parcourut paisiblement ce sentier dont les bordures laissaient apparaître quelques talus recouverts de plantes herbacées aux diverses couleurs. Ce chemin qui représentait le trait d'union entre la civilisation du village et la nature, lui offrait un sentiment merveilleux de liberté, de joie retrouvée. Un peu plus tard, il rencontra l'abbé Victor qui prêchait dans la paroisse du village depuis maintenant plus de quatre décennies. Malgré son âge, il était encore très alerte et était un homme très courtois et très amical avec ses paroissiens.

Au cœur, des larmes
ou
La promesse des hommes

-Tiens, v'là le petit Durrieux ! Où vas-tu donc de si bonne heure? Question stupide ! A voir cette superbe canne, toi, tu as décidé d'en découdre avec la truite !
- En effet monsieur l'abbé, et vous, on dirait bien que vous avez la même idée. Car votre canne n'est pas si mal non plus.
-Hé oui petit bonhomme ! C'est bien là, la seule manière de pêcher que le bon Dieu m'autorise ! Répondit-il en plaisantant.
- Et si nous partions ensemble taquiner le poisson ! Qu'en penses-tu ?
-Si vous voulez monsieur l'abbé.
-Cesse de m'appeler monsieur l'abbé voyons! Dis tout simplement l'abbé comme tout le monde.
- Heu pardon ! L'abbé.
-Et bien voilà une chose de résolue.
Le curé se mit soudainement à sourire en le regardant.
- Pourquoi souriez-vous ?
-Je me disais que si ton père nous voyait ensemble tous les deux, il risquerait de faire une sacrée grimace.
Le jeune garçon ne répondit pas et se rendit compte qu'il valait mieux qu'il garde cette rencontre pour lui, afin d'éviter d'irriter son père. Il ne savait que trop quelle aurait été sa réaction. Il se serait mis dans une forte colère, car rien n'avait changé sur ce qu'il éprouvait envers l'église. Le jeune garçon n'avait jamais réussi à percer ce mystère.
L'abbé regarda en coin le jeune homme et comprit rapidement les pensées de ce dernier. Pour se rattraper, il proposa au garçon un concours. Celui qui ramènera le moins de poisson offrira à son compagnon un présent.
Julien accepta volontiers, ce qui donnerait du piment à cette

matinée.
Plus tard, lorsqu'ils furent au bord de l'eau, un silence s'installa. L'endroit offrait aux deux compagnons un paysage unique par sa beauté, sa tranquillité, son atmosphère si pittoresque dans ses odeurs champêtres. C'était un lieu qui n'avait rien à envier au paradis tel qu'il était expliqué dans les évangiles. Un vieux saule dominait au-dessus de leur tête, l'eau cristalline laissant la lumière du soleil s'infiltrer dans les profondeurs de ce monde aquatique qui cache tant de vies si discrètes. Le calme régnait et donnait à Julien un doux sentiment de paix. Alors, ils échangèrent un sourire complice, décidé tous deux à remporter ce pari.
Quant au bout de quelques minutes le bouchon du curé se mit à titiller pour aussitôt s'enfoncer dans les eaux, l'abbé s'écria :
- Oh, je crois que je vais prendre une petite avance!
Un peu agacé par cette première touche, Julien répondit :
- Attendez, vous ne l'avez pas encore remontée la truite ! Elles sont coriaces ici, vous savez !
- Ne t'inquiète pas pour moi jeune homme ! Cela fera bientôt cinquante ans que je viens ici. Alors tu penses !
En fronçant les sourcils, le garçon aperçut une truite accrochée au bout de la canne du curé :
- Et d'une ! Je crois que c'est mon jour de chance mon ami.
Sans lever les yeux, Julien répondit sèchement,
- Attendez la partie commence !
Ce qui fit sourire le prêtre comprenant que le garçon n'avait aucune intention de se laisser distancer.
Pendant les longues minutes qui suivirent, aucun des deux n'eut de touche.

Au cœur, des larmes
ou
La promesse des hommes

L'air du matin commençait à se réchauffer. Julien regarda silencieusement son ami qui chantonnait. Ce dernier lui jeta un coup d'œil amical, montrant ainsi au garçon le plaisir qu'il avait d'être en sa compagnie.
- Puis-je vous poser une question ? Demanda Julien.
-Bien sûr, tu me parais bien soucieux tout d'un coup, qu'est-ce qui te tracasse ?
-En fait, je voudrais vous demander de répondre à certaines questions, dont je n'arrive pas à avoir de réponse et je me dis que peut-être vous pourriez... Enfin, voilà, si Dieu existe vraiment, pourquoi alors il y a tant de misère sur terre et pourquoi une maman doit-elle mourir alors qu'elle manque tant à ses enfants ? Pensez-vous que le bon Dieu y est pour quelque chose ?
-Tu sais petit, la mort fait partie de la vie. Dès le jour de notre naissance nous savons que nous devrons un jour mourir. Je comprends ce sentiment d'injustice que tu ressens, je sais les questions que tu te poses. Ta mère était une très bonne chrétienne. Elle a toujours fait le bien autour d'elle. Elle était appréciée par sa bonté et son courage. Moi aussi, il m'arrive de me demander si certaines personnes ne partent pas trop tôt. Alors j'ai la réponse dans mes prières. Car Dieu sait ce qu'il fait, et si ta mère est partie rejoindre l'amour de Dieu, c'est que sa tâche sur cette terre était terminée.
Je pense en ce qui te concerne que ta mère est toujours près de toi. Elle est toujours dans ton cœur et te donnera la force de suivre ta destinée. Il ne faut plus être triste, car dis-toi qu'elle est maintenant dans la maison de Dieu. Dis-toi qu'elle t'a légué sa bonté. A toi de trouver ta voie. Je suis persuadé que si tu as la foi, alors Dieu saura te montrer le chemin.

Julien écoutait mais une chose le tourmentait :
-Pourquoi mon père ne supporte-t-il pas l'église ? Si Dieu existe et si mon père se refuse à croire en lui, ira-t-il en enfer ?
-Non, bien sûr que non ! Ton père malgré ce fichu caractère et son entêtement vis à vis de l'église n'est pas un homme mauvais, c'est un homme préoccupé par ses obligations. Il n'a pas toujours été ainsi. Je le connais depuis bien longtemps. Nous avons grandi dans le même village, celui dans lequel tu vis aujourd'hui. Mais je dirais qu'il attendait de l'église, plus qu'elle ne le pouvait. La mort est pour les hommes un sentiment d'injustice quand elle concerne ceux que l'on aime. Tous les jours des hommes et des femmes quittent notre monde. Cela fait partie de notre cycle, du cycle de la vie! Et en ce qui te concerne, sache qu'il y a quelque chose de merveilleux, qui brille au travers de tes yeux, quelque chose d'unique qui saura le moment venu te guider vers la liberté, vers cette paix qui t'offrira alors ce bonheur que tu espères tant. Je me trompe rarement, tu sauras traverser les tourments pour t'orienter enfin vers cette humilité et ce repos que tu mérites. Ton cœur est grand, aussi grand que tes rêves. La pureté qui est en toi, personne ne pourra te la retirer, car tu détiendras, lorsque tu seras prêt, la force de franchir les chemins périlleux. Tu sauras combattre la souffrance, ainsi que la tristesse, puisque la force et l'amour de ta mère seront toujours en toi et avec l'aide de Dieu tu seras toujours sur le bon chemin. Je suis persuadé que ta mère aurait prononcé ces mots car elle était pure dans son cœur et elle savait ce que tu avais dans le tien. Je connaissais bien ta mère et je sais que je n'ai pas le droit de te confier ses

confesses mais ce que je peux te dire, c'est que ce qui brille dans tes yeux, ne doit jamais s'éteindre. Ce qui te semble aujourd'hui être ta faiblesse sera un jour ta force. Nous ne sommes pas toujours ce que nous croyons être, mais nous avons toujours la possibilité de devenir celui que nous voulons être.
Julien resta quelques secondes à regarder cet homme qui semblait étonnement bien le connaître. Sa mère lui avait donc parlé de lui en secret, lors de ses confessions. Qu'a-t-elle bien pu lui dire ? Et était-il aussi fort que l'abbé essayait de lui faire comprendre ? Mais ces paroles, même si celles-ci semblaient être encourageantes, n'empêchaient pas d'autres questions qui se bousculaient encore dans sa tête :
- Pourquoi y a-t-il tant de discordes entre les hommes à cause de Dieu ?
-Hélas, cela a toujours été ! Certains hommes ne comprennent pas les messages écrits dans les évangiles, d'autres sont persuadés que Dieu n'existe pas et rejettent la religion. Les hommes sont assoiffés de pouvoir, et veulent se protéger en écartant ceux qui se mettent sur leur passage. Il y a six ans une décision républicaine fut prise. La loi de la laïcité, qui a séparé l'église de l'Etat. A cette époque cette décision avait fait grand bruit et créé des heurts entre les hommes. Moi aussi je fus au début blessé par cette décision, mais aujourd'hui je crois que cela est une bonne chose car on ne doit pas imposer la foi en l'amour de Dieu ! On doit l'offrir, la proposer, l'expliquer. Rien ne doit être imposé dans ce bas monde, mais tout ce qui nous semble bon doit alors être partagé. La séparation de l'église et de l'Etat signe la fin d'une erreur. L'Etat ce n'est pas Dieu, mais Dieu c'est

l'amour pour tous les hommes, et le culte n'a rien à voir avec la politique. Il en est de même en ce qui concerne ton père. Il est bon d'une autre manière et Dieu le sait très bien. Insister pour lui expliquer notre foi serait inutile et augmenterait son refus de la foi. Il réagirait vis à vis de cette insistance de façon négative, en prônant les paroles que beaucoup d'hommes disent à notre égard ; que nous sommes des oppresseurs ou encore que nous profitons du malheur des hommes pour imposer nos lois chrétiennes ! Le gouvernement, en mettant fin au système d'Etat chrétien nous libèrera de ces préjugés. Il faut que l'église reconnaisse aussi qu'au nom de Dieu beaucoup d'actes horribles ont été faits, notamment au moyen-âge.
Il ne suffit pas de se dire chrétien pour être aimé de Dieu, car c'est dans nos actes que Dieu nous juge et ton père, j'en suis persuadé, n'ira pas en enfer.
Rassuré de ces paroles, Julien continua :
-Mon maître d'école dit que la religion n'apporte aux hommes que l'ignorance et il dit que seules les études apporteront aux générations futures la connaissance. La science sera la réponse à tous nos maux et que seule la connaissance délivrera les hommes de la misère. Qu'en pensez-vous ? En ce qui me concerne j'aime apprendre et découvrir.
Julien continua :
- Il dit que l'instruction est la seule religion qui sauvera l'humanité.
L'abbé répondit :
-L'homme veut toujours aller trop loin, dans la découverte, dans la science et j'espère qu'un jour il ne franchira pas la

barrière qui empêcherait de revenir en arrière. Mais entre science et Dieu, je ne suis pas certain que le fossé soit si grand. Si la science existe, Dieu y est aussi peut-être pour quelque chose. Tu ne penses pas ? Ensuite ce sont les hommes qui devront choisir de ne pas aller trop loin dans la recherche. En voulant prendre la place de Dieu nous risquons peut-être de provoquer l'irréparable. Je regrette que ton maître t'inculque des valeurs contre la religion. Il faudrait qu'il se souvienne, que l'école ne doit pas être contre la religion mais doit accepter toutes les religions. Il faudrait qu'il se souvienne, que son école est celle de la république dans laquelle on apprend les valeurs de la liberté, de l'égalité et de la fraternité. Si les hommes qui ont accepté cette chartre ne la respectent pas, comment peut-on espérer réussir un jour à vivre dans la tolérance ! La religion n'entre pas dans les écoles publiques depuis la loi de la laïcité, mais cette loi n'exclut pas la religion hors de l'école. C'est donc à chacun de trouver sa liberté de penser et de s'orienter vers ce qui lui semble le mieux en ce qui concerne sa spiritualité. Nous avons encore beaucoup de chemin à parcourir pour que tous les hommes acceptent cela. Ton instituteur est j'en suis certain un très bon maître d'école, dévoué à sa tâche d'instruire ses élèves, mais il s'égare, je crois, lorsqu'il te parle de ses opinions sur la religion. A toi de choisir ce qui te semble bon sur ce que les gens te disent et de laisser ce qui te paraît néfaste.

Julien regarda son ami et semblait séduit par la tolérance de ses propos. Il ressentit une étrange sensation. Il pensa alors à son père. Ah ! Si celui-ci avait pu être présent à cet instant et écouter les paroles de ce curé. Alors, se disait-il, peut-être

que ce dernier aurait changé d'avis sur sa vision de l'église. Peut-être qu'il aurait modifié ses opinions et qu'il se serait rendu compte que certains abbés étaient eux aussi très proches des hommes. Comme pour son maître d'école, il retrouvait chez ce prêtre, une sagesse qui brillait dans un cœur bon et dévoué à l'humanité. Il ne réalisait pas qu'il y ait tant d'incompréhensions entre ces personnes qu'il côtoyait séparément et qui semblaient pourtant dire les mêmes choses au travers de mots différents. Les adultes semblaient si difficiles à cerner, en se compliquant la vie de façon étonnamment stupide. Pourquoi les hommes ne cherchent-ils pas à mieux se comprendre ? Pourquoi ressentent-ils le besoin de se montrer si différents entre eux alors qu'ils se ressemblent tant ? Non, Julien n'arrivait décidément pas à interpréter le monde des adultes qui lui faisait peur. A cette minute, il désirait rester un enfant pour pouvoir se protéger de ce monde si menaçant qui n'appartient qu'aux grandes personnes. Cependant, il eut une pensée d'espoir en se disant que peut-être, un jour, son père, son maître d'école et l'abbé se retrouveraient devant un bon verre pour partager leur conception du monde et enfin s'apprécier. Il leva les yeux vers le ciel puis tourna son regard à nouveau sur l'abbé en songeant que celui-ci semblait être le seul à accepter que son père, et son maître, aient des opinions différentes des siennes. Il paraissait être le plus sage des trois. Il ressentit envers ce vieil homme une grande affection.
L'ecclésiastique de son côté avait lui aussi de l'attachement envers ce jeune garçon dont le regard exprimait un si grand besoin d'attention et de compréhension. Une belle amitié venait certainement de naître entre eux.

Au cœur, des larmes
ou
La promesse des hommes

La matinée touchait à sa fin et il fallait retourner chacun chez soi. Le prêtre mit une tape sur l'épaule de l'enfant et se leva pour lui dire.
- Allez garçon ! Il va falloir rentrer maintenant car la matinée s'achève et je dois célébrer des mariages cet après-midi. Tiens, je crois que tu as perdu notre pari !
Julien haussa les épaules reconnaissant sa défaite et se mit à réfléchir. Il sortit alors de sa poche son canif auquel il tenait tant, pour le tendre à son nouvel ami.
- Il est magnifique mais je ne peux l'accepter car je suis persuadé à voir ton visage que tu y tiens beaucoup.
Julien insista car un pari était un pari et qu'il n'avait qu'une parole.
- Soit, répondit l'abbé, mais je pense que tu sais que lorsque l'on offre un couteau à un ami ce dernier se doit de lui donner un sou pour éviter de couper l'amitié n'est-ce pas !
-C'est vrai je connais cette coutume !
-En ce qui me concerne, hélas, je n'ai pas d'argent mais en échange de ton couteau je vais t'offrir quelques chose de bien mieux à mon cœur.
L'abbé sortit alors de sa soutane un magnifique chapelet fait de bois et de perles de rose.
-Tiens petit, quand ton cœur sera un peu trop lourd, alors si tu connais une prière tu le prendras dans tes mains et tu prieras pour ceux que tu aimes. Que l'amour de Dieu te protège à travers ce chapelet!
-Mais voyons l'abbé c'est un présent bien trop important, je ne peux l'accepter, c'est un don bien trop grand pour une simple partie de pêche !
-Et ton couteau n'est-il donc pas important à tes yeux ?

-Si mais…
-Voilà ce qui rend précieux nos objets, non pas pour une partie de pêche mais pour sceller notre nouvelle amitié. Cela te convient-il de cette façon ?
Le jeune garçon se mit à sourire et accepta le présent.
-J'en prendrai soin croyez-moi !
- Je n'en doute aucunement et je suis content que ce soit à toi qu'il revienne.
Ils se retrouvèrent sur la route qui menait au village en discutant de tout et de rien, sous un soleil qui était arrivé à son zénith.

Au cœur, des larmes
ou
La promesse des hommes

V

Julien était assis sur le palier de la maison à sculpter une branche de frêne, prévoyant d'offrir un bâton de marche pour l'anniversaire de son frère. Enfin, Claire arriva, assise près de son père sur un cabriolet tiré d'un pas tranquille par un cheval qui n'était plus bien jeune. Le sourire aux lèvres, il abandonna ses occupations pour aller à sa rencontre. Le docteur, l'air décontracté, s'approcha du jeune garçon.
-Comment vas-tu mon petit ? Je suis heureux de te revoir. Mais je n'aperçois pas ton père, il n'est pas ici. ?
- Il ne devrait plus tarder maintenant. Il est parti tôt ce matin! Tenez, justement le voilà qui arrive sur le chemin.
En effet, Roger en tenant la main de sa fille marchait d'un pas paisible. La mine joyeuse, il s'écria :
- Bonjour mon ami ! C'est une bien agréable visite que vous nous faites en ce début d'après-midi.
Lorsqu'ils furent réunis, tous rentrèrent dans la maison afin de se protéger de la chaleur et de déguster un bon verre de cidre.
Laissant leurs parents à leur conversation, les enfants quittèrent la pièce, pressés d'aller se défouler
-Maintenant, que faisons-nous ? lança Claire.
- Et bien allons à la rivière ! s'exclama Julien. Je ne me suis pas baigné depuis longtemps et je vous promets que je suis très bon nageur! Personne ne peut me battre !

- Alors là, c'est ce que nous allons voir ! rétorqua Jean qui venait de les rejoindre.
Emballée, Claire sauta en l'air en tapant des mains :
- Oui allons-y ! Mais je vous réserve une surprise !
Les garçons se regardèrent étonnés et suivirent les filles en courant. Celles-ci s'empressèrent d'arriver les premières à la rivière.
La surprise passée, les garçons venaient de comprendre qu'une course venait d'être annoncée.
-Vite frérot! On ne va pas se laisser doubler par des donzelles !
Ils filèrent à toute allure pour essayer de dépasser leurs amies, mais celles-ci avaient pris bien trop d'avance.
Une fois qu'ils furent arrivés, les garçons durent s'incliner.
- Bien, mais vous avez triché, s'exclama Jean.
Claire éclata d'un rire provocant :
-Regarde-moi ces deux ballots ! dit-elle à Roselyne qui pouffait de rire. Ils sont vexés ! Et pourtant ils n'ont encore rien vu.
Julien haussa les épaules.
- Alors cette course de nage c'est pour aujourd'hui ou pour demain ! insista Claire.
Jean un peu irrité, rétorqua :
-D'accord ! Allons-y ! Mais tu l'auras cherché. Allez frangin, montrons que nous les hommes, nous sommes bien supérieurs aux femmes.
Ils se déshabillèrent. Seule, Roselyne resta sur la rive. Elle ne nageait pas suffisamment bien pour participer. Elle fut chargée de lancer le départ. Ils devaient nager jusqu'à elle, à une vingtaine de mètre plus loin sur la rive. Quand elle cria,

partez ! Ils s'élancèrent précipitamment et donnèrent le maximum pour remporter cette épreuve. Malgré ses efforts, Julien se laissa distancer par son frère, et Claire qui menait de plus de deux mètres sur l'aîné, se démena à maintenir son rythme et garder son avance. Jean avait tout donné pour vaincre et montrer sa supériorité masculine, mais Claire remporta aisément le pari. Essoufflé et assez agacé par la performance de la jeune fille, Jean alla à sa rencontre :
- Et bien félicitation, tu as gagné et tu nous as drôlement roulés dans la farine !
Fière d'elle, Claire le remercia et fini par avouer qu'elle suivait des cours de natation à Paris.
Après avoir remis son pantalon, Julien les rejoignit. Claire s'allongea sur l'herbe pour se sécher.
Il la trouva très jolie, les formes de son corps commençaient à la transformer en une charmante petite femme. Gêné par cette poitrine que le corsage humide laissait apparaître, il se retourna, ce qui fit sourire sa sœur. Claire s'aperçut de son embarras, elle devint écarlate, comprenant qu'elle n'avait plus l'âge pour se montrer si peu vêtue devant des garçons. Elle se rhabilla vivement pour aussitôt proposer à Julien d'aller se promener. Jean, assis au bord de la rive alluma une cigarette qu'il venait de rouler. Quand il vit passer son jeune frère, il lui jeta discrètement un clin d'œil qui en disait long sur ses pensées.
Julien avait évidemment compris ce qu'il voulait dire, mais il ne résonnait pas tout à fait de la même manière que ce dernier. Il se sentit tout à coup embarrassé et penaud. Claire semblait heureuse de s'éloigner en sa compagnie. Avait-elle une idée derrière la tête ? Ou cherchait-elle simplement un

moment de tendresse, d'amitié, avec ce garçon qu'elle avait choisi ?
Après quelques minutes de marche, ils s'arrêtèrent près du vieux moulin qui jadis avait appartenu au grand-père de la famille Bernier dont le dernier des fils était le boulanger du village.
Au bout de quelques mètres, ils se retrouvèrent seuls dans cette nature complice. Une sensation de bien-être vint s'emparer d'eux. C'était la première fois depuis son absence que la jeune fille se retrouvait seule avec Julien. Elle posa sa tête sur l'épaule de son ami et se rapprocha plus intimement de lui.
Ils se laissèrent accompagner d'une étrange envie de se serrer l'un contre l'autre, de se parler doucement, de se créer des secrets, de se dire de jolis mots ou de se regarder longuement sans rien se dire pour uniquement se comprendre avec le regard. Ils ressentirent une forte envie d'arrêter le temps, pour s'évader, afin de voyager dans ce monde qu'ils se construisaient, dans cet univers rempli de promesses. Ils s'arrêtèrent pour s'asseoir au pied d'un chêne. D'une phrase, elle lui fit comprendre beaucoup de choses :
-Toi aussi tu m'as manqué ! Promets-moi d'être toujours mon ami et de ne jamais me laisser !
Voilà, tout était dit ! Il savait maintenant qu'elle aussi éprouvait quelque chose de nouveau. Le souffle coupé par cet aveu, Julien resta sans rien dire. Ces gestes devenaient maladroits, il ne savait ce qu'il devait faire. Se lever, répondre quelque chose, sourire. Timidement, il détourna son regard pour fixer une coccinelle qui venait de se poser sur un coquelicot. Claire eut un sourire amusé en regardant ce jeune

ballot qui ne savait pas encore s'y prendre avec les filles.
Elle lui prit la main et de l'autre lui tourna le visage pour venir poser ses lèvres sur les siennes.
Ils restèrent ainsi à regarder la nature, à humer les parfums de cette végétation si généreuse, à entendre les clapotis de l'eau sur la roue du moulin qui ne tournait plus depuis bien longtemps. Toutes les couleurs de la végétation donnaient à ce lieu magnifique un côté irréel, magique et reposant.
Claire sera peut-être le remède au chagrin de Julien. Il venait de découvrir un amour, un sentiment si différent de celui qu'il éprouvait pour sa mère et une complicité, autre que celle qu'il échangeait avec sa sœur. Un amour clair, doux et si prometteur naissait, laissant, le temps d'une journée, les tourments au fond des mémoires. Claire, était celle qui réussirait avec le temps à panser les blessures qui saignaient encore dans son cœur.
Malgré leur jeune âge, ils découvrirent pour la première fois cette émotion qui, à cet instant n'était encore qu'un amour d'enfant. Mais qui promettait de les emmener vers le chemin de l'adolescence, vers la découverte de ces nouvelles sensations, dans lesquelles ils s'abandonnaient. Enlacés l'un contre l'autre, ils savouraient cette aventure, ce chemin si intime, cette nouvelle complicité bien différente de ce qu'ils avaient vécu auparavant.
En fin d'après-midi, Jean les rejoignit. Caché derrière un bosquet, il regarda les deux tourtereaux qui, allongés sur l'herbe, regardaient le ciel et ses nuages. Jean fut ravi de cette vision et rassuré que son jeune frère découvre cette relation nouvelle. Quand Julien aperçut son aîné, de peur d'être surpris, dans une position embarrassante, il lâcha aussitôt la

main de Claire et se leva rapidement.
Jean, fut surpris de cette attitude. En le regardant, il ne put s'empêcher de sourire tout en étant ravi de voir que son frère venait de délaisser l'innocence de l'enfance, pour entrer dans le monde de l'adolescence. Cela ne pouvait être que bon signe. Claire permettra certainement au jeune garçon d'atténuer la douleur de la disparition de cette maman qui à tout jamais, restera irremplaçable. Elle sera, il fallait l'espérer, la venue providentielle, pour redonner goût à la vie à Julien.
Ce dernier semblait embarrassé, il ne voulait surtout pas entendre quelques remarques déplacées. Ce genre de parole que les grands frères se croient obligés de dire concernant le sexe féminin. Jean se contenta uniquement de mettre une tape amicale sur le dos de son petit frère.
Puis, il les pressa pour rentrer à la maison Il ne fallait plus tarder. Roselyne, la robe relevée, accourut derrière eux. Elle avait passé l'après-midi à cueillir des baies pour le dessert. Les lèvres rougies et noircies par les fruits, elle s'empressa de suivre les grands qui, en regardant son visage et sa langue, éclatèrent de rire, devinant qu'elle avait certainement dû manger autant de mûres qu'elle en avait cueillies. Sur le chemin du retour, Julien n'osait tenir la main de son amie. La jeune fille eut un sourire caché face à cette timidité qui l'amusait beaucoup.

VI

Le mois de mai touchait à sa fin. Les travaux des champs avaient désormais pris place dans les priorités de la famille Durrieux. Le père devenait toujours plus pressant avec ses fils et surtout envers Julien qui n'était pas encore habitué à tant de pression. Dès qu'il rentrait de l'école, il fallait aider aux champs. Ses journées étaient exténuantes, mais il ne se plaignait jamais ayant connaissance des inquiétudes de son père, il redoublait d'effort.
Cependant, la réalité quotidienne du jeune garçon était difficile, entre la préparation du certificat d'étude et les travaux de la ferme, les moments complices avec sa sœur qui se sentait quelque peu délaissée, et qui parfois devenait un peu jalouse. Claire commençait à prendre une grande place dans le cœur de son frère. Toutefois, Julien faisait son possible pour ne pas la négliger. Il avait besoin, lui aussi, de se retrouver avec elle, le soir, pour échanger des paroles rassurantes, joyeuses et lui prouver qu'elle comptait toujours autant dans son cœur. Dans ces moments, ils parlaient tard la nuit. Malgré la fatigue, la petite sœur se blottissait contre la chaleur de son corps comme pour y trouver un refuge, qu'elle n'arrivait plus à trouver auprès de ce père, qui semblait de jour en jour plus tourmenté. Julien s'efforçait également de toujours trouver un moment dans la semaine pour aller rendre visite à son ami l'abbé, avec lequel il partageait des

instants de longues réflexions, des discussions que le garçon affectionnait particulièrement. Pouvoir échanger des dialogues sur la religion et sur l'importance de croire en Dieu. Croire en Dieu pour le jeune garçon était une chose merveilleuse et primordiale, car il lui semblait que c'était le seul lien avec sa sœur qui lui permettait d'avoir toujours sa chère maman près de lui. Jeanne avait toujours été une grande croyante et avait laissé à son fils cet héritage. L'abbé avait raison, Julien ressemblait beaucoup à sa mère, il voulait faire comme elle, partager des moments secrets avec cet homme auprès duquel, il apprenait la sagesse, l'humilité, la bonté envers son prochain, le partage et surtout l'amour.
Il appréciait également les cours et les enseignements de son maître qui pourtant était un homme athée. Julien réussissait à trouver une harmonie dans ses relations avec ces deux personnages qui ne partageaient pas les mêmes visions du monde, mais au bout du compte s'orientaient vers les mêmes priorités : le bien être de l'humanité. Julien s'accommodait désormais de ces différences. Il se construisait son univers et sa propre vision au travers de ses deux hommes qu'il aimait. Il regrettait cependant que son père ne consacre plus de temps à ses enfants. Comme auparavant, lorsqu'ils se retrouvaient en famille à la veillée du soir ou lors de ces après-midi ou ces fabuleux dimanches pour parler et passer des moments à se distraire et s'amuser. Roger ne vivait maintenant plus que pour la ferme et se laissait envahir par ses soucis. Julien s'apercevait que son père redevenait celui qu'il avait été lorsque sa mère était encore en vie. Roger avait-il oublié cette importance de prendre le temps de se retrouver avec ses enfants pour leur montrer combien il les aimait ? Toutefois, le

jeune garçon avait mûri en très peu de temps et comprenait mieux maintenant que son paternel n'avait jamais négligé sa femme ni ses enfants, mais qu'il se sacrifiait à la besogne pour toujours subvenir aux besoins des siens.
Quelques jours plus tard, Roger arriva devant la sobre maison du maître d'école. Il avait longuement réfléchi et s'était enfin décidé à s'entretenir avec le professeur. Malgré ses ennuis, il pensait à l'avenir de ses enfants, conscient que ces derniers ressentaient de sa part un manque d'affection, certainement justifié.
Sa fille s'empressa de franchir la petite barrière métallique pour se faufiler à travers l'allée qui traversait le petit jardin. Rapidement, elle alla frapper à la porte de la demeure :
-Sophie c'est moi ! Je suis avec mon père !
Une voix joyeuse se fit entendre de derrière la porte :
- Entre vite Roselyne j'arrive ! Père est dans l'arrière-cour je vais le chercher !
Roger prit soin de bien refermer le petit portail, et s'arrêta un instant pour observer le jardin qui devançait l'habitation. Le jardinet était modeste mais très joli et bien entretenu. Un pommier dominait la courette sous lequel poussaient des marguerites, sur une herbe fraîchement coupée. La bâtisse se trouvait juste à côté de la cour de récréation, elle était petite et charmante avec ses petits rideaux brodés qui recouvraient la moitié des fenêtres. Les murs étaient en briques rouges, sous un toit de tuiles ocres et dont une lucarne laissait filtrer les rayons du soleil. Il s'avança tranquillement pour rejoindre sa fille.
Lorsqu'il entra dans la cuisine de monsieur François, ce dernier ravi de sa visite l'accueillit les bras ouverts. C'était

un homme de taille moyenne, légèrement bedonnant et au visage très jovial. Sa fine moustache, dont les extrémités étaient soigneusement redressées, lui donnait un air snob. Il portait sur son nez une paire de lunettes ronde qui agrandissait son regard, le rendant certainement impressionnant aux yeux de ses élèves. Son air débonnaire sous un crâne dégarni dénonçait un esprit convivial, une personnalité rassurante et amicale :

-Entrez monsieur Durrieux ! Quel plaisir de vous recevoir ! Excusez mon accoutrement, mais j'étais en train de m'occuper de mes petites pensionnaires. Que voulez-vous, si je veux que celles-ci me donnent du bon miel, il faut bien que j'aille leur rendre une petite visite de temps en temps. Mais quel bon vent vous amène !

- Ho, une simple promenade matinale !

Le maître n'était pas convaincu par cette réponse. Néanmoins, il fut ravi de cette occasion et fit entrer son visiteur dans sa demeure, et pour mettre à l'aise son invité, il engagea la conversation :

- C'est un bon garçon que vous avez et si courageux ! Je crois qu'avec quelques efforts supplémentaires, il pourrait certainement aller jusqu'au baccalauréat. Accepteriez-vous une tasse de thé ? Si nous allions en déguster une dans l'arrière-cour ! J'en profiterais pour vous montrer mes ruches. Les abeilles ont beaucoup de choses à nous apprendre, surtout dans la vie en communauté. Vous ne pouvez pas imaginer à quel point elles sont organisées ! C'est une véritable société qui grouille à l'intérieur de mes ruches. Les abeilles ont compris bien des choses sur l'organisation sociale.

- Je n'en doute pas et je serai ravi de les découvrir et de vous écouter.
Tout en marchant le professeur répondit :
-Le monde est si fascinant et la nature a tant de chose à nous apprendre. Je n'ai pas si grand temps que cela, croyez-le ! Mes petits garnements me donnent beaucoup de travail. Entre les corrections des devoirs et la préparation des leçons. Mais je ne vais pas me plaindre. C'est un véritable bonheur d'offrir à mes jeunes élèves la connaissance et d'essayer de leur donner le goût d'apprendre.

Arrivés dans l'arrière-cour, ils s'assirent sur des chaises métalliques autour d'une table en fer forgé. Roger attendait patiemment que l'instituteur lui laisse le temps d'en placer une. Le professeur continua :
- Le regard de mes élèves, leur émerveillement, m'apportent chaque jour cet enthousiasme, cette jubilation de faire ce métier. Quand je les observe jouer dans la cour et qu'ils se prennent pour ces hommes qui ont écrit notre histoire et qu'ils en font leurs héros, qu'ils s'appellent Vercingétorix ou Napoléon ou encore Clovis, Rolland, Charlemagne, Bayard et tant d'autres, alors je sais qu'ils retiendront un peu ce que je leur ai appris. Ils sont si beaux, quand ils griffonnent leurs cahiers d'écolier à l'aide de leurs plumes. Quand ils observent la nature, quand ils me posent des questions ! Je me souviens de cette joie que j'avais d'apprendre. Refuser l'ignorance pour se diriger sur le chemin de la Connaissance. N'est-ce pas cela le plus merveilleux chez l'homme ! La nature nous a offert le miracle de pouvoir analyser ce qui nous entoure pour mieux comprendre, pour mieux étudier.

Alors, faisons-lui honneur et apprenons la beauté du monde car au travers de la science, les hommes pourront effectuer tant de grands prodiges. Bien sûr, certains sont plus doués que d'autres et ils ont tous leur matière préférée. Beaucoup d'entre eux, et je le regrette, retourneront effectuer le travail dans la boutique de leurs parents ou dans leur ferme ou encore partiront en manufacture. Je comprends évidemment les besoins matériels, financiers des familles qui ne peuvent se permettent de laisser ces gosses à l'école. Alors, après leur passage du certificat, ils rentrent dans le monde du travail bien trop tôt évidemment.
Roger répondit:
- Ce n'est pas simple de laisser son enfant suivre des études, surtout quand on se retrouve seul à gérer sa famille.
- Je comprends ! Et en ce qui concerne votre Jean, il est dans son élément. Il a toujours voulu travailler la terre, comme vous.
Roger acquiesça d'un signe de tête, quand apparut Sophie. La gamine s'approcha en se dandinant joyeusement, accompagnée de Roselyne qui resplendissait de gaieté. La fille du professeur avait dans ses yeux verts, un regard vif. Elle respirait la joie. Le sourire toujours dessiné sur les lèvres. Elle était si jolie avec son visage rond, rendu écarlate de s'être certainement un peu trop amusée. Elle tenait un plateau à la main, qu'elle déposa sur la table blanche du jardin.
Lorsqu'elle eut terminé de servir le thé, elle demanda :
-Père, pouvons-nous aller jouer dans ma chambre ?
Valentin leur donna l'autorisation et les deux jeunes filles partirent bras dessus, bras dessous.

Roger engagea de nouveau la conversation :
- Ha, comme j'aurais aimé moi aussi posséder les connaissances que vous détenez !
-Il est encore temps, rien n'est jamais trop tard. Si vous le voulez, je pourrais vous donner quelques cours particuliers !
Roger se mit à rire soudainement :
- Vous plaisantez ! À mon âge, je serais ridicule voyons ! Il est bien trop tard et où trouverais-je le temps !
-Il n'est jamais trop tard ! Rien n'est ridicule ! Surtout pas dans le savoir. Réfléchissez-y ! Je peux vous accorder des cours du soir. Le ridicule est dans l'ignorance et dans le refus de s'instruire. Mais vous n'entrez pas dans ce cas de figure, car vous aussi vous auriez certainement beaucoup de choses à m'apprendre
Surpris, il fixa son hôte :
- Que voulez-vous que je vous apprenne ? Je ne suis qu'un ignorant qui essaye tout simplement de faire vivre sa famille.
Sur ces mots, Valentin répondit :
-Je n'ai pas plus de mérite que vous. Ce que j'enseigne, on me l'a enseigné auparavant. Vous savez mon cher, il y a l'éducation des professeurs, mais sans les parents nous ne pouvons rien. Vous êtes l'exemple de vos enfants, et en les mettant à l'école régulièrement, vous leur offrez une chance. Vous leur apprenez de votre côté beaucoup de choses qu'un professeur ne peut enseigner. Vous incarnez, vous aussi, à votre manière un pédagogue. Nous le sommes tous, dès que nous avons des enfants. Votre fils Jean est votre élève car c'est lui qui un jour vous succédera, car c'est vous qui lui aurez tout appris sur le métier de fermier. Vous devez en être fier ! Ce n'est pas simple d'avoir cette lourde responsabilité

de faire en sorte que nos enfants deviennent des personnes respectueuses et respectées, honnêtes et travailleuses. Nous sommes et nous devons être, enseignants et parents, sur le même chemin, pour que les générations qui nous succéderont suivent cette route de l'honnêteté et de la connaissance. Afin que l'avenir soit un jour, garant d'espoir et de paix, afin de faire reculer toutes ces bêtises religieuses qui gangrènent notre société. La loi Jules Ferry respecte les instructions des valeurs morales et humaines, en honorant les savoirs fondamentaux, en formant l'enfant à la connaissance de son milieu, en nous efforçant, nous, instituteurs, de leur inculquer les valeurs républicaines. Oh, je sais que l'école de la république, que la loi de la laïcité se doivent d'être respectueuses envers tous. Je m'y efforce. Mais je dois admettre que j'ai du mal en ce qui concerne la religion. Mais je suis très optimiste sur la genèse de ce nouveau siècle, car elle nous prépare à tant d'évolution qui amélioreront la vie des hommes. Nous entrons dans l'ère moderne et vous verrez ce que le modernisme apportera dans quelques décennies. Je suis persuadé que notre société se rapprochera encore plus des besoins de l'humanité ! Nous aurons, je l'espère, l'occasion de voir tout cela et nos enfants auront la chance de vivre cette explosion sociale. Alors, la science prouvera à tous ces imbéciles d'ecclésiastiques, que Dieu n'est en rien responsable du bien-être des hommes, mais que c'est l'homme seul, qui permettra aux générations futures, de vivre dans des conditions extraordinaires ! Nous voyagerons par air, par auto, vous n'aurez plus besoin de chevaux ou de bœufs pour vos champs. Il y aura j'en suis persuadé, bientôt, des véhicules motorisés pour remplacer les animaux. Les

travaux seront moins pénibles, grâce à toutes ces nouvelles technologies qui soulageront les hommes. La médecine évoluera de façon prodigieuse et beaucoup de gens pourront vivre plus longtemps en meilleure santé ! Croyez-moi ! Nous entrons dans un siècle formidable.
Roger l'écoutait avec beaucoup d'attention et appréciait d'autant plus cet homme qui partageait les mêmes opinions sur la religion. Ce qui le détendit :
- Vous parlez vraiment très bien et je souhaite que vos prédictions s'avèrent vraies.
-Comment peut-on encore croire en ces chimères religieuses alors que nous sommes à l'aube d'une époque qui nous apportera la vérité et plus de liberté ? s'écria Valentin. Mais vous verrez que les gens comprendront un jour, qu'ils ont été dupés. Alors les églises se refermeront sur leurs mensonges. Et ce sera la meilleure chose pour que cessent toutes ces croyances qui ont bien trop longtemps engrangé la haine et étouffé la tolérance. Tous nos enfants auront la chance de s'instruire plus longtemps. Cela deviendra une véritable nécessité pour que l'économie de notre pays puisse avoir des citoyens ayant une instruction leur permettant de participer à l'explosion industrielle, pour conduire toutes ces nouvelles technologies. Les gamins quels que soient leurs milieux sociaux, pourront aller jusqu'au baccalauréat. Les études secondaires et au-delà seront à la portée de tous. Les hommes se dirigeront vers une plus grande égalité, l'équité sera évidente. L'éducation nationale s'ouvrira et ce sera la fin des privilèges. Je suis vraiment très optimiste pour l'avenir. Ce siècle sera le siècle du social et de l'égalité, ce sera un nouveau siècle de lumière.

Roger s'abreuvait de ces phrases si prometteuses. Il songea alors à son fils et à la raison de sa visite.
- Cela m'amène justement à aborder le sujet pour lequel je suis venu !
Ce fut au tour de Monsieur François Valentin d'être étonné :
- Que voulez-vous dire ?
- J'ai un terrible remords en moi ! Et je crois que j'ai promis une chose impossible à réaliser !
Impatient d'en savoir plus le maître le pressa :
-Ne cherchez pas les mots mon cher, dites donc ce qui vous tourmente et si je peux vous aider, alors je le ferai.
Un peu maladroit, Roger bafouilla quelque peu, puis se lança:
- Voilà, j'ai fait la promesse à ma femme avant qu'elle ne me quitte, de faire en sorte que mon fils suive des études après son certificat. Mais je ne vois aucune solution, car je vais avoir besoin de lui pour la ferme et les champs. Je suis révolté de ne pas pouvoir tenir ce serment et surtout de ne pas pouvoir lui offrir cette chance ! Je sais que cette ambition semble stupide car je n'ai pas les moyens. Cela est trop cher pour moi et je ne peux pas me permettre de perdre une main d'œuvre.
Le professeur se senti attristé de voir cet homme se conduire comme un enfant, cherchant à se faire pardonner. Cet homme exprimait tant de résignation, tant de culpabilité.
- Il est vrai que votre fils a vraiment toutes les capacités. Vous devez le savoir au travers de son carnet de notes n'est-ce pas !
Roger répondit d'un signe de tête. Cela le rassura d'entendre l'instituteur confirmer les bons résultats de son fils.
Valentin continua :

-Votre fils est attentionné et si enthousiaste en classe. Si vous pouviez le voir, il rayonne ! Je n'ai encore jamais vu un enfant aussi désireux d'apprendre. Cela est bien que vous soyez venu me parler de ce qui vous tracasse à son sujet. Je crois d'ailleurs que je serais certainement venu vous voir, pour justement vous parler de son avenir. Quelle tristesse tout de même de ne pas pouvoir lui donner sa chance ! Si seulement il pouvait accéder au baccalauréat. Cela lui ouvrirait des portes pour son avenir. Il pourrait devenir, qui sait, peut-être ingénieur !
Roger se sentit fier en écoutant cet homme qui élevait son fils avec tant de sincérités. Il demanda hâtivement :
- Auriez-vous une solution !
-Tout dépend de ce que vous attendez comme solution ! Il y a deux voies qui existent dans l'enseignement. La première est l'entrée au collège puis au lycée pour obtenir un baccalauréat et il y a ensuite l'enseignement primaire supérieur qui conduit au brevet élémentaire. Généralement on entre à l'âge de onze ans au collège. En ce qui concerne votre fils, puisqu'il doit passer le certificat d'étude à la fin de l'année, je pense que la deuxième solution est celle qui convient le mieux. Je suis habilité pour le préparer au brevet élémentaire. Sachez que le brevet élémentaire donne le droit d'enseigner. Ce dernier permet aussi d'entrer dans les administrations, dans les chemins de fer, etc... S'il obtient son brevet élémentaire, il pourra aussi continuer jusqu'au brevet supérieur. Cela pourrait lui ouvrir les portes de l'école normale pour devenir instituteur. Il faut que vous sachiez que s'il réussit à aller jusque-là et qu'il choisit la voie de l'enseignement, il pourra donc accéder par concours à l'école normale, et s'il obtient ce

concours, les études y sont gratuites ; mais il devra alors s'engager par écrit de servir l'école publique pendant dix ans ! Enfin, il y a aussi les établissements d'enseignements professionnels qui préparent aux métiers de l'industrie, du commerce ou encore de l'agriculture. Vous voyez, beaucoup de possibilités existent. Je pense que l'idéal serait qu'il puisse être inscrit dans un collège! Car au sein d'un tel établissement, son enrichissement sera bien plus complet. Car je crains qu'avec moi, il risque de ne pas atteindre le niveau, puisqu'il devra travailler sur votre exploitation et il risque de culpabiliser de ce privilège d'étudier, et d'abandonner cette chance devant vos difficultés. Mais l'entrée au collège a un coût. Il faut payer les livres, l'inscription, les repas, les tenues collégiennes, l'internat. Il n'y a pas de collège dans les environs et le plus proche est celui d'Évreux.
Il se tut en fixant Roger quelques secondes puis reprit en tenant la main de son invité.
- Si nous parvenons à lui obtenir une bourse. Alors, dans ce cas, tout sera possible et cela vous reviendra beaucoup moins cher. Pour augmenter ses chances, il faudrait qu'il puisse obtenir de très bonnes notes. Cela aidera pour qu'il puisse bénéficier de cette bourse. De mon côté je ferai tout le nécessaire auprès de l'Académie. Je peux vous assurer que j'appuierai sa candidature et que je ferai tout ce qu'il faut pour qu'il puisse entrer au collège. De votre côté, serez-vous prêt à le laisser partir ?
François Valentin fixa l'homme d'un regard qui en disait long sur la décision que Roger devait prendre. Accepterait-il de laisser son fils partir, malgré sa situation difficile? Réussirait-il à participer financièrement aux études de son

fils ? Même avec une bourse, il lui faudra cependant dépenser de l'argent.
Roger soupira, prit un instant de réflexion, ferma les yeux et répondit :
-Je n'ai pas le droit de lui retirer cette chance. S'il obtient cette bourse, alors je le laisserai aller au collège. Je pense que vous avez raison, c'est la meilleure solution. Tant pis, je ferai en sorte de participer financièrement. Je m'arrangerai !
Un large sourire se dessina sur le visage du professeur, qui lui répondit :
- Vous êtes un très bon père ! En ajoutant :
-Il faudra en parler à votre fils, cela l'encouragera pour son certificat. Surtout, laissez-lui du temps pour ses révisions, ne le fatiguez pas trop. Je sais que vous avez des priorités, mais songez aussi à son avenir !
- Je vous remercie vraiment beaucoup et je suis très touché par ce geste. Je vous en suis vraiment reconnaissant. J'espère qu'il ne nous décevra pas !
Le professeur se leva :
- J'en suis persuadé ! Votre fils veut apprendre et il réussira !
- Pensez-vous que c'est à moi de lui en parler ? répondit Roger.
- Attendez encore un peu, ne lui mettez pas la pression !
- Faisons ainsi !
- C'est le meilleur de mes élèves !
Ils se levèrent ensemble et se dirigèrent cette fois en direction des ruches qui se trouvaient au fond du jardin. Un bourdonnement incessant se fit de plus en plus entendre aux oreilles des deux amis. Ils restèrent ainsi quelques instants en compagnie des abeilles. Roger écoutait la voix de monsieur

François lui expliquant le monde de ces petits insectes tout en les comparant avec le monde des humains.

VII

Un matin, alors que les enfants étaient à l'école, Roger et Jean s'activaient pour remettre les outils en état. Le ciel annonçait la pluie et la grisaille des nuages était bien menaçante. Ils aperçurent un homme entrer dans la cour. Roger le fixa durement, Jean s'arrêta pour rejoindre son père. Quelle mauvaise nouvelle allait donc apporter cet homme qu'ils détestaient ? Le régisseur s'arrêta pour leur tendre la main. Roger demanda :

- Que me vaut ta visite ce matin, Pierrot ?

L'homme portait un feutre sur la tête, une grosse moustache grisonnante cachait ses lèvres, les yeux bouffis sous d'épais sourcils, les joues rougies par l'abus d'alcool, il esquissa un sourire étriqué. En mordillant sa pipe éteinte dans la bouche, il appuya ses deux mains sur sa canne. Son corps trapu et voûté se redressa pour fixer son interlocuteur. Dans ses yeux brillait une étincelle peu rassurante.

Après avoir dit bonjour à Jean qui lui répondit d'un signe de tête, le régisseur répondit :

- C'est le proprio qui m'envoie, il demande à ce que tu viennes le voir cet après-midi au château !

- Pourquoi faire ? demanda Roger, subitement inquiet.

- Je ne peux pas t'en dire plus, mais si j'étais toi, j'irai car ça à l'air important !

Jean s'approcha pour répondre :

-C'est quoi cette embrouille ?
Un peu énervé par l'air provoquant que prenait le régisseur, Jean prit un air menaçant.
-Il me semble bien nerveux ton garçon ! Tu devrais le calmer.
Roger répondit aussitôt : T'occupes pas de mon gosse! Si tu sais quelque chose, dis-le !
- Tu le sauras toujours assez tôt va !
-Qu'est-ce que l'on t'a fait, pour que tu sois si mauvais avec nous ? insista Jean.
L'homme éclata de rire.
- Que veux-tu que des gens comme vous me fassent ? Vous n'êtes rien pour moi et bientôt vous n'existerez plus, alors !
- Fous le camp de chez moi! lança le père. Tu n'as rien à foutre ici ! Tire-toi!
Toujours en souriant, le Pierrot réfuta :
- Je m'en vais, ça pue ici !
Sur ces paroles, Jean s'apprêta à bondir, mais fut retenu de justesse par son père.
Le visiteur s'éloigna, puis au bout de quelques mètres, il se retourna pour crier :
- Sois-y, pour quinze heures !
Roger, anxieux, alla s'asseoir au bord du puits. Son fils s'approcha et lui passa une main sur son épaule :
- Qu'est-ce qu'on lui a fait ?
Le père ne répondit pas aussitôt, mais devant l'insistance du regard de son fils, il daigna lui répondre :
- C'est une vieille histoire, que je te raconterai peut-être un jour !

Au cœur, des larmes
ou
La promesse des hommes

Le soir venu, les enfants de retour de l'école, devaient encore aider à la ferme, pour descendre le foin du grenier.
Puis, l'heure du souper arriva. Le père après avoir coupé et partagé le pain commença à manger, alors ils purent en faire autant. C'était ainsi, l'éducation familiale de ces paysans normands! Il fallait attendre que le père débute son repas, avant de pouvoir manger. Ils dégustèrent un lapin dans la pénombre de cette demeure qui n'était uniquement éclairée que d'une lampe à pétrole et du feu de la cheminée. Ils n'aimaient guère cet air grave qu'ils avaient trop souvent vu chez ce père qui ne savait cacher ses émotions. Roger n'aimait pas tourner autour du pot. Il fallait comme à son habitude être direct. A quoi cela servait-il de chercher les mots ! De toute façon, il ne pouvait rien y changer. Dire les choses telles qu'elles sont, était ce qu'il y avait de plus honnête.
- A partir de demain, tu n'iras plus à l'école Roselyne !
Voilà, c'était dit ! Il sut que cette phrase allait apporter une consternation et de l'inquiétude.
Surprise, Roselyne se mit à blêmir, et sentit son cœur battre à tout rompre. Les mains tremblantes, le souffle coupé elle fixa son frère aîné, le questionnant du regard et le suppliant de l'aider à comprendre cette brusque décision qui venait de la frapper comme une gifle. Qu'avait-elle donc fait pour que le père décide cela ?
Julien fut lui aussi pétrifié par ces paroles. Il observa son père attendant que celui-ci s'explique.
Jean devina ce qui allait suivre, en regardant les poings fermés de son père sur la table. L'homme s'efforça de garder un visage ferme, essayant de ne laisser paraître aucune

faiblesse. L'aîné dévisagea ensuite sa petite sœur, en ressentant une si grande désolation accompagnée d'une impuissance qu'il ne pouvait cacher.
Une grande appréhension s'installa dans le cœur de Roselyne, qui, sans s'en apercevoir serra fortement la main de Julien.
Sur le ton grave qu'avait pris son père, Julien sentit lui aussi que la suite ne serait pas de bon augure. Il demanda inquiet :
- Mais pourquoi papa ? Qu'est-ce qu'elle a fait ?
Roger respira profondément avant de répondre :
-Nous ne pouvons pas nous permettre de laisser ta sœur continuer d'aller à l'école. Elle est en âge de travailler et je vais lui trouver un embaucheur dans les jours à venir. En attendant, elle restera à la maison pour subvenir aux besoins ménagers.
Le monde s'écroula effroyablement sur les épaules de Roselyne. De ses yeux qui rougirent tout à coup, elle scruta ses deux frères d'un regard suppliant. Les mots ne purent sortir de sa bouche. Les lèvres frémissantes, elle se figea, laissant l'angoisse s'emparer d'elle par un horrible frisson qui engourdissait ses mains. Que lui arrivait-il? Elle qui venait de passer une si belle journée, venait de recevoir de la bouche de son père un déchirement qui, en une phrase, fit s'écrouler le monde dans lequel elle se sentait si heureuse. Ce père qu'elle adorait plus que tout, allait se débarrasser d'elle, cet homme qu'elle admirait était en train de la trahir. Non, ce n'était pas possible ! Il ne pouvait pas la placer. Ne s'apercevant pas que les larmes coulaient sur son visage, elle ressentit au plus profond de son cœur une puissante déchirure, une incompréhension qui venait de détruire son monde de petite fille.

Au cœur, des larmes
ou
La promesse des hommes

-Tu ne peux pas faire ça papa, elle encore trop jeune ! Elle n'a pas encore treize ans ! cria soudainement Julien, horrifié par la perspective de ne plus voir sa petite sœur.
L'impulsivité naturelle de Julien était une nouvelle fois en train de prendre le dessus. Roger s'attendait à cette réaction de la part de son cadet. Il savait que ce dernier n'accepterait pas cette séparation pourtant nécessaire.
Le plus calmement possible, il referma son couteau, le posa doucement sur la table et croisa ses doigts pour répondre à toutes ces interrogations justifiées :
-La situation de la ferme est catastrophique ! Nous vivons une période difficile et je ne sais pas de quoi sera fait demain. Le propriétaire va vendre ses terres à un industriel en novembre. Nous n'aurons plus de terre à travailler après Noël et nous lui céderons nos hectares en échange de nos dettes. Nous allons devoir nous séparer. J'ai négocié un emploi pour elle. Le propriétaire m'a parlé d'une de ses relations qui recherche justement une femme de ménage. Elle commencera début juillet. En ce qui me concerne, et en attendant que la future usine soit terminée, j'irai avec Jean vendre mes bras. Le proprio m'a garanti du travail dans la filature, lorsque celle-ci sera en fonction. Je ne sais pas encore si je vais accepter. Je sais que cela est difficile, mais c'est l'unique solution. En trouvant un employeur, Roselyne sera nourrie et logée. Elle touchera un salaire sur lequel elle nous versera une partie pour que nous puissions de notre côté subvenir à nos besoins. Je vais avoir besoin de toi et de ton frère pour mettre les bouchés doubles dans les champs, pour notre dernière moisson.
Ce n'est pas que je veuille me débarrasser de votre sœur.

Vous le savez ! En la plaçant, elle sera à l'abri de la faim et elle aura un toit et des gages.
Roger ne chercha pas à convaincre ses enfants. Il expliqua avec résignation qu'il n'y avait pas d'autre alternative.
Jean écoutait triste et furieux à la fois.
Julien répondit vivement :
- Mais pourquoi ? Moi aussi, je vais bientôt avoir treize ans, c'est plutôt à moi de trouver un employeur. Laisse Roselyne, je me chargerai de me louer. Je suis assez grand papa
La petite sœur resta muette, inquiète, perdue dans cette discussion qui pourtant la concernait directement. Puis, elle leva les yeux en direction de Julien, qui se proposait de prendre sa place pour lui épargner cette séparation si soudaine.
- Ce n'est pas possible, ta sœur ne peut travailler dans les champs, elle n'a pas la force ni l'endurance. C'est pour cette raison que mon choix s'est porté sur elle ! répliqua Roger et puis j'ai aussi des projets te concernant.
Il ne voulut pas en dire plus à cet instant, pensant peut-être que la situation était suffisamment délicate pour ne pas la rendre encore plus difficile en engageant une conversation dans laquelle il devrait justifier de son choix devant sa fille, d'une façon plus approfondie Étonné, le garçon voulu répondre, mais son frère l'en empêcha :
- Moi aussi cela me pèse que Roselyne nous quitte, mais nous n'avons pas le choix !
Sur cette phrase, la colère s'empara de lui en frappant violemment son poing sur la table.
Son père alla le calmer en lui servant un verre de vin et le fit se rasseoir. Au même moment, Julien révolté par cette

situation, se leva de table. Il voulut une nouvelle fois insister sur le fait que c'était à lui de partir. Tout à coup Roselyne prit la parole :
-Je suis prête à faire ce que tu as décidé papa ! Si on ne peut pas faire autrement, alors, j'irai travailler ailleurs et je te promets de ne pas te faire honte, je m'engage à te faire honneur !
Un silence s'installa brusquement dans la cuisine. Tous se tournèrent vers la gamine, surpris de ce qu'elle venait de dire. Roger devant le courage de sa petite, sentit le trouble monter jusqu'à ses yeux. Contrôlant son émotion, il répondit :
- Je suis fier de toi ma fille. Très fier de toi !
La surprise passée, Julien se mit à agripper sa sœur en criant :
- Non, Roselyne ! Tu nc pcux pas partir !
Comprenant qu'il risquait de la faire revenir sur ses paroles, d'un ton grave, Roger haussa la voix !
- Ca suffit maintenant Julien ! C'est ainsi ! Que tu le veuilles ou non ! Laisse ta sœur tranquille maintenant ! Tu en as assez dit !
Le jeune garçon fixa durement son père. Roger se devait de réagir, son autorité ne devait pas être bafouée.
- Je ne te le dirai qu'une seule fois, baisse les yeux et sors de cette pièce !
Furieux, le cadet bouscula violemment sa chaise et sortit en claquant la porte.
Le calme s'installa de nouveau dans la pièce, puis Roselyne d'une voix affaiblie, demanda l'autorisation de se lever pour aller marcher un peu autour de la ferme.

Au cœur, des larmes
ou
La promesse des hommes

Roselyne se mit à errer aux alentours. Elle marcha sans but précis. Elle ressentit un besoin de s'éloigner de ce lieu où elle avait grandi. Elle se retourna pour apercevoir les lumières discrètes qui sortaient de la fenêtre de la maison. Cette maison qui l'avait vu naître, ce lieu où il lui semblait, qu'auparavant, elle se sentait protégée auprès de ses frères et de son père. Dans la pénombre de cette nuit, elle apprécia la fraîcheur qui lui permit de retrouver un peu de son calme et de mieux songer à ce qui s'était dit. Elle se sentit si malheureuse, abandonnée et si anxieuse en imaginant les jours à venir. Puis, le passé défila devant ses yeux. Elle revit sa famille, sa mère, les jours heureux. Elle se remémora tous ces moments, qu'elle avait vécus à la ferme. Elle se souvint des moments passés avec son frère, le soir avant d'aller se coucher, les jeux qu'ils inventaient ensemble, sur le chemin de l'école, alors elle prit aussi conscience qu'elle ne verrait plus ses camarades de classe. Le vent soufflant sur les branches des arbres ne lui faisait plus peur. Elle s'aperçut que bientôt tout cet univers serait bien loin, que le monde de l'enfance allait lui aussi se séparer d'elle, que son insouciance ne serait plus. Elle ne s'expliquait pas le sort qui s'acharnait sur sa famille. La jeune fille eut l'impression d'être sacrifiée pour éviter le pire. Puis, elle fit demi-tour pour se diriger d'une démarche chancelante en direction de l'étable. Évitant d'être surprise, elle se hâta d'entrer à l'intérieur pour aller s'asseoir sur une botte de foin. Souvent, lorsque son cœur était trop lourd, c'est ici qu'elle allait s'isoler, pour pleurer, pour prier. Elle songea à Dieu, à ses prières que sa mère lui avait apprises toute petite, mais elle n'eut pas envie de prier à cet instant. Elle ressentit plutôt une

forte incompréhension envers ce seigneur qui était censé les protéger. Elle se souvint des paroles de sa mère, lorsque celle-ci lui racontait la grandeur de Jésus ressuscité pour sauver les hommes. Elle se rappela toutes ces phrases que sa mère lui disait sur la bonté du Christ. Non, elle ne comprenait pas, elle qui fut toujours bonne envers les autres, elle qui était obéissante, qui n'avait jamais blessé quiconque ne comprenait pas que sa famille subisse tant de malheur. Pourquoi le seigneur lui faisait-il vivre cette épreuve ? N'avait-elle pas assez souffert de la perte de sa mère ?
Elle aurait tellement aimé recevoir des réponses à ces questions de la part de ce Dieu qui ne se montrait jamais. Les avait-il abandonnés ? Malheureuse, perdue dans ses pensées, elle frotta son visage de ses mains. Malgré la fatigue, elle essaya de fixer son regard dans cette obscurité, afin de tenter de distinguer les vaches qui respiraient et remuaient dans leurs enclos. Roselyne resta ainsi plusieurs longues minutes, dans cet endroit. Se sentant un peu à l'abri de la vie extérieure. Avec cette impression qu'ici, rien ne pouvait l'atteindre. Elle aurait aimé disparaître pour ne plus avoir à penser, pour ne plus pleurer, pour oublier cette malédiction qui semblait vouloir s'acharner. Pourtant, elle ne ressentit aucune colère envers son père, mais un regret s'installa dans son cœur. Pourquoi avait-elle accepté si facilement ? Si elle s'était montrée moins compréhensive, le remords de ce dernier l'aurait peut-être fait changer d'avis. En pensant à lui, elle se remit à éclater en sanglots. L'épuisement de cette fin de journée amplifiait son anxiété, qui l'empêchait d'avoir les idées claires sur cette nouvelle qui venait de lui voler son enfance.

Au cœur, des larmes
ou
La promesse des hommes

La jeune fille croisa les mains en murmurant à plusieurs reprises :

- Je ne veux pas partir ! Je ne veux pas partir !

Plus tard, elle se retrouva de nouveau sur le chemin, continuant à marcher et écoutant les bruits de la forêt, entendant le craquement des arbres sous le vent, pour écouter chanter les chênes, les hêtres, les châtaigniers qui racontaient peut-être leurs longues vies aux plus jeunes d'entre eux. Le hululement de la chouette qui l'effrayait tant lorsqu'elle était encore une gamine, la fit sursauter. Elle se mit à sourire malgré elle, se trouvant stupide d'avoir été ainsi surprise. De doux souvenirs surgirent de sa mémoire, se souvenant de ces jours si agréables, qu'elle passait avec son père, quand ils allaient cueillir les champignons et qu'ils se cachaient derrière des bosquets pour essayer de surprendre un animal qui remuait dans les buissons. Cela lui parut si lointain, il lui sembla qu'elle ne pourrait plus jamais revivre ces instants de bonheur. Elle s'arrêta quelques secondes pour essayer de distinguer la silhouette d'un cerf ou peut-être d'un chevreuil qui avançait dans la pénombre de la lisière du bois. L'animal certainement craintif s'était subitement enfuit dans un craquement qui venait de résonner au milieu de ce silence aussi inquiétant que reposant. C'est alors qu'elle aperçut Julien assis sur un talus. Il ne l'avait pas entendue. Les yeux levés vers le ciel étoilé, il resta silencieux, les dents serrées, les yeux pleins de colère. Il semblait s'adresser au ciel, et l'interroger au travers de ses pensées sur le pourquoi de cette vie si pénible. Puis, il entendit un bruit de branche brisée. Il se retourna brusquement et vit sa sœur s'approcher de lui. Sur le visage de Roselyne un sourire forcé vint se dessiner. Une

fois assise près de lui, les larmes coulèrent sur les joues de son frère, n'en pouvant plus, il alla se blottir dans les bras de sa sœur bien aimée :
- Je ne veux pas que tu partes ! Je ne veux pas que tu nous quittes ! Papa se trompe ! Je suis sûr qu'il y a une autre solution !
L'émotion était si grande que Roselyne dut puiser dans toutes ses forces morales, pour se montrer courageuse devant son frère, afin de le rassurer. Sa maîtrise était impressionnante lorsqu'il s'agissait de soutenir les siens. Il ne fallait pas que son frère la sache triste et désemparée. C'était elle qui s'efforçait de le consoler, essayant de lui montrer que ce n'était pas grave. Que le père avait raison ! C'est elle, malgré son jeune âge, qui caressait les cheveux de son frère dont la tête s'était posée sur ses genoux :
- Tu te souviens de ce que disait maman ? Elle disait, ce n'est pas la distance qui importe, mais ce que nous avons dans notre cœur !
Julien, sans se relever bafouilla entre les reniflements :
- Oui je me souviens ! Mais c'est si injuste ! Qu'est-ce que je vais devenir sans toi ? Et j'ai tellement peur que tu sois loin de nous, peur de ne pas te revoir avant longtemps ! Promets-moi que si tu n'es pas heureuse, de revenir et de le dire à papa, s'ils te traitent mal. Je penserai tous les jours à toi et dès que je le pourrai, je viendrai te voir !
Roselyne laissa ses larmes couler en écoutant le désespoir de Julien. Elle aimait tant ce frère si fragile, elle l'admirait tant pour ses connaissances et sa patience envers elle.
- Je te le promets, et je t'écrirai le plus souvent possible !

Ils restèrent ainsi de longues minutes à savourer ce moment si précieux de tendresse fraternelle.

VIII

Les jours de ce début de juin passèrent dans les obligations qu'imposait la terre aux hommes. Le père et ses deux fils avaient commencé leur labeur sur les champs du Comte Delagarne qui était un grand propriétaire rural, dont la réputation n'était plus à faire concernant son intransigeance dans le commerce. C'était un homme fortuné, qui possédait de nombreux hectares, qu'il louait aux paysans. Dur en affaire, il bénéficiait d'une confortable relation auprès des notables de la région, ce qui lui permit d'accéder à divers marchés européens. Il descendait d'une famille d'aristocrates qui au XVIIème siècle s'était installée dans cette vallée. L'homme était un personnage très influent dans le canton, auprès des notaires, des magistrats et d'autres notables. La notoriété de celui-ci était sans précédent. Il était un homme reconnu pour sa froideur ainsi que pour sa fermeté dans le négoce. Les gens le craignaient car ils connaissaient son importante influence.

Roger n'avait guère l'occasion de le rencontrer. Lorsqu'il s'était présenté quelques jours plus tôt, au rendez-vous annoncé par le Pierrot, il se doutait d'une mauvaise nouvelle. Ce n'était jamais bon d'aller au manoir. Mais la vente des terres était bien loin de ce qu'il appréhendait. Il se souvint de cet entretien, quand il avait croisé d'autres paysans qui, le visage sombre, lui firent comprendre, que c'en était fini du labour. Il fut complètement anéanti quand, dans le bureau luxueux de ce Delagarne, ce dernier lui confirma sa décision

de vendre ses terres. Une sensation d'étouffement s'empara de lui. Le visage blême, il resta sans voix sur ce qu'il venait d'entendre. Le Comte paraissait néanmoins désolé et essayait de lui faire comprendre que c'étaient les affaires. Les terres ne lui apportaient que très peu avec la culture du blé, mais en investissant dans des actions industrielles, les résultats financiers seraient bien plus fructueux. Il s'efforça d'expliquer à ce pauvre homme qui se trouvait devant lui, que c'était une opportunité financière qu'il ne pouvait laisser passer. Qu'est-ce que cela pouvait lui faire à ce pauvre Roger toutes ces histoires de gros sous ! Il observa cet homme à la silhouette dégagée, au faciès rude sous un crâne légèrement dégarni, dont le visage impassible cachait derrière ses lunettes un regard insaisissable. Assis dans son fauteuil en cuir, avec son verre à la main, l'homme continua de parler, tout en caressant sa fine moustache. Roger s'égara un instant dans ses pensées.
N'avait-il donc pas assez d'argent ? Il leur en faut toujours plus songea-t-il, en fixant avec dégoût ce rond de cuir qui se moquait de la situation des paysans.
Les mains tremblantes, il accepta de prendre ce remontant que venait de lui servir le propriétaire. En buvant ce bourbon qui lui fit retrouver ses moyens, le cœur inquiet, il demanda avec insistance :
- Je n'ai que ce travail et trois enfants ! Que vont-ils devenir si je n'ai plus de terres à labourer ? Je ne sais faire que ça. Vous me mettez à la rue en vendant ces terres. Est-ce que cela vous importe ?
Raymond Delagarne croisa ses doigts en écoutant le misérable qui se trouvait devant lui, pour lui répondre

calmement :
-Mon cher Durrieux, cela fait maintenant à peu près dix années que je vous loue mes terres. Je sais que cela est pénible pour vous. C'est pourquoi, lorsque cette industrie sera construite, je ferai en sorte que vous soyez l'un de ses premiers employés. Je vous le promets. Il faut suivre le courant mon cher, et je suis persuadé que vous ne le regretterez pas.
Roger essaya de contenir sa colère. Il songea alors à ses enfants.
- Est-ce que cela vous fait quelque chose, de savoir que vous mettez une famille en péril ?
-Bien sûr que oui voyons ! Mais nous avons tous nos priorités, et lorsqu'une occasion se présente, nous ne pouvons la laisser passer. En ce qui concerne vos enfants, je crois savoir que vous recherchez un employeur. Je peux parler pour votre fille. Ma sœur réside à Cherbourg. Je pense que je pourrai faire en sorte qu'elle la prenne comme domestique. Je sais, c'est assez loin, mais c'est à vous de décider. Elle sera nourrie, logée et évidemment payée. Vous voyez, j'aurais très bien pu ne rien vous proposer. Malgré la réputation que l'on me porte, je suis sensible envers les gens qui rencontrent des difficultés. En ce qui concerne le site, nous avons signé le contrat la semaine dernière. Les derniers accords ont été conclus et le chantier commencera dans vingt mois environ. C'est à dire pour début 1913. La filature devrait être opérationnelle pour le deuxième semestre de l'année 14. Vous pouvez constater que je ne vous prends pas par surprise. Je pense qu'avec votre réputation vous n'aurez pas de mal à vous louer auprès d'autres agriculteurs en attendant d'aller

travailler dans cette nouvelle société. Ne ratez pas cette occasion, c'est un conseil ! Cela pourrait certainement vous changer la vie. Vous n'êtes pas encore trop vieux. Il faut savoir trouver d'autres chemins et même si nous avons rencontré des périodes tendues, je vous porte dans mon
estime et je suis toujours admiratif devant le courage des hommes. Je connais votre réputation et votre courage. Je peux vous assurer que vous ne regretterez pas d'entrer dans l'industrie. Votre quotidien s'améliorera et vous évoluerez rapidement aussi, j'en suis certain ! Des hommes à poigne comme vous, seront les bienvenus ! Pour ce qui est de votre logement actuel, il n'est pas sur les plans de construction, mais sur celui des futures maisons ouvrières, qui seront construites dans la foulée. En attendant, afin de vous éviter de vous retrouver sans toit, je suis prêt à vous le proposer à un très bas loyer. Ainsi, ce serait pour vous, un souci de moins. Vous voyez, je ne suis pas aussi cruel que les gens le prétendent.
Roger sur cette information, ne put dire un seul mot. Il se mit à réfléchir pour s'apercevoir au bout de quelques secondes, qu'il n'avait pas le choix. Dégoûté et ne voulant rester plus longtemps en cet endroit, sachant qu'il était vaincu d'avance, il accepta d'un signe de tête les propositions qu'il venait d'entendre. Lorsqu'il allait se lever, le Comte lui fit un signe de rester assis. Ce dernier prit un air plus grave :
- J'oubliais de vous dire que vous me devez une certaine somme d'argent !
Roger, s'arrêta net, il secoua la tête, dégoûté mais non surpris. Cela aurait été très étonnant que cet homme oublie ce détail. L'homme rempli de nouveau le verre du paysan :

-J'ai donc décidé d'annuler votre dette en échange de vos hectares, car ces derniers se trouvent sur les plans de construction. Ainsi, vous ne me devrez plus rien. Comprenez, qu'il me les faut absolument. Je sais que cela est difficile de se séparer de ses biens ; mais si cela vous permet de vous retrouver sans aucune créance, ce sera un soulagement pour vous.
Le regard dur, les dents serrées, le cœur chancelant, Roger répondit :
-Voilà, ainsi vous m'aurez tout pris ! Ma terre vaut bien plus que ce que je vous dois. Vous profitez de ma situation. Pourquoi accepterais-je de vous la laisser ? Je serais plus gagnant à la vendre à quelqu'un d'autre, vous le savez !

Le comte ne fut pas surpris de cette réponse et répliqua avec assurance :
- C'est vrai, mais comment envisagez-vous de vendre cette terre ? Personne ne voudra vous l'acheter lorsque les gens seront informés du projet industriel. Vos terres ne vaudront plus rien. Ce serait un mauvais calcul de votre part. Soyez en certain. Une fois encore saisissez cette opportunité que je vous propose. Et comme je connais votre situation, je ne veux pas que vous pensiez que je vous vole, car cela n'est pas du tout dans mes façons de faire. Ne soyez pas stupide, acceptez ! Songez à ce que je vous ai proposé auparavant !
Roger savait qu'il était battu, qu'il avait le dos au mur et que cet homme avait raison. Il avala d'une traite son verre, et ne put que se résigner à accepter le marché.
Le propriétaire continua :
-J'ai appris que vous envisagez de mettre votre fils au

collège. Cela a un coût, vous le savez. Je suis très respectueux de cette décision. Je souhaite sincèrement que votre fils réussisse ! C'est très bien ce que vous faites pour lui ! Je voulais vous proposer de vous offrir une somme d'argent pour vous aider. Mais j'ai une autre proposition à vous faire ! Je peux vous assurer que c'est une énorme chance pour Julien!
Roger s'installa de nouveau devant le bureau de Delagarne. Perplexe, il attendit la suite.
-Je pense que toute personne a le droit de saisir sa chance lorsqu'elle se présente. Ce serait, je pense, une erreur de votre part de la refuser. Ce que je vais vous dire maintenant, est une opportunité pour votre fiston ! Si vous l'acceptez, je suis prêt à faire en sorte que votre fils rentre au collège et à prendre en charge ses études. Vous n'aurez rien à débourser, je vous le promets ! Ne me demandez pas pourquoi. La réponse est simple. J'admire les hommes qui se battent, je respecte le courage, la volonté et je sais que vous détenez ces qualités. Je sais que vous ne me portez pas dans votre estime. Je comprends, si j'étais à votre place, je pense que je réagirais de la même façon.
Roger, stupéfait et méfiant, l'interrompit :
-Qu'est-ce que cela cache ! Pourquoi accepterais-je ! Pourquoi vouloir me rabaisser ? Pensez-vous que je ne suis pas capable d'aider mon fils ? Je suis un homme d'honneur, un homme qui s'est toujours battu pour vivre, à cause de gens comme vous ! Comment pouvez-vous croire une seule seconde que j'accepterais cette proposition ? Je ne fais pas la charité monsieur ! Je n'ai peut-être plus rien, je n'ai pas votre argent, je n'ai pas votre luxe, je n'ai pas de titre de noblesse.

Je n'ai que mes mains pour vivre et c'est avec ma sueur et mon travail que mon fils ira au collège. Pas avec votre argent qui exploite les hommes comme moi ! Pourquoi chercher à m'humilier ? Je réussirai à subvenir aux besoins de mon fils et je me relèverai ! Garder vos bons sentiments pour d'autres ! Nous, les Durrieux, nous ne comptons que sur nous-mêmes pour nous en sortir !
Le Comte l'observa et l'écouta sans ouvrir la bouche, attendant que l'homme finisse de parler.
Roger se leva brusquement, s'apprêtait à prendre congé lorsque soudain le Comte se mit à élever la voix :
- Attendez ! Je ne vous autorise pas à sortir de mon bureau !
Roger sentit la colère monter de plus en plus et se retourna vivement vers son propriétaire, quand ce dernier, le visage sombre, la bouche déformée et les yeux fixes leva son doigt vers lui :
-Pour qui vous prenez vous, pour me parler ainsi ! Asseyez-vous ! Vous aussi, vous allez m'écouter ! Qui croyez-vous que je suis ! Qui croyez-vous avoir devant vous ! Sachez Durrieux que vous ne me connaissez pas ! L'argent ne représente rien pour moi si je ne lui donne pas un sens ! Pensez-vous que j'aurais aussi bien réussi à prospérer si je ne m'étais pas fait cette réputation que l'on connaît ? J'ai su me faire respecter, non pas par des gens tels que vous, car cela est trop simple lorsque l'on possède la monnaie ! Ce qui est plus difficile c'est de se faire respecter par ceux qui sont de votre milieu ! C'est un combat de tous les jours ! Baissez la garde et on vous mange, on vous dépouille ! Je n'ai rien à prouver à des gens tels que vous et j'ai certainement plus d'admiration envers des hommes comme vous, plutôt

qu'envers des bourgeois qui se pavanent dans leur fortune.
Roger voulu répondre mais le Comte continua en faisant un signe de la main qui l'empêcha de sortir un mot :
-Vous ignorez complètement mes actions, vous ne connaissez pas mes interventions. Combien d'emplois pensez-vous que cette filature créera lorsqu'elle sera construite ? Ce n'est pas sur le dos des ouvriers que je fais de l'argent, mais c'est sur le commerce, sur des actions, sur les nouvelles parts de marché qui se présentent ! Alors, dites-moi, combien de pères seront heureux de pouvoir nourrir leur famille grâce à cette usine ! Dites-moi combien d'emplois vont être créés grâce à ce projet !
Roger resta silencieux, surpris de cette réaction. Fixant cet homme qui n'avait pas tout à fait tort. Il ignorait la réponse et ne put que se taire.
Delagarne, alla de nouveau s'asseoir derrière son bureau. Il ouvrit un tiroir pour en sortir un cigare qu'il alluma lentement en reprenant son contrôle. Après quelques bouffées, il releva les yeux vers son invité, secoua la tête en dévisageant ce pauvre bougre qui se trouvait devant lui. Cet homme désarmé et qui ne comprenait plus grand chose.
- Cinq cents !
Un long silence s'installa dans le bureau. Roger baissa la tête pour prendre conscience de ce qu'il venait d'entendre.
Cinq cents emplois allaient être créés, cinq cents familles !
Jamais dans la vallée on n'avait vu autant d'emplois créés. Tant de familles allaient pouvoir enfin sortir de la précarité, de la misère. Le paysan secoua la tête, s'apercevant que l'homme qui se trouvait devant lui avait raison. Cette usine allait permettre à plusieurs familles de vivre dans de

meilleures conditions.
Il soupira, frappa ses mains sur ses cuisses pour admettre qu'il s'était trompé.
Après avoir retrouvé son calme, le Comte continua :
-Cette filature est une opportunité pour moi, car je compte bien qu'elle me rapporte gros, mais vous voyez l'opportunité qu'elle représente pour beaucoup de familles. Je suis fier de participer à cette aventure ! J'espère vous compter parmi les effectifs de cette nouvelle industrie. D'ailleurs, les autres paysans, que vous avez croisés avant d'entrer chez moi, l'ont très bien compris et vont devenir salariés de cette belle aventure et vont être relogés. Faites-en autant !
C'est une chance pour tout le monde. Nous avons tous à y gagner !
Vous ne pouvez pas lutter contre ce projet. Vous ne pouvez pas combattre le modernisme, la société, le monde des affaires. La vie va changer ici, dans votre village. Une usine se construira et des maisons ouvrières également, ainsi que des commerces. Mais aussi des routes et beaucoup de familles viendront s'installer. Votre village grandira et deviendra bientôt une petite ville. Des commerces sortiront de terre, une école bien plus grande suivra certainement. Vous pouvez prendre le train en marche et faire en sorte de ne pas rester sur le bord du chemin. Les paysans comme vous n'auront pas le choix. S'adapter ou partir. Vous n'y pouvez rien, moi non plus d'ailleurs ! Nous ne pouvons que suivre l'évolution que nous impose notre société, si nous ne voulons pas être perdants et nous retrouver dans le dernier wagon.
Roger ne releva pas la tête, une larme coula sur sa joue, qu'il essuya aussitôt.

- Je ne suis pas de votre monde, je suis peut-être mal né. Je ne comprends pas grand-chose sur cette évolution dont vous me parlez ! Je n'ai qu'une priorité, celle de travailler pour vivre. Peut-être que vous êtes quelqu'un de bien. Vous faites partie de ceux qui décident et je ne suis qu'un paysan. Cependant, ma situation ne m'empêche pas d'être un homme et comme tant d'autres, je survis en travaillant et je suis fier d'être un homme de la terre. Je ne supporterai pas d'être enfermé dans votre usine, je veux rester libre.
Delagarne soupira en secouant la tête :
-La liberté dont vous me parlez, ne nourrira pas votre famille ! Cette soi-disant liberté deviendra votre prison ! Vous serez isolé. Dans dix ans vous ne reconnaîtrez plus votre village. Si vous vous bornez, dans une décennie, vous ne serez plus qu'un homme du passé et vous ne trouverez personne pour vous aider. Vous serez obligé de fuir ce monde agressif que l'on ne peut empêcher. Cette usine a l'appui des notables, même votre maire approuve. Ils sont bien trop puissants et n'auront aucun scrupule en laissant des gens comme vous sur le bas-côté. Vous ne représentez rien pour eux. On finira par vous oublier et la vie aura changée. Les hommes construiront leur nouvelle existence avec ou sans vous ! Ainsi que tous ceux qui songent comme vous. Vous n'existez pas pour ces industriels, pour ces notables, pour ces actionnaires. J'appartiens à ce monde et je sais qu'il est cruel pour les faibles. Cependant, moi je vous connais et je serais sincèrement désolé, si vous ne faisiez pas le bon choix. En détenant des parts dans cette industrie, je détiens le pouvoir de vous aider et d'aider vos enfants. Je crois que ce serait une très mauvaise décision de refuser mes offres. J'admire votre

fierté, cet orgueil qui manque chez certaines personnes de mon rang. Mais ce n'est pas elle qui vous sauvera ! Et vous le savez ! Ce serait suicidaire de vous entêter ! Vous aurez plus de liberté en suivant mes conseils et autant de fierté que si vous restiez dans les champs. L'honneur, la fierté, croyez-vous que les ouvriers qui travaillent en industrie n'en ont pas ? Pensez-vous que ces hommes, qui, après leur journée de travail ne sont pas fiers de ramener un salaire dans leur foyer ? Ils ont autant de mérite que vous, ils travaillent de leurs mains, peinent à la tâche pour nourrir leur famille, comme vous ! Il n'y a pas que son métier, il y a le courage de se remettre en question. La volonté de renoncer pour recommencer, pour prendre un autre chemin, qui a un but commun… Celui de subvenir aux besoins des siens ! Ne dénigrez pas tous ces ouvriers, ils ne sont pas différents de vous et ils sont certainement aussi fiers et aussi courageux que vous l'êtes.

Roger se sentit tout à coup bousculé par ce qu'il venait d'entendre. Cet homme qui n'était pas de son milieu était en train de lui faire la morale et il s'apercevait que son raisonnement était juste. Si juste, qu'il ne put que se plier à cette logique. Même s'il savait que les ouvriers des manufactures, ne vivaient pas aussi bien que le prétendait cet homme. La misère était aussi présente dans les maisons ouvrières. Cependant, il valait encore mieux travailler en usine plutôt que d'être à la rue. Il esquissa un rictus et répondit :
-Vous avez évidemment raison ! Vous n'êtes peut-être pas celui que je pensais. Si mon sacrifice permet de nourrir

plusieurs familles, ce serait égoïste de combattre vainement ce projet. Alors, faites votre fabrique et laissez-moi réfléchir à ce que vous m'avez proposé. Changez ce monde, détruisez cette nature et transformez notre paysage avec votre fabrique. De toute façon, vous avez déjà gagné, vous êtes le plus fort. C'est la logique de l'argent.
Le Comte se leva, pour serrer la main de son invité et répondit :
- C'est une sage décision ! Mais je le répète ne restez pas en arrière, car vous ne pouvez pas éviter l'évolution, le monde change. Nous entrons dans un nouveau siècle, celui de l'industrie. C'est ainsi mon cher Durrieux. Vous comme moi nous n'y pouvons rien.
J'ai déjà pensé à l'établissement qui pourra recevoir votre fils pour qu'il suive de bonnes études. C'est un très bon collège et une véritable chance pour Julien.
- Pourquoi insistez-vous autant pour financer les études de mon fils ?
Le Comte plissa les yeux. Son visage s'obscurcit soudainement. Il passa son bras sur l'épaule de l'agriculteur :
-J'ai déjà aidé une famille de cette façon. J'ai eu moi aussi un fils. Il est décédé à l'âge de huit ans en tombant de la fenêtre de sa chambre. Je l'aimais beaucoup. Il était toute ma vie, ma fierté d'homme, mon héritier. Ma femme en est morte de chagrin. Je suis aujourd'hui un homme seul, sans femme ni enfant. J'aurais aimé être un bon père, j'aurais tant voulu le voir grandir, passer des moments avec eux. Mais la vie en a décidé autrement. J'envie votre situation de père et je partage votre peine pour la perte de votre femme. Votre solitude ressemble un peu à la mienne. Je pense, je crois, que c'est

peut-être pour cela que je souhaite aider votre fils. Offrir à votre fils ce que j'aurais aimé offrir au mien. Je serais ravi que vous saisissiez cette opportunité !

Au cœur, des larmes
ou
La promesse des hommes

IX

A la besogne dans le champ, le fermier songea à sa situation et à ce qui s'était dit dans le bureau de Delagarne. En compagnie de ses fils qui s'activaient pour la dernière récolte, il alla s'asseoir. Lorsqu'il aperçut au loin le régisseur qui les observait, une grimace malveillante figeant son visage.
Il n'avait habituellement des relations avec ce dernier que lorsque celui-ci était chargé d'encaisser les loyers. Ce personnage exerçait son travail avec beaucoup de zèle et était connu pour être un homme brutal, méchant et qui appréciait abondamment le vin. Roger le connaissait bien et il n'avait surtout jamais oublié le passé. Combien de fois avait-il souhaité lui régler son compte ! Cet homme qui n'était rien d'autre qu'un employé, qu'un serviteur, qu'un domestique. Mais cette haine avait une autre raison bien plus grave, bien plus persistante. Une rancune qui datait de plusieurs années et qui ne s'effacerait jamais. Il devra un jour payer pour tout le mal qu'il avait ensemencé autour de lui. Quelle était donc cette souffrance instaurée dans le cœur du fermier ? Quelle était donc la raison de cette rancune et pourquoi ne pouvait-il en parler à qui que ce soit ? Ce secret, Roger le gardait depuis bien trop longtemps dans son cœur. Il savait qu'il faudrait en découdre une bonne fois pour toutes avec ce fumier qui profitait bien trop de sa condition. Mais pour l'heure, il fallait ne songer qu'aux priorités familiales et préparer la terre pour les prochains semis.
Julien ignorait les projets qui le concernaient. Son père ne lui

avait pas encore fait part de la discussion avec l'instituteur. L'esprit préoccupé, le garçon n'acceptait toujours pas la décision concernant sa sœur et se révoltait souvent. Il refusait de continuer d'aller en classe sans elle. Ce qui provoquait de fortes colères chez Roger. Devant son autorité, Julien obéissait à contre cœur. Le chemin de l'école, n'était plus le même. Il ne s'attardait plus à flâner comme auparavant, depuis que Roselyne restait à la maison. Tous les matins, elle le regardait partir avec son sac sur le dos, le cœur gros de ne pas pouvoir marcher près de lui et partager ces moments pourtant si agréables autrefois. La vie s'annonçait si différente désormais et cela se ressentait sur les résultats scolaires du jeune garçon. En classe, il se désintéressait des cours. Rien ne semblait pouvoir lui redonner goût à l'instruction. Pourquoi devait-il avoir le droit de continuer d'apprendre, alors que sa sœur était privée de ce privilège ? Julien ne l'admettait pas et était bien décidé à le faire comprendre. Quand il rentrait en fin d'après-midi, il s'empressait de la rejoindre. Elle l'attendait toujours avec la même impatience. Dans ces moments, il se consacrait à la rassurer essayant de lui redonner espoir en lui expliquant que le père s'apercevrait de son erreur et changerait d'avis. Mais la petite l'écoutait sans grande illusion. Néanmoins, elle s'accordait une toute petite espérance. Puisque Roger ne l'avait pas encore conduite au manoir. Celui-ci semblait se satisfaire de sa présence au foyer. Roselyne se montrait bien courageuse aux travaux de la maison. Elle s'efforçait de rendre l'ordinaire bien plus agréable, essayant certainement de montrer, de prouver son utilité au sein de la ferme. Les garçons appréciaient ses efforts et n'hésitaient pas à la féliciter. Ces encouragements remplissaient son cœur de fierté. Satisfaite de son travail, elle ne montrait en aucun cas des signes de fatigue et ne se plaignait jamais. Roselyne n'osait espérer que son père renonce à la placer. L'angoisse qui la tenaillait lorsqu'elle s'imaginait partir chez des inconnus, était si étouffante, qu'elle préférait passer ses journées entières à exécuter toutes les tâches ménagères et plus encore, afin de s'empêcher de penser. Elle lavait le linge à la rivière, seule, puisque le lavoir qui se trouvait au centre du village était bien trop loin et que Roger avait construit à l'aide de planches, un petit lavoir pour sa femme, à quelques mètres du logis. Mais il fallait quand même pour la jeune fille porter le linge dans une brouette pour pouvoir le lessiver dans l'eau claire de la rivière. Hiver comme été, elle remplissait cette tâche sans rechigner. Le printemps revenu, cette besogne était plus agréable. Elle aimait alors se retrouver au bord de l'eau et tout en frottant, elle laissait son imagination voyager. Alors, elle rêvait d'un avenir meilleur, d'une famille heureuse et d'un père plus paisible. Elle aimait s'abandonner dans des pensées où, lorsqu'elle sera devenue une femme, elle rencontrerait l'homme qui saura la protéger, l'aimer, la comprendre et qui lui donnera, dans un doux foyer, de beaux enfants qu'elle chérira avec tendresse. La petite Roselyne était une rêveuse discrète et qui savait cacher sa fragilité derrière le travail et une attitude trompeuse sur sa personnalité qui n'était pas aussi forte que son père pouvait le croire. Seul son frère Julien la connaissait, car ils se ressemblaient, leur complicité était très grande. Lorsque l'un d'eux ressentait de la mélancolie, l'autre le devinait. Pas besoin de parler, le regard, les tics du visage étaient suffisants. La jeune fille se livrait à tous les travaux que sa corpulence pouvait exercer, pour s'empêcher de s'abandonner à la peur du lendemain, pour éviter de pleurer, de craquer. Ainsi, toujours active, elle ne se laissait aucun répit. Tantôt, elle préparait les repas, elle allait nourrir les bêtes, elle aidait pour rentrer le bois. Elle savait tuer les lapins ou les volailles qu'elle vendait ou cuisinait. Tantôt, elle raccommodait les vêtements de son père et de ses frères. Roselyne se voulait être sur tous les fronts, pour s'abrutir et pour prouver sa valeur à son père, afin qu'il comprenne qu'il perdrait gros, s'il s'en séparait. Néanmoins, dans son cœur, la blessure ne se cicatriserait peut-être jamais. Cet homme qu'elle admirait tant, qu'elle aimait, avait décidé de se séparer d'elle. Cette trahison, malgré l'amour qu'elle éprouvait pour lui, restera malgré tout, gravée dans son cœur et dans son âme. Cette fracture l'avait changée et lui avait fait prendre conscience que le monde de l'enfance était désormais derrière elle, que l'innocence et l'insouciance n'appartenaient maintenant plus qu'au passé. Roselyne savait que son univers était en train d'être bouleversé, que l'avenir l'obligerait un jour à quitter ce foyer dans lequel elle se sentait pourtant à l'abri. La jeune fille n'était plus une enfant, mais une adolescente qui comprenait que bientôt, elle deviendra une femme. Elle se souvint de la crainte qu'elle eut, quelques jours auparavant quand, pour la première fois, elle fut surprise de voir sa couche tachée de rouge. Ce sang qui l'avait souillée entre les cuisses lui avait définitivement fait comprendre qu'elle n'était plus une enfant et qu'un jour, elle devrait fonder une famille. Son corps vieillissait plus vite qu'elle le désirait. Elle ne pouvait rien y faire, c'était ainsi.

Elle se devait d'accepter avec anxiété de voir son anatomie se transformer, de sentir ses formes se dessiner sous son corsage et d'essuyer le regard de certains garçons. Oui, elle avait peur de l'avenir, mais elle essayait de ne pas laisser ces inquiétudes s'emparer d'elle. Elle plaignait en secret ce frère aveugle qui la regardait toujours de la même manière avec une tendresse fraternelle. Elle s'attendrissait devant ce garçon qui refusait de la voir autrement, qui continuait à la considérer comme sa petite sœur. Pourtant, elle était différente, et Julien le savait mais refusait l'évidence. Claire tenait une place importante dans son cœur d'adolescent. Cependant, l'amour qu'il éprouvait pour sa sœur, rien ne pouvait l'égaler. Elle était le miroir, le reflet, le souvenir. Elle était la tendresse, l'unique tendresse qui lui restait de sa mère. Il l'aimait plus que toute autre personne au monde. Roselyne était bien plus que sa sœur, dans son sang coulait celui de leur chère mère, son regard était le même que Jeanne. Ses rires, sa gaieté, son espièglerie qu'elle avait encore quelques semaines auparavant, était un enchantement. Roselyne était la pureté, la beauté, elle apportait au foyer cette douceur si essentielle aux yeux de Julien. Roselyne ne pouvait absolument pas partir, c'est elle qui lui donnait le courage d'espérer des jours meilleurs.

Dans cette famille, chacun avait un rôle à tenir et ne devait pas s'en défaire. Le père avait attribué les tâches et on devait s'y tenir, on ne pouvait faire autrement. Ainsi s'écoulait la vie, chacun donnait de sa personne pour combattre les difficultés journalières. Les deux enfants, eux, souhaitaient secrètement, que cet embaucheur trouve une autre domestique et renonce à employer une fille si jeune, et que le

temps arrangerait les choses, afin de rester toujours sous le même toit.
Puis vint le jour du certificat d'étude. Ce matin-là, Julien prit son temps, peu enthousiaste d'aller passer cet examen alors que sa sœur, elle, devait en être privée. Lorsqu'il sortit pour aller à l'école, il fut surpris de voir son père en compagnie du professeur qui l'attendait. Ces derniers se dirigèrent vers lui, un peu anxieux. Ce fut Valentin qui l'interpella le premier :
-Bonjour Julien, je vais t'accompagner ce matin exceptionnellement, car ton père et moi, nous avons eu l'occasion, il y a quelques semaines, de discuter ensemble de ton avenir. Je sais que ces derniers jours tu as boudé mes cours et je comprends pourquoi. Mais je voudrais te dire que tu as beaucoup de chance d'avoir un père comme le tien, car même si cela te paraît injuste, sache que la vie n'est pas simple et que parfois, il faut prendre des résolutions bien difficiles. Quelquefois, la vie nous impose de pénibles choix. Ton père ne peut se permettre, et tu le sais, de laisser ta sœur à l'école pour les raisons que tu connais et j'en suis moi aussi très triste. Tu es le plus apte à réussir dans les études. Nous avons décidé tous les deux de t'annoncer notre projet en ce qui te concerne. Il faut à tout prix que tu réussisses ton certificat, car ensuite, j'essayerai de faire en sorte que tu puisses toujours étudier. Il ne faut pas que tu laisses ton amertume s'emparer de ton cœur. Saisis cette chance car c'est une opportunité que très peu d'enfants de même condition peuvent avoir. Si j'ai proposé cela à ton père c'est parce que je sais que tu as toutes les capacités pour un jour t'élever dans la société. Donne-toi la chance de choisir ton métier et si tu réussis ton examen, je pense que nous pourrons

peut-être t'obtenir une bourse. C'est très important, c'est ton avenir que tu as entre les mains !
Valentin s'arrêta de parler, attendant une réaction de l'enfant, mais celui-ci ne répondit rien. Son attitude était étonnement désintéressée. Cependant, Julien était très surpris de ce qu'il venait d'entendre, mais sa colère était bien trop forte et dominait ses émotions. Pourtant, dans d'autres circonstances, il aurait certainement laissé exploser sa joie en songeant à cette proposition. Il baissa les yeux, haussa les épaules, laissant un rictus désabusé se dessiner sur son visage triste. Il pouvait bien dire n'importe quoi, il n'admettait pas que sa sœur soit l'otage de cette situation familiale. Non, même si au fond de son cœur, il reconnaissait que cette proposition représentait peut-être une chance pour lui. Cela ne méritait certainement pas de sacrifier sa sœur. Alors, il tourna les talons et se dirigea nonchalamment en direction du village. Roger alla le rejoindre et l'agrippa par les épaules. Il s'agenouilla devant son fils :
-Ecoute fiston, je ne peux pas faire autrement. Je suis triste moi aussi, mais c'est ainsi. Nous devons nous battre pour pouvoir nous en sortir. S'il te plaît, bats-toi avec tes armes et mets ta colère de côté. Tu es le seul de mes enfants à pouvoir faire quelque chose d'autre de ta vie. J'ai confiance en toi. J'ai accepté que tu puisses continuer tes études, car je veux que tu aies le moyen de choisir ta vie. Je ne veux pas non plus te donner de faux espoirs sur ton avenir. Je souhaite que tu apprennes bien plus de choses que nous ne pourrons jamais connaître, moi, ton frère et ta sœur. Celle-ci sera certainement très fière d'avoir un frère cultivé. Fais-le aussi pour elle !
Sur ces mots, Julien le fixa durement puis son regard devint

moins sévère et pour la première fois, il vit couler une larme sur la joue de son père. Dans les yeux de celui-ci, il lut tant de désarrois, tant d'impuissance devant cet avenir incertain. L'homme semblait si désemparé. Julien ne put à son tour empêcher l'émotion d'enfler son cœur. Il comprit évidemment ce qui venait de se dire et songea à sa chère maman qui lui manquait tant.
-Je le ferai car maman le souhaitait ! Je réussirai mon examen ! Je vous le promets.
Laissant les nerfs se relâcher pour laisser place aux larmes, il alla subitement se blottir dans les bras de son père en criant :
- Maman me manque tellement papa ! Je n'arrive pas à accepter qu'elle soit partie !
Roger caressa les cheveux de son fils en pleurant lui aussi. Il leva les yeux en direction du maître d'école. Ce dernier, ému, s'éloigna pour les laisser dans l'intimité.
Roger, la voix enrouée par le trouble répliqua :
- Je sais fiston ! Moi aussi elle est toujours dans mon cœur. Moi aussi elle me manque.
- Pardonne-moi papa !
- De quoi veux-tu que je te pardonne !
- De ce que je t'ai dit au cimetière le jour de l'enterrement. Je ne le pensais pas, mais j'étais si malheureux !
-Je sais mon fils !
- J'ai perdu maman, je ne veux pas perdre ma sœur. Nous sommes jumeaux ! J'ai besoin d'elle. S'il te plaît père, garde là ici. Je t'en prie ! Je t'en supplie ! Elle a si peur !
Il s'arrêta quelques secondes puis reprit en sanglotant :
-Je souffre père ! Depuis le décès de maman ! Je saigne intérieurement et je n'arrive pas à guérir de sa disparition.

Roselyne ressent les mêmes émotions. Elle a peur, mais elle n'ose te le montrer, parce qu'elle t'admire et qu'elle t'aime et qu'elle ne veut pas te décevoir. Depuis que maman n'est plus, tous les deux nous avons trouvé la force de tenir. J'aime ma sœur, je t'aime ainsi que Jean. Roselyne, j'en suis certain ne surmontera pas la séparation que tu envisages.
Ne trouvant plus les mots, il s'abandonna dans ses bras.
Bouleversé, Roger ferma les yeux, respira profondément et répondit :
-Je suis désolé mon fils, je ne peux pas la garder avec nous ! Je suis désolé ! Et il serra fortement son fils contre son cœur en lui demandant :
- Aide-moi à être fort fiston ! Ne complique pas les choses. Croyons en l'avenir !
Sur ces mots, le garçon s'écarta pour essuyer ses yeux gonflés et pour répondre.
- J'obtiendrai mon certificat papa !
Il s'en alla en compagnie du professeur, sans se retourner, le cœur bouleversé en songeant à sa sœur bien aimée.

Au cœur, des larmes
ou
La promesse des hommes

Au cœur, des larmes
ou
La promesse des hommes

X

La chaleur était bien présente et l'année, malgré les obstacles qu'avait rencontrés Roger, s'annonçait meilleure que la précédente. La moisson serait terminée à temps grâce à l'aide des journaliers, Jules et Edouard étaient les plus anciens. Roger n'avait pas eu le choix, sans eux, la récolte n'aurait pu se faire dans les temps. Des voisins, et Léon le fils du boulanger, l'ami de Jean, participaient eux aussi à la fauche. Pour les remercier, Roger ne les laissait jamais repartir les mains vides, il leur offrait une poule ou un lapin ou d'autres victuailles.
Julien avait réussi son certificat et avait reçu les félicitations de son maître, ainsi que de son père. Il travaillait désormais tous les jours dans l'exploitation. Comme prévu ! La vie devait continuer. Mais une grave menace planait sur le peuple français. Les relations entre la France et l'Allemagne étaient de plus en plus tendues et les hommes de plus en plus inquiets.
Le jeune garçon allait comme chaque fin de semaine, après la messe, rendre visite à son ami l'abbé. Comme d'habitude, celui-ci l'accueillit dans le presbytère. Sur la table de la cuisine, des biscuits et une bouteille de limonade l'attendaient. L'abbé se faisait toujours une joie de recevoir son jeune ami. Quand il arriva, Julien ne fut pas surpris de l'accueil chaleureux du vieil homme, mais il décrypta sur son visage une légère inquiétude.
L'endroit était modeste comme l'homme qui y vivait. Julien

observa ce lieu qu'il commençait pourtant à bien connaître. La pièce ne comprenait qu'une table, quatre chaises en bois, un vieux vaisselier et sur le mur était fixé un crucifix, sur lequel le visage de Jésus martyrisé, provoquait une grande compassion dans le cœur du garçon. Comment le Christ a-t-il pu s'offrir en sacrifice pour cette humanité qui semblait pourtant avoir oublié son dévouement si sacré ! songea-t-il.
Le prêtre lui servit un verre de limonade en lui souriant. L'abbé appréciait la présence du jeune garçon. Il ressentait en lui une profonde miséricorde, une grande bonté qui ne demandait qu'à mûrir. Ils discutèrent longuement, entamant divers sujets. Leur conversation tournait toujours sur les mêmes propos. Julien racontait sa semaine. C'était devenu la coutume, mais évitait de lui faire partager ses soucis familiaux pour ne pas inquiéter le vieil homme. L'abbé lui demanda quels étaient ses projets d'avenir. Ce qu'il envisageait de faire lorsqu'il serait un homme.
Avec enthousiasme, Julien lui répondit :
- Plus tard, je crois que je voudrais moi aussi devenir instituteur. C'est un très beau métier ! Celui de pouvoir offrir à d'autres enfants la chance d'apprendre. J'aimerais aussi voyager, découvrir d'autres pays, j'aimerais pouvoir être comme vous, avoir votre bonté et m'occuper des autres pour donner un sens à ma vie. Je vous admire et je vous envie, vous, et mon maître d'école, car vous êtes au service des autres. Je crois que c'est ainsi que l'on s'élève, en apprenant à toujours respecter son prochain et en offrant son savoir et sa bonté.
Le vieil homme eut un sourire amical :
-Nous ne sommes que de passage sur cette terre et notre

devoir est d'aimer, de partager l'amour que Dieu nous a offert. Si seulement tous les hommes pouvaient se rendre compte que l'important est de rester humble devant la générosité, face à la grandeur de cet univers dans lequel nous vivons. Ce que Dieu nous apporte, ce qu'il nous propose, c'est tout simplement que rien ne peut se faire sans amour, que tous les hommes doivent avoir la même priorité ! Celle d'aimer son prochain. Qu'importent nos origines, qu'importent nos croyances, nous sommes tous les fils de Dieu, nous sommes frères et ce que le seigneur attend de nous est que nous puissions trouver l'amour qui est en nous. Cette lumière que tous les hommes aspirent de rencontrer. Qu'importent les croyances, qu'ils soient athées ou autres. Le jour où les hommes comprendront cet héritage, alors mon jeune ami, les hommes découvriront dans leur âme, la puissance de l'amour et le chemin qui mène à la sagesse et à la paix éternelle.

Il n'y avait que de la bienveillance dans les paroles du vieil homme, songeait le jeune Julien en l'écoutant. Comment pouvait-il avoir autant de bonté ? Mais au fond, qui était-il vraiment ? Julien voulait tout connaître de cet homme qu'il admirait. Sa jeunesse, son histoire, ce choix. Pourquoi a-t-il un jour choisi la voie du séminaire ? A-t-il toujours voulu être ecclésiastique ? Julien l'estimait, et pourtant, un sentiment étrange faisait qu'il le plaignait ! Il fut surpris de cette sensation. Pourquoi le plaindre ? Cet homme semblait pourtant ravi d'avoir confié toute sa vie à Jésus. Mais le jeune garçon, devinait que lorsque l'abbé se retrouvait seul dans son presbytère, sans personne pour l'accueillir, sans foyer, sans enfants à élever, sans femme à aimer que ce dernier

devait ressentir une réelle solitude qui devait parfois être lourde à supporter. Alors son admiration grandissait lorsqu'il s'aperçut du sacrifice qu'un homme doit faire pour suivre la voie de Dieu, pour offrir sa vie au seigneur afin de prêcher l'amour de Jésus.
Il y avait tellement de questions qui se bousculaient dans sa tête et qu'il voulait poser à ce vieil homme qui, ce jour-là semblait étrangement désemparé et inquiet. Il l'écoutait parler de bonté, d'amour pour les autres. Mais lui, l'a-t-on aimé ? A-t-il reçu l'amour des autres ? La solitude ne lui a-t-elle pas pesé pendant toutes ces longues années. A-t-il, une fois regretté d'avoir choisi cette voie ? A-t-il déjà été déçu par les hommes ? Est-il vraiment convaincu que Dieu existe ? Pourquoi toutes ces questions venaient-elles se bousculer dans l'esprit de Julien ?
L'Abbé s'arrêta de parler, intrigué de voir son jeune ami perdu dans ses pensées :
- Que t'arrive-t-il mon garçon ? Je te trouve bien songeur ! Je t'ennuie peut-être avec mes paroles !
Julien redressa la tête en souriant bêtement :
- Non l'Abbé ! J'étais ailleurs !
Mais il ne put s'empêcher de demander :
- Vous est-il arrivé de regretter d'avoir choisi de devenir prêtre ? Je veux dire ... Il se mit à réfléchir quelques secondes puis reprit hésitant :
-Vous est-il déjà arrivé de douter de l'existence de Dieu ? La bonté, les paroles que vous dites sur la tolérance, sur l'amour envers son prochain... Peut-être qu'elles ne vous viennent uniquement que parce que vous êtes un homme bon et que Dieu n'a rien à voir avec vous ! Peut-être... Comment, peut-

on être sûr que le seigneur existe. Parfois, j'ai peur en y songeant, et si Dieu n'existait pas ! Et si Jésus lui aussi s'était trompé ! Qu'adviendrait-il de nous dans ce cas ?
S'apercevant qu'il ne trouvait pas les mots et qu'il devenait maladroit, il s'enlisait dans des questions et s'embrouillait craignant de froisser le curé.
Celui-ci ne semblait nullement froissé par toutes ces interrogations. D'ailleurs, aucun étonnement ne se lisait sur son visage. Bien au contraire ! L'abbé semblait ravi que le jeune garçon puisse autant réfléchir sur la foi. Cela ne pouvait être que bon signe, cela faisait de Julien un jeune homme, qui voulait savoir, et le doute qui était en lui était bien plus bénéfique qu'autre chose.
-Celui qui ne doute jamais ne peut suivre le bon chemin. Car c'est en cherchant que l'on trouve sa voie. Le vieil homme se leva pour se dégourdir les jambes, se plaça derrière le garçon, posa ses mains sur ses épaules et lui répondit avec douceur et détermination :
-Tu as raison de te poser toutes ces questions ! J'ai eu, moi aussi des moments de ma vie où j'ai douté de ma foi en Dieu. Mais jamais je n'ai douté de l'amour de Jésus, car il ne s'est certainement pas trompé. Jésus n'était qu'un homme, et c'est pour cela qu'il est aussi Dieu. Il se présentait aux autres comme un frère, qui avait reçu l'amour, la sagesse et la paix éternelle. Nous sommes tous frères et donc nous avons tous en nous la puissance de Dieu. Non, je ne doute pas de ma foi, non je ne regrette pas mon choix, car je sais que le chemin que j'ai pris est celui de Jésus. Je n'ai rien sacrifié, bien au contraire. J'ai reçu, et ce que Jésus m'a offert, je dois à mon tour l'offrir aux hommes. Jésus est notre père, comme il est

notre frère. Jésus est Dieu, car il a reçu l'amour. C'est un long chemin, sur lequel beaucoup d'obstacles se dressent, mais au bout de celui-ci nous trouverons la paix infinie. Dieu est dans le corps de Jésus, comme il est dans le tien, comme il est dans le mien et dans celui de tous les hommes. A chacun de trouver cet amour qui est en nous. Si tu cherches, tu trouveras !
Julien paraissait recevoir ces paroles comme un soulagement, mais une autre question le démangeait :
- Jésus est-il vraiment le fils de Dieu ?
L'abbé se mit à sourire et répondit :
-Il ne s'est jamais présenté aux hommes comme étant le fils de Dieu ! Ce sont les hommes qui ont interprété cela et ils avaient raison, car il était bien le fils de Dieu, comme nous tous d'ailleurs. Nous sommes tous les enfants de Dieu ! C'est de cette manière qu'il faut croire en Dieu ! Dieu c'est la vie. Dieu est partout autour de nous et en nous. C'est pour cela que nous devons chercher l'amour que nous avons reçu de lui, pour le partager avec tout ce qui vit. Voilà pourquoi j'ai choisi cette voie ! C'est pour cela que Jésus est venu, pour nous sauver, pour nous faire comprendre que cet amour se trouve dans le cœur de tous les hommes et qu'il faut faire comme lui, laisser cet amour nous envahir pour nous libérer du mal !
Ils dialoguèrent ainsi pendant plusieurs minutes, puis Julien fixa l'abbé, sentant qu'il n'était pas dans son état habituel. Il semblait toujours aussi tourmenté :
- Qu'avez-vous ? Vous me paraissez soucieux ce matin !
Le prêtre savait que le jeune garçon avait appris à deviner ses états d'âme :

- Je suis un peu inquiet en effet car je crains que la folie meurtrière vienne une nouvelle fois envahir le cœur des hommes.
Il soupira puis reprit :
-Le chemin est si long avant que l'humanité comprenne où est sa priorité.
Julien savait à quoi faisait allusion le prêtre. Il avait entendu, la veille, son père discuter avec le boulanger sur les tensions entre la France et l'Allemagne.
- Croyez-vous que nous risquons une guerre ?
L'abbé ne répondit pas aussitôt, réfléchissant à sa réponse :
-Je l'ignore. J'espère que ceux qui gouvernent notre pays sauront trouver la sagesse, afin de ne pas répéter les mêmes erreurs.
Julien n'insista pas, il ne voulait surtout pas en savoir davantage. Les craintes de l'abbé étaient fondées, il le savait et cela lui suffisait pour comprendre que la paix semblait bien fragile.
La matinée se terminait. Il fallait que le jeune garçon retourne très vite chez lui car c'était le jour de l'anniversaire de son frère et les invités n'allaient pas tarder. Ces derniers ne seraient pas nombreux. Il y aura l'instituteur devenu ami de Roger, le docteur Roca avec sa fille Claire. Il y aura aussi tante Marie qui habitait sur la petite commune des Andelys et aussi certainement sa grand-mère maternelle âgée de soixante et un ans. Elle ne s'était jamais remise du décès de sa fille et le chagrin s'était emparé de son esprit. Le boulanger René serait là, lui aussi, ainsi que son fils Léon qui était un très bon ami des jumeaux. Enfin, étaient aussi invités les deux journaliers.

Julien regrettait que son ami le curé ne puisse participer à cette fête, pour les raisons qui le différenciaient des idées de son père. En hochant la tête sur cette stupidité, il arriva à la ferme en chassant ces nouvelles inquiétudes afin d'offrir à son grand frère un bel anniversaire.
Dans la cour, une table était dressée, simple mais chaleureuse. Roselyne avait joliment décoré celle-ci et avait accroché sur les arbres fruitiers des lanternes et des guirlandes. Tout le monde s'amusa en ce dimanche et le repas fut consistant. Les hommes riaient, se détendaient. Il était si rare de passer de tels moments en oubliant pendant une journée les soucis quotidiens. Jean était à l'honneur en cette joyeuse journée, mais on en profita également pour fêter la réussite de Julien. Bertrand le père de Claire se leva et alla s'asseoir auprès de Roger pour entamer diverses chansons qui furent reprises en cœur par l'assemblée.
Puis, ils firent une partie de bouchon où le jeu consistait à faire tomber à l'aide de galets en fonte un bouchon de bois, sur lequel étaient placées des pièces de monnaie. Les femmes, elles, se retrouvaient à discuter en lavant la vaisselle. Jean était étourdi par la goutte qu'il avait bue avec excès. L'alcool avait grisé les hommes. La joie était bien présente ce jour-là. Julien s'éloigna en compagnie de son amoureuse pour qu'ils puissent se retrouver quelques instants seuls, afin de s'aimer en cachette. Ils n'étaient pas certains que leurs parents apprécient cette relation.
Roselyne mettait un point d'honneur à ce que tout soit réussi. Elle était devenue l'unique femme du logis et comptait bien montrer que malgré son jeune âge, elle était capable de tenir une maison. Elle fut vivement félicitée et même applaudie

par les invités. Ce qui la fit rougir. En fin d'après-midi, ils se réunirent tous en brayant fortement autour de la table pour déguster un bon café sans oublier la goutte. Alors les hommes s'installèrent en bout de table pour entamer diverses discussions. On parlait de politique, de finance, des difficultés quotidiennes, du passé et de l'avenir et surtout des événements qui se déroulaient en Europe. C'est alors que Roger entama une conversation sur les incidents inquiétants entre la France et l'Allemagne.

-Vous avez lu dans le journal de ce matin ! s'écria Roger. J'ignore ce que les Allemands recherchent, mais cela, je le crains, ne présage rien de bon !

-En effet, je le crois aussi ! répondit aussitôt Valentin. Ha ! Si seulement les hommes pouvaient être moins stupides ! Les ambitions allemandes me semblent assez inquiétantes, leurs exigences commerciales sur le Congo, en faisant pression avec leurs canonnières à Agadir, ne sont pas de bon augure. J'espère que nous n'aurons pas une nouvelle fois à en découdre comme en 1870. Ce Guillaume II ne m'inspire rien de bon. Mais ne soyons pas pessimistes ! Ayons confiance !

-Confiance ! répliqua vivement le docteur. Mais confiance en qui ? Je vous le demande ! Vous verrez hélas ! Ils enverront une nouvelle fois à la boucherie nos gamins. Et c'est toujours pour les mêmes raisons, l'argent et le pouvoir ! Seuls les intérêts comptent. Qu'est-ce qu'ils en ont à faire de nos vies ! Nous ne sommes que des pantins ! Cela me révolte ! Combien de temps encore allons-nous subir la loi du capital ! Il n'y a qu'une seule personne en qui je pourrais donner ma confiance. C'est Jaurès ! Lui seul peut empêcher cette folie, lui seul peut réunir le peuple. Car cet homme, je vous le dis,

est le seul espoir pour toutes les classes modestes. Il est aujourd'hui l'unique personne pouvant obtenir un jour que notre société puisse être plus juste et éviter une guerre. Si seulement il était au pouvoir, croyez-moi, nous n'en serions pas là aujourd'hui !
Fernand l'interrompit :
-Tout de même, ce sont encore et toujours les boches qui nous cherchent querelle ! Nous n'allons tout de même pas nous laisser faire. Ce serait peut-être l'occasion de leur reprendre l'Alsace et la Lorraine, de leur montrer que nous ne sommes pas des lâches et qu'ils ne nous font pas peur !
Bertrand éclata d'un rire provocateur :
- Et qu'en feriez-vous de L'Alsace et de cette Loraine ? Qu'est-ce que cela peut vous faire ! Nous sommes en Normandie ! En quoi êtes-vous concerné ?
- Vous réagissez hélas mon ami comme tant de personnes ! Combien de morts devront nous supporter pour éventuellement reprendre ces régions ? Est-ce qu'un bout de territoire mérite des milliers de vies ? Ne vaut-il pas mieux régler ce genre d'affaire par la voie diplomatique ? Réfléchissez-y et pensez à votre fils ! Il pourrait très bien, tout comme Jean et Julien, se retrouver un jour devant les mitrailleuses ! Rien ne vaut une vie !
-Je suis entièrement d'accord avec vous ! s'exclama le professeur. Car il ne faut pas se tromper ! Ce n'est pas le peuple mais son gouvernement qui convoite nos intérêts au Congo et nous provoque au Maroc, uniquement pour accéder à certains avantages commerciaux. Leurs agissements ne sont rien d'autre que de la provocation. Je crains que cet ultimatum, que ce bras de fer nous entraîne dans une spirale

bien dangereuse. Ce qui me surprend et m'interpelle de façon alarmante, c'est l'opinion publique ! N'ont-ils rien compris ! L'autre jour en me promenant dans les rues des Andelys, je me suis arrêté sur une terrasse pour déguster une tasse de café. Il y avait un groupe d'ouvriers assis à une table. Les propos qu'ils échangeaient m'ont alors mis hors de moi. Certains disaient la même chose que vous, reprendre l'Alsace et la Loraine. D'autres surnommaient les Allemands avec les surnoms que nos parents ont si longtemps entendu ! « Les billes de bois, billes de boches », « les allémoches » ou encore tout simplement comme vous venez de le faire, les boches. Comment voulez-vous avec de tels propos que nous puissions être rassurés quand on entend ce genre de parole ! Pourtant ces ouvriers seront certainement les premiers à aller se faire massacrer. Dans leur logique, ils sont persuadés qu'un jour ils devront à nouveau en découdre avec les Allemands. Comment leur expliquer que nous sommes tous des hommes ! Qu'importe notre nationalité, nous avons tous des familles, des enfants et nous avons tous les mêmes soucis, les mêmes obligations. L'ignorance de son prochain, le manque de tolérance, messieurs, voilà nos pires ennemis.
Le docteur se mit à applaudir en répliquant de nouveau :
- Bravo ! Voilà de belles paroles ! Vous devriez faire de la politique mon cher, car vous savez parler ! Je suis d'accord avec vous et je réponds en citant une phrase de Karl Marx. « *Prolétaire de tous pays, unissez-vous !* » Car c'est bien de cela qu'il s'agit ! Quand toutes les classes ouvrières sauront se réunir pour lutter contre ces injustices, pour éviter d'en arriver au pire, l'humanité aura fait un grand pas vers la paix et le progrès social.

-Vos paroles sont bien jolies, mais vous n'êtes tous que des idéalistes, et votre Jaurès ne pourra rien y changer même s'il était au pouvoir, sa casquette de député n'empêchera pas l'affrontement avec l'Allemagne. Votre utopie vous égare tous, car pour vivre en paix, il faut montrer sa force, et non pas baisser la tête en espérant que l'orage passe. Si les Allemands nous déclarent la guerre, nous n'allons pas nous laisser faire ! Il faudra prendre les armes et leur montrer que nous savons nous défendre. En ce qui me concerne, je suis prêt à défendre mon pays, ma famille, ma nation. Et ce ne sont pas les boches qui m'enlèveront ce que j'ai construit qui empêcheront mes enfants de vivre en liberté ! s'exclama Fernand, insistant sur son patriotisme.
Les hommes se turent quelques instants en le regardant, étonnés de sa position. L'inquiétude se dessinait sur leurs visages. Ce fut Roger qui continua la discussion en élevant la voix envers Fernand :
- Es-tu prêt à envisager que ton fils parte combattre des hommes qui dans leur pays, vivent certainement dans les mêmes conditions que nous? Es-tu prêt à sacrifier ton enfant pour uniquement un bout de territoire dont vous n'avez rien à faire ? Es-tu prêt à mourir pour ces hommes qui nous gouvernent et qui se moquent bien de notre situation ? Es-tu… Il se tut quelques secondes, respira profondément et reprit plus calmement en s'adressant au docteur et au professeur :
-A quoi bon se chamailler ! Hélas, nous ne sommes que des pions et nous ne pouvons que subir ! Dans quel monde vivons-nous ! Pour ma part, je refuse de laisser mon fils aller se faire tuer pour des choses qui ne me concernent pas ! J'ai

deux garçons et vous comprenez que ce genre d'événement m'inquiète. Car ce sont toujours les pauvres gens qui partent à la boucherie.
Cependant, l'instituteur se voulut rassurant afin de calmer les esprits trop échauffés par l'alcool :
- Il faut se refuser de penser au pire mes amis. Pour le moment ce ne sont que des pressions politiques, et je crois que la sagesse finira par l'emporter.
- J'admire votre optimisme, répondit Roger, peut-être est-ce mon manque de culture, mais je ne le partage pas. Il faut dire que nous, les hommes de la terre, les ouvriers, nous connaissons la dure réalité et nous ne représentons rien pour tous ces notables.
-Je reconnais que votre personnalité est très rassurante, ajouta le docteur. Heureusement qu'il existe des hommes tels que vous et non des *« va-t'en guerre ! »* comme certains, insista t-il en jetant son regard sur Fernand, qui, silencieux, avala, en fronçant ses sourcils, cette allusion.
-Non mon ami, je ne suis pas aussi calme ni aussi confiant que je peux le laisser paraître ! continua le professeur. Mais je m'efforce de faire en sorte de maîtriser mes inquiétudes, mes angoisses. Je suis, moi aussi comme beaucoup de père. Un homme anxieux. C'est au travers de la nature, de ma femme et de ma fille que je trouve ce sentiment d'espoir et de croire, que nous avons tous, notre utilité en ce bas monde. Ma tâche est de faire en sorte que les adultes de demain, soient bien plus raisonnables que ceux d'hier. Vous savez, ce n'est pas si aisé. Quand j'enseigne l'histoire, on y parle bien plus souvent de conflits armés que de paix.
Roger se tut en regardant son compagnon. Il lisait dans ses

yeux une grande sagesse, un esprit prudent, mais aussi beaucoup d'appréhensions qui le trahissaient.
Les hommes décidèrent d'interrompre cette discussion après avoir remarqué la crainte qui se lisait sur le visage des femmes et sur celui de Jean et de Léon, le fils du boulanger.
Roger se leva un peu fatigué et alla dans sa demeure pour en ressortir quelques secondes plus tard avec un paquet à la main, qu'il alla offrir à son fils aîné. Jean le saisit et l'ouvrit aussitôt pour découvrir un très joli couteau que son père avait acheté au marché. Julien qui était revenu auprès d'eux, depuis quelques minutes, alla à son tour présenter son cadeau. Une très jolie canne sculptée dans la branche d'un frêne. Le pommeau représentait une chouette posée sur une branche et un serpent entortillait le bâton.
Jean reçu de la part de sa sœur un gilet qu'elle avait tricoté, en cachette, le soir lorsqu'ils étaient couchés. Il reçut aussi une casquette que lui offrit le docteur, une paire de sabots, que sa tante avait achetée au marché des Andelys et enfin un peu d'argent de la part des autres invités. Ce fut une belle journée qui se terminait et chacun allait bientôt repartir dans son foyer. Jean ne put réussir à cacher son émotion. Il ressentit malgré les ombres qui planaient au-dessus des siens, une grande joie. Celle, d'avoir eu, autour de lui, pendant toute une après-midi, tous ceux qu'il aimait. Profiter du présent en se disant que demain serait un autre jour.
Roger se leva pour aller se dégourdir les jambes dans la cour. Il ressentit le besoin de s'éloigner un peu, car sous l'effet de l'alcool, les angoisses de l'avenir commençaient à réapparaître. Il ne tenait surtout pas à parler de ses difficultés à ses amis. Ce n'était pas le jour pour cela. D'ailleurs, il

regrettait d'avoir entamé le sujet sur les menaces militaires qui pesaient sur son pays. Cela avait un peu assombri la fête. Quand il fut surpris de voir derrière lui son ami Bertrand !
Roger ne put s'empêcher de lui expliquer sa situation et les décisions de son propriétaire. Surtout de l'urgence de retrouver très vite un emploi avant la fin de l'année.
Son ami attristé par cette situation lui promit de faire jouer ses relations de médecin, sans pour autant lui garantir une solution. Reconnaissant, le fermier, ne voulant se faire plaindre, décida de conclure la discussion et emmena son ami rejoindre les autres.
Quelques instants plus tard, Julien jeta un regard vers sa grand-mère et remarqua intrigué, qu'elle s'éloignait seule en direction du bosquet qui se trouvait derrière la ferme. Elle s'engagea sur le sentier en s'enfonçant étrangement vers le petit bois. La vieille femme marchait d'un pas paisible et
Julien devina qu'elle s'efforçait de ne pas montrer la difficulté qu'elle avait pour atteindre la lisière du bosquet. Soudain, elle s'arrêta quelques secondes, se retourna pour fixer son petit-fils. Elle se trouvait à une dizaine de mètres de lui. C'était comme si elle avait senti son regard l'observer derrière son dos. Elle se mit à sourire. Son visage creusé se déforma lorsqu'elle se mit à plisser les yeux pour mieux voir le jeune garçon. D'un geste lent elle l'invita à la suivre. Ce comportement ne lui ressemblait pas. C'était bien la première fois qu'il la voyait se substituer discrètement aux autres.
Intrigué, Julien décida de la suivre. Lorsqu'il fut près d'elle, Louise lui tendit son bras en lui disant :
-Ha mon petit-fiston ! Accepterais-tu d'accompagner ta vieille grand-mère pour faire une petite promenade ? Il y a

bien longtemps que je n'ai pas marché dans ce petit bois. Cela me fera le plus grand bien. J'ai besoin de m'isoler un peu de toute cette agitation. Ce n'est plus de mon âge toutes ces discussions. Moi aussi, j'ai eu ma part d'inquiétudes. Mais je crois que je n'irai pas bien loin toute seule. Veux-tu m'aider à me dégourdir les jambes dans cette petite forêt ? Je présume que sentir l'odeur des sous-bois me permettra de me détendre et de me replonger dans le temps, dans ces années ou j'étais encore une jeune femme. A l'époque, la personne qui me crochait comme tu le fais aujourd'hui, n'était autre que ton grand-père. Tu ne l'as pas connu. Pourtant, si tu savais l'homme qu'il était. Il était beau, courageux, et si bon. Ta mère lui ressemblait beaucoup et toi Julien tu es son portrait tout craché. Maintenant c'est toi qui es auprès de moi sous ces mêmes arbres. C'est ici que ton grand-père m'a demandée en mariage. C'était le plus beau jour de ma vie, c'était un instant si délicieux, c'était le temps du bonheur. Je suis contente d'être ici, car s'il pouvait nous voir de là-haut, je présume qu'il serait fier d'avoir un petit-fils comme toi. Ta maman m'a beaucoup parlé de toi. Elle était si fière de son petit garçon. Quel dommage que ton grand-père soit parti si tôt ! Tu vois, aujourd'hui, mon gendre et ses amis ainsi que ton frère, parlent de cette menace qui plane sur notre avenir. J'espère qu'il n'y aura pas de guerre. La guerre m'a pris mon mari en 1870, tué par les Prussiens dans la Loire près de Tours alors qu'il n'avait que vingt-deux ans. Je les connais par cœur tous ces discours. J'ai trop longtemps pleuré en attendant ton grand-père alors que je venais d'accoucher de ta mère. Mais mon homme n'est jamais revenu. C'était la fin du bonheur, mon monde s'écroulait et j'ignorais comment j'allais faire pour élever ta mère et ta tante. J'ai trop hurlé de douleur quand ta mère m'a quittée. J'ai tourné le dos à Dieu. Dieu n'avait pas le droit de nous faire cela. Je crois qu'il n'existe pas. Et s'il existe, je souhaite qu'il m'oublie. Car le jour où je partirai rejoindre les âmes de ceux que j'ai tant aimés, j'aurai une très grande envie d'aller m'expliquer avec lui ! Tu peux me faire confiance ! ajouta-t-elle en souriant. Je ne veux plus pleurer, j'ai eu ma part de malheur, je ne veux pas voir mes petits-fils partir pour qu'ils connaissent le même destin que leur grand-père. Toute ma vie j'ai eu peur pour les miens. Je suis toujours vivante ! Dieu ne veut pas encore de moi. Nous n'avons jamais eu l'occasion de nous retrouver toi et moi. Je ne te connais qu'au travers de Jeanne et tu ne me connais pas. C'est ainsi, la distance et surtout les erreurs du passé !

Julien silencieux, fixa sa grand-mère. C'est vrai, pensa-t-il, il ne la connaissait pas. En effet, suite à une vieille querelle familiale, Roger s'était brouillé avec sa belle-mère, mais depuis le décès de son épouse, il avait renoué les liens avec elle.

Le garçon l'observa. Sous ses cheveux blancs, derrière ce regard fatigué et ce corps courbé par trop de chagrins, la vieille dame ne voulait plus combattre la vie. Pourtant, une secrète joie brillait dans ses yeux, celle d'être auprès de ce petit-fils qui ressemblait tant à sa Jeanne. Julien ressentit au plus profond de lui une très forte compassion et une grande compréhension. Lui aussi, malgré son jeune âge savait ce qu'elle ressentait. Puisqu'ils avaient perdu une fille et une mère. Il n'a jamais connu son grand-père. Sa mère, elle non plus, n'avait pas connu son père. Louise était comme un

vieux chêne, qui doucement laissait ses branches se courber, vaincu par les années et ne voulant plus continuer à dominer la forêt. Louise n'avait plus la force d'être l'aînée de la famille. Il était temps songea-t-elle, de partir, pour rejoindre son cher époux et sa fille. Et lorsqu'elle sera près de celle-ci, elle pourra lui dire à quel point son fils est devenu un bon jeune homme. Une larme se mit à perler sur sa joue, elle l'essuya furtivement en regardant son petit-fils. Ils s'arrêtèrent de marcher pour écouter chanter un oiseau. Louise caressa le visage de Julien avec tendresse et fierté :
-Ta mère serait fière de te regarder aujourd'hui ! Sache mon petit-fils, qu'il faut toujours regarder devant soi, pour avancer et ne pas sombrer. Tu auras bien le temps, crois-moi, de songer à ta vie lorsque tu auras mon âge. Alors il ne te restera plus que les souvenirs. Fais en sorte que ceux-ci te rendent fier de ce que tu seras devenu et de ce que tu auras fait de ta vie. J'ai eu beaucoup de chagrins, mais je suis malgré tout très fière de ma descendance. Laisse-moi pleurer ta mère à ta place. Mets tes peines de côté et avance dans la vie, affronte ton destin, provoque-le ! C'est ce que voulait ta mère et c'est ainsi que tu feras honneur à sa mémoire. Je suis une vieille dame qui perd un peu la tête de temps en temps. Mais il y a une chose dont je suis certaine, c'est que nous n'avons rien sans rien et que ceux que nous aimons, et qui sont partis, ne seront jamais bien loin de nous. Devient celui que ta mère voulait que tu sois. C'est ainsi que tu pourras un jour protéger ceux que tu aimes et que tu aimeras. Fatiguée, elle embrassa son petit-fils et ils firent demi-tour.
Julien regretta de n'avoir pas pu mieux connaître cette grand-mère et dans son cœur, il ressentit une étrange impression qui

semblait lui dire que c'était certainement la dernière fois qu'il se retrouvait seul avec son aïeule. Ces paroles qu'il venait d'entendre ressemblaient à un message d'adieu. Il chassa cette pensée en se promettant de devenir ce que l'on attendait de lui. Quelqu'un d'autre !

Au cœur, des larmes
ou
La promesse des hommes

XI

Vingt-quatre août de l'année 1911, Roselyne était encore là. Son départ avait été repoussé jusqu'à la fin février Ce qui avait rendu joyeux ses frères. Le père et ses deux fils travaillaient dans les champs pour terminer la récolte. La chaleur était accablante et les hommes s'activaient à couper et à charger le foin. Ils étaient partis tôt le matin, peu de temps après l'aurore, car le foin était récolté à la main et les plantes fourragères étaient bien plus faciles à couper quand elles étaient encore humides par la fraîcheur de l'aube. Mais la chaleur arrivait vite en cette saison et les hommes peinaient à la tâche lorsque le soleil s'installait dans le ciel. Dans ce paysage où tant de peintres se sont inspirés, les paysans eux, travaillaient sans relâche. Certains chantaient et donnaient du baume au cœur aux autres, d'autres se taisaient et ne levaient la tête que pour s'essuyer le front et regarder de temps en temps le paysage qui leur offrait tant de beauté. Dans ce pays normand, dans cette région de longues traditions agricoles, au travers de ses sols riches et bercés par un climat doux, la faune discrète se cachait pour attendre que les hommes terminent la récolte. La faune, la flore et les hommes vivaient au rythme du calendrier agraire, éternel recommencement de la taille, du broutage, du fauchage, et de la récolte. Roger et ses compagnons s'activaient dans ce champ aux couleurs dorées, dans le parfum du blé. Parfois, ils surprenaient avec toujours le même étonnement quelques rongeurs, quelques perdrix, quelques lièvres qui s'enfuyaient devant leur présence. Au loin, on apercevait les toitures des maisons, le clocher de l'église au-dessus desquels, planaient quelques nuages blancs, dans un ciel azur. Le travail était pénible, mais le paysage et la liberté d'être en harmonie avec la nature étaient un présent que, pour rien au monde, Roger n'aurait échangé. Oui, la vie de paysan était une vie dure, qui usait les hommes, qui abîmait les corps, mais elle offrait cette impression de liberté, celle de vivre avec et pour la terre. Julien était celui qui souffrait le plus de ce labeur et de la chaleur. Son père le regardait de temps en temps sans rien dire. Il se devait de ne faire aucune différence entre son dernier et son aîné, mais il ressentait une peine, une gêne, de voir son fils peiner à la tâche. Le garçon n'était vraiment pas taillé pour la vie de fermier.

L'heure de midi arriva et Roger cria l'arrêt du travail pour manger à la gamelle. Alors tous s'arrêtèrent pour rejoindre le patron. Les deux fils allèrent s'asseoir près de la charrette dans laquelle se trouvaient les paniers du déjeuner. Roger siffla les journaliers pour qu'ils les rejoignent. Lorsqu'ils furent assis, ils s'essuyèrent le front avant de commencer le partage de la nourriture.

Ce moment de repos était très important car il permettait aux hommes de se retrouver, de se reposer une petite heure. On en profitait pour parler de tout et de rien, des projets de chacun, du travail qui restait à faire, de la famille. Celle des journaliers n'était pas bien différente de celle de Roger. Eux aussi rencontraient comme leur patron des difficultés pour subvenir aux besoins de leur foyer. C'était le temps des hommes, de ces gens qui dans le cœur n'avaient qu'une priorité, travailler pour vivre. Le travail c'était le salaire, qui

leur permettait d'honorer leurs obligations de chef de famille. Pourtant, l'incertitude de l'avenir était toujours présente, mais entre ces hommes, un lien existait, un lien sacré, celui de l'amitié.
Leurs discussions s'attardaient sur diverses plaisanteries, quelques boutades, des histoires un peu paillardes, qui embarrassaient le jeune Julien. Jean le bouscula amicalement en lui disant :
-Tu te débrouilles bien petit frère ! Tu verras que c'est un beau métier que l'on fait là. Qui sait, peut-être qu'un jour tu écriras notre vie dans des livres!
Julien, le visage écarlate par la chaleur, se mit à sourire en regardant avec affection ce grand frère si protecteur et si courageux. Ebloui par les rayons du soleil, il se retourna en plissant les yeux en direction de son père pour répondre:
- Je suis fier d'être fils de fermier !
Roger, lui adressa un sourire de reconnaissance, baissa la tête, ramassa un épi de blé et le tendit à son fils en prenant soudainement un air grave :
-Regarde cet épi ! Il représente toute ma vie ! Il est notre maison, ma famille et le pain que l'on mange. Je souhaite que ce blé puisse vous permettre de choisir votre vie. Nous ne sommes que des hommes mais ce blé que je tiens est le symbole de notre existence et surtout de votre avenir. La sueur que vous mettez pour le récolter, par vos mains abîmées, par votre dos courbé, par l'espoir qu'il représente. Mais aussi, par le temps qui passe, par toute l'histoire des hommes tels que nous, par notre amour, celui de la terre, doit être votre courage, votre volonté. Celle de ne jamais baisser les bras et de vous donner la force d'atteindre l'objectif de

votre vie. Ce sol que nous travaillons, nous apprend l'humilité. Ce blé que nous récoltons, cette terre, c'est notre berceau ! C'est comme une mère. Elle nous permet de vivre et vous devez être fier de ce que vous êtes et vous devrez toujours vous souvenir d'où vous venez et ne jamais l'oublier. Soyez fier de ce que nous sommes. Personne ne pourra nous enlever ce que notre vie de paysan nous aura appris. Cet épi, je te le donne fiston. Garde-le toujours près de toi ! Quand tu seras devenu un homme, il saura te rappeler d'où tu viens. Ne le perds jamais car il est le commencement, ton commencement !
Emu, Julien répondit :
- Je te le promets !
Les deux fils fixèrent leur père, comprenant avec tristesse qu'il vieillissait et qu'un jour il ne serait plus près d'eux. Cet homme fier, qui toute sa vie, se sera usé à la tâche pour que les siens puissent ne jamais manquer de rien. Cet homme dont le cœur miné par l'anxiété, comprenait lui aussi, qu'un jour, ses fils devront se débrouiller sans lui. Conscient qu'il n'y a pas d'éternité, mais uniquement le souvenir. Ce père s'apercevait que bientôt la vie emporterait ses fils, sa fille. Un jour, il se retrouverait seul, sans terre à labourer. Il n'y pouvait rien. Le temps, les évènements, le modernisme, le sépareront de ses enfants qu'il se sera efforcé de protéger aussi longtemps qu'il le pouvait. Lui, qui longtemps, avait lutté pour éviter de perdre son fermage, pour repousser la décision inéluctable de l'abandonner, venait de perdre son combat et savait que bientôt, il devrait baisser les bras et partir ailleurs, seul !
Comment pouvait-il lutter contre les agressions de la vie,

contre toutes les injustices de cette société, de ce système qu'il ne comprenait pas et surtout de cette menace de guerre qui lui faisait perdre tout espoir de voir des jours meilleurs !
Quelques instants plus tard, lorsque le soleil fut au zénith, il décida de se mettre plus à l'ombre au bord du champ. Quand, tout à coup, il entendit un cri et aperçu à l'horizon un homme qui gesticulait ridiculement en se dirigeant vers lui. Ce dernier marchait avec difficulté entre les ornières. Il cria:
-Hé ! Ho ! Roger ! C'est merveilleux !
L'homme qui s'approchait semblait véritablement excité. Qui était-il ? Il était encore trop loin pour que Roger puisse le reconnaître. L'allure du personnage avait un côté très cocasse. Il perdit son chapeau et trébucha pour le récupérer, ce qui fit rire ceux qui le regardaient, stupéfaits de le voir si maladroit dans ce champ. De toute évidence il était trop bien habillé et trop lourdaud pour être fermier.
Tout à coup, Roger se mit à éclater de rire, son hilarité s'était communiquée chez ses fils et ses ouvriers :
- Que vous arrive-t-il Valentin ? Et qu'est-ce qui vous presse tant ?
Lorsque le professeur fut enfin près des hommes, il s'arrêta pour reprendre son souffle. Le visage rougi par la chaleur sur lequel d'énormes gouttes de sueurs dégoulinaient. Les vêtements souillés de terre, il s'essuya, remit son chapeau de paille sur la tête et redressa ses lunettes. Puis, il s'empressa de prendre le verre de vin qu'on lui avait tendu, l'avala d'une traite et respira profondément pour répondre.
- Ca y est ! On a réussi !
- Mais quoi donc ! Demanda Roger impatient.
-Mais pour Julien voyons ! J'ai obtenu une bourse pour lui !

Il va pouvoir continuer d'étudier et partir au collège ! Il est accepté ! Roger ! Il est accepté !
C'était la première fois que Valentin tutoyait Roger, mais l'excitation de cette nouvelle, lui permettait cette familiarité.
-Julien va pouvoir partir étudier au collège ! C'est merveilleux ! Il va falloir que vous alliez avec lui pour l'inscription. Je vous accompagnerai si je le peux !
Roger resta bouche-bée devant cette nouvelle ! Il sentit une boule se serrer dans sa gorge, ses yeux s'humidifièrent. Il se retourna vers son fils, se laissa tomber sur les genoux, en prenant une poignée de terre dans ses mains. Il leva les yeux vers son garçon pour lui dire :
-Fiston, je suis fier de toi ! Nous avons réussi ! Tu as réussi ! Et j'ai… Il se tut quelques instants pour fixer le ciel en pleurant et en murmurant :
-Jeanne, j'ai tenu ma promesse ! Ton fils ne sera pas fermier ! C'est notre cadeau ! Sois fière de lui ! Sois fière de nous !
Puis il se releva :
- Tu vas devenir quelqu'un d'autre, fils. N'oublie jamais d'où tu viens et qui tu es ! Il s'aperçut, après ces mots, que bientôt il se retrouverait seul avec son aîné. La famille était en train de se disloquer. Une crainte passagère le fit frissonner. L'angoisse de vieillir aussi.
Julien resta muet devant cette nouvelle qui allait bouleverser sa vie. Il alla se blottir contre son père, heureux de découvrir un autre monde, mais aussi, si malheureux de quitter ce lieu qui lui a donné la vie. Soudain, il fut submergé par un très grand chagrin en songeant à Claire mais surtout à Roselyne. Il se mit à pleurer ne sachant si c'était de joie ou de tristesse.

XII

Roger et son fils montèrent sur la carriole dans laquelle, assis près de l'instituteur, le docteur les attendait. Roger avait refusé de prendre le train, pourtant bien plus rapide. Il avait préféré partir avec son attelage.
- Nous avons le temps ! avait-il répondu à ses amis qui avaient essayé de lui faire changer d'avis. Déterminé, il avait répliqué :
« C'est moi qui le conduirai dans cette école, pas une machine ! »
Julien avait au cœur une forte appréhension ce matin-là. Il songea à ce qu'il allait découvrir au collège et une forte anxiété s'empara de lui. Il regarda son père, mais il sentit que son regard trahissait ses craintes. Roger lui lança un sourire rassurant et confiant. Le garçon regrettait également de ne pas avoir pu dire au revoir à sa bien-aimée qui était restée sur Paris, mais il se promit de lui écrire dès qu'il le pourrait.
Il ne reçut de la part de sa famille et de ses amis que des encouragements et des félicitations. Tous étaient présents en ce matin, pour l'encourager et lui souhaiter une bonne route. Il croisa le regard de sa sœur. Elle lui fit un signe de la main quand le cabriolet se mit en route. Elle ne put dire un mot, le cœur trop gros de le voir partir. Il se retourna pour lui répondre d'un geste et leurs yeux ne se quittèrent pas. Il sentit un regret s'installer et un sentiment de culpabilité et d'abandon au plus profond de lui-même. Il éprouva une forte envie, celle de sauter de l'attelage et de renoncer à cette chance pour rester près de cette petite sœur qui avait tant besoin de lui. Ses mains se serrèrent sur son sac, une larme

coulait sur sa joue, mais il crut apercevoir un sourire sur les lèvres de Roselyne qui semblait lui dire : *Va mon frère, saisis ta chance !* Au tournant du chemin, il la perdit de vue, et n'aperçut plus que la toiture de la ferme. Ses yeux se tournèrent alors, pour observer le profil de son père assis près de lui, mais celui-ci ne le regarda pas et resta silencieux ! L'homme avait une allure si fière que Julien comprit qu'il fallait maintenant aller jusqu'au bout des choses pour ne pas le décevoir. Ce père qui croyait tant en lui, et surtout qui avait promis à sa chère maman de réaliser son dernier souhait, allait avoir un fils qui aurait certainement la chance de choisir sa vie. Julien se devait d'être digne de ses espérances, digne de cette promesse.

Il se laissa aller, essayant de chasser ses craintes, par cette matinée frileuse. Une légère brume offrait au jeune garçon un paysage étrangement différent de celui qu'il empruntait, lorsqu'il partait à l'école. Pourtant, ce n'était pas si lointain, mais cette chaussée, paraissait s'être métamorphosée. Il n'apercevait plus toutes ces jolies fleurs qu'il aimait tant, il ne sentait plus leurs odeurs, il n'entendait plus le chant des oiseaux, ni l'âne braire. Seule la brume recouvrait de son manteau opaque les prés, les champs et même la forêt semblait avoir changée. Elle paraissait triste, alors que son départ annonçait l'espoir. La nature, elle, semblait malheureuse de perdre leur ami. Elle s'était tue, le laissant passer en elle comme un oiseau qui s'envole vers d'autres horizons.

Il y avait environ six heures de route avant d'atteindre la ville d'Evreux. Au fil du temps, le paysage s'illuminait peu à peu devant le garçon. Il découvrit alors d'autres villages qui n'étaient pas bien différents du sien. Les hommes étaient les mêmes, les maisons semblables. Puis de nouveau la campagne avec ses champs, ses prés et ses troupeaux bovins. Le soleil se levait peu à peu et chassait doucement la brume pour laisser place à un décor dans lequel la végétation étalait toutes ses couleurs, offrant ainsi au jeune homme comme une renaissance qui mettait fin à l'enfance et qui annoncerait bientôt la naissance de l'homme qu'il deviendrait. La lumière s'installa au fil du chemin pour éclaircir le sommet d'une colline qui dominait toute la vallée. Sa hauteur verdoyante offrait à Julien un magnifique spectacle. Oui, c'était bien une renaissance. C'était la voie de son destin qui s'ouvrait peu à peu.

- Voici la colline des deux amants ! s'écria Bertrand.

Quel joli surnom ! songca-t-il.

Valentin, amusé en apercevant l'enfant qui s'interrogeait sur le nom de la colline, ne put s'empêcher de lui raconter cette légende du moyen-âge :

-C'est l'histoire de deux amoureux qui ont rencontré l'amour éternel au sommet de celle-ci. Celle de ce jouvenceau qui, par amour, avait accepté les exigences d'un seigneur. Ce dernier qui aimait tant sa fille avait proclamé : « *Celui qui voudra épouser ma fille doit être capable, en gage exceptionnel, de la porter sans repos du bas de cette colline jusqu'en haut.* » Le jeune noble avait relevé le défi. Porter celle qu'il aimait jusqu'aux cimes, afin de prouver ses sentiments et d'obtenir sa main auprès de son père. La jeune femme inquiète pour son prétendant voulut auparavant l'envoyer à Salerne en silice, ancien royaume viking, chez sa tante, afin d'obtenir un philtre qui lui permettrait de gagner l'épreuve. Le jeune noble partit à bride abattu pour aller chercher ce remède. Plusieurs semaines plus tard, tout le monde était présent pour assister à l'épreuve. Pendant la difficile ascension, le jeune homme perdit ses forces et malgré les conseils de sa tendre, il refusa de boire le philtre, craignant d'être surpris et déchu par le seigneur. Il arriva néanmoins à atteindre le sommet. Hélas, le jeune homme après avoir déposé sa bien-aimée, mourut d'épuisement. Son cœur n'avait pu supporter tant d'efforts. Sa belle, croyant à un évanouissement, s'agenouilla pour le couvrir de baisers et le ranimer. Elle ne put que constater que la mort avait fait son œuvre et poussa des cris déchirants, secouée de tragiques sanglots. Au bout de plusieurs heures, le seigneur décida de gravir lui aussi la rude côte avec sa garde. Il accourut auprès des amoureux et les retrouva morts tous deux, sa fille s'étant laissée mourir de désespoir auprès de son héros. Anéanti par sa bêtise, il décida d'exécuter un cercueil de marbre et de les ensevelir au haut de la colline. Depuis, ce lieu porte le nom des deux amants. Aujourd'hui encore, dans une abbaye, au pied de la colline, se trouvent deux arbres qui se sont enlacés à tout jamais. On dit, que ce sont les deux amants qui se sont réincarnés en eux pour que leur union devienne éternelle.

- N'est-ce pas une triste et belle légende ? demanda Valentin au jeune homme.

Julien fixa le sommet de la colline en murmurant :

-Une bien triste légende !

Aurait-il eu lui aussi ce dévouement envers Claire ? Il s'étonna de s'apercevoir que ce n'aurait pas été pour elle qu'il aurait accompli cette épreuve mais uniquement pour que sa sœur puisse trouver le bonheur.

A cet instant, il s'interrogea sur l'amour qu'il portait pour Claire. L'aimait-il au point de mourir pour elle ? Il n'en était pas certain et cela le perturba.
Bien plus tard, en milieu d'après-midi, ils arrivèrent enfin dans la ville d'Evreux.
Ils se retrouvèrent marchant dans les rues de cette commune et furent ébahis devant son architecture.
Ils s'arrêtèrent devant l'hôtel de ville qui fut édifié en 1874 et inauguré le 25 avril 1895. Sur le fronton, quatre stèles. Oeuvres du statuaire Miserey, représentant les grandes étapes de la vie d'un citoyen : la naissance, le service militaire, le mariage et la mort. Au-dessus, une niche surmontant trois arcades, abritait les symboles républicains traditionnels : prospérité (flambeau, cornes d'abondance), principes démocratiques (urne électoralc, faisceau de licteurs.)
Valentin tenait le jeune garçon par l'épaule et lui contait le peu qu'il savait au sujet de cette magnifique structure.
Ils passèrent devant la cathédrale Notre Dame pour admirer les vitraux qui dataient du XIIème et XVIème siècle. Plus tard, ils s'arrêtèrent devant le beffroi construit de 1490 à 1497. Haut de 44 mètres, cet édifice de style gothique flamboyant, vestige des fortifications médiévales, est le dernier beffroi normand. Julien resta ébahi devant tous ces monuments qui l'impressionnaient.
Les maisons à pans de bois offraient aux visiteurs une sensation chaleureuse, et parmi ses rues pavées et ses commerces, s'agitait toute une population bruyante : habitants, livreurs de charbons, vendeurs ambulants, charretiers... Tous ces cris, tous ces artisans, qu'ils soient vitriers, ramoneurs ou encore chiffonniers, travaillaient dans

les rues en tirant leurs charrettes, croisant parfois quelques rares automobiles pétaradantes. Toute cette agitation étourdissait le jeune garçon qui sentit un malaise l'envahir. Il se sentit perdu dans cet univers dans lequel les gens semblaient ne pas se connaître, vivant comme des fourmis.
Julien, sentit l'angoisse s'emparer de lui. Comment allait-il pouvoir s'adapter à cette nouvelle vie ? Son père lui avait acheté un joli costume avec l'argent du propriétaire. Il lui avait offert une casquette, des effets scolaires, donné de l'argent de poche. Mais le garçon savait qu'il était différent de tous ces gens qui s'activaient autour de lui et il devinait qu'il serait évidemment d'une origine plus simple que ses futurs compagnons de classe. La crainte s'amplifiait au fur et à mesure qu'il s'approchait du collège. Lorsqu'ils furent devant celui-ci, l'endroit lui parut gigantesque en comparaison de son ancienne école. Il resta figé en observant ces murs de brique aux hautes fenêtres, derrière lesquels se trouvaient certainement les classes. Son regard se perdit sur ce long jardin qui était traversé par un chemin qui menait à la grande porte du bâtiment. Cet endroit l'inquiétait et il voulut rebrousser chemin mais ses jambes semblaient paralysées. Immobile, devant ce lieu dans lequel il allait passer plusieurs années, il sentit son cœur battre la chamade et s'emballer à la limite de l'évanouissement. Roger s'arrêta et proposa à son fils de s'asseoir quelques instants contre un mur pour qu'il retrouve ses moyens. Lui non plus n'était pas à l'aise, lui aussi avait peur pour son fils, craignant qu'un fils de paysan ne soit pas accepté par les autres. Car ceux qui fréquentaient ce genre d'établissement étaient surtout des fils de bourgeois. Très rares étaient les paysans qui pouvaient accéder au

collège. Roger craignait qu'une discrimination sociale ne perturbe son fils et le déstabilise au point qu'il risque d'abandonner à cause d'éventuelles brimades. Il le regarda, alla s'asseoir près de lui et se mit à lui dire :
-Voilà fiston, nous sommes arrivés ! Lorsque tu auras passé cette grille, tu seras le seul maître de ton destin. Sois conscient de cela ! Tu dois prouver plus que les autres, tes possibilités. Tu dois réussir pour montrer que tu vaux autant que n'importe quel autre enfant. Ta condition, ton statut social ne doivent jamais t'empêcher d'atteindre ton rêve. Sache que tu as plus de mérite que n'importe quel autre enfant, car c'est ton travail qui t'a mené jusqu'ici et tu ne dois rien à personne. Ta réussite tu ne la devras qu'à toi-même. Je te fais confiance ! Lorsque tu sortiras de cette école, tu verras… Tu seras quelqu'un d'autre !
Sur ces mots, il se releva et fit comprendre à son fils qu'il fallait maintenant y allcr.
Les mains moites et tremblantes, Julien se leva, il respira profondément et se mit à suivre son père et l'instituteur. Le docteur les attendit à l'extérieur.
Ils furent reçus par le proviseur qui semblait ravi de recevoir un jeune paysan, expliquant que l'école publique était justement là pour offrir à tous les enfants, la chance de suivre des études. Il vantait la loi de l'école publique et la loi de la laïcité. Il fit comprendre à Roger, qu'après avoir reçu les fortes recommandations de Valentin et après avoir pris connaissance de ses précédents résultats scolaires, il était vraiment ravi de voir un enfant avec autant de facultés et de volonté pour l'instruction. Lorsque les documents furent remplis et que le règlement intérieur fut expliqué dans les

grandes phrases par le proviseur, ils sortirent tous les quatre du bureau. Dans la cour de récréation, le moment de se quitter était arrivé. Julien eut l'autorisation d'accompagner son père jusqu'à la grille. Ce dernier, ému, regarda une dernière fois son fils en lui tendant la main. Il aperçut dans les yeux de son garçon une larme perler.

- Courage mon fils ! J'ai confiance en toi !

Sur ces dernières paroles il s'en alla sans se retourner. Julien resta seul à regarder s'éloigner ce père qui allait se sacrifier pour lui. Les larmes aux yeux, il murmura :

- Je t'aime papa !

XIII

Jean et son père étaient en train d'abattre un vieux chêne, ce serait le dernier avant de rentrer. Deux années s'étaient écoulées, et la vie était devenue bien différente. Lors de l'année 1912, les menaces d'une guerre s'étaient écartées mais dans les Balkans elle faisait rage. En janvier 1913, Poincaré fixa le service militaire à trois ans et l'inquiétude restait omniprésente dans le cœur des français et dans celui de Roger qui s'alarmait pour son fils aîné, qui allait bientôt avoir l'âge de servir sous les drapeaux. Julien eut du mal à s'adapter à sa nouvelle vie, pendant les premiers mois de sa scolarité, mais il se lia d'amitié avec un fils d'ouvrier qui comme lui, avait pu saisir la chance de continuer les études. Au début, il fut victime, comme il s'y attendait, de diverses brimades, mais ses excellents résultats scolaires lui firent gagner le respect des fils de bourgeois qui le considéraient désormais comme l'un des leurs. Ses professeurs l'estimaient beaucoup pour son sérieux, sa disponibilité et sa loyauté envers ses camarades. L'internat lui avait paru pourtant difficile, lorsque le soir, il se retrouvait dans ce lit froid, seul avec ses pensées. Il avait gardé l'habitude de conserver près de lui, la photographie de sa mère. Il avait rangé soigneusement dans son casier, près de son lit, le chapelet que lui avait offert son ami l'abbé. Dans un petit sac, l'épi de son père, qui, désormais, symbolisait son enfance, celle d'être un enfant des moissons et d'avoir grandi dans ce village, cette campagne qu'il aimait tant et qui dessinait tant de souvenirs dans son cœur. Surtout, ne jamais oublier d'où il venait ! Il

regrettait cependant de ne pas avoir d'objet ayant appartenu à sa sœur bien aimée. Cette sœur, qui devait tant souffrir de cette solitude qu'on lui avait imposée. Quand il recevait de ses nouvelles, son cœur devenait plus léger. Elle semblait s'adapter à sa nouvelle vie.
Cela faisait maintenant presque deux ans que Roselyne n'était plus à la ferme. Elle travaillait dorénavant chez un certain Zellers.
Roger recevait très rarement des nouvelles de sa fille. Pourtant, lorsqu'elle lui écrivait, ses lettres se voulaient rassurantes. Elle expliquait qu'elle s'était vite accommodée et que le travail n'était pas trop dur et qu'il ne fallait pas qu'il s'inquiète. Cependant, Roger s'était assombri. Le seul emploi qu'il avait pu trouver avec son fils et qui rapportait assez d'argent, était celui de bûcheron. C'était un métier bien difficile, qui usait rapidement les hommes. Heureusement, ils avaient gardé la maison. Ainsi, ils pouvaient continuer d'élever quelques animaux de basse-cour, quelques lapins, garder deux vaches et entretenir le potager. La santé de Roger était de plus en plus fragile. Jean s'en inquiétait. Ce dernier s'apercevait que son père dépérissait de jour en jour. En l'espace de quelques mois, l'homme semblait avoir vieilli de dix ans. Son moral en avait pris un sacré coup depuis que les terres étaient vendues et que ses deux plus jeunes enfants étaient partis. Roger ne supportait pas que sa fille soit une domestique. Qu'aurait-il pu espérer de mieux pour elle ? Cela était certainement préférable que de rester dans le village où les filles de paysan ne pouvaient devenir que des futures femmes à marier pour ensuite élever leur marmaille. Il valait peut-être mieux qu'elle soit partie.

Au cœur, des larmes
ou
La promesse des hommes

Lorsque l'arbre tomba dans un craquement effroyable emportant avec lui plusieurs branches des arbres alentour, pour s'écraser dans un vacarme foudroyant, Jean invita son père à rentrer. Ce soir, c'était Noël et son fils ainsi que sa fille ne devraient plus tarder à arriver maintenant.
Le contremaître leur donna leurs gages. La hache et le merlin sur le dos, la musette contenant les coins et la gamelle sur l'épaule, ils se dirigèrent vers la lisière de la forêt. La nuit commençait à tomber et il restait à parcourir plus de cinq cents mètres avant de sortir du bois pour ensuite grimper sur la charrette des ouvriers. Celle-ci, conduite par le contremaître, les déposerait juste devant chez eux. Epuisés, ils restèrent muets en marchant l'un à côté de l'autre. Une grande complicité s'était installée entre le père et le fils. Jean devenait un très bel homme, robuste et courageux. Son visage s'était durci et sa détermination s'était amplifiée. Celle de tout faire pour avoir sa propre affaire et ne plus dépendre d'un patron. Quant à Roger, il semblait avoir baissé les bras et ne travaillait désormais plus que par habitude et peut être aussi grâce aux encouragements insistants de son aîné. Le sous-bois devenait de plus en plus sombre à cette heure de la journée et ils commencèrent à ne plus distinguer le sentier. Au bout de quelques minutes, ils aperçurent les lumières du village qui leur indiquait la route à suivre. Une fois sortis de la forêt ils devaient attendre le contremaître et leurs collègues, sur le chariot qui les mènerait doucement chez eux. Devenus inactifs, l'agressivité du froid engourdissait leurs membres. Ils commencèrent à grelotter. Le visage fatigué, Roger fixa son fils qui lui lança un sourire affectueux, sous un regard qui en disait long du respect qu'il portait pour son

père.
Quand ils descendirent de la carriole, ils furent surpris d'apercevoir une lumière danser derrière la vitre de la cuisine. Ils s'empressèrent de rentrer. La porte s'ouvrit rapidement et dans l'éclat d'une lanterne, apparut Julien. Il les accueillit chaleureusement en les embrassant. Sous l'émotion, Roger laissa tomber son sac et serra dans ses bras ce fils qui lui avait tant manqué. Le visage de Julien avait changé, ses traits s'étaient durcis, son regard était devenu plus mûr. Il avait grandi. Sa voix était plus grave et un léger duvet commençait à apparaître au-dessus de ses lèvres. Roger soupira en regardant ce petit homme souriant, lui faisant prendre conscience que les années passaient bien trop vite.
Puis, il se dirigea en direction du placard pour en sortir trois verres qu'il remplit de vin et alla trinquer avec ses garçons. La bonne humeur commença à s'installer dans le logis. Il ne manquait plus que Roselyne qui ne devrait plus tarder et que tous avaient hâte de revoir. Julien était pressé de revoir sa sœur. Depuis qu'il était parti, rien ne s'était déroulé comme il l'espérait. Lui qui croyait pouvoir rentrer tous les mois, s'aperçut rapidement que cela n'était pas possible. Le transport était bien trop coûteux. Le jeudi et le samedi après-midi, il travaillait chez un épicier, petit emploi qui lui permit d'acheter quelques livres, quelques effets scolaires et de sortir de temps en temps avec ses amis. Il ne pouvait rentrer que pour les vacances d'été et de Noël. Les autres congés, il les passait à travailler. Ce qui lui permettait de réduire les dépenses de son père pour ses études. Quand il était de retour, il aidait sa famille aux travaux. Il se rendait utile et ne révisait que le soir.

Au cœur, des larmes
ou
La promesse des hommes

Bien que Noël soit une fête religieuse, on l'avait toujours fêté chez les Durrieux. Lorsque la Jeanne était encore de ce monde elle fêtait la naissance de Jésus, mais pour Roger c'était uniquement une fête familiale.
Une heure plus tard, ils entendirent le bruit d'un véhicule motorisé. Jean alla à la fenêtre et aperçut un homme avec une casquette, un grand manteau, et une grosse paire de lunettes sur le nez. Ce dernier descendit de l'auto pour ouvrir la porte à une autre personne emmitouflée dans une pèlerine. On frappa, ce fut Roger qui alla ouvrir. Quelle ne fut pas sa surprise quand il reconnut sa fille, les joues et le bout du nez rougis par le froid. Eclatante de joie, elle se jeta dans ses bras. Derrière elle, se trouvait le comte Delagarne qui retira ses gants pour venir le saluer. Roger s'étonna de sa présence. Il n'eut pas le temps d'ouvrir la bouche.
- Pardonnez-moi si je vous amène votre fille en retard ! C'est cette foutue automobile qui ne voulait pas démarrer. J'ai roulé aussi vite que j'ai pu ! s'exclama t'il.
Amusé de l'étonnement qui se lisait sur les yeux, il continua :
- Ne soyez pas surpris! Votre fille a eu de la chance. J'étais chez mon beau-frère Zellers à Cherbourg. Je devais rentrer pour passer Noël chez moi, je lui ai donc proposé de la conduire chez vous. Ainsi, elle n'a pas eu à attendre le train.
Roger le remercia pour son geste et l'invita à rentrer se réchauffer près de la cheminée. L'homme refusa poliment, prétextant que lui aussi était en retard et décida de s'en aller rapidement :
- Joyeux Noël à vous tous ! J'espère que cette auto ne va pas me faire de nouveaux caprices pour le retour.
Roger le raccompagna. Il resta quelques secondes à observer

ce véhicule qu'il trouvait joli mais bien trop bruyant.
- C'est une Delage, un vrai fauve !
- Ha ! répondit-il tout simplement.
Un peu déçu par cette réaction, le Comte le salua en lui demandant :
-Pourquoi n'êtes-vous pas venu me voir pour vous faire embaucher dans la manufacture ? Vous devriez ! Croyez-moi ! Travailler dans les bois, ce n'est plus de votre âge. Vous auriez plus à gagner dans notre usine. Réfléchissez-y ! Je peux vous garantir que vous ne le regretteriez pas. Je vous aime bien Durrieux ! J'ai de l'estime pour vous. Votre situation me chagrine. J'admire votre courage et j'ai été très heureux d'apprendre les bons résultats de votre fils. C'est très bien !
Il répéta en fixant l'homme :
- C'est très bien ce que vous faites pour lui ! N'empêche que je suis toujours persuadé que vous auriez dû accepter de le faire entrer dans le collège que je vous avais proposé. Je pense que vous devriez accepter mon argent pour vous aider à payer ses études. Mais je respecte votre décision et je reste très admiratif devant votre courage et cet entêtement qui fait de vous un homme respectable. Si un jour votre fils a besoin de quoi que ce soit pour ses études, qu'il n'hésite pas à venir me voir ! Je ferai en sorte de l'aider. Vous êtes un bon père ! Offrez-lui ce que je n'ai pas eu le temps d'offrir au mien !
Il monta dans l'automobile, démarra celle-ci et s'éloigna dans les vrombissements du véhicule.
Roger resta songeur en le regardant s'éloigner, puis il haussa les épaules en se retournant. Jamais il n'aurait accepté que son fils intègre un collège dirigé par des curés ! Et tant qu'il

le pourra, ce sera avec son argent que son fils étudiera, pas avec l'argent d'un autre. Il était en effet le père et c'était à lui seul de garantir l'avenir des siens.
Puis, il songea à cette manufacture. Qu'irait-il donc faire à s'enfermer dans cette prison ? Dehors, il ressentait malgré les soucis une impression de liberté qu'il craignait de perdre dans cette usine. Il savait qu'il n'irait jamais dans ce lieu, se refusant de devenir un automate.
Plus tard, malgré la fatigue, le bonheur d'être avec ses enfants lui fit oublier tout le reste. Il retira précipitamment de sur la table le drap qui cachait les mets qu'il avait préparés avec son aîné.
Roselyne et Julien furent agréablement surpris de découvrir la présentation de cette table, telle que leur mère la dressait lorsqu'ils étaient encore enfants. Une dinde cuivrée baignait dans une sauce accompagnée de pommes de terre et de champignons. Les assiettes et les couverts étaient soigneusement placés, le pain découpé en tranche se trouvait dans une bannette en osier, accompagnée d'une bouteille de vin, de trois bougies et d'un chemin de table fait avec des feuilles de houx, qui traversait le meuble sur sa longueur. Quelques décorations ornaient les murs et enfin, à leur grande surprise, une crèche était posée au-dessus de la cheminée dans laquelle une bûche se consumait. L'atmosphère chaleureuse de Noël s'était installée dans les cœurs. Lorsqu'ils furent tous les quatre assis autour de la table, le repas put commencer. Au bout de plusieurs minutes, les sujets ne manquèrent pas. Julien raconta ce qu'il vivait au collège, son visage rond et ses joues rouges prouvaient sa bonne santé. Roselyne était si heureuse de revoir son frère.

C'était le moment des retrouvailles, celui du bien-être, de la joie, de la famille.
Un peu plus tard, pendant qu'ils dégustaient le repas, Roger questionna sa fille.
-Est-ce que tu te sens bien là-bas ? Le travail n'est-il pas trop dur ? Ne rencontres-tu pas trop de difficultés ?
Il avait tant de questions qui lui passaient par la tête que Roselyne dut lui couper la parole afin de lui répondre. Elle comprenait évidemment toutes ces interrogations. Elle savait à quel point son père pouvait être anxieux pour elle. Malgré les lettres qu'elle lui faisait parvenir, elle savait qu'il fallait qu'il entende sa nouvelle existence au travers de sa voix.
- Tu sais papa !
« Papa ! »
Roger fut ébranlé d'entendre sa fille l'appeler à nouveau papa.
-Je suis très bien traitée ! J'ai appris beaucoup de choses. Les employés sont gentils avec moi et le maître est très agréable. De plus, son épouse lors de mes moments libres, me permet de continuer à étudier. Elle me donne des cours particuliers après mon travail. C'est une chance pour moi. Je crois qu'ils sont heureux que je sois parmi eux. Il n'y a plus d'enfant dans leur foyer. Ils n'ont qu'un fils unique qui s'est engagé dans l'armée. Ils n'ont que très peu de nouvelles de lui. C'est vrai qu'au début, je t'en ai beaucoup voulu car je ne voulais pas te quitter et j'avais si peur. Tu te souviens !
Il remua la tête en pinçant les lèvres sentant le remords l'envahir. Assise près de lui, Roselyne lui prit la main et l'embrassa sur le front puis posa sa joue contre son épaule. Comme quand elle était petite et qu'elle venait faire son câlin

à ce père qu'elle adorait ! Voulant le rassurer, elle continua :
- Aujourd'hui, je dois admettre que je te remercie de cette décision car je suis en train de construire ma vie, et monsieur Zellers ainsi que son épouse, sont gentils avec moi. La cuisinière avec laquelle je me suis liée d'amitié reconnaît elle-même, que je suis la préférée et que c'était bien la première fois qu'ils s'autorisaient autant de sympathie envers une servante. Le maître est aimable, il ne se met jamais en colère et nous respecte beaucoup.
Julien, assis près de sa sœur regarda l'un après l'autre les membres de sa famille. Quel bonheur d'être enfin réunis ! Cela faisait si longtemps. Quel plaisir de revoir sa sœur et de la savoir heureuse dans sa nouvelle vie ! Quel soulagement dans son cœur ! Sa sœur réussissait à se reconstruire entourée de gens qui l'appréciaient. Il faut dire que Roselyne était bien courageuse et qu'elle savait se mettre à la portée de tous. Elle avait su s'adapter, enfermer sa détresse pour s'accommoder à sa nouvelle vie, rien que pour faire honneur à son père. Elle ne semblait plus inquiète mais lorsqu'il croisa son regard, il comprit que ce qui lui manquait le plus était leur complicité. Alors, il l'entoura de son bras pour déposer sur sa joue un baiser qui exprimait tout l'amour qu'il lui portait. Les lettres qu'ils s'écrivaient étaient remplies de promesses, d'encouragements, d'amour et leurs retrouvailles étaient leur plus beau cadeau de Noël.
Plus tard, ils chantèrent des chansons populaires, ils dansèrent, ils s'amusèrent comme avant, comme quand ils étaient enfants et que Jeanne était encore avec eux. Enfin, ils se réunirent près du feu pour écouter les histoires que leur narrait leur père lorsqu'ils étaient petits. Ces légendes normandes qui venaient de ce grand-père, qu'ils n'avaient pas

connu. Ces contes qui les passionnaient et qui leur faisaient si peur et qui racontaient l'existence de croque-mitaines guettant les cherche-pains, ces gens qui, sans toit, venaient frapper aux maisons pour un peu de nourriture. Il leur expliqua l'histoire de ce jeune voleur qui rêvait de devenir immortel et dont l'âme fut enfermée pour l'éternité dans une statue, après avoir pactisé avec le diable. Ils se souvenaient de ces moments qui se terminaient toujours par un câlin rassurant de leur maman. Retrouver en ce soir de Noël ces souvenirs, leur réchauffait le cœur. Roselyne fut attendrie en écoutant ce papa qui prenait un véritable plaisir à se remémorer toutes ces vieilles histoires. Pour terminer cette agréable soirée, une partie de domino s'imposait, Jean était imbattable ce soir-là.

La soirée se termina tard dans la nuit. Les cadeaux furent distribués. Enfin, ils allèrent tous dans la cour pour savourer la fraîcheur d'hiver. D'un hiver qui leur avait permis d'être tous ensemble, heureux pour une nuit. Le souvenir de la mère, de l'épouse, s'installa dans leur cœur. Julien serra Roselyne dans ses bras :
- Viens avec moi !
Il l'emmena derrière la maison, sortit son chapelet de sa poche et invita sa sœur à prier et à chanter discrètement la naissance de Jésus. C'était la Jeanne qui leur avait appris ce chant, qu'elle chantait le soir de Noël en les bordant.
- Maman est avec nous, précisa Julien. Elle nous voit et je suis sûr que là où elle est, elle est heureuse. Car nous sommes réunis en cette nuit sacrée.

XIV

Dans le train qui le ramenait à Evreux, Julien tout en regardant le paysage au travers de la vitre, assis sur un banc de bois, dans ce wagon de deuxième classe, ressentit dans son cœur revenir cette sensation de déchirement, celle de quitter une nouvelle fois les siens. A chaque fois qu'il repartait, la tristesse s'emparait de lui. Il avait hâte que ses études se terminent pour ne plus partir, et retourner vivre au village. Tout en regardant défiler le paysage, secoué par les cahots, il regrettait de ne pas avoir pu retrouver sa bien-aimée. Elle avait passé ses vacances à Paris. Il s'apercevait qu'il commençait à oublier les sentiments de bonheur qu'il éprouvait auparavant pour elle. L'aimait-elle encore ? Et lui, éprouvait-il encore de l'amour pour elle ? Malgré les lettres qu'elle lui écrivait, il doutait de plus en plus de la longévité de cet amour que le temps, que la distance atténuaient. Il craignait que cette longue séparation finisse par avoir raison de leur amour. N'était-ce qu'un amour d'enfant ? Allait-il un jour recevoir une lettre dans laquelle elle lui annoncerait qu'elle ne l'aimait plus ? Et le docteur Roca acceptera-t-il cet amour de jeunesse qui promettait de se transformer en une véritable passion ? Le docteur acceptera-t-il que sa fille soit tombée amoureuse d'un simple fils de paysan ? La vie sociale de Claire était si différente et paraissait souvent inaccessible à Julien. L'univers que connaissait Claire à Paris était si lointain de la condition paysanne. Elle n'avait rien à faire dans ce monde rude, elle était bien trop précieuse, bien trop élégante pour envisager de quitter son confort et se diriger vers une vie villageoise. Cette pensée l'encourageait à travailler dur ses cours et justement sortir de sa condition, offrir, si l'avenir en décidait, une vie confortable à celle qu'il aimait. En songeant à cela, une boule se serra dans sa gorge. La solitude s'installa dans son esprit. Pour chasser cette mélancolie, il décida de sortir un livre et d'endormir ses pensées en lisant un recueil de poésie. Quelques minutes plus tard, n'y parvenant pas, il décida de se lever et de sortir du wagon pour prendre l'air et apprécier le paysage. La nature qui défilait devant ses yeux semblait s'être recouverte d'un manteau blanc, l'odeur de la fumée qui sortait de la locomotive, le bruit incessant des roues sur les rails, l'air frais et la neige qui lui frappait le visage l'étourdissaient et l'engourdissaient. Il revit Roselyne l'embrasser sur le quai de la gare. Il se rappela soudainement cette lettre qu'elle lui avait glissée dans sa poche au moment où il grimpait dans le train. Alors, il sortit celle-ci, la décacheta en rentrant se mettre à l'abri dans le wagon et se mit à la lire :

Mon cher frère,
Quel bonheur d'avoir passé Noël avec vous tous. Je pense tous les jours à toi. Je suis fier de t'avoir comme frère. Si tu es heureux, alors je le suis aussi. Ce que tu ressens, je le ressens. Si tu es triste, je serai triste. Alors ne le sois pas s'il te plaît.
Je songe souvent à ces moments que nous passions ensemble. Nous sommes en train de grandir, nous ne sommes plus des enfants. Maintenant que je travaille, je m'aperçois que la petite fille que j'étais est désormais cachée dans un tiroir de mon âme. Elle est devenue mon jardin secret. Celui que j'aime retrouver lorsque je suis seule et que je ressens de la

mélancolie. Dans ce jardin, j'aime alors me souvenir de notre complicité, me souvenir aussi de maman. Elle me manque beaucoup, même si je sais qu'elle brillera toujours dans notre cœur. Je veux aussi au travers de cette lettre, te dire qu'il ne faut pas t'inquiéter pour moi, car je suis vraiment bien là où je suis. Si tu pouvais écrire à papa et le rassurer car je ne suis pas certaine d'avoir réussi à le tranquilliser. Je suis inquiète pour lui. Il a changé, beaucoup changé. Il semble si fatigué. J'en ai parlé à notre grand frère, mais il m'a dit de ne pas m'inquiéter, qu'il veillerait sur lui. Pourtant, je crois que Jean respire l'envie de partir, de découvrir d'autres horizons. Je le comprends ! Ce ne serait vraiment pas juste qu'il ne puisse pas choisir sa vie. Mais que deviendrait notre père ! Je n'ose imaginer qu'il se retrouve seul. Lui qui a tant fait pour nous, lui qui a usé sa vie et qui s'est oublié uniquement pour nous protéger. Il m'inquiète. Si seulement il acceptait de suivre les conseils de monsieur Delagarne en allant se faire embaucher dans la nouvelle filature. Le travail serait moins pénible et il aurait un meilleur salaire. Mais tu sais comment il est, n'est-ce pas ! Il est si fier ! Peux-tu toi aussi au travers de tes lettres l'inciter à changer d'avis ? Je ne veux surtout pas t'inquiéter, mais à qui d'autre veux-tu que j'écrive cela ? Nous nous sommes toujours tout dit et nous avons fait la promesse de ne jamais rien nous cacher. Alors, mon cher et tendre frère, écris souvent à papa. Je suis persuadée qu'il ressent le besoin de nous lire et de nous savoir bien là où nous sommes. J'ai peur pour Jean ! Dans huit mois il aura vingt et un ans. Il devra alors faire son service militaire. Ce que nous lisons dans les journaux me tourmente. Je suis si effrayée lorsque je

songe qu'une guerre peut éclater et que notre Jean aille se battre.
Julien, j'aurais préféré te dire tout cela de vive voix, mais je ne voulais pas gâcher l'esprit de Noël.
As-tu des nouvelles de Claire ? Lorsque tu lui écriras, souhaite-lui le bonjour de ma part. Nous allons avoir tous les deux, quinze ans dans six mois. J'espère que nous pourrons fêter cela en famille. J'aime beaucoup les poèmes que tu m'écris. Je crois que tu ferais un bon écrivain. Tu devrais t'essayer à écrire des histoires car tu es doué. Il y a tant d'amour et de beauté dans tes vers. Ah si seulement maman pouvait être encore de ce monde, comme elle serait fière de toi ! Et papa serait si différent. Il faut qu'à notre tour nous sachions le soutenir. Je crains que sa solitude finisse par lui faire beaucoup de mal. Tu te souviens de ces fameux dimanches que nous passions avec lui ? J'aimerais pouvoir revivre ces instants et retrouver sur son visage ce sourire qu'il a perdu.
Mon cher frère, je sais qu'un jour le bonheur viendra s'installer dans notre famille, et je voudrais que ce bonheur arrive rapidement. Je souhaite que mes frères et mon père soient heureux.
Je vais te quitter sur ces mots en te souhaitant bon courage et en te disant à bientôt.
Ta sœur qui t'aime et qui pense souvent à toi
Rosy

Julien remit la lettre dans sa poche en penchant son visage hors du train pour laisser le vent chasser sa mélancolie. Il se promit d'écrire plus souvent à son père.

XV

-Tu n'oublieras pas de venir me rejoindre dans la cuisine lorsque tu auras fini les chambres ! lança la Margo à Roselyne qui s'apprêtait à monter à l'étage.
- Oui, dès que j'aurai fini !
Roselyne aimait se retrouver en compagnie de la bonne Margo, dans cette pièce qu'elle préférait. Elle adorait sentir l'odeur des cuissons, de tous ces plats que la cuisinière préparait. Elle admirait tous les ustensiles qui ornaient la pièce. Ces casseroles en cuivre toujours bien lustrées, accrochées aux murs, au-dessus de la grande cheminée qui ne s'éteignait pour ainsi dire jamais. Le vaisselier en bois sculpté, dans lequel, étaient rangés tous les couverts en argent. Les plats, assiettes en porcelaine et en faïence qui représentaient une petite fortune pour la petite domestique. La longue table en chêne sur laquelle la Margo étalait tout ce dont elle avait besoin pour préparer les repas. La rôtisseuse, qu'elle n'avait jamais vue auparavant. Le magnifique fourneau en fonte sur lequel était gravée une frise florissante. Sur une étagère étaient posées plusieurs boîtes en fer aux divers motifs. Un long évier en grès au-dessus duquel se trouvait un robinet, la fascinait. Avoir accès à l'eau à l'intérieur même de la maison ! Elle aurait tant aimé disposer de ce modernisme lorsqu'elle était encore chez son père. Elle affectionnait aussi la mosaïque bleue et jaune du carrelage qui ornait les murs. Enfin et surtout, elle se plaisait ici car elle retrouvait la compagnie de la vieille servante. Cette femme qui semblait faire partie des meubles, paraissait toujours joyeuse. Même dans les moments difficiles, elle avait la

phrase magique qui atténuait les chagrins.
Margo avait pris la petite sous sa coupe et s'en était entichée. Emue, elle se mit à se souvenir du jour de son arrivée. De la fragilité de cette gamine au regard farouche qui lui avait traversé le cœur, quand celle-ci, avec son paletot sur le dos et son baluchon sous le bras, s'était retrouvée devant l'immense grille qu'elle n'osait franchir. C'est en serrant fortement la main de son père, que la petite avait réussi à pénétrer dans la cour. Là, elle avait aperçu la demeure qui s'élevait sur deux étages et que l'ombre des nuages rendait sinistre. Les murs de pierres recouvraient de hautes fenêtres voilées par des rideaux brodés, qui filtraient la craintive lumière du jour. Subitement paralysée d'une angoisse qui venait d'accélérer les pulsations de son cœur et qui rendait ses jambes trop lourdes pour continuer de marcher, l'enfant avait levé les yeux pour supplier son père de faire demi-tour. Evitant le regard de sa fille, Roger s'arrêta un moment pour observer un instant ce long jardin, qu'une allée de gravier séparait. C'est à ce moment que Margo les avait accueillis sur le parvis de la maison, pour les inviter à entrer. Perdue dans ce couloir qui sentait la cire, et d'un silence inquiétant, Roselyne malheureuse et anxieuse, s'était mise à pleurer en serrant la taille de son père.
Embarrassé et honteux, celui-ci ne savait que faire pour rassurer son enfant. Quand il fut reçu par la maîtresse de maison, sa fille poussa un cri :
- Papa ! Ne me laisse pas !
- Je reviens ma fille, je ne suis pas loin !
Bouleversée, Margo l'avait emmenée dans la cuisine pour lui servir un verre de lait chaud et la rassurer.

Plus tard, après avoir discuté des conditions d'embauche, Roger, accompagné de madame Zellers, avait retrouvé sa fille qui le fixait dans l'ultime espoir de repartir avec lui. Mais le regard de celui-ci lui avait fait vite comprendre qu'il n'en était rien. Alors, elle avait écouté cette dame qui lui souriait.
- Bonjour Roselyne ! Je suis ravie de te recevoir dans notre maison ! Tu verras, tu te sentiras très bien ici. Je sais que tu es une jeune fille très courageuse. Il ne faut pas avoir peur, nous ne sommes pas de mauvais employeurs, tu peux me faire confiance ! Si tu remplis bien tes tâches, nous nous entendrons très agréablement. Le voyage a dû te fatiguer, tu vas donc te reposer jusqu'à demain. Notre bonne va te conduire dans ta nouvelle chambre afin que tu puisses y ranger tes affaires. Ensuite, tu viendras me rejoindre et nous parlerons un peu.
Son père s'était mis à ses genoux pour lui murmurer à l'oreille :
- Tu seras bien ici !
Il n'en était pas certain lui-même, mais il se devait de la tranquilliser.
- Ne t'inquiète pas, nous allons bientôt nous revoir. Promets-moi d'être courageuse.
Roselyne avait vivement serré son cou en calant son visage sur son épaule pour se remettre à pleurer.
- S'il te plaît ma fille, promets-moi que tu seras courageuse !
Elle balbutia :
- Je te le promets, papa !
Après avoir écarté les bras de son enfant et l'avoir embrassée une dernière fois sur le front, en lui caressant la joue de sa main rugueuse, il quitta la pièce sans se retourner.

Margo s'était arrangée pour la distraire.
Mais quand la porte de la maison fut refermée, la jeune fille s'était précipitée à la fenêtre pour y coller son visage. En fixant le dos de ce père qui s'éloignait, jusqu'à ce qu'il disparaisse dans la rue, perdue dans ce monde inconnu, les lèvres tremblantes, la gorge serrée, le désespoir au cœur, elle n'avait prononcé qu'un mot.
-Papa !
Craintive comme un petit animal que l'on cherchait à apprivoiser, la cuisinière avait, malgré cette déchirure, réussi à apaiser les appréhensions de ce petit chaton qui n'attendait uniquement qu'on le rassure, qu'on le protège et surtout qu'on l'aime. La Margo était venue au secours de la petite. Elle lui avait appris comment parler, comment servir, comment saluer, comment savoir s'effacer devant les maîtres. Ce rôle était normalement dû à la bonne, mais celle-ci, de son air sévère effarouchait beaucoup Roselyne et elle avait heureusement fini par quitter cette demeure pour un nouvel emploi dans la ville de Rouen qui correspondait plus à ses compétences. Ce n'était pas une mauvaise femme, mais c'était une vieille fille, qui n'avait jamais eu d'enfant et qui était très droite sur le devoir du petit personnel.
Après plusieurs mois, Roselyne fut donc appelée à la remplacer rapidement. Grâce à son écoute, à sa dextérité et après avoir été rassurée sur le tempérament de ses employeurs, elle s'acquitta aisément de ses tâches ménagères. Il n'y avait que trois domestiques. La cuisinière, Gaston le jardinier, dit *« le père la ficelle »* à cause de sa silhouette, et qui faisait aussi office de chauffeur et d'homme à tout faire. C'était un homme très joyeux, d'un certain âge, qui aimait

taquiner ses collègues, au travers de diverses plaisanteries, agaçant parfois la bonne Marguerite, et enfin la petite nouvelle, Roselyne. Elle avait déjà reçu son surnom, *« la petite »* par le père la ficelle. Une agréable complicité s'était instaurée entre les employés. Les maîtres qui entraient tous deux dans la cinquantaine, quant à eux, offraient leur totale confiance à leur personnel. Ils n'étaient pas des personnes attachées aux coutumes. Charlotte Zellers offrait unc grande autonomie à sa cuisinière et n'avait uniquement qu'à préciser ce qu'elle souhaitait pour laisser ensuite toute latitude envers Margo qui les servait depuis maintenant plus de quinze ans.
Charlotte était une petite femme frêle qui avait gardé son regard de petite fille. Cette fragilité due à sa physionomie n'était qu'une apparence, puisqu'elle débordait d'une véritable opiniâtreté. Toujours attentive à sa coquetterie, malgré un visage que le temps commençait à froisser sous sa chevelure blonde qui s'enneigeait au fil des années, elle s'efforçait de maintenir sa vitalité de jeune femme. Sans cesse en activité, elle donnait ses instructions aux domestiques, elle gérait l'organisation du foyer, transmettait des cours de piano aux enfants de ses amies et participait à des actions de bonnes œuvres.
Mme Zellers s'obligeait d'être toujours joyeuse, auprès de son époux et de ses relations. Lorsque les soucis essayaient de s'installer dans son esprit, le soir venu, elle avait toujours la force de les mettre de côté en jouant quelques notes sur son vieux piano ou en écrivant des contes qu'elle n'envisageait pas de publier, mais qu'elle aimait lire à ses compagnes, lors du thé. Pourtant, elle ne pouvait lutter contre cette angoisse qui la tenaillait en songeant à son garçon militaire. Elle ne

s'expliquait pas cette décision qu'il avait prise, elle ne comprenait pas ce fils qui avait refusé de faire une très belle carrière dans la vie civile, en choisissant un autre chemin bien plus périlleux, à une époque qui s'annonçait si inquiétante.
Charlotte était une femme ouverte, discrète, amoureuse de son époux, amoureuse de la vie. Elle était de celle qui, même dans le désaccord, savait pardonner. Jamais elle ne revendiquait sa noblesse, elle s'en moquait éperdument et se montrait très fière d'avoir réussi à quitter son milieu familial qui n'était pour elle qu'un mauvais souvenir. Soulagée de ne plus être sous la dure instruction qu'un père orgueilleux lui avait imposée et dont la rigueur avait fini par empoisonner son cœur. Lorsque cet homme qui avait toujours combattu les lois de la république, avait fini par quitter le monde, après avoir fait son deuil, elle avait trouvé sa liberté de femme et en avait profité pour choisir sa vie. La mort de cet homme qui ne voulait pas la découvrir lui avait permis de décider de son avenir. Raymond Delagarne comprenant ce désir et qui avait souvent compatie à la souffrance de son unique sœur ne fit rien pour l'en dissuader. Bien au contraire, il avait fini par accepter qu'elle fréquente ce jeune homme timide qui était employé dans une manufacture près de Cherbourg. Il ne s'était pas opposé à son mariage, même sous l'insistance des grands-parents qui souhaitaient empêcher cette relation avec un israélite. Bien qu'il soit juif, Raymond lui avait donné sa confiance. Georges aimait profondément Charlotte et semblait détenir toutes les qualités pour s'élever dans la société et offrir une vie confortable à son épouse.
Raymond savait sa sœur heureuse et déterminée à construire ce bonheur si espéré.

Charlotte fut très satisfaite de recevoir la petite dans sa maison. L'ambiance de celle-ci avait tant besoin de la fraîcheur d'une jeune domestique, afin de ramener un peu de jeunesse dans les esprits. Elle retrouvait avec cette jeune enfant, le plaisir qu'elle croyait perdu. Celui d'offrir son attention, comme autrefois, avec son fils et ses camarades. Notamment, celui de donner des leçons de choses, de grammaire et de mathématique. Cette gamine qui se montrait très coopérative et très attentionnée dans son travail, méritait donc de recevoir un peu d'instruction, qui ne pourrait que l'aider dans son avenir. Cependant, il était important de garder certaines distances entre les maîtres et les domestiques. Georges savait rappeler à son épouse certaines règles qu'il ne fallait pas oublier. Charlotte Zeller n'avait nul besoin de ses conseils. Elle aussi savait, qu'il y avait une limite à ne pas franchir, afin d'éviter auprès de la jeune recrue, certains malentendus. Ils étaient donc, des employeurs très ouverts, plus modernes que beaucoup de leurs relations. Il n'y avait qu'une ombre dans le climat de la maison. Celle de ce fils parti suivre un autre chemin, refusant les ambitions que son père avait pour lui. Après son baccalauréat, il s'était engagé dans une école d'officier. Cela faisait maintenant deux ans qu'il ne vivait plus dans la demeure familiale. Devenu militaire dans l'infanterie il ne venait rendre visite à ses parents qu'une à deux fois par an. Cette difficulté de dialogue entre Georges Zellers et son fils, cette incompréhension s'était terminée par une forte dispute dans la famille, provoquant la décision longuement réfléchie de leur unique enfant. Le fils avait quitté ses parents au plus grand désarroi de sa mère et affectant silencieusement le

père.
Roselyne avait très vite compris que ce départ avait cassé quelque chose entre monsieur Zeller et son épouse. Mais elle les respectait tant, qu'elle s'effaçait rapidement lorsque leur enfant apparaissait dans les discussions.
La jeune domestique préférait alors, se retrouver avec la Margo. Elle se sentait apaisée auprès de cette grosse dame qui, très vite, l'avait mise à l'aise en lui offrant son amitié. Sa séparation avec sa famille était moins lourde à porter en sa compagnie et la vie beaucoup plus facile. La jeune fille avait trouvé une complice qui allait devenir sa confidente.

*

Au cœur, des larmes
ou
La promesse des hommes

Quand Roselyne se dirigea vers le couloir, en chantonnant, elle ouvrit la porte qui donnait à l'escalier et le monta en se pressant.
Tout à coup elle fut arrêtée net par monsieur Zellers.
- Doucement, mademoiselle ! Regardez où vous allez !
Gênée, elle s'excusa, avant de continuer son ascension. L'homme lui attrapa le bras :
- Je suis ravi de vous voir joyeuse ce matin Roselyne. Votre félicité et votre enthousiasme apportent de la légèreté dans cette demeure qui me semble de plus en plus triste. Cela me réjouit car cette maison a bien besoin de gaieté. Surtout en cette période ! Continuez d'être ainsi !
Un peu embarrassée par cet aveu, elle baissa timidement les yeux.
- C'est très bien ! Allez à vos occupations maintenant !
Sur ces mots, il s'en alla en chantonnant l'air que venait de fredonner la jeune fille.
Troublée, elle le regarda descendre l'escalier. Elle resta songeuse, à cause de l'anxiété qu'elle avait lue dans ses yeux. Il paraissait si préoccupé. Monsieur Zellers était un homme de taille moyenne, légèrement bedonnant, toujours bien habillé. Sa cravate laissait déborder les plis de son large cou, sous un visage rond sur lequel un long nez aquilin s'imposait au-dessus d'une moustache toujours soignée. Son regard noir sous sa calvitie généreuse, trahissait les craintes qu'il s'efforçait de dissimuler. C'était un homme très pris par ses obligations industrielles. Il était directeur du personnel d'une société de fabrication en matériaux de cuisine. En cet été troublé par les évènements qui se déroulaient en Europe, il était très inquiet de l'avenir incertain qui s'annonçait.

L'assassinat le 28 juin de l'archiduc François-Ferdinand, l'héritier du trône d'Autriche-Hongrie, plaçait l'Europe sur une poudrière qui risquait à tout moment d'exploser, emportant avec elle la France dans un conflit armé. Cet assassinat risquait d'offrir un prétexte au gouvernement autrichien de se mettre en guerre contre la Serbie. Tout le monde le craignait, car la Serbie avec la Russie était alliée de la France alors que l'Autriche était avec l'Allemagne. Pour Jaurès, il fallait à tout prix trouver une solution pacifique au problème de l'Alsace-Lorraine afin d'éviter d'entrer dans un engrenage. Georges Zellers lisait beaucoup les journaux et était persuadé que la guerre était inévitable. Les affaires seraient moins fructueuses, et surtout, il s'alarmait pour son fils. Il partageait avec son épouse cette angoisse qui ne les quittait plus ; celle d'une guerre qui entraînerait leur unique enfant dans un conflit qui certainement, serait très meurtrier.
Lorsque Roselyne fut de retour dans la cuisine, l'heure du déjeuner approchait. La Margo l'accompagna pour l'aider à dresser la table dans la salle à manger. Roselyne lui fit part de ce qu'elle avait ressenti pour Georges Zellers. La cuisinière l'écouta attentivement, puis haussa les épaules en levant les yeux au plafond.
- Ah, si monsieur avait été moins exigeant avec son fiston, nous n'en serions peut-être pas là aujourd'hui. Nous n'avons plus qu'à espérer que la guerre n'éclate pas. Nous ne pouvons rien faire d'autre que de prier pour cela.
- Tu as raison, répondit Roselyne. Mais il m'a fait de la peine. Je ne savais pas quoi lui dire quand il a descendu l'escalier.
Marguerite se mit à lui sourire tendrement.
-Tu es bien bonne ma petite. Mais il n'y avait rien à dire et

puis ce n'est pas à toi de dire quoi que ce soit. De toute manière cela ne changera rien et je pense qu'il a deviné ce que tu as ressenti pour lui. Je crois que cela est suffisant ! Il t'apprécie beaucoup, ce n'est pas pour rien !

Entre les murs tapissés et sur un parquet foncé, la salle à manger comportait un mobilier soigneusement lustré, datant du XVIIème siècle. L'endroit était d'un grand raffinement et d'une élégance qui intimidaient toujours autant la jeune fille. L'odeur de la cire, le tic-tac de l'horloge sur laquelle on distinguait des sculptures représentant une scène de chasse, les diverses toiles accrochées aux murs qui représentaient de magnifiques paysages, offraient une atmosphère qui imposait le silence à la jeune domestique. Les deux grandes fenêtres aux rideaux brodés, situées au Sud, laissaient s'infiltrer les rayons du soleil qui illuminaient l'endroit, semblable à l'intérieur d'une église. Au bout de la salle, se trouvait une immense cheminée Renaissance. Face à celle-ci on apercevait deux grands fauteuils et un divan aux tissus verts et sur lesquels étaient brodées des fleurs printanières. Une haute plante verte était posée à la gauche de la cheminée, à la droite de celle-ci collé au mur, un piano droit sur lequel deux bougeoirs en laiton étaient posés, attendait patiemment les prochaines leçons. Enfin un large lustre en cristal dominait la pièce de son étincelante lumière. Après avoir soigneusement dressé les couverts et déposé un vase fleuri sur la nappe blanche qui recouvrait la table, la vieille servante se frotta les mains en disant :
- Bon, en avant la petite, maintenant allons préparer le repas. Monsieur a des invités ce midi.

- Madame ne sera pas au déjeuner ?
-Non, Roselyne, c'est un dîner d'affaire et madame Charlotte déteste ce genre de repas. Elle dîne chez des amies.
En effet, Georges Zellers recevait en ce mardi 30 juin 1914, des collègues et notables de la région. Sa jeune domestique exécuta le service avec dextérité. Il en fut ravi. Les hommes présents à la table félicitèrent ce dernier de sa jeune employée.
- Vous avez là une très jolie domestique ! lança Henri Barton.
- J'en suis vraiment très satisfait ! C'est Notre ami Delagarne qui me l'a proposée.
En riant, Henri Barton susurra:
- Elle semble un peu sauvage !
- C'est une petite paysanne ! Delagarne a du ressentir de la compassion pour elle ! répondit Georges sur un ton légèrement ironique, ne voulant pas montrer devant cet homme, son indulgence envers son personnel, afin de ne pas paraître trop crédule.
Barton répliqua :
-Votre bon cœur s'est laissé séduire ! Ceci dit, pour une fois, je pense que votre sensibilité exagérée vous a été de bon conseil. A moins que ce soit la silhouette de cette petite qui vous aurait donné certaines envies !
Ils éclatèrent de rire, sauf Georges qui n'appréciait guère ce genre de sous-entendu. Henri continua:
-Ne vous froissez pas voyons ! Je vous taquine ! Notre bon Delagarne se ramollit ! S'il commence à faire des œuvres de charité, alors la France est foutue.
Un nouvel éclat de rire retentit dans la salle, auquel cette fois Georges participa. Quand le repas fut terminé, il se retrouva

avec ses invités au petit salon pour y déguster une bonne tasse de café, accompagné de quelques liqueurs. C'était un moment qu'il savourait particulièrement. D'habitude, ces réunions étaient l'occasion de se détendre avec ses collègues, de parler affaire, de politique, d'envisager des stratégies économiques. Le sujet qui dominait en cet après-midi était évidemment la crise européenne. Henri en profita pour se défouler en critiquant Jaurès qui lui paraissait bien trop pacifique. La perspective d'une guerre était peut-être une occasion, selon lui, d'orienter leurs priorités industrielles. Puisqu'en cas de guerre, la France aurait besoin d'industries pour la fabrication de matériaux militaires. Georges se taisait et écoutait avec inquiétude. Il était le seul à avoir un fils sous les drapeaux.

La discussion allait très vite s'enliser.

C'était plus fort que lui, Henri Barton était un homme qui n'avait pas encore atteint la quarantaine. Il s'était imposé dans l'entreprise grâce à ses relations. Dans son costume toujours très soigné, derrière ses lunettes qui chaussaient ses larges narines, des yeux étroits reflétaient un esprit malin et calculateur. Ses cheveux bruns, bien lissés en arrière par un excès de gomina, laissaient apparaître les plis de son large front, dominant de grands sourcils qui ne cessaient de remuer lorsqu'il s'exprimait en fixant chacun de ses collaborateurs. Dans sa goguenardise bourgeoise et jouant avec sa canne qui lui donnait un air de dandy, il donnait beaucoup d'importance à son apparence. Opportuniste avec de grandes ambitions, il s'était très vite embourgeoisé, suite à sa rapide ascension, essayant toujours de se montrer digne de son statut d'élu, il se sentait toujours obligé de montrer qu'il était vraiment

imprégné de ses récentes responsabilités politiques. Il avait su s'entourer d'hommes influents qui l'avaient aidé à atteindre une partie de ses objectifs. Directeur de fabrication dans l'entreprise de Georges, il était aussi et surtout un mandaté de droite dans sa commune. Il ne pouvait s'empêcher de détourner une discussion vers un débat politique.
- Ah ! Une bonne guerre ! Cela pourrait nous permettre de nous imposer face à cette Allemagne si arrogante et de stopper sa menace impérialiste. Celle-ci serait certainement très courte, elle nous permettrait d'avoir notre revanche sur la défaite de 1871. Nous pourrions, à l'issue de celle-ci accroître nos investissements européens, et obtenir de nouvelles parts de marché.
Georges ne partageait pas la position de son ami :
- Combien de morts cette ambition incertaine nous coûtera-elle ? Comment pouvez-vous avoir de tels propos ? Je n'arrive pas à comprendre que l'on puisse espérer la venue d'une guerre pour spéculer !
-Je ne l'espère pas Georges ! Elle est inévitable ! Vous le savez aussi bien que moi ! Nous ne pouvons l'éviter, puisque de toute façon le gouvernement n'aura pas le choix. Même ce Viviani ne pourra pas s'opposer à une guerre. Même si les élections législatives ont opté pour la paix, nous ne pourrons empêcher l'escalade des hostilités. L'Europe est sur une poudrière qui ne tardera pas à exploser. Et que voulez que fasse Jaurès ! A part haranguer un peuple qui veut se battre, qui veut sa revanche, qui veut récupérer l'Alsace et la Lorraine. Votre Jaurès, s'il était si courageux, aurait accepté de participer à ce gouvernement de polichinelle. Il n'est pas un politique mais un utopiste, un très bon professeur de

philosophie qui ne se rend pas compte des enjeux de cette guerre. Il parle de paix, de générosité alors que se dresse devant nous, la menace d'un impérialisme envahisseur. Parlons aussi de ces socialistes radicaux ! La seule chose qu'ils ont été capables de nous pondre, c'est cet impôt sur le revenu ! Vous rendez vous compte Zellers ! Un impôt sur le revenu ! Qui va payer ? Le peuple ! Tout le monde, disent-ils ! Mais vous et moi, nous trois ici réunis, nous le savons ! C'est notre argent qu'ils veulent, nous qui créons des emplois, qui faisons l'économie de ce pays. Nous, les industriels ! Et voilà qu'ils veulent nous taxer! Ne cherchons pas plus loin ! Comment voulez-vous que nous puissions accepter qu'un état ne soit pas capable de faire en sorte de nous laisser gérer nos affaires telles que nous l'entendons ! S'ils commencent ainsi, si nous les laissons faire, vous verrez que bientôt nous serons obligés d'aller ailleurs, de fermer nos usines en France ! Croyez-moi, il y a des opportunités dans d'autres pays. Notamment en Russie ! La patrie bien sûr ! La France évidemment, mais alors défendons-la cette patrie et ne la laissons pas entre les mains des gauchistes ! Une bonne guerre! Tant pis ! Ce ne sera pas la première et ni la dernière ! C'est comme ça, il faut défendre ses intérêts. Votre Jaurès ne pourra rien contre cela. Il prône la paix dans ses discours ! De quelle paix parle-t-il ? Il ne peut y avoir de paix lorsque l'on brade la France, lorsque l'on se met à genoux face à l'Europe. Voilà ce qu'est la gauche ! Des idéalistes, des utopistes qui, si nous les laissons faire, dans dix ans nous parlerons allemand et le mot patrie ne voudra plus rien dire ! Alors saisissons cette opportunité ! Car cela en est une ! De cette guerre qui nous permettrait, je vous le dis, d'élever

notre pays, d'obtenir le respect des autres états d'Europe, de consolider nos alliances avec l'Angleterre et n'oublions pas la Russie. Nous ne pouvons que la gagner cette guerre et lorsque ce sera fait, je peux vous garantir que nos affaires iront bien au-delà des frontières ! Ainsi, notre pays se mettra au-dessus de l'Europe et nous pourrons alors imposer notre politique ! La France deviendra, j'en suis certain, un exemple européen ! S'il faut une guerre pour cela, croyez-moi, cela vaut bien des sacrifices humains.
Georges répliqua sèchement :
- Je ne peux pas adhérer à de tels propos ! Il est simple pour vous de parler ainsi ! Vous n'avez ni enfant ni épouse ! Mettez-vous à la place de ceux qui verront partir leurs enfants sur le front ! Comment pourrais-je espérer spéculer sur la mort de ceux-ci ! La voix diplomatique doit être la seule voie pour régler les conflits.
Henri Barton soupira :
-Ah vous m'agacez avec votre esprit humaniste ! N'oublions pas que si nous fournissons notre armée, nous participons à la défense de notre pays ! Nos efforts seront au service de la patrie ! Je suis un patriote, je crois en ma nation, alors, je vais travailler pour elle ! Je suis un vrai français, moi, et je me dois de participer aux efforts de mon pays!
Cette dernière phrase toucha Georges de plein fouet. Henri ne l'avait pas énoncé innocemment, il en était persuadé. *« Je suis un vrai français moi ! »*. C'est lui qu'il voulait blesser en prononçant ces mots. Puisque Georges avait des origines prussiennes. Cela était certainement venu aux oreilles de ce Barton.
Pierre Larrier écoutait sans mot dire. Cet homme très

distingué et d'une correction irréprochable se taisait en tapotant ses doigts sur l'accoudoir de son fauteuil. La pipe serrée entre les dents, sous une épaisse moustache cirée qui cachait sa lèvre supérieure, il attendait son tour pour s'exprimer. Ce quinquagénaire à la face carrée et aux tempes grisonnantes, fronça les sourcils sous son front dont les plis montraient une certaine impatience à prendre la parole. Grimaçant de temps en temps en écoutant les propos de ce Barton, il préparait minutieusement sa réplique tout en se caressant le menton. Il était le grand ami de Georges, qui lui était redevable de son évolution professionnelle et qui l'estimait beaucoup pour son esprit humaniste. Pierre était un homme très intelligent, doté d'une juste perception humaine et qui jugeait très vite les gens qui l'entouraient. Loin d'être naïf, il s'était entouré d'hommes loyaux tels que Georges Zellers. Cependant, il savait utiliser la personnalité de chacun et savait s'imposer lors de certaines décisions. Homme de confiance, il était très apprécié de la direction, aussi bien pour ses performances professionnelles que pour sa spontanéité objective sur l'entreprise. C'est avec son sens de la communication et sa très bonne perception commerciale, qu'il avait rapidement obtenu de nouveaux marchés. Il avait réussi à se rendre indispensable auprès de sa hiérarchie. Plusieurs offres d'évolutions professionnelles, lui furent proposées. Comme celle de directeur du personnel, qu'il avait refusé au profit de Georges, prétextant qu'il était dans son élément dans le négoce. Calé dans son fauteuil, les mains jointes sous son nez, après avoir écouté cet échange qui l'avait un peu agacé, il prit enfin la parole sur un ton très calme mais déterminé.

-Mon cher Barton nous sommes amis, nous avons fait un très bon parcours ensemble ! Je comprends votre position, moi qui ne suis ni gauchiste, ni de droite, je brûle d'envie de vous dire ceci ! Jamais un homme ne doit tirer profit de la mort ! Cette guerre, si elle éclate, ne sera uniquement qu'une horrible boucherie. Nous n'avons pas les moyens de combattre l'Allemagne et l'Autriche ! Même en mettant le service militaire à trois ans, ce qui permettrait à notre armée d'avoir un effectif de 700 000 hommes, nous ne sommes pas en mesure de vaincre. La Russie et l'Angleterre ne sont pas en état de nous soutenir ! Si la guerre est inévitable, et je le crois comme vous, nous risquons de ne jamais nous en relever ! Je regrette de vous avoir entendu ! Je ne peux garder un ami qui se moque de l'humanité et qui ne songe qu'à son profit ! Mais je peux vous assurer que vous vous mettez le doigt dans l'œil ! Car la France n'aura pas les moyens d'honorer ses dettes et donc, je souhaite que vous participiez avec notre usine aux ravitaillements militaires, mais ne croyez surtout pas vous enrichir et de toute façon vous n'aurez pas le choix ! Le gouvernement vous imposera ce marché, soyez en certain ! Posez-vous aussi cette question ! Comment allez-vous faire avec tous ces hommes qui seront mobilisés, avec tous ces réservistes qui seront rappelés ? Où allez-vous trouver la main d'œuvre pour faire tourner les machines? Avez-vous évalué les pertes financières que connaîtrait notre société avec la privation de bons nombres de marchés européens ? Ce serait plutôt une catastrophe économique, notre pays marcherait au ralenti. L'engouement d'aujourd'hui deviendrait l'angoisse de demain. Les Français en reviendront de ce stupide enthousiasme que votre camp

politique entretient auprès des populations. Mais je sais à quel genre d'hommes vous appartenez. Je devine en vous, après vous avoir écouté, cette ambition perverse qui vous a permis, jusqu'à aujourd'hui, de gravir les échelons. Auriez-vous oublié celui que vous étiez, lorsque vous êtes entré dans notre société ? Il y a trois ans vous n'étiez qu'un petit chef d'atelier, mais vous avez su choisir un camp et une voie pour satisfaire vos ambitions. Contrairement à ce que vous essayez de nous faire croire, vous n'êtes pas un patriote, vous suivez uniquement le chemin des plus forts. La seule patrie que vous servez est celle de votre bourse. Demain dans quel camp serez-vous ? Vous n'y connaissez rien aux stratégies industrielles ! Vous vous contentez seulement de dire ce que la grande partie de votre majorité politique souhaite entendre. Cependant, vous avez raison sur un point. Il semble que nous sommes dos au mur. Je ne vois pas aujourd'hui, ce qui pourrait empêcher la déclaration d'une guerre. Les enjeux vont bien au-delà de l'Europe ! Combien de pays iront s'enliser dans cette catastrophe ? Vous pariez sur l'avenir, vous pensez que ce conflit serait de courte durée. Comme la majeure partie des français ! Permettez-moi d'en douter ! Je crois que nous sous-estimons notre adversaire. Enfin, je termine en vous disant que je suis bien content de ne pas faire de politique et si je devais prendre position, c'est auprès de Jaurès que j'irais et non dans votre camp ! Sur ces mots, sachez, que je vous demande de ne plus me considérer comme votre ami car vous n'êtes plus le mien ! Je ne peux accepter de tels propos de votre personne !
Il se tourna vers Georges :
-Je te remercie de cette invitation mon ami. Je pars ! Nous

nous reverrons bientôt !
Un lourd silence s'installa dans la pièce et tous se levèrent. Henri se tut en les regardant. Il haussa les épaules et murmura :
-Imbéciles que vous êtes !
Lorsque ses compagnons franchirent la porte du bureau, il cracha dans un murmure.
Il se retira lui aussi, en les saluant hypocritement et en évitant du regard celui qui l'avait remis en place.
Dans la cour, Georges, déçu de la tournure de cette journée, les raccompagna. Pierre avait attendu le départ de Barton pour se retrouver un instant seul avec Georges.
- Je vais essayer de faire marcher mes relations pour ton fils !
Reconnaissant, Georges serra la main de Pierre et ne lui répondit qu'un seul mot :
- Merci !
Pierre, après s'être coiffé de sa casquette, se mit à sourire modestement pour lui répondre :
- Nous avons pris un risque en montrant notre position politique. Je crains que cela nous pose problème dans très peu de temps. Henri a de très influentes relations. J'espère qu'il ne sera pas rancunier du soufflet que nous lui avons infligé. Mais je doute.
- Que crains-tu de lui exactement ? demanda Georges légèrement inquiet.
-Qu'il nous fasse payer cet affront, d'une manière ou d'une autre ! En ce moment les esprits sont très échauffés sur cette crise. Celle-ci donne des ambitions à certains. Ils voient au travers de cette éventuelle guerre, une occasion de se vendre en se mettant du côté des plus forts. Méfiance pour ceux qui

pourraient paraître antinationalistes, ou qui vanteraient un esprit pacifiste, car ils pourraient le payer cher.
- Quel risque pourrions-nous courir ?
-Ta naïveté m'a toujours un peu agacé, mon bon Georges ! Il y a longtemps qu'il vise ta place. C'est peut-être l'occasion pour lui de te mettre de côté en faisant courir le bruit sur les positions gauchistes que tu as, sans réfléchir, revendiquées devant lui. Tu aurais dû le laisser parler. Méfie-toi, surveille tes arrières et attention aux rumeurs, aux coups bas. C'est un politique et la fourberie est maîtresse dans ce milieu.
N'oublie pas tes origines prussiennes que tu dois à tes grands-parents et que tu es aussi juif. Il saura utiliser ces détails, en un moment qu'il jugera opportun. Il sait que ton fils sert dans l'infanterie. J'espère qu'il n'ira pas jusque-là.
Georges, devenu cette fois, très anxieux, laissa tout à coup apparaître un visage blême en serrant le poignet de son ami pour le fixer droit dans les yeux.
-Que veux-tu dire Pierre ?
Ce dernier recouvrit les mains de son ami avec sa main gauche pour répondre :
- Seulement que cet homme est capable de tout pour se venger. Les gens comme lui n'ont aucune limite ni scrupules pour satisfaire leur avidité. Je vais faire mon possible pour ton fils. Je te tiens au courant !
Il embrassa son compagnon, essayant de le rassurer, puis s'en alla. Georges le regarda franchir le portail avant qu'il ne disparaisse derrière une clôture de lauriers.
Plus tard, le cœur battant, il se retrouva seul dans son salon. Le front en sueur, les mains moites, l'inquiétude au cœur, il se servit un verre de Brandy, s'affala dans son fauteuil, ferma

les yeux et décida de se détendre. Quelques minutes passèrent avant qu'il ne se relève pour se diriger derrière un bureau en merisier. Après s'être assis, il sortit une feuille blanche d'un tiroir et commença à écrire.
« Mon cher fils... »

XVI

« Je serai à la gare d'Evreux samedi à midi ! »
Ces mots, Julien ne cessait de se les répéter. Claire lui avait écrit qu'elle se languissait de le revoir et qu'elle s'était arrangée avec son père pour venir passer l'après-midi avec lui. Julien ne tenait plus en place et en ce vendredi 31 juillet, il s'activait à ranger des fruits sur l'étalage extérieur de l'épicerie. Il n'était pas retourné chez lui. En cette période de congés, il lui avait fallu trouver un lieu pour dormir. C'est son patron qui l'hébergeait dans une chambre au-dessus de la boutique. Julien était rentré dans le monde des hommes. Malgré ses quinze ans, il avait obtenu une certaine maturité. Son cœur était toujours le même, mais ses obligations le transformaient en homme. Vivre loin des siens lui avait appris à se débrouiller seul. Le contact des jeunes citadins lui avait permis d'apprendre l'autonomie.
Amusé par le comportement de son jeune salarié, Paul se dirigea vers lui, afin de le libérer pour l'après-midi. Julien ne demanda pas son reste, remercia ce dernier, retira sa blouse et fila en direction de la gare.
Le train ne devait plus tarder. Il faisait les cent pas sur le quai en ne cessant d'observer l'horloge dont les aiguilles semblaient vouloir rester immobiles. Quand enfin arriva l'express, il se précipita. Lorsque les portes s'ouvrirent, en bousculant les gens, le jeune homme s'empressa pour se tracer un chemin parmi la foule. Enfin, il l'aperçut. Elle était si jolie, elle avait grandi, ses cheveux étaient cachés sous un chapeau, sa robe légère ondulait le long de son corps. Elle le

chercha dans la foule. Un large sourire se dessina sur son visage impatient, quand enfin elle le vit. Elle ne put retenir un cri de joie. Ils s'enlacèrent l'un contre l'autre. Elle le repoussa quelques secondes pour le regarder et lui dire.
- Je suis si heureuse ! Tu as changé ! Ton visage s'est durci. Tu es devenu un beau jeune homme et tu as gardé ton regard. Elle posa ses lèvres sur les siennes. Il y avait si longtemps ! Lui qui avait douté de son amour, lui qui craignait qu'elle ne l'aime plus, la serra contre son corps en se laissant envahir par ce baiser qu'il savourait avec passion. Il tremblait et dans le parfum de sa bien-aimée, il ne put s'empêcher, enivré par le bonheur, de lui dire :
- Je t'aime !

Plus tard, ils se retrouvèrent à marcher dans les rues. Claire ne connaissait pas Evreux. Julien l'emmena découvrir le romantisme médiéval qui s'y cachait et qu'il avait appris à aimer. Ils s'arrêtèrent devant le Beffroi, pour ensuite passer près de l'église Sainte Taurin dont la diversité architecturale, comportait l'art roman, gothique et baroque avec ses vitraux qui étaient de véritables chefs-d'œuvre d'orfèvrerie, illustrant la vie du saint évangélisateur d'Evreux. Claire était séduite devant ce patrimoine religieux, témoin d'un passé riche et mouvementé. Ils traversèrent une place et se dirigèrent vers la cathédrale en cheminant d'un pas tranquille les ruelles pavées. La gaieté de Claire offrait à Julien un sentiment de bien-être. Il ressentit au plus profond de son cœur, un réel bonheur. Les rires de Claire, sa joie, son espièglerie, son regard complice et plein de promesses, l'emportaient dans un tourbillon auquel il s'abandonna. Elle l'aimait! Ce bonheur qui brillait dans les yeux de son amie avait fini par le rassurer. Rien en elle n'avait changé. Elle était toujours aussi gracieuse, aussi jolie que le premier jour, lorsqu'ils s'étaient maladroitement embrassés près du vieux moulin. Elle le tenait par le bras. Julien se laissait emporter dans cette magnifique après-midi en souhaitant que celle-ci soit éternelle. Ils s'arrêtèrent pour s'asseoir sur un banc près de la cathédrale, prirent le temps d'observer les gens en jetant des miettes de pain aux nombreux pigeons qui les entouraient. Certaines personnes flânaient sur la place. Claire observa quelques instants un jeune couple, admirant la robe de la jeune femme qui tenait dans sa main gauche une ombrelle. Le jeune sous-officier qui l'accompagnait marchait la tête haute, certainement fier d'être aussi joliment accompagné. Il semblait vanter ses propres exploits. Sur le pas d'une porte, devant la devanture d'une maison à colombages dont les briques rouges semblaient s'enfoncer entre les poutres de bois, un vieil homme était assis sur une chaise et regardait paisiblement les passants en fumant sa pipe. Des petites filles jouaient à la marelle sous le regard attentif de leurs nourrices qui discutaient, assises sur un banc. Un peu plus loin, deux jeunes garçons en culottes courtes et au chapeau marin cherchaient certainement à accomplir une mauvaise blague envers les gamines. Au centre de la place se trouvait un parterre de fleurs dans lequel on pouvait admirer la diversité des couleurs. Plusieurs arbres cernaient ce lieu invitant les passants à venir s'abriter du soleil. Deux gendarmes aux longues moustaches dans l'ombre d'un chêne, s'attardaient près de leurs bicyclettes.

Serrés l'un contre l'autre, les deux amoureux savouraient la

douce chaleur des rayons du soleil. Cette journée leur appartenait. Julien caressa le visage de Claire. La tête posée sur ses genoux, les yeux fermés, elle chanta une douce mélodie. Elle s'arrêta, le fixa :
-Un jour nous seront unis, tous les deux. Un jour je te dirai oui, un jour viendra où rien ne pourra plus jamais nous séparer. J'avais peur que tu ne m'aimes plus. Même si au travers de tes lettres, tu m'écrivais de si jolis poèmes, même en lisant ces doux mots, je craignais que le temps ne finisse par avoir raison de nous. Comme je suis heureuse aujourd'hui ! Jamais je ne pourrai aimer quelqu'un d'autre. J'aime ce que tu es, j'aime t'entendre parler, j'aime tes rêves, ton sourire. J'aime aussi tes craintes car j'aime te protéger. Tu es si bon, si calme, si doux, si rêveur. Tu es si différent des autres, et avec toi je me sens si bien. Promets-moi de toujours m'aimer ! J'ai besoin de ton amour. J'ai besoin de croire qu'un jour, toi et moi, nous ne nous quitterons plus jamais ! Fais-moi cette promesse, car moi je te fais la promesse de toujours t'appartenir !
Attendri par ce qu'il venait d'écouter, il l'observa et lui répondit ce qu'elle voulait entendre.
Ils restèrent ainsi, l'un contre l'autre à se taire et savourer ce moment. Les gens qui passaient, n'appréciaient guère leur comportement, mais ils s'en moquaient.
Ils décidèrent de se diriger vers la rivière. Là, ils regardèrent couler paisiblement cette eau claire irriguant tout le centre-ville. L'Iton auquel Evreux doit son développement économique et son riche patrimoine historique les accueillit de son doux clapotis. Assis sur le rebord d'un petit pont de pierre, ils dégustèrent quelques biscuits avant de continuer

leur chemin. Rien ne les pressait, ils erraient avec plaisir, dans cette ville qui ne cessait de remuer. Mais ils n'y prêtaient aucune attention. Tous ces passants, ils ne les voyaient plus. Ils voyageaient dans ce bien-être qui les protégeait. Ils descendirent sur le bord de la rivière pour aller s'asseoir à l'abri d'un saule. Là, Julien retira ses chaussures, remonta son pantalon et alla se rafraîchir. Claire, le bas de sa robe dans les mains, en fit autant. Elle se mit à rire aux éclats en le regardant. Ne comprenant pas cette hilarité subite, il la fixa. Alors, elle lâcha sa robe et l'éclaboussa. Dans cette eau fraîche, ils redevenaient des enfants, agissant comme ces véritables gamins qu'ils étaient quelques années auparavant. Elle l'attrapa et ils glissèrent pour s'étaler entièrement dans l'eau.

Trempés, ils rejoignirent la berge, heureux de s'être ainsi défoulés. Elle alla se blottir contre lui pour se réchauffer. Il la serra et sentit sa poitrine sur son torse. Elle tremblait, et sa peau frémissait sous ses habits humides. Ses cheveux laissaient ruisseler l'eau sur ses joues. Julien essuya son visage et son regard s'arrêta. Elle était si belle et ses yeux étaient si brillants. Cet amour qui étincelait dans ce regard bleu était si sincère qu'il en fut ému. Il sentit dans son corps une sensation de désir, qu'il n'avait encore jamais ressenti. Claire releva la tête, comprenant ses pensées, elle le regarda longuement et ses yeux trahissaient cette envie qu'elle aussi percevait.

Troublée, elle reprit ses esprits et alla s'asseoir sur l'herbe.

Julien alla la rejoindre, ils s'allongèrent pour fixer le ciel, elle ferma les yeux un instant. Julien se tut en la regardant sommeiller, en admirant les traits de son visage, ses lèvres roses, la douceur de ses courbes, troublé par cette nouvelle sensation qui venait de naître en lui.

*

XVII

Lorsqu'ils furent de retour à la gare, Julien, près du wagon qui bientôt emmènerait son amour loin de lui, scruta la pendule fixée au-dessus de sa tête annonçant l'imminente séparation. Ils étaient au milieu de tous ces gens pressés, qui s'activaient, se bousculaient, dont certains attendaient le retour d'un être cher, pendant que d'autres quittaient leurs familles, pour retrouver leurs occupations, pour retourner dans leur région. Un groupe de militaires qui braillaient en sifflant les filles, dont l'uniforme ne les laissait pas indifférentes, les bouscula. Toutes ces vies, tous ces inconnus qui se mélangeaient, formaient une étrange communauté. Quand les premières personnes montèrent dans le train, il embrassa longuement sa bien-aimée.

Claire, les yeux humides et le cœur serré, bredouilla:

- Je n'oublierai jamais cette journée ! J'ai été très heureuse aujourd'hui. Je t'aime ! Ecris-moi ces poèmes qui me donnent la force de vivre loin de toi ! Un jour nous nous marierons n'est-ce pas ?

Il lui lança un tendre sourire :

- Oui, un jour je t'épouserai et nous ne nous quitterons plus jamais !

Le chef de gare siffla.

Elle se décida enfin à grimper sur la première marche du wagon. Lorsque le train commença à avancer, Julien sentit son cœur se soulever, sa gorge se nouer. Il grimpa brusquement sur la marche pour l'embrasser une dernière fois, en lui murmurant :

-Je t'écrirai tous les jours ! Je te le promets ! Je t'aime ... puis

il sauta du train et la regarda s'éloigner, ressentant déjà la solitude. Il balbutia une dernière fois : « Je t'aime ! »
Plus tard, il erra seul dans les rues traversant nonchalamment la ville, songeant à cette merveilleuse après-midi qui fut pourtant si courte. Le temps passe si vite lorsque l'on est heureux. La magie de la journée s'était envolée, laissant place de nouveau à la nostalgie.
Il marcha longuement dans la ville qui s'assombrissait de plus en plus sous le coucher du soleil. La mélancolie était redevenue son unique compagne. Perdu dans ses pensées, il refit le parcours qu'il avait fait avec Claire, pour ne rien oublier, pour savourer ces instants, pour graver ces moments si précieux dans sa mémoire afin de ne jamais les effacer. Son errance se termina devant la boutique de son patron. Là, il resta immobile, respira profondément pour murmurer en regardant le ciel qui se voilait :
-« Seigneur, aidez-moi à devenir celui que je veux être pour mon père, mon frère, ma sœur et pour celle que j'aime ! »

Le lendemain, première journée du mois d'août de cette année 1914, il se réveilla à 6 heures du matin, flâna dans son lit, puis décida enfin de se lever pour commencer la nouvelle journée. Avait-il rêvé ? Non, ce n'était pas un rêve, c'était une promesse qui lui permettait de croire qu'un jour, le bonheur viendrait s'installer dans son cœur pour ne plus jamais le quitter. Ce bonheur qui se rapprochait, lui redonna espoir en l'avenir. Plus tard, il alla se dégourdir les jambes et prendre son café comme à son habitude au zinc d'en face en attendant son camarade de classe qui, comme lui, avait trouvé un emploi pendant les vacances. Lorsque Gérard arriva, le garçon de son allure frêle, avec ses cheveux roux, rasés, ses taches de rousseur, sa petite taille et toujours en culotte courte malgré ses quinze ans, alla s'asseoir près de lui :

- Salut « le paysan » !

C'était le surnom qu'on lui avait prêté au collège et que Julien avait fini par adopter, après s'être plusieurs fois querellé en ressentant au départ ce surnom comme une moquerie, une insulte. Ce fut justement « la carotte » qui lui avait fait comprendre qu'il devait plutôt être fier d'être surnommé ainsi, puisqu'il était un fils de paysan et qu'il devait en être digne. Ce camarade, fier d'être fils d'ouvrier, lui avait dit :

-Estime-toi heureux que l'on t'appelle ainsi ! Moi, c'est la carotte ! Par rapport à mes cheveux. J'aurais préféré qu'ils m'appellent le prolo, car crois-moi, j'en aurais été fier! Rien que pour mon père ! Mais la tentation, évidemment, de me trouver un surnom sur la couleur de ma tignassc était trop grande pour les autres!

C'est à partir de cet instant, de ces recommandations, qu'une grande amitié s'installa entre les deux garçons et que Julien ne se rebiffa plus. Bien au contraire, il appréciait désormais d'être appelé ainsi. Tous deux étaient issus de familles très modestes et avaient eu la chance de pouvoir continuer leurs études, grâce à leurs parents !

Soudain, ils aperçurent au travers de la vitrine, plusieurs personnes qui se pressaient en direction du centre-ville. Certains couraient, se bousculaient, d'autres restaient stupéfaits, immobiles, de voir cette subite agitation. Une panique s'installa brusquement. Que se passait-il ? Les deux amis se regardèrent étonnés, les clients du café également.

Quand tout à coup, tous s'activèrent pour sortir du bar, impatients de vouloir connaître la raison de cette soudaine excitation.
Julien et son ami se mirent eux aussi à cavaler, imitant tous ces gens qui s'activaient autour d'eux, en direction d'un jeune vendeur de journaux qui hurlait des mots encore incompréhensibles à cause de la distance qui le séparait des deux garçons. Quand, tout à coup ils croisèrent un homme affolé et qui criait!
- Jaurès ! Jaurès est mort ! On a assassiné Jaurès !
Un autre répliqua aussitôt :
- C'est la mobilisation générale, les gars ! C'est la guerre !
Julien s'arrêta net sur ce qu'il venait d'entendre. Choqué, il regarda son ami ayant du mal à croire à ce qu'il venait de comprendre. Gérard se mit à blêmir en le fixant, et en balbutiant ces quelques mots:
- C'est la guerre… Nous allons maintenant entrer en guerre … le seul défenseur de la paix a été tué !
- Merde ! Répondit Julien. Il s'empressa d'aller rejoindre la foule, suivi de son ami. Les hommes et les femmes discutaient à voix haute dans un énorme brouhaha. On lisait dans les regards beaucoup de tristesse et d'inquiétude. Pourtant, certaines personnes semblaient satisfaites de cette nouvelle et paradaient en chantant *« A nous les boches, à nous la revanche, à nous l'Alsace et la Loraine ! ».* Alors, des querelles commencèrent à éclater et des hommes se mirent à se battre. Ceux qui étaient pour la paix et ceux qui voulaient en découdre avec l'Allemagne, ceux de droite et ceux qui lisaient l'humanité, venaient de provoquer un gigantesque pugilat.

Au cœur, des larmes
ou
La promesse des hommes

-Tirons-nous ! conseilla Gérard, les gendarmes ne vont pas tarder !
Julien se retira en direction d'une ruelle pour se retrouver seul avec son ami. Ils s'assirent contre le mur d'une mercerie et se turent quelques secondes pour écouter le brouhaha incessant de la foule qui grandissait dans la rue principale. L'agitation s'était amplifiée. Ils pouvaient entendre de l'endroit où ils s'étaient réfugiés, les cris de femmes effrayées pour leurs fils, ceux des hommes hurlant des jurons contre l'Allemagne, d'autres insultaient le gouvernement et sa politique ! Les enfants, eux, qui ne comprenaient rien au drame qui se déroulait, continuaient à jouer et certains de ces gosses recevaient des taloches injustifiées de leurs mères, prises de crise de nerf par cette nouvelle si inquiétante. La crainte qui s'était emparée d'elles et qui menaçait leur progéniture, les rendait considérablement agressives. Une femme s'effondra sur le sol en suppliant le ciel d'épargner son fils, un homme provoqua les forces de police en les insultant. D'autres dressèrent des drapeaux tricolores aux balcons des maisons. Cette scène qui se déroulait devant les deux adolescents paraissait si irréelle. Que se passait-il tout à coup ? C'était comme si la société avait perdu la raison. Une impression de fin du monde, de désespoir s'était installée dans les entrailles de toutes ces vies et dans celle de Julien. Le regard inquiet, il fixa toutes ces personnes qui gesticulaient, qui se battaient, qui chantaient, qui pleuraient ! La folie semblait avoir pris possession de toutes ces âmes, annonçant la venue de l'enfer.
Les mains tremblantes, le cœur flageolant, il se retourna pour chercher du réconfort auprès de son ami.

- T'inquiète pas mon « Julo » se mit à dire la carotte essayant de rassurer son compagnon. On est trop jeunes pour aller faire les cons comme eux sur les champs de bataille !
Julien répondit :
-Tu as raison, nous sommes trop jeunes, mais ce n'est pas pour moi que je suis inquiet, mais pour mon frère. Il doit bientôt faire son service militaire et je suis inquiet pour lui!
Gérard se tut en lisant l'appréhension sur le visage de son ami. Il lui serra la main essayant d'apaiser ses craintes !
- Faut pas t'en faire ! Je suis sûr que ton frangin saura se démerder et puis peut-être après tout que notre gouvernement n'entrera pas en guerre ! La mobilisation ce n'est pas encore la guerre ! Faut pas trop t'alarmer !
Gérard était assez maladroit dans ses conseils et ne réussissait pas à trouver les mots pour chasser l'angoisse de son copain.
Julien était malgré tout reconnaissant envers lui d'avoir essayé. Il lui répondit :
- Tu sais aussi bien que moi qu'ils la veulent cette guerre ! Je dois revoir les miens, revoir mon frangin ! Je rentre chez mon père ! Et s'il doit se passer quelque chose, je veux être près d'eux. Je prends mon compte dès ce matin et je pars tantôt. A bientôt la carotte, t'es un pote ! On se reverra à la rentrée !
Surpris et inquiet sur la perspective de se retrouver seul dans Evreux, Gérard attrapa la main de son ami en balbutiant :
- D'accord, cela m'emmerde que tu quittes la ville, mais je comprends ! A bientôt mon ami. Vivement la rentrée !
Julien lui serra la main en l'embrassant chaleureusement.
De retour dans l'épicerie, le visage décomposé par la crainte, il s'expliqua devant son employeur !
Ce dernier aussi soucieux que lui, accepta de le laisser partir

et lui paya ses gages en rajoutant quelques francs pour payer le trajet.
Julien le remercia et monta dans sa chambre pour rassembler ses affaires, lorsqu'il redescendit, le vieux Paul l'attendait en bas de l'escalier.
-Quand tu reviendras petit, n'hésite pas à venir me revoir, tu retrouveras ton emploi !
Ce dernier devait avoir la soixantaine passée, il attrapa l'épaule du jeune homme pour lui dire avec compassion :
- Souhaite bonne chance à ton grand frère et dis-lui une chose ! De ne pas faire le héros, car les cimetières en sont remplis ! Bonne chance, petit !
Le cœur gros par ce qu'il venait d'entendre, il le remercia d'un signe de tête et fila à toute vitesse en direction de la gare.

Au cœur, des larmes
ou
La promesse des hommes

Au cœur, des larmes
ou
La promesse des hommes

2ème partie

La colère des hommes

Au cœur, des larmes
ou
La promesse des hommes

Au cœur, des larmes
ou
La promesse des hommes

I

Trois mois déjà que Jean n'était plus au village et toujours aucune nouvelle de lui. Où était-il ? Se battait-il ? Toutes ces interrogations torturaient l'âme du père. Roger n'était plus que l'ombre de lui-même, depuis ce départ qu'il avait tant redouté. Désormais, il était seul, sans femme, sans enfant. Fallait-il continuer à vivre ? Cela n'avait plus de sens ! Pourquoi continuer cette vie qui lui avait tout pris ? Sa femme, ses enfants, sa terre ! Ne valait-il pas mieux mettre fin à tout cela. Il y songeait souvent en se retrouvant seul dans son atelier, assis sur une vieille chaise en paille, la tête baissée pour cacher ses larmes, fixant ses doigts caresser une corde de chanvre. Se pendre pour tout quitter, pour ne plus souffrir, pour retrouver son épouse et ne plus jamais l'abandonner. Mais choisir de mourir est un acte qui pouvait être considéré courageux quand on craint la mort, mais comme lâche si on a peur de la vie. La mort ne l'effrayait pas, mais il craignait cette vie qu'il ne comprenait plus. Il avait peur de celle-ci car elle lui avait échappé. Cette vie dont il était pourtant si fier quelques années auparavant n'existait plus que dans sa mémoire. Rien ne serait plus comme auparavant. Il fallait s'y résigner. *« Un jour* se dit-il*, je mettrai fin à tout cela.* Puis, il songea à Julien. *« Quand il n'aura plus besoin de moi, alors je te rejoindrai ma Jeanne. »* Comment pouvait-il parler ainsi ! Lui qui ne croyait pas en Dieu, songeait pourtant à retrouver son épouse dans un au-delà, dans un paradis auquel cependant il prétendait ne pas

croire. D'où venait ce refus du culte, pourquoi tant de ressentiments envers la religion ?
Il décida de se lever et de se diriger vers sa demeure pour retrouver la chaleur du feu. Quand il traversa la cour, il s'arrêta quelques instants en respirant l'air frais de cette matinée qui ne ressemblait à aucune autre. Le temps semblait s'être figé avec sa solitude. Les arbres, aux branches dénudées et recouvertes de neige, paraissaient bien fatigués. La nature sous son manteau blanc, s'abandonnait dans le chagrin, face au chantier qui souillait le paysage et sur lequel pullulaient des dizaines de cabanes ouvrières, abritant le reste d'hommes qui y demeuraient, puisque la plupart étaient en train de se battre. La masse de travailleurs qui s'activaient sous ses yeux, étaient pour la plupart, issus de l'immigration, obéissant aux ordres des ingénieurs, qui obéissaient eux même aux politiciens, aux industriels ambitieux, heureux de ne pas être ailleurs en cette dramatique époque. La nature sombrait dans le deuil de sa beauté qui disparaissait sous les derniers coups des marteaux et des pelles, qui mourait face à des murs de brique, d'acier, devant des cheminées arrogantes et dans le vacarme des machines. Le chantier avait pris du retard et n'avait commencé qu'au mois de juin 1913 L'horizon se voilait depuis plusieurs mois déjà, derrière ces fumées qui s'envolaient en polluant l'air de relents nauséabonds. Bientôt des familles arriveraient pour s'installer près de cette industrie qui les fera vivre. Les maisons ouvrières seront prochainement terminées, la population du village doublera, la tranquillité disparaîtra sous l'activité de cette nouvelle masse de travailleurs, et l'arrivée de nouveaux commerces. Le village deviendra bientôt une petite ville. Cette invasion humaine rendait impuissante la nature

martyrisée par la cupidité des hommes face à ce modernisme si rapide et sans scrupule, la végétation et les paysans qu'elle faisait vivre seront vaincus par le profit. Roger savait que bientôt, lui aussi devra quitter cet endroit, cette maison qui avait vu naître ses enfants. La mise en route de la filature était prévue pour le mois de février 1915, qui sera précédée de l'arrivée des premiers embauchés dans le mois de janvier. Il ne lui restait plus qu'un mois avant que l'on ne vienne détruire sa demeure. Il passerait peut-être Noël sans toit. Il s'en moquait, car il savait qu'il n'aurait pas ses enfants près de lui. Trouver un toit et encore un autre emploi était une priorité absolue. Il ressemblait à la tristesse de ce mois de décembre où toutes les couleurs vives des fleurs, des arbres avaient disparu dans la monotonie de l'hiver. Les animaux se cachaient dans les bois fuyant cette désolation et la venue de tous ces humains qui venaient voler leur monde. Le soleil ne réussissait plus à percer les nuages gris et bas dans cet engourdissement hivernal qui n'en finissait plus. La vie s'effaçait sous le froid, la glace recouvrait les étangs, les cours d'eau, et dans cette mélancolie, le paysage partageait l'isolement de l'homme. Il resta figé sous cette neige qui le recouvrait lentement de sa blancheur et qui tombait mollement du ciel, tel un linceul sous une voûte aux nuages lourds. La fourrure de neige qui cachait le reste de terre encore vierge de toute empreinte offrait un paysage désespéré, figeant à sa manière toute vie. Seul le vent venait déranger la dernière immobilité, déplaçant la poussière froide pour former un léger brouillard au-dessus de ce duvet stérile. Roger retira sa casquette et sentit l'humidité des flocons se poser sur son crâne dégarni. Les lèvres tremblantes par le

froid et les tourments, le regard sombre devant ce spectacle désolant et assassin, face à cet horizon défiguré, il leva les yeux essayant de se rappeler une prière, puis il grimaça en crachant sur le sol. Il fit demi-tour pour aller se réchauffer à l'intérieur de sa maison en haussant les épaules.
En marchant, il s'étonna. Avait-il vraiment voulu prier ? Il secoua la tête en se qualifiant d'imbécile.
Roger se souvenait que lui aussi, à une certaine époque de sa vie, avait cru en Dieu ! Seul dans sa cuisine assis sur son vieux fauteuil, il laissa sa mémoire s'évader dans de douloureux souvenirs. Sa mémoire en cette fin de journée et sous l'effet de la fatigue avait eu raison de lui. Il n'avait plus la force d'empêcher les souvenirs venir torturer son âme. Il ne s'était jamais remis de la mort de sa sœur.
Elle n'inspirait que le bonheur. Elle était belle et son cœur était aussi chaud que les rayons du soleil. Voilà d'où vient cette haine envers ce Dieu qui lui a volé tout ce qu'il avait de plus cher. Sa sœur, sa femme, sa terre et maintenant ses enfants. Voilà pourquoi tant de haine envers le Pierrot qui a laissé mourir dans la souffrance la petite Marianne. Celle qui portait le prénom de la liberté. C'est ainsi qu'il fut amené à détester plus que tout au monde cet homme qu'il jugeait responsable du décès de sa sœur. En y songeant, il comprit qu'il ne pouvait mettre fin à ses jours tant qu'il ne l'aurait pas vengée. Il n'avait cessé d'y penser pendant toutes ces longues années, mais c'est par amour pour sa femme et ses enfants qu'il s'était empêché de commettre l'irréparable ! Désormais, les choses étaient bien différentes, en considérant qu'il n'avait plus rien à perdre, il pouvait dorénavant envisager sa vengeance qui, malgré toutes ces années, n'avait jamais été

oubliée. Comment peut-on oublier la mort d'un être cher parti bien trop tôt, brûlée vive dans son logis, alors que son époux s'enivrait au café et qu'il avait été incapable de faire quoi que ce soit cette nuit-là ?
Le regard rouge, gonflé par le flux du sang qui dilatait les veines de ses yeux, il fixa son couteau, et murmura :
« Tu vas bientôt payer pour tout le mal que tu as fait autour de toi ! »
Plus tard, il alla s'allonger dans sa chambre en tenant dans sa main gauche une bouteille de calva et dans l'autre, l'objet qu'il avait décidé de transformer en arme.
Enfin, il s'endormit après avoir vidé son litre d'alcool.
Aux environs de midi il entendit crier :
-Roger ! Roger t'as du courrier ! C'est une lettre de ton Jean !
Etourdi par l'excès de boisson, il se leva brusquement, fonça dans la cuisine en trébuchant sur une chaise et en jurant, pour ensuite accourir vers le facteur.
Il arracha la lettre des mains de ce dernier en criant de joie :
- Ah ! Mon fils. T'en as mis du temps!
Emballé par l'enveloppe qu'il serrait fort dans sa large main, il invita spontanément le facteur à venir boire un verre pour fêter l'arrivée de cette lettre si attendue.
-Allez viens, on va fêter ça l'ami !
Germain n'osait refuser cette invitation, ému devant la joie de ce père.
Lorsqu'ils furent assis, Roger décacheta la lettre et se mit à lire silencieusement les nouvelles que lui avait fait parvenir ce fiston dont il était si fier.

Mon cher père,

Au cœur, des larmes
ou
La promesse des hommes

Excuse-moi de ne pas avoir pu t'écrire plus tôt. Avant de te raconter la vie que je mène ici, je tiens à te rassurer ! Je vais bien et je ne suis pas encore allé au front. Nous venons de terminer nos classes. Entre nous j'en suis bien content ! Comme tu le devines, je me suis fait des amis. On rigole, on fait quelques conneries pour éviter de réfléchir, même si nous savons que bientôt ce sera notre tour d'aller combattre. Pour nous occuper, les gradés nous font faire des manœuvres, et ils nous ont fait creuser des tranchées ! Je me demande pourquoi d'ailleurs ! Puisque nous allons nous diriger plus à l'Est ! Là où ça barde ! Je ne te cacherai pas que j'ai une sacrée trouille ! A toi je peux le dire, je n'ai d'ailleurs pas honte !

Je veux que tu saches papa, que j'ai toujours été fier d'avoir eu un père tel que toi ! Que je suis fier de mon petit frère qui, heureusement, n'ira pas faire le con comme je le fais aujourd'hui ! Et je pense à Roselyne, cette gamine, cette petite sœur qui me manque, comme vous me manquez tous. Je n'ai pas envie au travers de cette lettre de te prouver mon courage. Ce serait idiot, car je suis comme les copains, je ne sais pas ce que je vais voir dans les semaines qui vont venir. Rien qu'à y penser j'en ai mal au ventre.

Si je dois tuer un ennemi, je crois que je le ferai, car je veux rentrer à la maison, car je ne veux pas mourir de cette façon. J'ai tant de projets ! Un jour papa, je te le jure, j'aurai ma terre et tu seras fier de moi ! Lorsque ces temps sombres seront terminés, je te promets que je réussirai ma vie ! Ici, on dit que la guerre sera finie avant les Pâques ! Pourvu qu'ils disent vrai ! Ils nous bassinent le cerveau en nous disant que les boches représentent le mal, qu'ils sont tous des êtres

cruels qui ne songent qu'à violer nos femmes et voler nos terres. Comment peut-on croire de telles conneries ? Ce sont les pauvres types comme nous qui iront à la boucherie et qui tueront des innocents comme tous les troufions qui se trouvent avec moi !
Mais je vais arrêter mes pensées car si je continue, je ne suis pas certain que ma lettre puisse aller jusqu'à toi. J'ai des camarades qui m'ont dit que les supérieurs lisaient nos courriers pour les censurer. J'espère que la mienne passera entre les mailles du filet car avec ce que je viens de t'écrire, il y a des grandes chances qu'elle ne te parvienne pas ! Tant pis je ne veux pas t'écrire des idioties auxquelles je ne crois pas ! On verra bien !
J'espère que tu te portes bien. J'ai un peu maigri, mais rien de bien sérieux ! Ils nous ont dit, qu'avant de quitter la ville, nous aurions droit à une permission de deux jours ! J'ai hâte de revenir et de te revoir ! J'espère que ma sœur et mon frère seront là quand j'aurai ma perm.
Lorsque je serai en permission, je voudrais aller sur la tombe de maman. J'ai rêvé d'elle, la nuit dernière, elle me souriait en me tendant les bras. Je crois qu'il faut que j'aille me recueillir sur sa tombe pour lui dire que je l'aime.
Bon, je dois te laisser car j'ai un pote qui ne cesse de me demander d'écrire une lettre pour sa fiancée.
Cela me gêne car je ne suis pas doué pour rédiger des lettres d'amour, c'est notre Julien qui est doué pour cela, pas moi. D'ailleurs, il faudrait que je lui demande lors de ma permission, qu'il m'en écrive quelques-unes d'avance. Ainsi je n'aurai plus qu'à les lire à mon camarade pour qu'il envoie de jolies lettres à celle qui l'attend, avec je le devine,

beaucoup d'anxiété.
A bientôt mon père, à bientôt mon frère et ma sœur, à bientôt mon cher village.
Embrasse les amis de ma part !
Je t'aime papa ! Ne te fatigue pas trop au travail et prend bien soin de toi. Je veux que tu sois en forme lorsque je reviendrai !
Ton fils, Jean
Il y eut un long silence. Germain fixa son compagnon avec tristesse et compassion. La joie de ce dernier s'était subitement effacée et une larme roula sur sa joue. Il ferma les yeux, plia avec délicatesse la précieuse lettre, soupira et sans lever la tête, demanda au facteur en s'excusant, de le laisser seul. Germain compréhensif et gêné s'exécuta aussitôt en posant sa main, avant de quitter les lieux, sur l'épaule de ce père inquiet.
- Reviens en vie mon fils ! Tu dois me revenir vivant ! Fais attention à toi mon bonhomme ! Je ne m'en remettrais jamais s'il t'arrivait quelque chose !
Puis, il éclata en sanglot en serrant la tête entre ses bras !
Plus tard, l'âme perdue, il se retrouva sans trop comprendre, devant la grille du cimetière. Il poussa celle-ci et se dirigea sans réfléchir, égaré dans son anxiété en direction de la tombe de son épouse.
Là, il se laissa tomber sur les genoux et caressa la croix plantée au-dessus de Jeanne.

Au cœur, des larmes
ou
La promesse des hommes

II

« Debout les gars, remuez-vous le cul ! »
C'est ainsi que Jean fut réveillé en ce lundi matin qui annonçait dramatiquement la fin de plusieurs semaines d'attente et qui promettait des prochains jours menaçants. Tous ces jeunes garçons avaient perdu l'euphorie de la mobilisation, conscients de l'enfer qu'ils allaient découvrir. Jean alla rejoindre ses camarades après avoir fait son paquetage.
Quelques minutes plus tard, il se retrouva sans bien comprendre, au milieu du village, dans cette précipitation qu'il ne pouvait empêcher, à grelotter sous le froid du mois de décembre, frigorifié jusqu'aux os. Sous sa casquette et ensaché dans sa tenue de fantassin, dont la culotte rouge lui paraissait si criarde pour l'ennemi, il resta appuyé sur son fusil, en supportant la bandoulière de sa musette, tout en essayant d'ajuster sa cartouchière qui entourait son ceinturon. A plusieurs reprises, il secoua les épaules afin de soulager le poids de son sac que les soldats appelaient *« l'as de carreau »* sur lequel étaient accrochés sa couverture, sa toile de tente qui recouvrait ses chaussures de repos et ses ustensiles de cuisine, qu'il avait noircis afin d'éviter d'être repéré par l'ennemi.
Tous en rang devant leurs supérieurs, ils attendaient la peur au ventre, les ordres de ces derniers. Dans ce froid qui les faisait grelotter, ils restaient immobiles en écoutant les ordres de leur lieutenant qui hurlait comme un chien enragé. Debout, devant ses hommes, l'officier gesticulait fièrement en

fouettant l'air de sa canne et, la tête haute, il dévisagea chacun de ces pauvres troufions qui l'écoutaient sans broncher. Il se devait d'être intransigeant, car il était impératif que ses hommes continuent de le craindre ; c'est ainsi que la discipline serait respectée. Aucun de ses soldats n'aura le droit le moment venu, de flancher. Il en était le garant devant le capitaine qui observait la scène derrière son dos. L'ordre de partir au front venait d'arriver, et le jeune lieutenant promu depuis seulement deux mois ressentait sur ses épaules la lourde responsabilité d'ordonner de combattre à ces garçons dont il avait conscience qu'ils étaient certainement tous morts de trouille. Il fallait cacher ses émotions, se montrer dur avec ses hommes, se faire respecter et surtout ne pas montrer que lui aussi avait l'estomac qui se tordait, que lui aussi, la nuit, ne trouvait pas le sommeil, que la peur le taraudait et le faisait vomir certains soirs. Il était un chef, il était le chef ! Conscient que c'est lui qui ordonnera, que c'est sous son commandement qu'il verra ses gars mourir sous le feu ennemi. Comment réussira-t-il à supporter cela ? Il l'ignorait ! Mais ce métier, il l'avait choisi, contre l'avis de son père. Le jeune officier se souvint de cette rupture avec ce père qu'il estimait plus que n'importe qui et dont il était pourtant si fier de sa réussite dans les affaires. Depuis son engagement, il ne l'avait vu que trois fois et en ce matin, il ressentait dans son cœur, dans ses tripes, ce besoin de présence paternelle que tous les fils ressentent lorsque la solitude est trop lourde, lorsque le chemin est devenu obscur. Ah, si seulement le passé pouvait être différent, si seulement ils ne s'étaient pas quittés sur une querelle, si seulement son père avait su le comprendre. En regardant les visages inquiets, effrayés et frigorifiés de ses hommes, il comprit qu'eux aussi avaient une famille, qu'eux aussi souhaiteraient être près de leur père plutôt que d'aller au casse-pipe. Il y avait une grande différence avec lui, c'est que ces derniers n'étaient pas volontaires, qu'ils n'avaient rien demandé, qu'ils ne voulaient pas mourir ainsi, qu'ils n'avaient rien à faire avec une carrière militaire. Pourtant, ils n'avaient pas le choix, et le jeune lieutenant ne l'avait plus. Ces pauvres bougres devront lui obéir quoi qu'il arrive. Désormais, il était seul devant ces garçons, seul à avoir ce rôle qu'il avait tant souhaité, et qu'il redoutait maintenant. Seul, il devait rester fort lorsque les armes parleront. Sous son allure fière, cachant sa personnalité, mettant en scène ce qu'il avait appris à l'école des officiers, il avança lentement pour inspecter ses soldats, essayant ainsi de déceler dans leurs regards, leur détermination à vouloir combattre. Les gestes du jeune lieutenant étaient calculés, rien ne devait laisser croire que lui aussi avait cette trouille qui lui tordait les boyaux. Il devait impressionner ses supérieurs restés en arrière et prouver sa capacité de commandement. Alors, il décida de réciter le règlement de 1913 sur le devoir du fantassin :

- Soldat ! N'oubliez jamais que vous êtes dans l'infanterie. Elle est l'arme principale ; elle agit par le mouvement et par le feu. Seul, le mouvement en avant poussé jusqu'au corps à corps est décisif et irrésistible. Votre baïonnette est l'arme suprême du fantassin. Je vous répète que sur mon ordre, la section marche à l'assaut au pas de course. Au commandement de « En avant à la baïonnette » vous devrez aussitôt obéir à cet ordre !

Après avoir entendu le règlement, la plupart des officiers

semblaient pressés d'aller en découdre avec l'envahisseur. Le jeune cultivateur les observait, dégoûté, et se sentit dépassé. Il observa avec tristesse et désolation les réactions de certains de ses camarades qui se laissaient endoctrinés par le discours patriotique et dont les visages grimaçants avalaient les paroles des gradés qui ne cessaient de gueuler, expliquant que le plus important était d'être victorieux. Qu'importe le prix à payer, il fallait être fier de défendre son pays.
Que les hommes peuvent être stupides ! songea-t-il, comment peut-on croire en de tels discours ? Tuer ! Quel mot horrible soudainement, tuer pour sauver sa vie et non défendre sa patrie. Telle était sa vision de cette guerre dont il n'avait rien à faire ! Tuer pour uniquement vouloir rentrer chez soi ! Comment peut-on accepter de mourir pour des causes qui ne nous concernent pas ? Pourtant, il n'avait pas le choix. Il savait que ce qui l'attendait serait à tout jamais gravé dans son âme, avec cette angoisse de sombrer dans la folie, cette frayeur d'être prisonnier de tant de cauchemars qui le hanteraient peut-être toute sa vie. Il savait, que parmi tous ses camarades aux visages juvéniles et qui grelottaient à ses côtés, beaucoup resteront sur les champs de bataille et qu'il verra la bile aux lèvres, des corps mutilés en train de pourrir et que l'on ne pourra pas enterrer. Il devinait que l'horreur allait bientôt montrer son visage. Les mains tremblantes, plus par la peur que par le froid, il écoutait comme les autres en savourant les derniers instants tout en entendant au loin le bruit des canons. Combien de larmes seront versées ? Combien de ces enfants pleureront leurs mères uniquement pour pouvoir rentrer à la maison ?
Dans ce village qui semblait abandonné de toute joie et qui

paraissait étrangement devenu une caserne militaire, les hommes s'activaient, attendant les camions qui les transporteront sur le chemin de l'enfer, pour boire le sang que le diable aura versé. Dieu n'aura pas sa place, Dieu sera vaincu par le mal, par l'horreur, dans ces tranchées où les hommes crèveront sans comprendre la raison de leur sacrifice. Jean, inquiet, compris que cette fois-ci c'était la bonne, que c'était maintenant à leur tour d'aller au-devant de cet ennemi qu'ils n'avaient pas encore rencontré. Les villageois anxieux regardaient derrière leurs fenêtres tout ce remue-ménage, comprenant, en fixant le regard de ces jeunes militaires, qu'ils allaient tout droit à la boucherie.
Beaucoup de ces jeunes hommes, qui ne demandaient qu'à vivre, ne rentreront pas chez eux, puisque la mort était au bout des canons.
Après que l'appel fut fait, ils se dispersèrent en groupes, s'apprêtant à monter dans les véhicules. Une fine pluie de neige tombait et dans la blancheur de cette matinée, les soldats, la peur au ventre, grimpaient en jurant sur la permission qui venait subitement de s'effacer. Ils s'aperçurent tous que l'on s'était moqué d'eux. Ce n'était que le début d'une très grande désillusion. L'espoir de revoir les familles venait de disparaître l'espace d'un matin.
Pourquoi avoir écrit cette lettre qui devait apporter l'espoir à son père inquiet, attendant cette permission qui ne viendra peut-être jamais ?

Lorsqu'il se retrouva assis à l'arrière du véhicule, le deuxième classe Durrieux sentit la secousse du démarrage. La compagnie roulait désormais vers son destin qui s'annonçait si tragique pour beaucoup de ces âmes qui, comme des marionnettes de chiffon, se laissaient tanguer par les cahots de la route. L'estomac noué, il observa quelques secondes ses camarades, dont les visages blêmes lui firent monter les larmes. Il ferma les yeux et essaya de se souvenir. S'efforçant de ne plus entendre ses compagnons, il revit son père, son jeune frère ainsi que Roselyne. Il revit sa campagne, il se revit travailler dans les champs, aider son père, partager les moments si précieux avec ce dernier, tard le soir après le labeur. Ce fut le visage de sa mère qui s'installa dans sa mémoire. Depuis qu'elle les avait quittés, tout avait basculé, l'éclatement de la famille, la perte des terres et cette guerre qui venait de tonner. Où sont passées les années de bonheur ? Avait-il vraiment été heureux ? Il n'en était plus si sûr ! Car les souvenirs lui firent prendre conscience que très tôt, il avait compris les difficultés du foyer, que très tôt il avait su que sa mère était gravement malade. Il s'aperçut que sa famille avait uniquement survécu dans l'anxiété des jours prochains, il se rendit compte que le bonheur n'avait jamais franchi le seuil de leur maison. Pourtant, il voulait garder espoir. C'était la seule chose qui lui restait en ce moment. L'espoir de voir son frère devenir quelqu'un, l'espoir de voir sa sœur heureuse et enfin, l'espoir d'avoir ses propres terres et de garder son père près de lui, afin de le protéger à son tour. *Maman ! s*ongea-t-il. *Aide-moi, protège-nous ! Nous avons encore tant besoin de toi. Aide-nous dans les épreuves que nous traversons !* Secoué par les cahots, il ouvrit les yeux, et croisa le regard du jeune garçon qui était assis devant lui. Son regard était si effrayé, ses lèvres ne cessaient de trembler, la crainte qui débordait de lui apporta un sentiment de pitié dans le cœur de

Jean. Il posa la main sur la cuisse du jeune garçon, lui fit un sourire afin de le rassurer. Ce dernier le remercia en lui rendant son sourire. Comme il paraissait si jeune, ce petit soldat qui tremblait de tout son corps. Ce type dont il ne connaissait presque rien, semblait vouloir le supplier de le protéger. Jean se promit de le faire. Pour quelle raison ? N'avait-il pas assez de se protéger lui-même ? Peut-être avait-il besoin de donner un sens à cette guerre !

*

*   *

Au cœur, des larmes
ou
La promesse des hommes

Au cœur, des larmes
ou
La promesse des hommes

III

Les combats meurtriers faisaient rage maintenant sur le front de l'Est, après les avancées françaises du 5 août 1914 en Lorraine et en Alsace, de la 1ère et de la 2ème armée française, qui, sur les directives du gouvernement, avaient choisi l'offensive. Attaquer sans relâche, combattre au corps à corps. Bientôt ce fut la débâcle, les défaites, et les routes se gonflant de civils qui fuyaient les combats en marchant en direction du Sud.

En septembre, sous les ordres du général Joffre, dans la Marne, la décision fut prise de ne plus regarder en arrière, de ne plus reculer mais d'aller refouler l'ennemi. C'est ainsi qu'à Paris, pour renforcer la 6ème armée, Gallieni réquisitionna 700 taxis pour transporter les troupes. Huit cent cinquante mille français et anglais allèrent combattre effroyablement les 700 000 allemands dans les marais de Saint-Goud.

Une brèche de 60 kilomètres fut ouverte à la 6ème armée. Ces derniers épuisés, furent stoppés sur l'Aisne sous les rafales des mitrailleuses et des roulements sourds de l'artillerie allemande.

A l'aube de l'année 1915, le front occidental se stabilisa, de la mer du Nord à Belfort sur une ligne de 750 kilomètres. Armées alliées et armées allemandes se firent face. En 5 mois de guerre, l'armée française avait déjà perdu 850 000 hommes, et l'armée allemande 700 000. C'est dans ce merdier, que le lieutenant Zellers, s'était retrouvé acculé dans une tranchée, au pied de la butte du Mesnil. Après avoir chargé dans une boue dans laquelle ils s'enfonçaient jusqu'aux genoux, malgré l'appui des tirs de 75 qui n'eurent pour effet que d'alerter l'ennemi, le sous-lieutenant fut contraint de reculer suite à la perte d'un grand nombre de ses soldats. Il regarda ses hommes, épuisés, sales, usés par tous ces combats, et qui redoutaient l'ordre d'une nouvelle charge. Cette attente pendant laquelle ils subissaient les tirs puissants des obusiers allemands, n'en finissait pas et mettait leurs nerfs à l'épreuve. Tous ces morts, tous ces camarades tombés sous le feu, tous ces blessés que l'on ne pouvait rapatrier !… Englués dans la boue ou gelés par le froid, le moral n'était plus, la peur elle, omniprésente. Les hommes terrés dans ce boyau de terre ne comprenaient pas qu'ils puissent être encore vivants en ce mois de février. Les esprits de rébellion commençaient à s'emparer d'eux. La haine changea de direction. Ceux que l'on haïssait désormais, n'étaient autres que ces donneurs d'ordres des Etats-majors, qui se foutaient de tous les misérables bougres, en train de crever comme des rats, dans le bourbier, dans les odeurs infectes du sang, des excréments et des cadavres. La gangrène, les poux, la gale, le sang, les morts, étaient devenus les seuls compagnons de ces hommes qui ne ressemblaient plus à des hommes. Ils étaient désormais des maudits aux yeux exorbités, aux joues creuses cachées sous des barbes de plusieurs semaines dans des uniformes déchiquetés. Les blessés que l'on ne pouvait secourir et qui gisaient entre les deux camps hurlaient en suppliant que l'on vienne à leur secours. Après plusieurs tentatives pour les secourir, sans succès, les officiers impuissants, décidèrent de les laisser dans leur souffrance, dans le no man's land. Ces derniers périssaient dans d'atroces douleurs sous le regard de leurs compagnons. Sous ce ciel sombre, l'horizon n'était que désolation. Le paysage n'était plus qu'un terrain de boue truffé de trous d'obus, d'arbres décapités, de maisons brûlées, de fermes anéanties dont les poutres en bois continuaient de craquer, après les caresses démoniaques des flammes. Les villages étaient détruits, les maisons éventrées. Tous les habitants avaient fui cette folie meurtrière, cette pandémie guerrière qui vomissait tant de haine. Les villageois avaient tout abandonné dans la précipitation, dans l'effroi, devant l'arrivée de ces armées de démons qui ne laissaient derrière leur passage qu'une terre brûlée. Tant de vie de labeur était désormais à la merci de tous ces combattants venus ravager les cultures et tuer toute vie animale pour se rassasier la panse, comblant ainsi plusieurs semaines de privation. Ces armées de damnés, d'ombres, aux casques et aux uniformes divers avaient creusé le sol pour s'y terrer, pour former des colonies de spectres, prêtes à s'abreuver du sang de leurs ennemis. Telle était cette vision effroyable de ces pauvres paysans. Mais la réalité était bien différente. Ce n'étaient pas des spectres, ce n'étaient pas des monstres, mais uniquement des pauvres gars que l'on obligeait à tuer pour ne pas être tués. Dans la tranchée française, dans laquelle la section du lieutenant Zellers s'était réfugiée, quelques sentinelles guettaient le moindre mouvement suspect en direction de la position allemande, d'autres soldats priaient pour leur salut, d'autres encore chantaient une mélancolique romance :

« ..Sèche tes larmes Louise,
essuie tes yeux,
malgré les balles Louise, je mourrai vieux… »

Jean, assis au fond de cette galerie consolidée de poutres et couverte de barbelés, sous cette pluie qui ne cessait de tomber, le trempant jusqu'aux os, avait la tête entre les genoux. Il écoutait cette triste mélodie en se balançant nerveusement.

« Je n'en reviendrai pas, je vais crever ici, on va tous crever la gueule ouverte dans ce putain de merdier. »

Il se redressa en entendant les paroles de son compagnon qu'il s'était juré de ramener vivant. Antoine avait tout juste vingt et un ans. C'était un jeune garçon que la vie avait déjà marqué de souffrance dans les mines de charbons du Nord, près d'Arras, ville frontière du front occidental. Son regard craintif et timide laissait apparaître des yeux d'un bleu magnifique, enfoncés dans leurs orbites. Sous sa tignasse blonde, un visage d'enfant blessé et déjà usé. Sa vie n'avait pas été facile auparavant, mais lui aussi, en était fier. Fier de sa famille, de son père mineur de fond, depuis l'âge de 12 ans, ainsi que de son grand-père. Antoine était encore un enfant. Il admirait son protecteur, il l'aimait comme un grand-frère qu'il n'avait jamais eu. Le jeune soldat se plaisait à rester près de ce gaillard, il se sentait protégé. C'est ainsi que Jean, qui s'était toujours efforcé de l'écouter, avait fini par connaître toute la vie de ce jeune garçon. Il avait une fiancée qui l'attendait. Fils unique, il recevait un fort amour maternel de la part de cette maman qui n'avait jamais pu avoir d'autre enfant. Jean s'imaginait cette vie fragile et pourtant si dure. Il s'imaginait ce garçon travaillant durement dans les mines de charbon, dans les entrailles de la terre. Malgré la détresse et les angoisses d'Antoine devant le champ de bataille, il ne pouvait s'empêcher de penser que ce

dernier était sacrément courageux pour descendre creuser dans ces longues galeries où le danger est permanent. Un coup de grisou, une inondation et le drame. Le danger n'a pas le même visage quand on est avec ceux que l'on aime, quand on est avec les siens. Antoine avait montré la photo de sa bien-aimée. Une petite jeune femme aux cheveux blond et long, des petites taches de rousseur sur le nez, un sourire et un regard si attendrissants. Elle semblait si pure, et était si jolie. Caroline, c'est ainsi qu'elle se nommait, écrivait des lettres pleines de promesses à son jeune fiancé qui s'était perdu aux frontières de l'horreur. *Tu reviendras mon amour, car tous les soirs je prie la vierge et je sais que dans mes angoisses, que dans ma solitude, elle m'entend. Quand je te parle en regardant le ciel, je sais qu'elle te protège.*
Le jeune soldat, dès qu'il avait un moment de répit, se faisait relire cette lettre par son ami. Il la connaissait par cœur et à chaque fois en tenant ce courrier et la photo de sa fiancée, il s'effondrait en pleurant. Alors il se blottissait contre ce gaillard, contre les épaules de cet ange gardien, de ce caporal qui le prenait contre lui, comme on prend un enfant sortant d'un cauchemar.
Je ne sais pas écrire, je ne peux même pas lui répondre ! lui avait-il avoué un soir de garde. Pourtant, elle n'était pas si loin cette bien- aimée, à quelques kilomètres seulement de là où ils étaient. Ainsi, les lettres de Jean seraient donc pour la promise de cet enfant qui s'était égaré dans la folie des hommes.
Jean lui tendit la main pour le calmer, pour lui dire qu'un jour il reverrait les siens, qu'ensemble ils feront la fête dans son pays, qu'il se mariera, et qu'il aura de beaux enfants.

Qu'aucune balle ne l'atteindra, tant qu'il sera près de lui !
Ils étaient dans l'antre du Diable, ils étaient en enfer, mais ils étaient encore vivants et il jura au jeune soldat :
-Nous nous en sortirons petit, je te le promets. Tu ne mourras pas car tu n'en as pas le droit, je te protègerai. Personne ne prendra ta vie ! Fais-moi confiance !
L'officier l'avait écouté, le visage marqué, les mains tremblantes, le mégot aux lèvres, il releva son képi pour mieux observer ce caporal qui, malgré son état déplorable, trouvait encore la force morale pour soutenir la détresse de son camarade. Il admirait en silence cet homme, qui pourtant était une forte tête, mais qui n'avait jamais flanché au combat, traînant derrière lui ce gamin au risque de sa vie, en le protégeant de son corps. Ce caporal qui se cachait pour pleurer et surtout qui s'était donné un objectif dans les abîmes, celle de sauver une vie, sauver la vie d'un innocent, d'un plus faible. Il était certainement le plus courageux de tous mais aussi le plus fou. Si une seule vie pouvait être sauvée de ce cauchemar, ce dernier s'était juré de la sauver. Une jeune femme attendait dans l'angoisse permanente le retour de ce jeune garçon, pour l'épouser, et il en serait le garant.
Jamais le lieutenant n'avait empêché cette folle protection. Il reconnaissait au fond de lui qu'il ne comprenait pas que ce caporal puisse mettre sa vie en péril pour défendre celle d'un autre. Il ne comprenait pas ou plutôt, il ne comprenait plus ; mais il restait admiratif devant ce courage. Lui, qui ne pouvait empêcher ses hommes de tomber au combat, lui qui culpabilisait de ne pas réussir à les sauver.
Il se retira dans ses quartiers pour étudier la situation et

attendre le retour du courrier, attendre les ordres de ceux que lui aussi commençait à haïr. Il était un chef, et tous ces remords, toute cette tragédie le torturaient, toute cette misère, tous ces morts le rongeaient, le détruisaient. Il savait qu'il n'était plus le même, il savait qu'il ne sortirait jamais indemne de cet enfer. Alors seul, il pleurait sur cette solitude, cette lourde responsabilité qui devenait de plus en plus inutile. Défendre son pays, n'était pas son objectif, désormais. Les seules pensées qui le taraudaient de plus en plus, étaient celles de fuir, de tout abandonner, peut-être même de mourir, car l'horreur commençait à avoir raison de lui, de son esprit. La folie guettait et il craignait de se perdre à tout jamais dans ce cauchemar qui n'en finissait pas. Ces derniers jours, ils avaient subi pendant une semaine, des coups de mortier des tirs des canons allemands, sur un champ truffé de mines, de barbelés, sur lesquels les hommes restaient accrochés à la merci des tirs ennemis. Ils avaient chargé sur cent mètres pour reculer de nouveau dans cette tranchée. Dix de ses hommes étaient tombés. L'un d'eux avait hurlé toute une nuit pour que l'on mette fin à ses souffrances. Comment tenir ? Comment ne pas craquer ?

Charles Zeller était un bon officier et ses hommes l'estimaient car il était proche d'eux. Autoritaire mais humain. Les hommes avaient deviné qu'il pensait comme eux, qu'il se demandait pourquoi tant de boucherie. Les hommes comprenaient que lui non plus n'y pouvait rien, qu'il était à la même enseigne que ses hommes. Il était fier de ses soldats, il avait appris à les aimer, à les respecter. Il ne voulait plus de mort. Il savait pourtant qu'il n'avait pas le choix. Combien de temps pourra-t-il tenir avant de mettre fin à tout

ça ?
Il se releva et décida de convoquer le caporal dans ses quartiers :
-Bourriaux !
L'aide de camp arriva le casque enfoncé jusqu'aux yeux :
- Oui mon lieutenant !
- Allez me chercher Durrieux ! Je le veux dans mon bureau immédiatement !
Il s'exécuta aussitôt.
Quelques instants plus tard, Durrieux était présent au garde à vous devant son officier.
- Vous m'avez fait demander mon lieutenant ?
- Oui caporal ! Asseyez-vous sur ce tabouret je vous prie et oubliez un instant nos grades. Je vous ai fait venir ici, car j'aimerais parler un peu. Je souhaite mieux vous connaître. Vous êtes l'un de mes meilleurs soldats et je pense qu'un officier doit parfois être à l'écoute de ses hommes et mieux les comprendre.
Jean fut surpris de cette démarche et répondit :
- Je ne suis pas certain que cela soit une bonne initiative de votre part mon lieutenant. Je pense que vous devez garder vos distances avec vos hommes, sinon ils finiront par connaître vos faiblesses et par ne plus vous obéir. Mon lieutenant je n'ai pas grand-chose à vous dire, nous sommes trop différents vous et moi. Je n'ai jamais demandé à venir me faire trouer la peau ici. Vous, vous êtes un militaire de carrière. Vous avez signé pour vivre ce que l'on vit aujourd'hui, pas moi !
Charles resta figé devant cet homme qui ne le craignait pas. Il se tut en le fixant longuement. Son regard fatigué, son visage marqué, dans son uniforme couvert de boue, il alla s'asseoir

calmement en essayant de maîtriser ses tremblements. Il invita Jean à en faire de même.
-Vous avez raison, j'ai signé pour vivre ce que nous vivons aujourd'hui. Je vous comprends, si je pouvais vous permettre de rentrer chez vous, si je pouvais vous faire tous rentrer chez vous, je n'hésiterais pas une seconde. Je suis comme vous tous, prisonnier de cet enfer. Je vous admire, j'admire votre force morale, votre courage et ce dévouement envers ce petit soldat que vous avez pris sous votre protection. Comment faites-vous pour ne pas craquer ? Comment faites-vous pour tenir dans cette merde ? Demain nous serons peut-être tous les deux morts, nous serons peut-être couchés l'un à côté de l'autre avec la peau trouée. Nous sommes dans un au-delà, nous ne sommes plus dans le monde des hommes. L'humanisme ne veut plus rien dire ici. Je voudrais mieux vous connaître, je voudrais que vous me parliez de vous, de votre vie d'avant, de vos espérances, de votre famille. Je voudrais avoir ici-bas un ami, un confident. Je sais ce que vous pensez, que je suis en train de perdre mes facultés à commander. Vous auriez peut-être raison, mais qu'importe. Comme je vous l'ai déjà dit, nous serons peut-être morts demain ! Alors acceptez pendant quelques instants que nous nous parlions comme des hommes, comme des amis. Oublions nos rangs et buvons à nos rêves. Vous êtes un très bon soldat, et je suis persuadé que vous devez être un très bon camarade. Accepteriez-vous pour quelques instants de devenir le mien ?
Jean assis sur ce tabouret branle-ballant, fixait le trou dans lequel il était avec son supérieur. A l'intérieur se trouvaient une couche, un meuble à tiroir et au milieu de cette pièce

creusée dans la terre, une table en bois sur laquelle une bouteille de calva était posée et deux verres remplis par l'officier. Son regard alla se figer un bref instant sur un cafard soudainement apparu sur la table. L'officier ne fit rien pour chasser l'insecte.
- Lui non plus n'a rien demandé, je n'ai même plus envie de les chasser. Ils finiront peut-être par me bouffer !
Jean ne ressentait aucune hostilité envers ce lieutenant dont, il devinait l'âme torturée par les remords, par tous ces morts qu'il n'avait pu empêcher.
- Je suis de Normandie, se mit-il à lui dire. Lui faisant comprendre qu'il acceptait de rester pour parler. Près d'Evreux, j'ai un père, un frère et une petite sœur. Mon frère suit des études sur Evreux et ma sœur est employée chez un bourgeois sur Cherbourg.
Charles Zellers, reconnaissant, lui lança un sourire et lui pria de continuer.
- Je suis paysan, ou plutôt j'étais paysan. Un cul terreux, si vous préférez. C'est ainsi que vous nous appelez dans votre monde, n'est-ce pas ? Je suis peut-être un bouseux mais croyez-moi j'en suis fier. Je suis comme mon père, je ne sais faire que ça. Nous avons perdu nos terres, car notre propriétaire a vendu pour construire une usine. Donc, je suis devenu bûcheron avant d'atterrir ici.
J'ai un frère et une sœur, ils sont jumeaux. Mon frère est si différent de nous, et nous sommes tous, fiers de lui. Il suit des études et semble être doué. Pour ma petite sœur, suite à la perte de nos terres, mon père a décidé de lui trouver un employeur. Elle est domestique à Cherbourg.
- Et votre mère ?

Jean baissa la tête en songeant que son lieutenant aurait dû comprendre que sa mère était morte puisqu'il n'en avait pas parlé.
Charles en regardant son caporal, comprit aussitôt et s'excusa :
- Vous ne pouviez pas le savoir. Elle est morte en 1910 de la tuberculose.
Le lieutenant offrit à son invité du tabac et une feuille pour se faire une roulée. Le soldat accepta, une bonne sèche ça détend.
- Vous savez, continua Charles, je connais très bien Cherbourg. J'y suis né et mon père est directeur d'une usine de casserole. En disant cela il se mit à lâcher un sourire ironique.
- Après la guerre, si vous cherchez du travail, venez me voir. Le monde est petit n'est-ce pas ! Ainsi votre sœur travaille dans la ville où j'ai grandi. J'aimerais beaucoup pouvoir y retourner. J'aimerais réparer les erreurs du passé, retrouver mon père et le serrer dans mes bras. J'y pense, comment s'appelle l'employeur de votre sœur ?
- Je ne m'en souviens plus, je ne sais même pas si je l'ai su un jour. C'est sur les recommandations du comte Delagarne qu'elle a été embauchée chez ce bourgeois.
L'officier écarquilla les yeux en entendant ce nom qu'il connaissait bien. Surpris de l'entendre dans cet endroit, il fixa stupéfait son compagnon. Jean ne comprit pas cet étonnement. Le lieutenant s'arrêta de parler en dévisageant le caporal.
- Qu'est-ce qui vous arrive ? On dirait que vous venez de voir un revenant.

Charles mit un léger temps pour répondre.
Il bégaya des mots incompréhensibles, puis se ressaisit :
- Vous avez dit Delagarne, mais je connais très bien cet homme. Bon sang… Ce n'est pas possible.
Un peu agacé par le comportement du lieutenant, Jean haussa la voix :
- Qu'est-ce que vous avez ? Qu'est-ce que j'ai dit ?
Un énorme sourire se dessina instantanément sur le visage du jeune officier.
- Votre sœur… Puis il éclata de rire. Un rire joyeux et nerveux à la fois. Votre sœur ! Il éclata de nouveau dans ce rire qui irrita le caporal.
- Quoi ma sœur ? Qu'est-ce qui vous prend avec ma sœur ?
Tout en continuant de rire cette fois d'allégresse, Charles répondit en levant son verre :
- C'est mon père qui emploie votre sœur… Zellers! Je m'appelle Zellers. Ce nom vous parle maintenant! N'est-ce pas ?
Jean resta bouche-bée, il ne put dire un mot. Il se mit à réfléchir. Zellers, c'était bien ce nom. Son lieutenant, et pourtant, il le savait s'appelle Zellers. Cet homme qui se trouvait devant lui, était le fils du patron de sa sœur.
C'était incroyable ! Il était sous les ordres du fils de Zellers. Comment avait-il pu ne pas faire ce rapprochement plus tôt ! Ce nom de Zellers, lieutenant Zellers aurait dû le frapper. Il attrapa son verre, et se mit à pleurer nerveusement. Il n'y avait plus de lieutenant en cet instant, il n'y avait plus de caporal. Il y avait deux hommes qu'une jeune fille et qu'un père venaient de rapprocher.
Après l'étonnement et une longue discussion sur leur pays,

leur famille, Jean sentit l'espoir de faire parvenir des nouvelles à sa petite sœur.
- S'il vous plaît mon lieutenant, pourriez-vous… lorsque vous enverrez une lettre à votre père, joindre dans l'enveloppe une lettre que je souhaite écrire à ma sœur.
Le jeune officier se leva en souriant, se rapprocha de son caporal en le prenant par les épaules.
- Si nous sortons vivant de ce bordel, je ferai bien mieux que cela mon cher Durrieux, bien mieux !

Au cœur, des larmes
ou
La promesse des hommes

Au cœur, des larmes
ou
La promesse des hommes

IV

Il n'était pas encore neuf heures, quand Roselyne se pressa de terminer la liste de courses qu'elle était chargée de ramener pour le déjeuner. Emmitouflée dans sa pèlerine, elle savourait ce moment de liberté, dans lequel elle s'imaginait être déjà une femme. Dans ses pensées, elle s'inventait une vie heureuse, un avenir paisible. Elle tenait le rôle d'une mère qui, pendant que l'homme travaillait et que les enfants étaient à l'école, partait faire son marché. Elle se hâta dans le bruit des charrettes traînées par des chevaux dont les claquements des sabots résonnaient dans les ruelles et qui, marchant paisiblement, semblaient se moquer de tous les badauds qui se pressaient autour d'eux. Elle perçut l'inquiétude omniprésente dans le regard de la plupart des personnes qu'elle croisait. Certainement que beaucoup de familles, de mères, d'épouses devaient avoir un fils ou un époux sous les drapeaux. Lorsqu'elle fut enfin sur la place centrale pour entrer dans les halles qui abritaient la vente à la boucherie et le marché aux fruits et légumes, elle s'arrêta un moment, mimant de lire sa liste de courses pour écouter deux hommes parler des nouvelles du front. Inquiète, elle préféra continuer son chemin. La crédulité de ses hommes l'agaçait. Ces beaux parleurs qui pensaient l'année précédente, que la guerre serait terminée pour Noël. *« Noël à Berlin »* avaient-ils dit ! Le deuxième Noël s'annonçait déjà et on était loin de parler de paix.
La tête baissée, elle s'efforça de chasser ces craintes en accélérant sa démarche. Roselyne était une très bonne

marcheuse et ne craignait pas de faire de longues distances dans cette ville qu'elle affectionnait. Elle s'arrêta quelques minutes sur la place du marché, pour observer tous ces camelots qui haranguaient les passants en s'égosillant. Les marrons chauds avaient un vif succès en cette saison et Roselyne les savourait particulièrement en se brûlant les doigts pour les décortiquer. Elle pénétra dans une ruelle qui donnait accès au port. Les petites boutiques aux vitrines joliment décorées, égayaient le cœur de la jeune adolescente. L'architecture des habitations était vraiment très jolie, les maisons aux fenêtres hautes et aux rideaux brodés, aux volets azur, sur des murs que la belle teinte bleutée des pierres de schiste partout présentes, offraient un bel échantillonnage de résidences urbaines, datant du XVIème siècle. Le charme de cette Normandie côtière resplendissait et donnait à la jeune femme l'envie de vivre sous le toit de l'une de ces demeures. Tout ce remue-ménage l'étourdissait, elle s'enivrait de l'agitation matinale, de ces gens qui s'activaient autour d'elle. Elle avait encore du temps avant de rentrer. Elle décida donc, comme tous les matins, d'aller se recueillir dans l'église Notre dame de vœu, que l'architecte Geoffroy avait conçue dans un style néo-roman. Elle était l'une des plus vastes du diocèse. Loin de son père, Roselyne pouvait aller à sa guise dans ce lieu de prière qu'elle ne pouvait auparavant fréquenter, sans déclencher une colère chez son père, qui refusait toujours de croire aux évangiles. Prier pour les siens, était si important. Ce lieu l'apaisait et chassait pour quelques instants ses peurs. Elle ressentait l'étrange impression d'être en communion avec le créateur et avec elle-même. Chaque fois, le même rituel, en se dirigeant vers le grand orgue pour

le contempler. Ensuite, elle allait devant la statue de la sainte vierge. Ce jour-là, elle s'agenouillait, les mains jointes et se mettait à prier en murmurant. Dans cette position d'humilité, les yeux fermés, elle revoyait sa famille. Aujourd'hui, une larme coula le long de sa joue. « *Protégez-les, sainte Marie mère de Dieu, protégez mon frère Jean. Faites que cette guerre se termine et que les hommes retrouvent la raison.* »
Puis, elle se releva pour allumer un cierge qu'elle déposa aux pieds de la statue.
Puis, à nouveau dehors, sous le froid qui lui piquait le visage, elle s'activa pour terminer ses achats. Lorsque son sac de provisions fut rempli, elle décida d'aller se promener sur la rade. Elle affectionnait particulièrement cet endroit. Elle prit le temps de s'arrêter, le visage face à la mer, afin de fixer l'horizon. Roselyne était toujours aussi admirative devant la beauté de ce paysage. Revigorée par l'air vif qui lui giflait la figure, elle contempla le bleu de la mer, écouta le bruit des vagues, sous ce ciel aux nuages gris, où volaient des centaines de mouettes, attirées par la cargaison des bateaux. Tous ces marins assis sur les bites d'amarrage rafistolant leurs filets de pêche, aidés par de jeunes mousses, l'impressionnaient. Encore novices dans le métier, les jeunes garçons suivaient avec attention leur formation, qui se faisait d'abord sur terre avant d'avoir l'âge de prendre la mer. Les mains raidies par le froid, ils s'efforçaient d'imiter les anciens qui, souvent, étaient leurs grands-pères. Ces derniers, devenus trop vieux pour embarquer, la nostalgie au cœur, racontaient à leurs disciples leurs aventures passées sur les océans. La pipe à la bouche et la casquette vissée sur le crâne, leurs visages velus, leurs regards profonds, leurs joues

burinées, les rendaient presque sinistres. Ils ressemblaient à ces anciens pirates des temps jadis, revenus pour se préparer à embarquer pour de nouvelles péripéties, prêts à braver une fois encore les eaux du monde, afin de piller les navires marchands, pour ensuite cacher leur butin dans des îles lointaines. Autour d'eux, les mouettes s'activaient, attendant au-dessus des embarcations, de pouvoir chiper quelques poissons morts, jetés par-dessus bord. Comme cela lui semblait bon de se laisser aller en parcourant ce port !
La rade de Cherbourg fut un gigantesque chantier et l'une des plus grandioses entreprises du XVIIIème siècle. Il s'agissait de créer sur 1 500 hectares la plus grande rade artificielle jamais construite. A partir du Premier Empire, l'histoire de la ville se confond avec celle de la construction de sa rade et de son port militaire. Cherbourg, cette ville grandiose, Roselyne avait appris à l'aimer. Elle était stupéfaite devant la richesse de son patrimoine, dominé par l'ensemble exceptionnel de la grande digue. De terre comme de mer, la ville restait dominée par la montagne du Roule. Culminant à 125 mètres, elle surveillait la rade et protégeait la digue et les ports. Roselyne adorait se promener dans les voies de cette magnifique commune. Que ce soit la rue du Château, la rue Notre-Dame, la rue des Portes ou encore la rue des Fossés. Tous ces noms rappelaient que Cherbourg fut, jusqu'à la fin du XVIIe siècle, une majestueuse forteresse. Son port militaire avec ses trois bassins, celui de l'Avant-Port dit port Napoléon, le bassin Charles X et enfin le Napoléon III. Ses digues et ses forts, celui de l'Ouest, le fort central et enfin celui de l'Est, étaient de magnifiques édifices architecturaux qui s'enfonçaient dans la mer, protégeant la

ville. Roselyne passait souvent devant l'arsenal, cette si prestigieuse institution qui occupait une place importante dans l'économie de cette ville, si chère dans le cœur des habitants, dont beaucoup souhaitaient qu'un membre de leur famille intègre cet endroit, première entreprise industrielle de la Basse Normandie et dont la sombre sirène cadençait la vie des Cherbourgeois. La jeune domestique découvrait chaque jour de nouveaux lieux, voulant tout connaître de cette cité. C'est ainsi qu'elle fut séduite par le jardin public et son parc zoologique et par tant d'autres endroits plus jolis les uns que les autres. Elle était heureuse dans cette ville. Elle qui, trois ans auparavant, angoissait de quitter son père et ses frères en ne comprenant pas la nécessité de cette déchirure, devenue providentielle. Roselyne s'aperçut que son père avait eu raison de la placer, même si ce dernier lui manquait, elle avait découvert un autre univers, une autre façon de vivre, dans un réel confort. Maintenant, elle reconnaissait que c'était grâce à la détresse de son cher papa, qu'elle avait pu découvrir ce monde dont elle s'était éprise. Elle ne lui en voulait plus, depuis bien longtemps, mais aurait tant aimé partager sa nouvelle vie avec lui. Il lui arrivait de culpabiliser d'être heureuse alors que son père vivait désormais seul. C'est pour cela qu'elle s'efforçait de lui écrire le plus souvent possible, afin de lui prouver combien il comptait pour elle. Elle n'avait plus honte d'être devenue une domestique, bien au contraire, elle en était maintenant fière, car elle gagnait sa vie et permettait, en envoyant une partie de ses gages, de l'aider dans sa vie de tous les jours. Cependant, elle était tout de même rassurée de savoir que son père avait enfin trouvé une nouvelle situation et un nouveau logement. Grâce à l'intervention du Docteur Roca, Roger avait retrouvé un travail qui correspondait à sa personnalité. C'est dans ces pensées apaisantes, que Roselyne lors de sa longue promenade s'était assise sur un banc, face à l'horizon. Au loin, on apercevait la voile d'un chalutier, sur lequel se trouvaient des marins-pêcheurs, qui, après de longs mois passés dans les flots, loin de la côte normande, aperçurent enfin le rivage de ce pays où leurs familles les attendaient. Le cœur joyeux, les yeux fatigués mais pétillants de bonheur, ils chantaient leur retour. La joie s'était installée sur leurs visages burinés et dorés. Les yeux creusés, ces hommes étaient heureux de revoir leur terre natale, de retrouver leurs femmes et leurs enfants. Quant aux angoisses des épouses, elles s'envolèrent dans l'air salin pour laisser la gaieté se manifester. Elles agitaient au-dessus de leurs têtes des mouchoirs dans le vent en reconnaissant ces voiles qui ramenaient les hommes et les fils à la maison. Tant de mois d'inquiétude pour un maigre salaire, tant de privations, pour nourrir les familles. Mais un si grand bonheur à chaque fois renouvelé, au retour de l'être cher, de l'époux, du père et des fils. Les embrassades sur les quais étaient toujours pleines d'émotion, d'amour, de cet amour que seule la solitude de ces longues semaines d'attente, permettaient de transformer en instants de félicité. Il n'était pas rare d'apprendre la disparition d'un chalutier avec son équipage. On ne pouvait apprivoiser la mer, elle seule, décidait du sort de ces forçats des océans, qui subissaient les tempêtes, les fortes gelées, les incertitudes, les doutes, les maladies et aussi à cette époque, le risque d'être coulé par un navire militaire. Tous ces hommes acceptaient ces risques car ils aimaient leur métier et

pour rien au monde, ils n'en auraient changé. La volonté qu'ils avaient de ne jamais baisser les bras et de lutter contre les forces de la nature faisait d'eux des héros au regard de leur famille. Contre les colères de la mer, ils disaient tous les mêmes paroles : « C'est elle qui décide. » Roselyne songeait que l'absence prolongée de ceux que l'on aime, était horrible, et malgré cette admiration, ce respect qu'elle avait envers ces familles, elle se promit de ne jamais épouser un matelot. Le vent rougissait ses joues qu'elle essayait de protéger sous une écharpe de laine. Ses mains engourdies commencèrent à la faire souffrir, elle décida donc de s'en retourner. L'heure de préparer le repas approchait et elle était déjà en retard. Elle eut soudainement un rire amusé en songeant à la Margo qui, une nouvelle fois lui fera la leçon sur ses retards devenus presque quotidiens. Elle savait que la brave cuisinière, qu'elle aimait tendrement, finirait comme toujours, par lui pardonner. Celle-ci oubliera l'incident, tout en sachant que la jeune domestique n'aura rien retenu de ses sermons. Qu'importe, elle avait l'habitude la Margo, avec sa petite protégée, qu'elle considérait quasiment comme sa fille.
Lorsque Roselyne arriva devant la demeure de la famille Zellers, elle ne fut pas surprise de voir la cuisinière faire les cent pas dans la cour.
- Ah, te voilà enfin ! Bon sang ! C'est tous les jours la même chose ! Tu t'es encore promenée et tu as encore oublié l'heure ! Si ça continue, je finirai par y aller moi-même et je te laisserai ici.
Roselyne cachait derrière son écharpe un sourire malicieux.
-Pardonne-moi ! Je n'ai pas fait attention ! Je n'ai pas vu le temps passer, mais j'ai tout ramené cette fois-ci, je n'ai rien

oublié.
- Encore heureux ! répondit sur un ton agacé la vieille servante. Il ne manquerait plus que ça. Heureusement que j'ai improvisé pour le déjeuner. Allez dépêche-toi ! Vite à la cuisine !
L'apprentie cuisinière s'exécuta.
Il faut dire, que dans ses fausses colères, la Margo n'était pas bien convaincante.
En s'activant à terminer le repas, celle-ci ne cessait de grommeler.
- Il faut que tu finisses par comprendre que tu n'es plus une enfant. Te rends-tu compte que tu es bientôt une femme ? Il y a des priorités dans la vie ! Est-ce que je vais rêvasser en traînant dans les rues ? Bien sûr que non ! Où trouverais-je le temps d'ailleurs ? Hum ! Je te le demande tiens ! Avec tout ce qu'il y a à faire ici ! A ton âge je me serais sacrément fait gronder par les maîtres, crois-moi ! A ton âge.... Elle se tut brusquement, l'air hébété.
Roselyne fut subitement surprise sur l'insistance de son regard. La cuisinière resta longuement à la scruter d'un air pensif.
- Dis-donc, toi... Tu n'as tout de même pas... Elle se tut de nouveau pensant que la jeune domestique comprenait où elle voulait en venir.
Etonnée, cette dernière essaya de comprendre.
- Bah quoi ! Qu'est-ce que j'ai ? Une tache sur le nez !
La Margo prit un air perplexe en s'approchant. Elle tendit son doigt vers l'adolescente :
- Dis-moi... Tu ne serais pas en train de me cacher quelque chose, par hasard ?

Roselyne écarquilla les yeux, abasourdie :
- Qu'est-ce que tu veux dire par-là ?
- Tu n'aurais pas un petit amoureux qui justifierait tes balades ?
Aussitôt, l'adolescente éclata de rire.
-C'est n'importe quoi ! Où veux-tu que je trouve un amoureux ? Les garçons ne m'intéressent pas ! Ils sont tous les mêmes. Ils n'ont rien dans la tête !
La cuisinière, soupçonneuse, répondit :
- Bah voyons, comment tu sais cela d'ailleurs! Tu n'es pas différente des autres. Et puis tu es jolie. Du haut de tes seize ans, je n'en serais pas surprise. Après tout, c'est dans l'ordre des choses.
La servante se fit plus cajoleuse :
- Tu peux me le dire à moi, je sais garder les secrets !
Roselyne fut attendrie par cette attention. Elle devina dans le regard de sa vieille amie, comme une forme de tristesse. Celle de s'apercevoir qu'elle serait bientôt une femme. Sa mère aurait certainement réagi de la même manière, songea-t-elle.
- Je te jure que je n'ai pas de petit ami !
Marguerite semblait un peu déçue de la réponse. Peut-être espérait-elle partager un secret avec sa protégée, peut-être que c'était parce qu'elle ne s'expliquait pas ce besoin d'évasion qu'avait l'adolescente. Néanmoins, elle accepta de croire la jeune fille.
-Tu seras bientôt une femme et je suis certaine que tu dois commencer à attirer les garçons. Un jour cela te tombera dessus et toi aussi, tu seras amoureuse. Tu seras dans un drôle d'univers qui te rendra, tu verras, un peu ridicule, termina-t-

elle en riant et en serrant Roselyne dans ses bras.
Celle-ci fut émue de cette tendresse.
- Ce jour-là, je te promets de te le dire !
- Oh, je ne suis pas certaine de cela. Nous verrons bien. Ne sois pas trop pressée ! Crois-moi !
- Comment c'était pour toi, la première fois que tu as été amoureuse ?
Margo, surprise de cette question, se mit à rougir. Cette interrogation ressemblait fort à un retour de manivelle.
- Non mais, de quoi je me mêle ! Est-ce que je t'en pose des questions ?
La jeune domestique derrière son rire espiègle, répliqua du tac au tac.
- Bah oui, justement !
Marguerite gênée ne savait comment lui répondre, puis elle se lança :
- C'était il y a bien longtemps ! Je devais avoir ton âge.
Curieuse, son interlocutrice alla s'asseoir près de la table pour l'écouter, attendant avec impatience que son amie lui dévoile un peu de son passé.
- Il était un très beau jeune homme. Il était un peu plus âgé que moi. Je me suis laissée séduire par sa bonne humeur et l'attention qu'il me portait. On se retrouvait presque tous les soirs au pied de la statue de Napoléon, ensuite, on aimait errer dans les rues. J'ai passé de très jolis et de très tendres moments avec lui. J'étais amoureuse ! Nous imaginions notre avenir, nous étions dans un univers dans lequel, nous étions invulnérables. Nous étions persuadés que rien ne pourrait affecter notre amour…
Margo s'arrêta un moment.

- C'était un grand rêveur, la mer l'attirait, comme beaucoup de jeunes hommes. Il s'imaginait partir loin dans les océans pour découvrir d'autres mondes. L'aventure le captivait. Il voulait découvrir l'Amérique. Il voulait entrer dans la marine marchande ou devenir journaliste. Il travaillait d'ailleurs dans un petit journal qui a dû fermer ses portes à cause de la concurrence. Alors, un jour, il s'engagea comme mousse sur un bateau de commerce.
Lorsqu'il est venu m'annoncer cette nouvelle et son départ, je fus anéantie. Je compris à cet instant que son amour pour moi, qui était certainement sincère, était moins fort que son désir d'aventure. J'ai pleuré toutes les larmes de mon corps, le jour où je l'ai vu s'embarquer. Je suis restée comme une idiote sur le quai à regarder s'éloigner ce bateau qui emmenait celui qui m'avait fait rêver, celui que j'avais toujours aimé et que je n'ai jamais revu. J'ignore ce qu'il est devenu. Il m'avait promis de revenir. Je l'ai longtemps attendu et j'ai fini, avec le temps, par comprendre qu'il m'avait oubliée.
Elle se releva en soupirant, puis se retourna, certainement pour essuyer ses yeux.
- Allons ma petite, tout ceci n'est qu'une vieille histoire. Mettons-nous au travail maintenant !
L'émotion que ressentit Roselyne en regardant sa vieille amie, fut telle, qu'elle lui imposa le silence. Elle devina que la Margo n'avait jamais oublié ce gentil fiancé, elle discerna que son bon cœur avait souvent dû lui jouer des tours. Elle alla uniquement déposer un baiser sur sa joue.
La servante fut touchée par ce geste et tout en caressant les cheveux de la jeune fille, elle la remercia de son regard

brillant.
- C’est une vraie bénédiction que tu sois ici ma petite.
Tout à coup une voix s’éleva à l’entrée de la pièce.
- Je suis heureux de voir de l’affection dans cette maison !
Georges Zellers venait de rentrer. Il retira son chapeau, ainsi que son manteau pour les déposer sur une chaise, sur laquelle il posa sa canne. L’homme semblait préoccupé. Il avait des raisons pour cela. Les relations dans sa société se dégradaient, des clans s’installaient. Il y avait ceux qui approuvaient cette guerre et ils étaient nombreux à se retrouver pour murmurer dans le dos des rares employés qui dénonçaient la politique guerrière du gouvernement. Georges en faisait partie et s’apercevait une nouvelle fois, que son ami Pierre avait vu juste, sur la fourberie d’Henri. Il savait qu’il marchait sur des œufs, maintenant qu’il s’était dévoilé. D’ailleurs le président directeur général n’entretenait plus les mêmes rapports avec lui, une distance s’était instaurée entre les deux hommes. Attendait-il une faute de sa part ? Georges le soupçonnait, depuis qu’Henri rôdait souvent dans les couloirs des bureaux de la direction générale.
Une fois dans la cuisine et après avoir défait ses gants, il essuya ses lunettes, réajusta son col ainsi que son gilet et alla s’asseoir près du fourneau pour se réchauffer. Les deux femmes embarrassées d’avoir été ainsi surprises ne savaient comment se comporter.
Le maître eut un sourire amical tout en regardant l’heure à sa montre, qu’il rangea aussitôt dans la poche de son gilet:
-Je suis heureux de voir qu’il y a encore de la tendresse dans ce bas monde. C’est du bonheur ! D’ailleurs, ce midi, j’ai décidé que Charlotte et moi-même nous mangerions avec

vous. Surtout pas de chichis, nous sommes entre nous. Alors nous déjeunerons ici, dans la cuisine. Cela nous fera le plus grand bien d'être en compagnie de gens vrais.
Les deux servantes se regardèrent étonnées.
Quand madame Zellers parvint à son tour dans la cuisine, le regard fatigué par le manque de sommeil, elle approuva aussitôt la décision de son époux. Ces derniers temps, elle avait de plus en plus de difficultés à le supporter. Il faut dire que Georges était bien trop maladroit quand il se sentait obligé de la rassurer. Le fait de déjeuner avec ses domestiques était une très bonne idée, cela permettrait d'orienter les discussions vers d'autres sujets et de se rapprocher des préoccupations quotidiennes de leurs employées.
Pour Charlotte, l'anxiété était bien plus difficile à combattre lorsque la nuit tombait. Tous les soirs au moment d'aller se coucher, l'angoisse revenait torturer son esprit. Allongée dans son lit, elle ne trouvait le sommeil que très tard dans la nuit. Toutes ses pensées se dirigeaient vers son fils dont elle n'avait aucune nouvelle depuis plusieurs mois. Souvent, elle se relevait pour se diriger vers son écritoire. Les nouvelles du front étaient si alarmantes. Charles s'y trouvait, Charles combattait, Charles souffrait certainement et elle partageait cette souffrance dans ces écrits qu'elle ne terminait jamais, toujours vaincue par cette détresse qu'elle contenait le jour et qui explosait dans de grands sanglots la nuit venue.
Quant à son époux, ne sachant que faire pour calmer les inquiétudes de sa conjointe, il mimait le sommeil, le cœur serré de se sentir impuissant dans cette pénible épreuve.
Pendant le repas, Georges s'efforça de faire dans la

simplicité. Il en faisait un peu trop d'ailleurs, ce qui amusait ses compagnes.
- Tenez ma petite Roselyne, voulez-vous prendre le journal ? Je suis las, avec tous ces imbéciles que je fréquente régulièrement. Je n'ai pas envie de lire les nouvelles moi-même. Pouvez-vous le faire pour moi ?
Roselyne s'exécuta aussitôt :

« lundi 20 décembre 1915,

Paris ne sombrera pas dans la panique !
Même sous les bombes ! Le moral des parisiens reste intact, persuadés de l'issue de cette guerre. Malgré les bombardements des zeppelins allemands, qui ont lâché leurs obus hier sur la capitale, Paris continue de résister aux lâches attaques de l'envahisseur grâce à nos aviateurs, qui, aux commandes de leurs Farman, défendent notre capitale avec un très grand courage. Nous ne déplorons que très peu de victimes. Les secours ont, sur les lieux du bombardement, rapidement circonscris l'incendie qui a ravagé un immeuble. Malgré des dégâts importants, nous ne pleurons que deux victimes et quinze blessés… »
Cette lecture irrita Charlotte, elle intervint pour y mettre fin:
- Serait-il possible mon cher époux de ne pas songer à cette guerre le temps d'un déjeuner ?
Georges acquiesça :
- Vous avez raison, pardonnez-moi! De quoi pourrions-nous discuter avec nos hôtes ?
Roselyne et Margo se regardèrent en se pinçant les lèvres pour ne pas sourire.

Charlotte, satisfaite du repas qu'elle était en train de déguster, trouva rapidement un sujet de conversation :
- Savez-vous Marguerite que mes amies sont très jalouses de moi ?
Stupéfaite, Margo demanda la raison de cette envie.
-Vous êtes certainement la meilleure cuisinière du tout Cherbourg. D'ailleurs, je vais songer à arranger une date pour inviter mes amies à dîner. Elles seront vraiment réjouies de déguster vos mets qu'elles apprécient incontestablement. La vieille servante s'empourpra, ne sachant que répondre, elle remercia modestement sa maîtresse de la gentillesse de ses propos.
Charlotte posa sa main sur celle de Margo pour lui répondre dans un large sourire.
- Ne me remerciez pas voyons ! Vous êtes une véritable artiste culinaire et je suis très fière de vous avoir à mon service.
Georges qui n'était pas très passionné par cette discussion purement féminine, s'efforça néanmoins de participer à celle-ci :
-Marguerite, vous êtes la meilleure ! Je me souviens lorsque nous avions invité les Delagarne, Denise avait longuement insisté pour que nous acceptions de vous laisser partir pour servir dans leur maison. Ah ! Quelle joie vous nous aviez fait, quand vous lui aviez répondu, que pour rien au monde vous ne quitteriez notre demeure ! Sachez ma bonne Marguerite, que nous aussi, pour rien au monde nous ne nous séparerions de vous. Vous faites partie de la famille, vous êtes bien plus qu'une cuisinière, vous êtes un peu notre… Comment dire ! Notre maman ... Oui c'est cela.. Notre maman à tous ! N'est-

ce pas Roselyne ?
Reconnaissante envers Margo, la petite n'hésita pas une seconde pour approuver.
- Nous avons de la chance, car vous êtes toutes les deux des employées modèles. Nous allons finir par rencontrer de sérieux soucis avec nos amis qui ne profitent pas de semblables avantages auprès de leur personnel, répliqua Charlotte en plaisantant sur l'exagération des ressentis de ses amis.
Soudain elle prit un air grave tout en fixant son époux qui lui demanda.
- Qu'avez-vous tout à coup ma chère ?
- Je viens d'avoir une pensée pour mon frère Raymond !
Elle s'essuya les yeux avec son mouchoir en soupirant.
L'air désolé, Georges devina sa pensée et partagea ce triste sentiment en répliquant :
- Denise et le petit Marc étaient si adorables. Marc aurait eu vingt ans cette année. Votre frère n'a jamais refait sa vie, ce n'est pas bon de vivre ainsi et il devient de plus en plus aigri. Il devrait s'entourer d'amis et songer à reconstruire son existence avec une femme. Il s'enivre dans les affaires. La création de cette filature ! Je me demande si cela était vraiment nécessaire. Surtout en cette triste période. Toutefois, c'est bon signe, cela lui permettra grâce à ses nouvelles obligations d'être toujours actif dans notre société.

Charlotte pinça les lèvres :
- Vous avez raison, mais… avec les années, son cœur s'est abandonné dans la mélancolie.
-Il nous a toujours soutenus… Dès le début de notre relation.

Souvenez-vous des difficultés avec mes grands-parents ? Heureusement qu'il s'est imposé. Il vous apprécie Georges ! Nous lui sommes redevables de notre union.
- Oui, et je serai toujours son obligé ! C'est grâce à son soutien que nous avons pu nous unir. Je lui serai toujours redevable, puisqu'il m'a permis d'épouser la femme la plus merveilleuse sur cette terre !
Les deux domestiques se sentirent rapidement embarrassés par cette conversation intime.
S'en étant aperçue, madame Zellers alla se ressaisir.
-Nous irons le voir pour Noël ! Quand pensez-vous Georges ?
- Je serai heureux de revoir ce cher Raymond, mais vous oubliez le courrier qu'il nous a envoyé en début de mois, dans lequel il nous précise qu'il ne sera pas disponible pour le réveillon de Noël !
- Et alors ! rétorqua aussitôt Charlotte. Nous irons lui rendre visite dans la journée du 25 ! S'il est absent, cela nous fera malgré tout, une agréable promenade. Je serai heureuse de revoir les rues de Rouen et je profiterai de cette excursion pour rendre visite à ma tante !
- Ma foi, pourquoi pas ! Après tout nous pourrions lui faire cette surprise. Je serai enchanté de revoir cet ami et vous, votre frère !
La décision prise, ils orientèrent leur discussion sur Roselyne, qui ne savait comment se comporter sous le regard de ses maîtres.
- Comment va votre père, ma petite ? demanda affectueusement Charlotte.
Roselyne allait répondre quand tout à coup elle fut interrompue. On frappait violemment à la porte.

- Bon sang ! s'écria Georges Zellers. Qui peut bien venir à cette heure-ci ? On ne peut plus être en paix chez soi, même pendant les heures de repas ! Allez voir Marguerite et dites à ce visiteur que je suis absent !
Il croisa le regard de sa femme.
Charlotte eut soudainement un horrible pressentiment. Son visage se mit à blêmir et Georges à en comprendre la raison. Il se tut subitement n'osant songer au pire. Son cœur se mit à battre rapidement, ses mains se mirent à trembler quand il se servit un verre de vin. Le silence s'installa brusquement, personne dans la cuisine ne prononça un mot, attendant avec anxiété le retour de la servante.
- Nous vous écoutons Roselyne ! rétorqua Georges la voix légèrement tremblante, s'efforçant de chasser cette mauvaise pensée.
La jeune domestique accepta d'un signe de tête, quand tout à coup.
« Oh Madame, monsieur ! Vite ! »
Marguerite revint brusquement dans la cuisine l'air affolé. Les mains sur le visage, elle semblait être subitement prise d'un coup de folie. Dans son excitation elle trépignait en gesticulant dans tous les sens. Agacée de l'effarement des maîtres, elle agrippa Georges Zellers pour le tirer de sa chaise.
Charlotte paniqua en ne cessant de répéter :
- Non mon Dieu ! Non mon Dieu !
Exacerbée, Marguerite insista plus fortement, presque en criant !
Charlotte se mit à prier.
« Notre père qui est aux cieux... »

- Venez, vous dis-je ! Allez levez-vous ! Vite voyons ! »
Georges Zellers ahuri de voir sa domestique dans un tel état, la suivit, la sueur au front, les jambes flageolantes, il restait muet tout en se laissant guider par Marguerite suivie de Charlotte qui ne cessait de prier derrière ses mains jointes.
Roselyne restait affectée sur sa chaise, étourdie par l'affolement de Margo. Elle se leva enfin pour regarder au travers de la fenêtre, essayant d'apercevoir l'inconnu qui, de toute évidence était la cause de cette agitation, mais en vain. Elle décida de les rejoindre, quand elle entendit crier.
-Mon fils !
Craignant une mauvaise nouvelle, elle se hâta.
Sa course fut brusquement interrompue par Margo qui l'attrapa dans ses bras.
- C'est merveilleux ma petite Rosy ! Monsieur Charles est de retour ! Il est à la maison !
Un large sourire se dessina sur le visage de la jeune fille, heureuse pour la famille Zellers et aussi curieuse de voir enfin cet homme qu'elle n'avait encore jamais rencontré. Elle s'approcha discrètement de l'entrée pour l'apercevoir. Son cœur se remplit d'émotion quand elle aperçut Georges et Charlotte Zeller serrer fortement dans les bras ce fils qui leur avait tant manqué. Ils pleuraient tous deux en embrassant et en caressant les cheveux de leur enfant.
Charles ému, les yeux brillants ne put dire un mot. Ses bras ne pouvaient lâcher ses parents. Enlacés entre eux, il leva les yeux pour apercevoir cette petite domestique qui les regardait remplit d'émotions. Le regard épuisé du jeune lieutenant la fixa avec une étrange insistance. Il s'écarta de ses parents et s'approcha.

- Vous êtes certainement Roselyne, n'est-ce pas !
Surprise par cette affirmation, elle resta muette tout en dévisageant le jeune officier.
- Je connais votre frère, il sert sous mes ordres. C'est un soldat très courageux, un homme très bien et je suis fier de l'avoir sous mon commandement.
Le cœur de Roselyne se mit à battre la chamade. Le souffle coupé, elle sentit ses jambes se dérober. Soutenue par Margo, elle balbutia :
- Vous connaissez Jean ! Comment va-t-il ?
Charles s'approcha pour saisir sa main. Son sourire détendu la rassura. Il la poussa vers la porte d'entrée :
- Il n'y a que lui qui puisse répondre à cette question !
Elle ne comprit pas aussitôt.
Puis se mit à éclater en sanglot en bondissant précipitamment vers la sortie.
Il était là, à l'attendre devant la maison, n'osant entrer. Dans ce froid hivernal, sous cette fine pluie de neige et de grisaille persistante, il tapait des pieds pour se réchauffer. La peur de revoir sa chère petite sœur sortir de cette demeure était si forte qu'il craignait de ne pas la reconnaître et qu'elle non plus ne le reconnaisse pas. Qu'allait-il pouvoir lui dire après tous ces mois d'absence ? L'estomac noué, il croisa les doigts pour être à la hauteur de ces retrouvailles. Ses yeux se mirent à rougir quand elle apparut sur le palier de la maison. Elle était si belle dans sa tenue de servante. Elle avait tellement grandi et était devenue si jolie. Ce n'était plus une petite sœur qui se trouvait immobile devant lui, ce n'était plus la petite fille inquiète, discrète, fragile qu'il connaissait, elle était maintenant, du haut de ses seize ans, dans le corps d'une

jeune femme dont le visage avait mûri. Son corps de petite-fille s'était métamorphosé en une silhouette d'adulte. Il ne put retenir ses larmes lorsqu'elle s'approcha de lui. Ils restèrent quelques instants hésitants, immobiles à se dévisager, avant de se toucher, en espérant qu'ils ne rêvaient pas.
Non, ce n'était pas un rêve, Jean était bien là devant elle, lui souriant maladroitement. Elle posa sa main sur son visage amaigri, caressa sa joue en le regardant dans les yeux. Il paraissait si vieux derrière ce regard creusé, ces lèvres gercés, sous le calot trop grand et qui cachait son front. Son allure était anormalement frêle sous cette vareuse usée, dans cet accoutrement militaire, il ressemblait à un vieillard qui se serait perdu dans les méandres du temps. Elle observa un instant ses mains tremblantes, abîmées, et aux ongles sales. Son cœur se serra en imaginant ce qu'il avait dû endurer, elle ressentit tant de pitié dans son âme. Elle resta un long moment à le regarder sans rien dire, le visage figé par l'émotion et le froid. Son regard bleu ne pouvait quitter le visage de ce grand frère qui auparavant paraissait si fort, si courageux et qui à ce moment était si anéanti. Il ne bougeait pas, savourant cette caresse, cette tendresse, qu'il avait oubliée. Les paupières humides, il savourait cet instant de félicité. Il paraissait si affaibli, mais dans son regard brillait une lueur de bonheur, une étincelle de joie et de soulagement. Les lèvres de Roselyne se mirent à vibrer lorsqu'elle alla se blottir dans ses bras.
-Jean !
Le trouble fut si fort qu'elle s'effondra en sanglots contre son corps en lui criant :

- J’ai tellement prié pour toi !

Au cœur, des larmes
ou
La promesse des hommes

V

Plus tard, après avoir dégusté le bon repas qu'avait préparé Marguerite, ils se retrouvèrent dans le salon, assis confortablement dans des fauteuils, face à l'âtre qui les réchauffait. Charlotte ne cessait de trembler, l'émotion fut si forte, qu'elle se servit un verre de liqueur avant d'aller s'asseoir près de son fils. Serrant la main de Charles, elle ne pouvait s'empêcher de larmoyer, tout en remerciant le seigneur de l'avoir protégé. Charles comprenant cet émoi, avait lui aussi le cœur gros et rempli de bonheur, celui d'être à nouveau auprès de cette maman qui avait tant souffert de son absence. Margo ne tenait plus en place, heureuse de revoir ce jeune lieutenant qu'elle avait connu petit, qu'elle avait chéri et qui auparavant était si proche d'elle. Elle avait su rapidement se faire aimer du petit garçon qu'il était. Marguerite avait reçu l'affection de ce jeune garçon solitaire, incompris de son père qui ne savait pas s'y prendre avec lui. Margo avait su par sa sensibilité, recevoir l'amour d'un fils, qu'elle n'avait jamais eu, lui apportant la tendresse dont tous les enfants ont besoin. Elle avait été bien plus aimée que la précédente gouvernante qui avait fini par quitter cette demeure où son autorité ne fut jamais appréciée. Charles semblait perdu dans le salon qu'il redécouvrait et dans lequel il se sentait curieusement un étranger. Il dévisagea ses parents qu'il trouvait vieillis. Un sentiment de regret s'empara de lui, en songeant à tous ces mois, loin de cette maison qu'il avait quittée dans de mauvaises conditions. Tout semblait être oublié en cet instant. Ses parents étaient devant lui. Ils

souriaient dans une excitation qui les rendait presque ridicules. Celle-ci était pourtant si attendrissante, qu'il s'abandonna lui aussi aux larmes. Son regard erra dans ce lieu qui était si différent de ce qu'il vivait sur le front. Cette tranquillité le dérangeait. Le calme qui y régnait et la douceur apaisante engourdissaient ses pensées. Tout cela paraissait si inconnu, tellement décalé par rapport à la douloureuse réalité du front où des hommes mouraient afin de protéger des lieux paisibles, semblables à celui dans lequel il se trouvait à cet instant. Rien ne serait plus comme avant et ces parents qui ne s'apercevaient pas que dans le cœur de leur fils, quelque chose s'était cassé. Son insouciance, ses espérances, avaient disparu, avaient quitté son âme. Il ne fallait surtout pas laisser ressortir ce sentiment d'abandon, il ne fallait pas partager cette tristesse, cette angoisse, cette peur de mourir devant eux qui savouraient le retour de leur unique enfant. Ces jours devraient ressembler au bonheur, cette courte semaine, et chasser l'angoisse pour restaurer la joie familiale tant espérée et dont la saveur ne fut jamais aussi grande qu'en cet instant.
- Je suis le plus heureux des hommes, se mit à dire Georges.
Les querelles furent oubliées car le temps était compté. Ces longs mois d'absence remplis d'anxiété leur avait permis de songer au gâchis sentimental des années précédentes. Ils n'avaient qu'une semaine pour essayer de se retrouver, de se comprendre, pour se pardonner et enfin réussir à dire, je t'aime papa, je t'aime mon fils. Des mots qu'ils n'ont jamais su prononcer. Pourquoi avoir menti si longtemps ? Pourquoi avoir laissé l'orgueil gâcher toutes ces années ? Comment effacer les erreurs du passé ? Georges s'interdisait de songer que la présence de son fils sous son toit, n'était qu'éphémère

et que ce dernier devrait dans sept jours retourner sur le front où la mort l'attendait peut-être. Depuis que Charles était dans cet enfer, Georges pleurait toutes les nuits, impuissant de ne pouvoir soutenir son épouse, en regardant le portrait de son fils, accroché sur le mur de sa chambre. La nuit était faite pour libérer les pleurs, pour laisser évacuer les émotions en se cachant dans l'obscurité et le silence. Le jour était fait pour faire semblant, pour tricher, pour simuler un courage, une volonté si souvent difficile à maîtriser devant le regard des autres. C'est ainsi que Georges avait réussi à construire sa carrière qui avait apporté l'aisance matérielle à sa famille. Il se moquait dorénavant de cette course à la réussite, de cette soif à prouver ses qualités, ses compétences. Tout ceci n'avait plus aucun sens. Car toutes ces années d'ambitions professionnelles l'avaient éloigné de son garçon. Ce n'était que de l'égoïsme, que de l'orgueil de devenir un homme respecté aux yeux de la société, mais qui au fil des années l'avait enfermé dans l'amertume des non-dits. Georges avait enfin compris, que le plus important dans sa vie avec sa tendre épouse, était le jeune homme qui se trouvait assis devant lui. Il avait fallu qu'une guerre éclate pour qu'enfin, il ouvre les yeux. Pourvu qu'il ne soit pas trop tard, pourvu que les combats n'emportent pas ce fils, avec qui il avait maintenant tant de choses à partager.
Il était possible de tout recommencer. Combien de fois avait-il prié pendant ces longues nuits, pour que la vie leur laisse le temps de se dire ce qu'ils n'avaient jamais su échanger auparavant ? Il ne pouvait répondre à cette interrogation. Depuis que son unique fils l'avait laissé, son cœur s'était englué dans la mélancolie et le remords. Ce retour devait être

la providence d'un amour paternel, qu'il était temps d'avouer. Charlotte connaissait ses regrets, elle lui agrippa la main pour la joindre à celle de son fils, symbolisant l'union de la famille.
- As-tu prévenu Madeleine de ton arrivée ? demanda-t-elle.
- Non mère, je n'en ai pas eu le temps, hélas. De toute façon cela aurait été inutile, puisque vous-mêmes, vous n'avez pas reçu mon courrier qui vous annonçait ma permission.
- Alors il faut vite qu'elle l'apprenne. J'ai hâte de vous voir de nouveau ensemble.
Il esquissa un sourire.
Madeleine était la promise de Charles, aux yeux de ses parents. Pour leur fils, elle était surtout une très bonne amie. Ils se connaissaient depuis leur plus tendre enfance. Madeleine était la fille de maître Pesqueur, avocat de profession et ami de la famille. Elle fut longtemps la complice de Charles. Ils s'adoraient, mais étaient-ils vraiment amoureux l'un de l'autre ? Ou était-ce uniquement un amour fraternel ? En ce qui concernait Charles, les sentiments qu'il éprouvait pour Madeleine se confondaient entre amitié et désir, craignant en ouvrant la porte de l'amour, de briser une complicité fraternelle et si précieuse. Pour la jeune femme, les choses étaient bien plus claires, elle était amoureuse et était devenue très impatiente envers ce jeune homme qui n'osait franchir le pas. Elle s'était donc jurée, dès son retour, de le séduire et de lui faire comprendre qu'ils n'étaient plus des enfants.
- Si nous allions rendre visite en fin d'après-midi, à nos amis les Pesqueur ! Qu'en penses-tu mon fils, et toi Georges ?
Georges n'était pas certain que cela soit une bonne idée, à

cause de la fatigue de Charles. Il haussa tout simplement les épaules en attendant la réponse de celui-ci.
Ce denier attendri en observant la joie de sa mère, répondit calmement :
-Moi aussi je serais très heureux de revoir Madeleine, mais je souhaite avant toute chose, me reposer et prendre un bon bain chaud, donc, ce soir, sera très bien.
Il se tourna vers Jean, qui n'écoutait plus, attendant le retour de sa sœur qui venait de le quitter, pour préparer les chambres.
- Et toi Jean, comment te sens-tu ?
- Je suis un peu fatigué et je dois vous avouer que j'ai hâte de retrouver les miens.
Charlotte émue répliqua :
- Nous comprenons ! Pour vous aussi cela a dû être bien difficile. Mes pauvres garçons ! Que vous ont-ils donc fait ? Vous êtes si jeunes !
Elle se remit tout à coup à sangloter en songeant aux atrocités et au danger que ces deux garçons avaient vécu.
Prise subitement d'une forte angoisse, elle s'effondra dans les bras de son fils.
- Je suis près de toi maman, ne pleure pas, je suis tout près de toi !
Georges se leva, mimant de surveiller le feu de cheminée, il s'essuya les yeux discrètement, puis décida de détendre l'atmosphère.
Après une longue respiration, il se retourna :
- Allons Charlotte, viens avec moi nous allons sortir en ville pour annoncer la bonne nouvelle. En chemin nous en profiterons pour prévenir les Pesqueur.

- C'est une excellente idée maman ! Papa a raison, ainsi moi et Jean nous allons pouvoir nous préparer !
Il fixa à nouveau son caporal :
- Veux-tu te joindre à nous ce soir ! Tu seras le bienvenu !
Jean préféra de toute évidence rester en compagnie de sa sœur !
Tous comprirent.
Jean semblait véritablement embarrassé dans ce milieu qui ne lui ressemblait pas. Il ne savait comment se comporter, gêné dans cet uniforme bleu horizon qui avait remplacé celui de 1914 et qu'il avait hâte de quitter. Malgré l'affection amicale de ce jeune lieutenant, qui avait réussi à obtenir cette permission, malgré cette affection qu'il recevait, il se sentait perdu dans un monde auquel il n'appartenait pas. Malgré l'hospitalité de la famille Zellers, il ne parvenait pas à se sentir à l'aise, à ressentir cette impression d'être en sécurité en cet endroit, pourtant si chaleureux. Il ne parvenait pas à se détendre. Cependant, faire le chemin du retour en compagnie de son officier, fut une réelle joie, car au bout du trajet, il y avait Roselyne. Cette demeure était si différente de sa ferme, cette famille qui appartenait à cette bourgeoisie qu'il détestait auparavant, vivait dans le luxe. Le destin lui paraissait si étrange à ce moment précis. Il se retrouvait à sympathiser avec des gens qu'il aurait certainement détestés dans d'autres circonstances. Il chassa cette pensée en regardant son lieutenant, car il ne pouvait qu'être reconnaissant envers cet homme qui était parvenu auprès de ses supérieurs à décrocher une permission providentielle. La première depuis le début de la guerre. Seule Roselyne lui permettait de s'apaiser un peu et de croire en l'avenir. De retour dans le salon, elle alla aussitôt

le rejoindre. Elle était si heureuse, si émue de retrouver ce grand frère qui lui avait tant manqué. Une lumière d'espérance venait de s'illuminer dans son cœur. Son frère Jean était près d'elle, elle pouvait le toucher, le regarder. Elle perçut dans son regard une lumière d'espoir. Ils avaient tous deux hâte de se retrouver seuls, afin d'apprécier chaque seconde de cette courte liberté et de retourner dans leur village pour embrasser leur père qui devait se morfondre en songeant à son fiston, qu'il n'avait pas revu depuis le début des hostilités. Il était grand temps désormais qu'ils se retrouvent enfin tous les quatre, que la petite famille se réunisse de nouveau, auprès de ce père qui avait tant besoin de serrer dans ses bras ses trois enfants que la vie avait séparés.

*

- Vos bains son prêts messieurs, vous devriez en profiter, lança Roselyne qui s'était hâtée pour que les deux hommes puissent rapidement se détendre et se débarrasser de leurs tenues militaires, afin qu'ils puissent enfin, au travers d'habits civils, retrouver le visage de la liberté, même si celle-ci n'était que provisoire.
Les deux hommes ne se firent pas prier. Charles se leva suivi de Jean qui était toujours aussi embarrassé de profiter de ce confort. Il se mit à suivre sa jeune sœur. Il l'observa attentivement en montant l'escalier, sa gorge se serra, en songeant qu'il ne l'avait pas vue grandir depuis qu'elle avait quitté la maison familiale. Un sentiment de regret, de culpabilité s'empara de lui, lorsqu'il se souvint du départ de Roselyne et de cette détresse qu'elle avait dans les yeux.
Il était évident qu'il aurait tellement aimé qu'elle reste au village et surtout, il regrettait de n'avoir pas été suffisamment proche d'elle et de ne pas avoir pris le temps de mieux la connaître. Il était, malgré les remords, fier de cette petite femme qui avait su combattre la solitude et qui avait tenu sa promesse. Il se souvenait de ce qu'elle avait dit le soir où elle avait appris qu'elle devait quitter le foyer. *« Je suis prête à faire ce que tu as décidé papa ! Si on ne peut pas faire autrement, alors, j'irai travailler ailleurs et je te promets de ne pas te faire honte, je m'engage à te faire honneur ! »*
Il esquissa un sourire en pensant qu'elle avait le caractère des Durrieux et le courage de leur mère. Cette pensée le réconforta. Il releva la tête fièrement en remerciant ses parents de leur avoir procuré cette volonté de combattre la vie.
Dans l'après-midi, ils décidèrent d'aller se promener en ville.

Au cœur, des larmes
ou
La promesse des hommes

Après avoir reçu l'évidente autorisation des Zellers, Roselyne quitta la demeure, accompagnée de son frère.
Plus tard, ils se retrouvèrent sur les falaises, pour respirer et savourer ce moment de liberté.
La main dans la main, ils flânaient pour goûter la promenade qui semblait si irréelle pour Jean.
Les souvenirs revinrent caresser leurs esprits, ils se mirent à rire de leurs bêtises d'antan, ils s'amusèrent comme des gamins à se jeter des boules de neige au visage. Ils riaient aux éclats, ils étaient heureux. Roselyne redevint la petite-fille espiègle, elle retrouva la joie qui s'était enfouie dans le tiroir de son cœur. Ses yeux brillaient de le voir rire. Elle fut tout à coup, surprise de le voir se diriger au bord de la falaise et de l'entendre subitement hurler en fixant l'océan : Libre ! Je suis libre !

Au cœur, des larmes
ou
La promesse des hommes

VI

En cette fin de journée qui s'abandonnait dans l'obscurité, la propriété de Delagarne, sous un froid glacial, s'enfonçait dans les ombres de la nuit. Le manoir aux murs de briques et qui dominait la propriété, laissait ses volets claquer sous le vent. On entendait l'eau s'écouler violemment de la gouttière, pour terminer son ruissellement dans les cuves du jardinier. La pluie frappait brutalement les ardoises et les lucarnes de la maison. Dans la cour, on entendait hennir quelques chevaux prisonniers dans leurs enclos, les branches dénudées des arbres se laissaient maltraiter par les bourrasques et au fond de la cour, collée à la laverie, une lumière dansait derrière une fenêtre de la dépendance, dans laquelle résidait, depuis quelques mois, le père Durrieux. Le propriétaire du domaine était debout sur le palier de sa demeure, un cigare à la main, et dans l'autre, un parapluie avec lequel il se protégeait de l'ondée qui ne voulait pas s'arrêter. Il était planté en haut de l'escalier, enveloppé dans sa gabardine, admirant ces chaleureuses retrouvailles, et enviant secrètement le paysan qui venait de retrouver ses enfants. Au milieu de l'allée de gravier, se moquant de la pluie qui tombait, l'homme couvert uniquement de sa blaude et de sa casquette, laissa brusquement sa brouette et s'empressa d'aller à la rencontre de ses enfants et les embrassa ardemment. Le comte resta muet, ému, en regardant la joie de cet homme qui était en train de se reconstruire et qui retrouvait une lueur d'espoir en serrant dans ses bras sa progéniture. Delagarne avait été en partie la cause de son malheur en le privant de travail et voilà

qu'en cette veille de Noël, il était devenu son bienfaiteur, en lui permettant de pouvoir à nouveau croire au lendemain.
Sous l'insistance du docteur Roca, Delagarne avait fini par accepter de l'employer dans son domaine, comme homme à tout faire, afin de remplacer son jeune commis, parti servir sous les drapeaux. Au début réticent, il avait tout de même fini par l'embaucher. Quoi que sans une certaine crainte de ce que cela pourrait lui coûter dans le futur. Roger avait recouvré le sourire, repris des forces et surtout reconquis le désir de vivre. Ses yeux enfoncés dans son visage trempé étincelaient d'avoir ses trois enfants réunis près de lui.
Jean, Julien, Roselyne et le père étaient, après une si longue séparation, enfin ensemble, pour passer le Noël de cette année 1915.
Delagarne partageait silencieusement cette joie. Le destin avait rapproché près de lui, cette famille qu'il connaissait depuis longtemps. Il eut un sourire en les fixant et se mit à murmurer : *« On ne peut échapper à son destin ! »*
Il croisa pendant quelques secondes le regard du paysan, qui, pour la première fois, eut un signe de reconnaissance. Après lui avoir rendu cette politesse, il les regarda se hâter en direction de l'annexe. Enfin, il décida de les laisser savourer cet instant d'intimité et rentra chez lui. Après avoir déposé son manteau et son parapluie sur une chaise de l'entrée, il emprunta le couloir qui séparait le salon de la cuisine et du séjour, pour se diriger nonchalamment vers son bureau. Lorsqu'il fut à l'intérieur, parmi l'odeur des meubles cirés, sous le regard de ses ancêtres accrochés à l'un des murs et sous la clarté timide d'une lampe à pétrole qu'il alla saisir, il se dirigea avec hésitation vers son secrétaire. Sa main tremblante alla ouvrir un tiroir du meuble, pour en sortir un

album photos. Le serrant contre son cœur, il alla s'asseoir dans son fauteuil, face à la cheminée. Après s'être servi un verre de vin, il ferma les yeux quelques instants, écoutant uniquement le crépitement des bûches qui se consumaient dans l'âtre et le tic-tac de l'horloge posée sur un guéridon, près de l'unique fenêtre, que les doubles rideaux aux couleurs sombres, dissimulaient. Il poussa un long soupir et commença à feuilleter le livre qui le replongeait dans des souvenirs qu'il n'était pas bon de ressasser.

Sa femme et son fils le regardaient au travers d'une image à jamais figée. Ils se remirent à vivre dans sa mémoire. Il entendit à nouveau leurs rires, revit son fils jouant dans le jardin sous un ciel d'été, en se souvenant de sa femme qui aimait venir se blottir contre lui. En tournant les pages avec appréhension, il continuait de faire saigner son cœur, se remémorant les soirées au théâtre, les vacances à Cabourg, Deauville, où ils avaient une résidence, les balades au bord de l'eau, les sorties dans les rues de Rouen, puis de Paris, en regardant une photographie dans laquelle ils étaient tous les trois souriant, sous la tour Eiffel. Il se souvint de l'insouciance de son épouse et des espiègleries de son fils. Des après-midis avec les grands-parents, les oncles et les tantes. De toute cette vie et cette joie qui, jadis, régnait dans sa demeure. De cette lumière de bonheur qui semblait les protéger éternellement et qui ne devait jamais s'éteindre. Jusqu'au jour de l'accident. Au souvenir de cette horrible disparition, de cette déchirure qui ne pourra jamais se refermer et qui tailladera son esprit pendant encore de longues nuits, il laissa une larme perler et venir mourir sur le col de sa redingote. Il n'aurait certainement pas dû tourner les pages de cet album. Comment résister à cette envie de revoir le visage de son enfant si souriant, de son unique héritier, de ce garçon qui lui ressemblait tant et de cette épouse qui l'avait oublié, en perdant le fil de la raison, en abandonnant sa vie, afin de rejoindre le petit homme qu'elle avait enfanté. Elle avait fini par plonger dans une horrible dépression, l'entraînant, elle aussi, dans les méandres de la mort. Delagarne, qui était un homme reconnu, respecté et craint aux yeux des autres, n'était désormais plus qu'un homme perdu dans les regrets, dans la détresse, dans cette solitude qui devenait de plus en plus lourde à supporter. Après toutes ces années, son chagrin et ses remords, il le savait, ne le quitteront jamais. Il remua la tête dans une pensée résignée. Maintenant, un autre passé le rattrapa et il comprit qu'il ne pouvait lui échapper. Ce paysan et ses enfants qu'il avait entendus rire joyeusement à l'extérieur, étaient involontairement liés aux remords dont il était prisonnier. En songeant à cette famille, il ressentit comme un soulagement de savoir que deux de ces enfants auraient un horizon plus clément que celui de travailler rudement la terre. Un rictus nerveux traversa son visage, la jeune fille semblait épanouie par sa nouvelle vie et le jeune Julien très assidu dans ses études. Cet homme droit, rude, fier et surtout honnête, était maintenant certainement bien plus à l'aise dans sa propriété plutôt que dans son usine. Raymond avait compris que le Roger n'aurait jamais supporté de travailler enfermé. Le courage de ce cultivateur l'avait toujours impressionné et laissé dans l'admiration. Pourquoi ce paysan plutôt qu'un autre ? Pourquoi s'être plus particulièrement intéressé à ces gens, alors qu'ils paraissaient n'être rien pour lui, uniquement

un employé avec ses enfants. Le passé ne peut être oublié, et le devoir moral s'impose dans notre mémoire, pour nous faire rappeler nos actes et nos pensées.
Il se leva brusquement, jeta l'album à terre et se précipita à la fenêtre pour se glisser derrière les rideaux. En entendant cette bruyante précipitation, la domestique arriva pour lui demander s'il avait besoin de quoi que ce soit avant qu'elle quitte les lieux. Il allait crier, puis se ravisa et répondit tout en maîtrisant son calme :
- Vous pouvez partir Marie, je n'ai plus besoin de vous ce soir !
Inquiète, la jeune domestique insista :
- Etes-vous certain que… Mais elle ne put terminer sa phrase.
- Je vous ai dit que vous pouvez partir maintenant ! Laissez-moi, je vais bien ! Vous pouvez aussi faire savoir à Clémence qu'elle peut quitter ses fourneaux et rejoindre son époux. Ce soir, c'est Noël, alors profitez-en !
C'était la première fois que Noël resterait à l'extérieur de la maison. D'habitude, tous les ans, le maître recevait sa famille et quelques amis pour fêter la nativité. Pendant que les domestiques, entre deux services, fêtaient à leur manière la naissance de Jésus dans la cuisine.
Cette fois, c'était bien différent ; Raymond Delagarne avait décidé de renvoyer ses serviteurs pour qu'ils puissent, pour une fois, passer cette soirée chrétienne dans leurs foyers. Il avait décidé d'être vraiment seul cette nuit-là.
Lui, qui était pourtant un fervent chrétien autrefois, avec sa petite famille, avait beaucoup de mal, le soir de Noël, surtout en cette nuit de 1915, à encore croire en Dieu. Celui-ci ne l'avait-il pas privé de ce qu'il avait de plus cher au monde !

Pour quelle raison Dieu l'avait-il puni? Maintenant, qu'attendait-il de lui, ce Dieu qui lui avait offert une vie confortable et qui lui avait tout donné. En l'espace d'une année, toute cette félicité lui fut reprise. Le seigneur l'avait mis dans la pire des épreuves et pourtant, en cet instant, Delagarne réalisa qu'il avait encore d'autres remords sur le cœur et qu'il n'avait pas encore réglé ses dettes.
Adossé contre le mur, le visage collé à la fenêtre, il ne savait plus où il en était. Les nouveaux impératifs que lui apportait la filature lui semblaient en cette nuit si désuets. Son associé Jacques Leberner ne cessait ses allers-retours entre Paris, Rouen, Amiens et d'autres villes importantes, pour obtenir des marchés prometteurs. L'affaire se présentait, malgré cette guerre, assez bien. Pour le moment le commerce fonctionnait, et la filature, dans laquelle certaines difficultés de réglages persistaient, sur lesquelles de jeunes ingénieurs s'activaient, commençait pourtant à produire régulièrement. Raymond était un très bon homme d'affaires. Sa fortune, assez conséquente, le mettait dans un confort financier qui était envié par certaines de ses relations. Ces personnes l'agaçaient souvent, mais son charisme, ses colères, son statut social lui permettaient de s'imposer face aux notables, à ces actionnaires et banquiers qui ne cessaient de lui faire des offres pour investir et travailler avec son argent. Désormais, Raymond avait décidé de revendre la majorité de ses propriétés, afin de consacrer son temps et son argent dans cette filature qui était un très bon placement, car la demande était accrue. Seul dans sa demeure il s'aperçut fatalement que Noël ne voulait plus rien dire pour lui. Pourtant, il avait promis à son ami l'abbé d'être présent pour la messe de

minuit. Il ne se sentait plus à sa place dans cette église. Auparavant, il ne manquait jamais l'office. Accompagné de sa famille, il allait joyeusement accomplir ce rituel dominical. Son regard erra dans l'obscurité de la nuit qui s'était installée autour de la maison. Il ne pleuvait plus. Sa vue fut attirée par la lueur qui traversait la fenêtre de la dépendance. Il se mit à imaginer cette famille paysanne qui devait certainement se préparer à passer un joyeux Noël. Il aurait tant aimé, lui aussi, sentir la douce chaleur de la lumière et partager ce moment avec sa femme et son fils. Toute sa fortune, il était prêt à l'échanger pour être à la place de Roger, en cet instant. Pour vivre cette sensation irremplaçable d'être avec ceux que l'on aime. Une boule lui serra la gorge. Fatigué, il décida de quitter les lieux et de marcher un peu dans la nébulosité du village, afin de remplir ce qu'il croyait être son devoir, celui d'aller souhaiter un joyeux Noël au personnel de la filature. Ses employés n'étaient pour ainsi dire que des femmes, les mères et les épouses de ceux qui combattaient au front. Les enfants aussi travaillaient avec leur mère, quand ils étaient en âge, c'est à dire dès treize ans. La main d'œuvre masculine fut remplacée dès le début de l'année 1915 par des effectifs féminins. Les femmes qui participaient à l'effort de guerre remplissaient avec un grand courage et beaucoup de dextérité, les travaux que leurs hommes occupaient avant les hostilités. Raymond les respectait et voulait par sa présence, prouver sa reconnaissance, son admiration. Ensuite, il irait, comme tous les ans, rejoindre la cérémonie du père Victor.
Plus tard, quand il ouvrit la porte, il fut surpris par la présence d'une silhouette sur le palier de la maison. L'étranger trempé jusqu'aux os, avait la tête baissée et

semblait mal en point. Raymond Delagarne ne reconnut pas aussitôt cette personne dont la figure était cachée dans l'obscurité. L'homme attendait qu'on le fasse entrer.
- Bonsoir ! Qui êtes-vous et que venez-vous faire chez moi, à cette heure-ci ?
L'inconnu se mit à tousser brutalement et d'une voix rauque, leva les yeux en direction du bourgeois.
- J'ai besoin de vous parler monsieur !
Pierrot, le boiteux le fixa droit dans les yeux, laissant un sourire édenté déformer son visage. Ses yeux livides cernés de profondes rides sur une face défigurée par l'abus d'alcool, semblaient déterminés à forcer Delagarne à le recevoir dans sa demeure.
Ce dernier répondit d'un ton calme mais autoritaire :
- Je ne veux plus rien avoir à faire avec vous ! Je n'ai pas de temps à vous consacrer et je suis pressé.
L'homme ne fut pas impressionné et éructa :
- Vous ne devriez pas me parler ainsi ! Vous m'avez foutu dans la merde et vous allez m'en sortir !
Delagarne irrité par le ton du poivrot répondit avec mépris :
- Fichez-moi le camp avant que je vous sorte à coup de canne !
Le boiteux remonta son bonnet de laine et se mit à rire aux éclats.
- Ne me menacez pas !
Il racla sa gorge et cracha au pied du Bourgeois.
- Je n'ai plus de boulot, à cause de vous ! Vous m'avez viré comme un crotteux ! Trouvez-moi de l'ouvrage et je vous laisserai tranquille !
Delagarne, le regard méprisant, les lèvres serrées, la main

crispée sur le pommeau de sa canne réfuta :
- Vous n'êtes qu'une vermine ! Quand je pense que pendant toutes ces années vous avez sali mon nom au travers de vos actes ! Vous n'aurez plus rien de moi ! Foutez le camp, vous dis-je !
Pierrot serra les dents en essayant de s'imposer à l'intérieur de la demeure pour se protéger de la pluie qui recommençait à tomber.
- Vous en faites une histoire pour une pucelle ! Elle était consentante la bouseuse ! C'est quand même grâce à mes façons de faire que vos loyers étaient honorés ! Et vous me virez parce que j'ai culbuté la fille d'un bouseux !
Cela en était trop pour Raymond. Il leva sa canne et s'apprêtait à frapper l'infâme individu.
- Allez-y ! Frappez-moi et vous verrez ce qui vous arrivera ! Vous croyez être mieux que moi avec vos principes de bourgeois ! Pourtant, il y a quelques années, la mère Perrin vous a rappelé vos erreurs d'antan ! L'auriez-vous oublié ? Je me trompe peut-être ! Est-ce que ça vous fait réagir ? Malgré vos airs, vous n'êtes pas mieux que moi ! Vous avez cru vous en sortir depuis le décès de la mère Perrin. C'est bien dommage pour vous, car je la connaissais bien la vieille et elle m'en a dit des choses !
Delagarne resta un instant sans voix fixant cet homme abject. La mère Perrin qui n'était autre que son ancienne cuisinière, savait bien des choses qu'elle gardait pourtant souvent pour elle. Il est vrai qu'elle eut un jour une forte discussion avec lui sur ses agissements, il est vrai qu'elle savait ! Comment avait-elle pu lui faire cela ? Comment ce vil personnage pouvait-il savoir ? Par quel moyen avait-il obtenu les

renseignements sur sa vie privée ? Il regretta de ne pas avoir renvoyé cette vieille dame quand il était encore temps. La confiance envers cette cuisinière lui avait donc fait défaut. Peut-être qu'elle n'avait émis que des sous-entendus et que le Pierrot n'en savait pas plus que cela. Alors, il se ressaisit et hurla :
-Partez immédiatement de chez moi ou je vous rosse ! Vous n'êtes qu'une ordure. Quand je pense que je vous ai pris à mon service par pitié suite au décès de votre femme !
Il bouscula violemment le boiteux qui alla s'étaler dans les graviers au pied de l'escalier.
L'homme se releva, le regard mauvais puis tourna sa vue vers l'annexe :
- C'est moi qui devrais être dans cette baraque ! Avez-vous eu de la pitié pour ces bouseux ? Il explosa dans un rire exécrable tout en vomissant ses paroles, menaçant le rentier du poing :
- Vous allez risquer votre réputation pour une pucelle ! Saloperie de bourgeois !
Raymond avait le visage défait par ce qu'il venait d'entendre. Cet homme connaissait son secret et risquait de détruire son honneur ! Il le regarda s'éloigner en titubant, se retournant de temps à autre pour le menacer de son bâton :
- Je vous ferai bouffer la merde dans laquelle vous m'avez mis, sale bourgeois !
Delagarne s'essuya le front et fut surpris de voir arriver en toute hâte les occupants de l'annexe.
- Avez-vous besoin d'aide ? demanda Roger.
Après avoir retrouvé son calme, Raymond répondit :
-Non, ce n'est qu'un simple désaccord avec un ancien

employé ! Je te remercie !
C'était bien la première fois que Raymond Delagarne le tutoyait. Il s'était laissé aller, dans la tourmente, à cette familiarité qui venait de surprendre son commis.
- Je l'ai reconnu ! C'est le boiteux!
Roger regarda s'éloigner la silhouette de Pierrot.
-Vous avez bien fait de vous en débarrasser. Vous auriez dû le faire depuis bien longtemps. Il devrait pourrir en prison ce fumier. Il cracha son dégoût sur le sol que l'ivrogne venait de fouler. On pouvait lire dans ses yeux une agressivité qu'il ne pouvait cacher envers cet homme qu'il maudissait.
Roselyne fut tout à coup inquiète de voir tant de haine dans le regard de son père. Elle alla se blottir contre lui. Julien, quant à lui, fixa un instant le propriétaire. Il était en train de découvrir que ce dernier était loin de la réputation qu'on lui octroyait.
- Je dois partir à la messe ! Joyeux Noël à vous !
Delagarne s'en alla tête baissée, l'esprit troublé par ce qu'il venait de subir.
Intriguée par cette querelle, la famille le regarda s'éloigner quelques secondes avant de repartir dans la dépendance. Seul Jean, dubitatif, resta immobile en observant cet homme qu'il avait pourtant si longtemps haï. Cependant, ce dernier avait aidé son père à retrouver son honneur en lui offrant un emploi providentiel. Jean se sentit soudainement perdu sur le jugement qu'il portait aux hommes. Les riches pouvaient-ils avoir de la bonté ? Ce bourgeois qui avait si longtemps exploité son père, était-il un homme bien ?

Au cœur, des larmes
ou
La promesse des hommes

VII

« Prions ensemble en cette nuit de Noël pour nos enfants qui sont loin de nous. Prions le seigneur pour qu'ils nous reviennent tous, sains et saufs, prions le seigneur pour que cette guerre prenne fin. Prions pour que la paix puisse faire revenir nos enfants dans leurs foyers. Prions enfin pour que la paix unisse les hommes et que la sagesse s'installe dans le cœur de ceux qui gouvernent nos pays »
Les paroissiens, après avoir écouté l'office du curé, se signèrent dans un léger brouhaha. Roselyne serra fortement la main de ses deux frères. Le sermon qu'ils venaient d'entendre leur serra le cœur. Ce grand frère qui était assis près d'elle, vêtu de son unique costume, baissa la tête et se mit à penscr à scs camarades qui étaient restés au front. Etaient-ils tous encore vivants ? Sont-ils en train de se battre ? Ou sont-ils eux aussi en train de fêter Noël grâce à une éventuelle trêve ? Il doutait de cette dernière pensée, car là où les hommes se battent, il ne peut y avoir de place pour un bon Dieu, quel qu'il soit. Jean songea qu'il n'avait rien à faire en ce lieu de culte. Pourquoi était-il ici? Pourquoi avait-il accepté de se retrouver en cet endroit ? Il observa tous les gens qui priaient autour de lui. Que pouvaient-ils espérer au travers de leurs prières ? Si Dieu existait vraiment, il n'y aurait jamais eu de guerre et si vraiment il y avait un Dieu, pourquoi laisserait-il les hommes s'entretuer. Non, Jean ne partageait pas cette foi que prodiguaient tous ces pauvres bougres qui étaient en train de supplier un éventuel créateur. Ce seigneur avait pourtant laissé partir leurs fils et laissé tuer d'autres fils. Le jeune permissionnaire fit une grimace en

fixant aussi tous ces bourgeois qui devaient certainement prier pour que leurs bourses restent toujours pleines malgré la période de crise. Son regard vagabonda dans l'église, il fixa quelques instants les jeunes enfants de chœur, assis derrière l'abbé. Une grimace traversa quelques secondes son visage, exprimant la colère qu'il ressentait envers cette foi qui oblige les enfants à ne pas choisir. Soudain, son regard s'arrêta subitement sur le visage d'un homme qui fut lui aussi surpris de le voir en cet endroit. Ainsi, il participait comme les autres à cette mascarade.
Qui était-il vraiment, celui qu'il n'arrivait plus à cerner ?
Leurs regards se croisèrent quelques instants. Raymond Delagarne, fut le premier à baisser les yeux, comme gêné d'avoir été aperçu par le fils de son employé. Jean se mit à soupirer en songeant à tous ces notables, tous ces bourgeois, présents dans l'église. Son écœurement de voir tous ces personnages prier la bonté d'un Jésus, alors qu'ils vivaient sur le dos des pauvres. Dieu était-il uniquement dans le camp des riches ? Il resta assis sur le banc quand tous les autres se levèrent pour chanter les cantiques.
Julien et Roselyne, un missel dans les mains, participèrent au chant religieux. C'était incroyable de se retrouver dans ce prieuré. C'était bien la première fois que Roger acceptait qu'ils pénètrent dans cet endroit. Emue, Roselyne pria, le cœur gonflé par l'émotion de la cérémonie qu'elle était en train de vivre. Comment avait-elle réussie à convaincre son père de les laisser participer à cette messe ?
Roger ne désirait plus empêcher ses deux plus jeunes enfants à faire ce dont ils avaient envie et peut-être avait-il songé, en cette époque malheureuse, que cette croyance qu'il ne

pouvait leur enlever, pouvait les aider à surmonter les craintes d'un avenir incertain. Roger vieillissait et en
acceptant la demande de sa fille pour assister au sermon du Père Victor, ressentit un grand regret, celui de n'avoir jamais laisser la Jeanne y assister, sauf le jour où elle venait de quitter le monde des hommes. Il comprit peut-être, lorsque sa fille allait le supplier, qu'il n'avait pas le droit de l'en empêcher, comme il n'aurait jamais dû s'opposer à ce que son épouse pratique sa foi.
Roger avait accepté d'un geste et d'une phrase, *« Fais ce que tu veux ma fille ! »*
Elle était restée muette de stupéfaction. Son père ne s'était pas mis en colère. Immobile et bouleversée, elle laissa quelques larmes couler sur ses joues, ne sachant comment réagir, puis elle était allée se blottir dans ses bras et l'embrassa chaleureusement en guise de remerciement. Roger lui répondit après un léger soupir :
- Va maintenant et prie pour ta mère !
Julien l'avait accompagnée, aussi abasourdi que sa sœur qui venait de demander au grand frère s'il acceptait de les suivre, mais ce fut Roger qui répondit :
-Accompagne les, mon fils. Ils ont besoin de ta présence, si Dieu existe, peut-être est-il en train de se réveiller et de s'apercevoir de l'état de notre monde.
- Toi aussi tu peux venir papa, maman serait contente de te savoir parmi nous !
- Ne m'en demande pas trop ma petite, car votre Dieu ne m'a jamais offert une seule raison de croire en lui. Alors je vais rester ici à vous attendre.
C'est ainsi qu'ils quittèrent leur père en pénétrant dans

l'obscurité de la nuit, une lanterne à la main et une forte impression de ne pas saisir l'instant qu'ils étaient en train de vivre.
Plus tard, Roger s'était retrouvé avec sa solitude qu'il connaissait si bien. Il alla s'asseoir sur une chaise, se roula une cigarette après s'être servi un verre de vin. Il avait attendu que ses enfants partent pour laisser son cœur pleurer la disparition de cette femme qu'il avait tant aimée et qui l'avait quitté bien trop vite. Son éternelle absence resterait jusqu'à la fin de ses jours une souffrance, que les années n'atténueront jamais. Puis il se leva, vida d'un trait son verre, se racla la gorge et attrapa sa blaude pour sortir de la maison et se diriger vers le village. Qu'allait-il donc faire, seul sur ce chemin ? Il ressentit, pendant que ses enfants seraient en train d'écouter le curé, la grande nécessité d'aller lui parler, là où elle dormait désormais pour l'éternité.

Dans l'église, Julien fixa le Christ, puis observa les quelques statues des Saints disposées contre les murs froids de l'église, pour enfin poser son regard sur celle de la vierge. Jamais il n'avait perçu au plus profond de lui autant d'émotions. Il était là, avec sa sœur et ne réalisa pas la présence de son cher frère, qui partageait le même refus du culte que son père et qui pourtant était bel et bien ici avec eux. *« Dieu saura reconnaître les siens ! »* Lui avait dit un jour l'abbé Victor. Il pria brièvement pour l'âme de son frère. Il fut rassuré en songeant, que, puisque Jean assistait à l'office de Noël, Dieu l'avait enfin accepté comme tel. Soudainement, une pensée l'interpella. Jean avait-il été obligé de tuer des hommes, quand il était sur le front ? Cette horrible pensée le glaça

d'effroi. Ce grand frère, qui fut toujours droit et honnête, courageux et respectueux, aimant la nature et sa famille, ainsi que ses amis, était-il devenu par obligation un meurtrier ? Si tel était le cas, Dieu lui offrirait-il le pardon d'avoir ôté des vies, et Dieu l'aiderait-il à retrouver sereinement, le jour venu, sa vie d'antan ? Mais il savait que si Jean avait accepté de les suivre, ce n'était que pour leur faire plaisir en ce moment de retrouvailles et d'espoir, s'il y en avait. Le temps fait-il changer les hommes ? Les querelles d'autrefois s'atténuent-elles avec les années ? Peu importe, après tout, l'important est qu'ils soient tous les trois ensemble à partager cet instant inoubliable, que leur père leur avait accordé de vivre. Julien tourna son regard vers son vieil ami et lorsque ce dernier aperçu le visage de son complice, la surprise lui coupa la parole. C'était presque un miracle de les voir tous les trois assister à l'office de la nativité. Dieu avait donc entendu sa prière de voir Julien et Roselyne dans son église. L'émotion le fit bégayer quelques minutes, puis il se ressaisit et lança un sourire à son jeune ami. Le jeune Julien dont il connaissait la bonté, était enfin présent pour partager avec lui la communion des hommes dans la maison du seigneur.
« Tout est possible quand l'amour est dans le cœur des hommes. Tous les obstacles peuvent être franchis quand la foi est présente envers notre seigneur Jésus. N'abandonnez jamais l'amour qui est dans votre cœur, car l'amour est plus fort que tout ! »
La cérémonie touchait à sa fin et les paroissiens se levèrent une nouvelle fois, pour recevoir la communion. Les uns derrière les autres, ils avancèrent vers l'abbé. Roselyne tenait dans ses mains le chapelet de sa mère, le cœur battant, elle

reçut le corps du Christ en laissant l'hostie fondre dans sa bouche. Les yeux rougis, elle songea à la joie qu'aurait exprimée sa maman en les voyant tous les deux à cet instant. Julien l'imita et partagea les mêmes pensées. Le regard de son ami l'abbé en disait long sur l'émotion qu'il ressentit lorsqu'il lui tendit l'hostie. Ils se comprirent tous les deux, aucune parole n'était nécessaire pour apprécier ce moment inoubliable. Julien se retira, l'air songeur. Dans son esprit était apparue Claire, dont il n'avait plus de nouvelles depuis plusieurs semaines et cela le perturba. Les doutes qu'il avait ressentis sur la longévité de leur amour étaient-ils en train de se réaliser ? Il le craignait en effet. Claire ne pouvait être présente en cette nuit de Noël, puisqu'elle la passait avec sa mère près de Paris. Il avait si hâte de la revoir, de la serrer dans ses bras, de chasser ses doutes, et de s'assurer que l'amour qu'elle éprouvait auparavant était toujours aussi fort. Deviendrait-elle un jour son épouse ? C'était son plus cher désir. Jean était resté en arrière à les attendre, ne disant rien et ne portant aucun jugement envers ses cadets.

Raymond Delagarne profita du moment de l'eucharistie, pour s'éclipser discrètement, évitant le regard étonné de certains fidèles. Jean décida d'en faire autant et se mit à le suivre de quelques mètres. Lorsque Delagarne fut à l'extérieur, il s'arrêta et se retourna brièvement, afin de s'assurer que personne ne l'avait suivi. Intrigué du comportement de l'homme, Jean se dissimula derrière le mur du parvis. Il s'étonna d'avoir eu cette réaction. Peut-être n'était-ce uniquement qu'un réflexe de soldat. Cependant, le regard inquiet du Comte l'invita à l'observer tout en restant cloîtré derrière le mur. Delagarne se dirigeait furtivement vers la grille du cimetière, l'ouvrit doucement pour éviter qu'elle ne grince et s'éclipsa pour disparaître dans la nuit. Sans réfléchir, Jean continua de le suivre, honteux de sa conduite qu'il trouvait assez méprisable. Tout en ne comprenant pas cette étrange curiosité qui le poussait à agir ainsi, dans la pénombre et dans le froid de cette nuit d'hiver, sous le chant étouffé de ceux qui étaient encore dans l'église, il s'avança aussi furtivement que l'ombre de cet homme, qu'il avait du mal à distinguer dans le noir. Celui-ci se hâta de plus en plus pour enfin s'arrêter devant une tombe et s'agenouiller. Jean n'était qu'à quelques mètres de lui. Il resta muet, et ses yeux qui s'étaient habitués à l'obscurité, observèrent le comte qui sanglotait et murmurait des mots que le jeune militaire ne pouvait saisir. Jean eut le cœur gonflé, d'assister à cette détresse, peu fier de ce qu'il était en train de faire. Son acte dégradant et irrespectueux, le mit très mal à l'aise. Que lui avait-il donc pris d'agir ainsi et de pénétrer dans le chagrin de cet homme ? Ne sachant répondre à cette question qu'il venait de se poser, il décida de se retirer sans bruit, conscient que jamais il n'aurait dû agir ainsi. Quand tout à coup, entendant un bruit, il se retourna promptement et vit une autre silhouette à l'entrée du cimetière, se diriger discrètement vers le Comte. L'étrange comportement de l'individu l'intriguait. Que voulait cet inconnu ? Recroquevillé sur lui-même, Jean eut l'atroce impression pendant un court instant, d'être retourné dans sa tranchée à attendre l'attaque de l'ennemi. Cet ennemi, il le voyait arriver prêt à frapper. Le jeune soldat sentit son cœur battre à toute allure, il se mit donc à respirer profondément en attendant dans le froid glacial le

déroulement de cette intrigue.
Delagarne se releva, scrutant autour de lui comme un homme poursuivi, n'ayant pas entendu la venue de cette silhouette qui s'était approchée, il continua de s'enfoncer dans ce lieu lugubre. Jean ne bougea pas et attendit de voir passer devant lui l'étranger. Lorsque celui-ci fut tout près, il l'entendit tousser et cracher sur la tombe où Delagarne venait de s'arrêter, en jurant sa haine envers celui qu'il pourchassait. C'est à cet instant que le jeune militaire le reconnut. Pierre Binard, ce fumier de Pierrot cherchait certainement à en découdre avec le bourgeois.
Comprenant qu'un drame risquait de se produire, il décida de les suivre.
Le Comte s'arrêta de nouveau, s'agenouilla une nouvelle fois et prononça des mots inaudibles. Puis, il alla déposer un objet derrière une croix en bois, sur laquelle sa main se posa. Le Comte resta immobile comme paralysé par le froid.
Jean ne le quittait pas des yeux, et fut surpris de ressentir que cet endroit précis ne lui semblait pas inconnu.
Quand tout à coup l'ombre surgit derrière Delagarne, en riant, en gesticulant et en l'injuriant.
- Alors salaud de Bourgeois ! Tu ne t'attendais certainement pas à ça !
Le boiteux avait un couteau à la main et semblait déterminé à l'utiliser.
Delagarne figé, ne prononça pas un mot. Le visage frigorifié, les mains tremblantes, il essaya de se ressaisir car cette irruption lui avait soulevé le cœur. Essayant de se calmer, il ne put qu'entendre les propos incompréhensibles que le Pierrot vomissait tout en faisant des gestes menaçants avec

son canif.
Jean était prêt à intervenir afin d'immobiliser l'ivrogne. Comme un chat prêt à bondir, les muscles de ses jambes se raidirent pour s'apprêter à foncer afin d'éviter le pire.
Il essaya de comprendre les échanges verbaux des deux hommes, mais il était encore trop loin, il lui fallait donc se rapprocher. Ayant réduit la distance qui le séparait du boiteux, il pouvait les entendre tous les deux. Dissimulé derrière un talus qui se trouvait à proximité de la tombe sur laquelle Raymond s'était recueilli, il écouta :
- Donnez-moi cette lettre ! ordonna Raymond.
- Puis quoi encore ! Cette lettre je vous l'échangerai contre la place de Durrieux !
Delagarne, le visage défait, serra sa canne entre ses mains et s'apprêtait à frapper :
- Je ne vous crois pas ! Vous ne détenez rien, vous essayez uniquement de m'intimider. Sachez que je n'ai jamais cédé sous les menaces !
L'ivrogne laissa échapper un rire.
- Cette fois, je suis certain que vous le ferez, car sans quoi, vous aurez du mal à vous expliquer si tout cela devait être connu ! Je veux la place de Durrieux, ou donnez-moi une belle somme d'argent, et on n'en parlera plus jamais !
Furieux le Comte commença à lever sa canne.
- Essayez pour voir, et je vous saigne comme un porc !
La tension devenait de plus en plus forte entre les deux hommes. Jean qui ne comprenait rien à ce qui se déroulait devant lui, allait bientôt intervenir. Mais il y a une chose qu'il venait de comprendre, c'était que le boiteux était en train de faire chanter Delagarne, pour prendre la place de son père. La

colère montait en lui. Cela en était trop, ce Pierrot était allé trop loin. Il ne permettrait plus que ce salaud fasse encore du mal à sa famille. Ce qu'il avait appris sur le champ de bataille allait certainement lui servir, afin d'empêcher que son père ne se retrouve à nouveau dans la misère. Subitement, les deux hommes se turent pour regarder un troisième inconnu s'approcher. Ce dernier marchait sur l'allée, qui menait à l'endroit où ils se trouvaient.
-Vous avez de la chance, mais je vais revenir et vous serez obligé de faire ce que je vous demande car cette lettre pourrait intéresser beaucoup de monde.
Le boiteux, le regard haineux, referma son canif et le remit dans sa poche et se retira sans se retourner. Raymond Delagarne s'éclipsa également, dans une autre direction. Lorsque les deux hommes furent hors de vue, Jean étira ses membres engourdis par le froid et s'avança vers la croix, qui se trouvait à deux pas de lui. Là, il baissa les yeux et aperçut un tissu qui renfermait un objet. Il le saisit et ouvrit le mouchoir. C'était un petit médaillon à l'effigie de la vierge Marie. Gêné, il allait le remettre en place quand il eut soudainement la curiosité de connaître la personne qui était enterrée sous cette croix.
Quelle ne fut pas sa surprise, quand il lut le nom qui était gravé sur celle-ci !
« Jeanne Durrieux »

Le souffle coupé, il ne comprenait pas ce qui se passait. Qu'était donc venu faire ce bourgeois sur la tombe de sa mère ? Pourquoi avait-il déposé ce médaillon ? Quel était donc ce mystère ? Comment cela pouvait-il être ?

Delagarne avait connu Jeanne, mais quelles étaient ses relations avec elle, pour venir déposer une médaille sur sa tombe ?
Inquiet, Jean se serra la tête, étourdi par ce qu'il venait de découvrir. Le vent qui soufflait, raidissait son corps et c'est l'esprit embrouillé qu'il entendit :
-Toi aussi tu es venu! Je crois que tous les deux nous avons eu la même pensée ce soir. J'avais besoin de parler un peu à ta mère. Et nous voilà tous les deux ensemble au-dessus d'elle. C'est une très bonne chose !

En ignorant sa présence, Jean éclipsa rapidement la médaille dans sa poche en sentant le bras de son père se poser sur ses épaules.
Ils restèrent ainsi un certain temps sans un mot, à se recueillir.
Jean, ne dévoila pas ce qu'il avait vu et entendu à son père, qui n'avait certainement pas besoin de cela. Bouleversé par ce qu'il venait de vivre, par ce pendentif qu'il venait de découvrir et qui semblait montrer qu'entre Delagarne et sa mère un lien avait existé. Préoccupé, il se jura d'en connaître plus sur ce mystère et ce, avant son départ. Après s'être recueilli, il décida enfin de partir, accompagné de son père qui de toute évidence ignorait certaines parties du passé de son épouse. Une pensée lui traversa l'esprit
« Rendre visite à cet infâme Pierrot et lui faire cracher ce qu'il savait, par n'importe quel moyen. Et, enfin, lui faire

payer tout le mal qu'il avait engendré autour de lui pendant trop d'années. »

VIII

Dans les rues de Cherbourg, la famille Zellers se pressa pour se rendre chez les Pesqueur. Ces derniers les avaient invités pour fêter Noël. Leur demeure n'était maintenant plus qu'à quelques ruelles. Georges, les mains pleines de présents, accéléra le pas, suivi de sa femme qui venait de crocher son fils qu'elle trouvait très élégant dans son uniforme d'officier. Sous les réverbères qui reflétaient leurs ombres dans les pavés humides, ils passèrent devant plusieurs devantures, dont les étals ne pouvaient concerner qu'une clientèle aux bourses bien pleines. Ces magasins joliment décorés de guirlandes, de branches de houx, de nœuds de toutes couleurs, et aux vitrines sombres, captivaient la curiosité des passants, pour que ceux-ci puissent découvrir ce qu'elles dissimulaient dans la pénombre de la nuit. Les magasins de jouets avaient exposé quelques automates qui gesticulaient sur les étals et dont les visages semblaient venir tout droit des contes de Grimm. Les enfants gâtés en profiteraient pour choisir leurs jouets préférés, espérant ainsi convaincre leurs parents de les acheter. D'autres boutiques étalaient de la vaisselle de Rouen, de Gien ainsi que divers bibelots de valeur… Enfin, certaines vitrines offraient aux dames, les derniers habits à la mode, que portaient des mannequins aux regards figés, espérant peut-être que les passants ne les regarderaient plus, afin de croire en une quelconque liberté.
A deux pas de la résidence du notaire, ils croisèrent deux gendarmes qui nonchalamment faisaient leur ronde dans ce quartier attirant quelques fois certains brigands, qui parfois n'hésitaient pas à se servir, en brisant les vitres de ces

devantures qui vomissaient leur luxure et à revendre leurs délits aux gens moins aisés. Charles suivait ses parents sans hâte, il n'était pas enthousiaste de la soirée qui s'annonçait. L'aisance dans laquelle vivaient les Pesqueur, l'irritait désormais et leur vision de la guerre était très loin de la vérité. Auparavant, cet environnement ne le captivait guère. Désormais, ce qu'il avait vécu et qu'il allait certainement revivre avec ses hommes, l'avait convaincu qu'il n'était plus chez lui dans ce milieu bourgeois et hypocrite, qu'il ne pouvait vraiment plus supporter ces gens qui ne vivaient qu'au travers de leur fortune, pendant que des hommes modestes se faisaient tuer pour préserver la richesse de ces nantis. Lui qui s'était engagé pour prouver ses valeurs, pour défendre sa patrie, pour montrer à son père qu'il était devenu un homme libre de ses choix, libre de décider de sa vie, se rendit compte en se dirigeant vers la porte d'entrée, que ce n'était pas sa patrie qu'il défendait mais uniquement le monde de la finance. Charles inspira profondément pour se donner encore une fois le courage d'être comme on désirait le voir, dissimulé, faisant semblant, pour ne froisser personne et ne pas mettre ses parents dans une position embarrassante. Il était convaincu dorénavant qu'il valait mieux être que paraître ! D'ailleurs, il crut saisir dans le regard de son père la même exaspération. Cela semblait être bon signe. Georges, dans son esprit, commençait lui aussi à se rendre compte que les faux-semblants ne rendaient pas heureux. Charles ne savait pas encore que son père avait maintenant une autre vision de sa vie, un désir de suivre un autre chemin, qui lui permettrait de quitter ce monde où l'amitié ne tourne qu'autour de l'argent et dans lequel les relations sont plus

importantes que la famille. Ce qui était en train de mûrir dans l'esprit de Georges allait peut-être lui permettre de découvrir enfin les vraies valeurs, familiales, amicales et professionnelles, et surtout de découvrir ce fils qu'il n'avait jamais pris le temps de comprendre.
Les parents de Madeleine avaient insisté pour que Charles vienne avec son uniforme. Madeleine, était une jeune femme de dix-neuf ans, ses cheveux noirs attachés par un chignon délivraient un front étroit dans un visage fin que des yeux bleus illuminaient ; ses fines lèvres laissaient apparaître, lorsqu'elle souriait, une dentition parfaite, et des petites fossettes sur les joues la rendaient irrésistible. La parfaite blancheur de sa peau faisait de cette jeune demoiselle une femme vraiment très agréable à regarder, malgré sa petite taille. Elle était vraiment très belle et avait conscience que son charme était son principal atout. Elle était restée dans sa chambre pour se préparer, afin de faire sensation lorsque les invités seraient enfin arrivés et attendraient sa venue dans le salon avec impatience. Elle s'était évidemment inquiétée pour celui qu'elle considérait comme son futur fiancé, mais elle s'était empêchée de dévoiler ses angoisses sur ce conflit si meurtrier, craignant d'être maladroite sur le sujet qui lui paraissait si lointain, si abstrait dans sa confortable vie. Pour l'homme qu'elle aimait, elle voulait uniquement lui montrer un visage joyeux, afin qu'il la redécouvre telle qu'elle était quand il l'avait quittée, et lui permettre d'oublier cette guerre. Elle fuyait toutes les discussions liées à ces affrontements meurtriers, puisqu'elle était impuissante face à ces évènements et qu'elle ne comprenait rien à la politique et aux intérêts de ce conflit qui ne l'intéressait nullement et qui

effaçait les joies quotidiennes de la plupart des amis qu'elle fréquentait. En ce soir de Noël, elle était déterminée cette fois, à dévoiler enfin ses sentiments et montrer le meilleur de sa nature. Elle avait choisi son plus joli caraco en satin, agrémenté de dentelles noires et de motifs décoratifs en perles de jais, qu'elle portait au-dessus d'une jupe longue descendant jusqu'à ses chevilles enserrées d'une paire de bottines.
Elle se regarda dans le miroir, et fut satisfaite de voir sa silhouette mise en valeur. Elle insista légèrement sur son maquillage et passa autour de son cou un ruban sur lequel brillait son bijou préféré, une croix en dentelle d'or ornée de strass, que l'on appelait aussi la croix de Rouen.
Elle se voulait très belle pour cette soirée afin qu'il découvre enfin ses charmes et qu'il succombe au désir de l'embrasser et de la demander en fiançailles. Comme cela serait romantique de recevoir un tel vœu le soir de Noël ! Son cœur battait à tout va, et la crainte lui tordait l'estomac, car elle l'avait trouvé tellement changé à son retour, si aigri, si absent et si distant avec elle. Il aurait peut-être dû attendre une journée pour revenir la voir ! Peut-être qu'elle devrait lui laisser un peu de temps pour qu'il puisse chasser cette guerre et retrouver son esprit d'antan, ce sourire qu'il avait perdu et cette joie qui semblait l'avoir abandonné. Mais elle restait persuadée que tous ces mois qu'il venait de passer loin d'elle, le pousseraient enfin à lui faire dire ce qu'elle voulait entendre.
Lorsque la bonne alla ouvrir la porte aux Zellers, Madeleine fit les cent pas dans sa chambre, attendant avec hâte de pouvoir les rejoindre et de faire sensation auprès de Charles.

Georges fut surpris de la présence de son ami Pierre Larrier, qui était également ami du notaire. Les mains se serrèrent, les embrassades s'éternisèrent pour Charles et les cadeaux de minuit furent déposés au pied du sapin. L'assemblée se dirigea vers le salon pour déguster un bon apéritif tout en étant assis confortablement dans le cuir des fauteuils anglais qui se trouvaient au centre du salon.
Auguste Pesqueur invita Charlotte à s'installer près de la cheminée en compagnie de son épouse Gisèle. Georges et son fils près de Pierre, en face de l'âtre qui chauffait agréablement la pièce. Enfin, Auguste, après avoir donné ses instructions à la cuisinière et demandé au domestique de remettre du charbon dans la chaudière, alla rejoindre ses invités.
Ce fut Charlotte qui entama la conversation au travers de paroles inutiles mais que son éducation imposait :
- C'est toujours un véritable plaisir de venir chez vous ma chère Gisèle, votre intérieur est si reposant et chaleureux !
- Je vous remercie ma chère amie, mais ce n'est pas notre intérieur qui apporte de la chaleur à cette soirée, mais la présence de votre fils, répondit l'épouse d'Auguste.
- Levez-vous que je vous regarde, mon ami ! Vous êtes vraiment d'une très grande élégance dans votre uniforme.
Elle s'adressa de nouveau à Charlotte:
- Vous avez là un très beau fils, et c'est une très grande joie qu'il soit avec nous ce soir pour fêter la nativité ! Nous nous sommes tellement inquiétés pour lui !
-Cela est vrai, mon jeune ami ! Nous n'avons que très peu de renseignements sur ce que les soldats peuvent vivre au front, j'espère que vous accepterez de nous dire ce que nous

cachent les journaux, car j'imagine que ce doit être l'enfer là-bas !
Charles, après s'être exécuté devant cette femme, et lui avoir adressé un sourire pincé, laissa apparaître une certaine lassitude dans son regard, que sa mère venait de saisir. Afin d'éviter une discussion vers laquelle elle devinait qu'Auguste voulait s'orienter, elle détourna l'attention en changeant de conversation pour ne pas mettre Charles dans une situation désagréable. Elle souhaitait que l'on épargne à son fils ces discussions purement masculines, sur cette guerre qu'Auguste ne pouvait comprendre, puisqu'il n'avait pas de fils sous les drapeaux.
- Où est donc votre fille ? demanda-t-elle, mimant l'étonnement.
Au même instant la jeune demoiselle apparue:
- Ici, madame Zellers, je finissais de me préparer !
Elle entra finement dans la pièce, le visage souriant en jetant un regard complice à son ami. Ce dernier se leva, ainsi que son père, pour aller la saluer. Madeleine resta un instant à le regarder. Elle fut très séduite de le voir ainsi habillé. Elle l'embrassa et se mit à lui prendre le bras pour l'emmener s'asseoir à ses côtés, sur la petite causeuse du salon qui se trouvait près de la fenêtre sous un tableau qui représentait une jeune fille tenant un livre dans ses mains.
L'amitié de Georges et d'Auguste datait d'environ trois ans, ils s'étaient rencontrés lors d'un dîner chez Pierre Larrier. Ce dernier était célibataire et vivait seul dans son chic appartement. Il n'avait jamais voulu se marier ; malgré plusieurs aventures, il restait attaché à sa liberté d'homme, dont il aimait se vanter de temps à autres. Parfois, après

quelques verres qui plongeaient ses amis dans la nostalgie de leurs vies de jeunes hommes, il arrivait que ces derniers envient son choix avec humour.
Divers sujets furent entamés, on parlait de famille, de politique, des anciens amis, de la messe, de religion, mais un seul sujet fut évidemment évité, afin de permettre à Charles d'oublier un peu qu'il n'était qu'en permission, afin de ne pas gâcher cette soirée qui à tout moment, pouvait sombrer dans les pleurs d'une anxiété omniprésente.
Un peu plus tard, ils se retrouvèrent dans la salle à manger, réunis autour de la table pour déguster un très bon repas servi par une domestique dont la dextérité et la discrétion furent sans égal. Profitant d'un instant de silence, Gisèle essaya d'aider sa fille sur ses espérances, en questionnant le jeune militaire :
- Lorsque la guerre sera finie mon jeune ami, quels seront vos projets d'avenir?
Un peu embarrassé, Charles reposa son verre de vin et mit quelques secondes avant de trouver une réponse adéquate. Enfin, il se décida en choisissant de rester fidèle à lui-même, tout en essayant de ne pas mettre ses parents dans l'embarras et de ne pas froisser cette adorable amie dont il devinait les attentes.
-Je dois vous avouer madame, que pour le moment je l'ignore ! Cependant, je suis certain d'une chose, c'est que dès que j'aurai fini ma période militaire, je quitterai l'armée ! Ce que j'ai vu et ce que je sais désormais, m'a permis d'ouvrir les yeux sur certaines valeurs de notre société. Lorsque je serai de retour dans la vie civile, je dois reconnaître que je n'ai pas encore d'idées bien précises. Je

déciderai peut-être de voyager pour découvrir d'autres civilisations, d'autres modes de vie. Tout ceci est encore bien flou pour le moment et mes préoccupations d'aujourd'hui sont bien limitées et elles ne me permettent pas d'envisager l'avenir. Je crois que malgré tout, je ferai en sorte d'œuvrer pour une société plus humaine, si la vie m'en laisse le temps. Il m'est difficile actuellement de connaître mon futur et de prendre une décision quelconque. J'ai, vous le comprendrez, bien d'autres priorités, bien d'autres inquiétudes, ne serait-ce que celle de rester en vie. Je ne peux donc répondre à votre question, car vous ne pouvez imaginer certaines réalités et j'en suis bien heureux pour vous.

Un lourd silence s'installa, laissant à chacun une réflexion sur les paroles qu'ils venaient d'entendre. Tous avaient discerné avec compréhension, une grande amertume dans le ton de Charles, qui ne s'était pas aperçu qu'il venait de jeter un froid et de faire ressurgir l'angoisse de ses parents et de sa bonne amie. Charlotte se retint de pleurer et sortit un petit mouchoir. Elle s'essuya discrètement les yeux, Georges baissa la tête pour éviter de montrer son impuissance. Gisèle se sentit soudainement embarrassée par cette réponse dans laquelle elle réalisa, après avoir écouté le jeune homme, que malgré cette nuit de Noël, les évènements se déroulant loin de son quotidien, étaient bien réels et que, pendant qu'ils dégustaient ce canard à l'orange, des hommes se battaient et mouraient. Mal à l'aise, elle se rendit compte de son erreur en regardant furtivement ses invités, elle fronça les sourcils, inquiète pour ce jeune garçon qui l'avait remise devant la réalité et surtout pour sa fille qui, après avoir entendu son ami, s'efforça de rester digne devant ses parents. Madeleine se sentit tout à coup très mal, elle se mit à blanchir, elle eut soudainement très chaud, son front perlait et son cœur se souleva en imaginant que Charles pouvait, ne jamais revenir de cette guerre. Elle comprit que l'amour qu'elle éprouvait pour lui était fragile et en grand danger ; elle ne comprit pas la réponse qu'avait donnée Charles, dans laquelle il n'envisageait pas son avenir avec elle. Charles n'avait rien dit à son sujet, Charles semblait ne pas entrevoir de fiançailles et restait toujours aussi distant. Se serait-elle trompée sur ses sentiments ou voulait-il la protéger, la préparer au pire ? Elle regretta de ne pas avoir été plus entreprenante auparavant. Maintenant était-il trop tard ? Celui qu'elle aimait, ne l'aimait-il plus ? La guerre l'avait-il changé au point de renoncer à cet amour. Le cœur gros, les yeux brillants, elle lutta pour ne pas pleurer, la déception qui s'empara d'elle fut remarquée lorsqu'elle se mit encore à blêmir et à trembler de tous ses membres. Elle demanda l'autorisation de quitter la table pour prendre un peu l'air sur la terrasse. Lorsqu'elle chancela, Auguste se leva rapidement pour éviter qu'elle ne chute, aidé de Charles. Ils l'accompagnèrent près de la fenêtre de la salle à manger, pour l'asseoir sur un cabriolet afin qu'elle puisse sentir l'air frais de la fenêtre qu'Auguste venait d'ouvrir. Ce dernier resta quelques instants près de sa fille avec son épouse qui l'avait rejoint. Les invités s'étaient eux aussi levés pour s'assurer que la jeune femme allait mieux. Lorsqu'elle reprit des couleurs, elle leur demanda de la laisser seule. Un peu hésitants, ils s'exécutèrent et retournèrent autour de la table en silence. Charles allait en faire de même quand son poignet fut retenu par la main de Madeleine :

- S'il te plaît Charles, reste près de moi !
Devant le regard accablé de son amie, il alla s'asseoir à ses côtés, essayant de la réconforter par sa présence, tout en regrettant que ses paroles aient conduit à tant d'émois.
Il lui serra la main et laissa sa tête se poser sur son épaule sans dire un mot, ne sachant quelle attitude avoir. Tout en posant sa main sur celle de la jeune fille, il savoura cette douceur si apaisante. Enivré par cette tendresse, il s'abandonna laissant son esprit et son corps se détendre enfin. Il ferma les yeux et écouta cette voix agréable, qui lui murmura dans le creux de l'oreille :
- J'ai eu si peur pour toi ! Je suis si heureuse de t'avoir près de moi, car j'ai tant attendu cet instant. Tu connais mes sentiments, n'est-ce pas ?
Charles ne répondit pas.
Inquiète de son silence, elle continua bien décidée maintenant à dévoiler ses véritables émotions :
- Pardonne-moi, de ne pas savoir, pardonne-moi d'avoir trop d'angoisses et de ne pas avoir su partager et comprendre les tiennes. Tous ces évènements me font tellement peur, que je préfère les fuir. Je suis si angoissée à l'idée qu'il pourrait t'arriver malheur. Je t'aime Charles !
Sa gorge se serra, ému par tant de désarroi, par cet amour qu'elle venait de lui déclarer, même s'il l'avait deviné depuis bien longtemps, il sentit le remords l'envahir en regardant ses yeux qui le suppliaient de dire la phrase qu'elle attendait et qui la rassurerait. Mais il n'en fit rien, ne trouvant pas les mots. Il se contenta de l'embrasser sur le front et de la serrer un peu plus fort contre lui. Charles aimait Madeleine, mais l'amour qu'il ressentait était un grand amour fraternel. Ce

soir, il comprit bien des choses sur sa personnalité, et sur les sentiments qu'il éprouvait pour cette jeune femme qui venait de lui dire ce qu'il savait déjà et qu'il appréhendait.
Comment lui expliquer ses émotions, sans lui faire de la peine, sans la rendre malheureuse ? Il savait qu'en disant la vérité, il déchirerait le cœur de cette formidable amie et certainement mettrait un terme à cette complicité dont il avait tant besoin en ces temps si difficiles. Il savait aussi qu'en brisant le cœur de Madeleine, il risquait de fracturer l'amitié de leurs parents.
Madeleine se recroquevilla contre Charles, si anxieuse de ne pas connaître les pensées de son ami, soucieuse de ne rien entendre de lui.
Georges et son épouse comprirent l'émoi de la jeune femme, qui eux aussi espéraient que leur fils lui déclare son amour.
Les parents se regardèrent gênés et dubitatifs envers ce garçon qui semblait bien perturbé et dont le regard vague inquiétait. Gisèle se mit à douter du jeune militaire, elle commençait à craindre que ce dernier ne fasse souffrir sa fille. Les esprits se tendirent et les hommes restèrent silencieux en partageant les mêmes pensées sur l'avenir de ce jeune couple.
Pierre ressentit également ce malaise :
-Mettez-vous à sa place ! Cette guerre pour nos jeunes, semble réduire l'horizon de leur destin. Comment voulez que notre Charles puisse pour le moment envisager un avenir paisible ? Je pense que nous tous ici, si nous étions à sa place, nous aurions répondu de la même manière. Notre jeunesse rêve de liberté, de joie, de famille, de prospérité, d'amour et de paix. Aujourd'hui les évènements que nous connaissons et

que nous subissons chacun à notre manière, ne nous permettent pas de voir un avenir clément et chasse de l'esprit de notre jeunesse un espoir qui leur paraissait si évident auparavant. Notre vie mes chers amis est confrontée à diverses embûches, que nous traversons avec parfois de grandes difficultés, mais nous finissons par avancer. Aujourd'hui nous sommes loin des embûches de la vie, nous sommes au milieu d'un énorme désastre humain, dans un chaos qui brise les rêves de notre jeunesse, qui brise des vies et des familles entières ! En ce qui concerne notre Charles, je le plains et je comprends ses angoisses et ses responsabilités d'officier. Je crains que ce qu'il a connu au front soit bien horrible et nous devons lui pardonner, car c'est un jeune homme déchiré qui nous est revenu. Il faut que nous réussissions à l'aider moralement, Il en a véritablement besoin puisque son esprit est torturé, puisque son âme n'arrive plus à connaître les raisons de tant de souffrances. En ce qui me concerne, il est évident que dans l'état actuel, il souhaite découvrir d'autres horizons, espérant ainsi pouvoir oublier ce qu'il aura enduré pendant cette guerre. Même si cet espoir n'est qu'un leurre ! A l'heure d'aujourd'hui il ne peut que l'ignorer et aspire donc à une liberté, qui ne peut être qu'éloigné de sa vie actuelle. Je ne peux donc que l'encourager à choisir une autre voie, que celle de la vie militaire qui n'était vraiment pas faite pour lui. J'ai toujours pensé quand j'ai appris son engagement, qu'il voulait se prouver à lui-même quelque chose, qu'il voulait quitter un univers, pour s'en construire un autre. Le chemin de l'armée ne me semblait pas être le bon, parce que je le connais un peu. Je pense plutôt, mais je n'essayerai aucunement de

l'influencer, qu'il devrait peut-être s'orienter vers une vie politique. Nous avons besoin de jeunes dans cet élément, afin qu'ils nous permettent de partager ce rêve, celui d'un monde meilleur, juste et pacifique. Je crois que notre Charles pourrait éventuellement réfléchir à cela. Mais il faut avant tout lui donner du temps et ne pas le brusquer ! C'est de cette manière que nous pourrons l'aider. La guerre n'est pas finie hélas ! Comment voulez-vous qu'il fasse des projets, alors qu'il va falloir repartir? Imaginez-vous un seul instant, que ce monde dans lequel nous vivons est considérablement différent de l'enfer qu'il doit regagner? C'est pourquoi il ne peut rien promettre. Je suis désolé de vous dire ces vérités et de vous angoisser, Charlotte et Georges, mais ne forcez pas votre fils à faire ou à dire ce qu'il ne peut dire ou faire ! Apportez-lui seulement votre amour. C'est tout ce dont il a besoin en ce moment.
Tous se turent et approuvèrent ces paroles d'un signe de tête. Les cœurs étaient dans un profond chagrin et l'ambiance de la soirée fut belle et bien gâchée. Ils s'aperçurent de cette évidence en essayant toutefois de trouver un autre sujet de conversation afin de chasser les craintes et de faire en sorte de sauver cette nuit de Noël.

Au cœur, des larmes
ou
La promesse des hommes

IX

Dans cette campagne embrumée qui s'abandonnait sous le givre matinal, caché derrière un arbre, Jean observait le village qui s'était terriblement agrandi et qui se réveillait au son des galoches ouvrières. Il écouta tous les hommes qui se dirigeaient en troupeau vers cette usine providentielle qui se trouvait derrière le bourg, entre le vieux village et le nouveau quartier d'ouvriers, et dont les lumières dominaient toute la vallée. Chaudement vêtus et portant leurs gamelles sur le dos, les casquettes serrées sur le front, ils avançaient d'un pas sûr pour gagner le pain de la journée. Dans la grisaille persistante, sous une légère pluie qui ne cessait de tomber, on pouvait aussi entendre leurs voix briser le lourd silence hivernal. Un peu plus loin, en lisière de la forêt, agressé par le froid qui lui cinglait le visage, le jeune caporal resta camouflé, guettant le retour de cet infâme Pierrot qui, après avoir relevé ses pièges, ne tarderait pas à rentrer.
Plus jamais cet homme ne fera de mal, s'était-il promis. Plus jamais il ne menacera sa famille. Il serrait dans ses mains son couteau, bien déterminé à en finir une bonne fois pour toute.
La mort ne l'effrayait plus, il en avait vu d'autres. Un de plus ou de moins, qu'est-ce que cela pouvait bien faire désormais ? Il était convaincu que sa prochaine victime méritait son sort, et que cet acte meurtrier aurait dû être décidé depuis bien longtemps. Contrairement à ces combattants qu'il fut obligé d'abattre pour sauver sa vie dans

les tranchées, il ne ressentait aucun état d'âme à vouloir ouvrir la panse de ce salaud.
La guerre n'avait fait qu'amplifier sa colère, elle ne l'avait pas changé, mais accrut sa détermination à ne plus se laisser faire. Coûte que coûte, il saurait maintenant se battre par n'importe quel moyen pour défendre sa vie, protéger les siens, défendre sa liberté. Il se recroquevilla dans son paletot, frictionnant son corps qui s'engourdissait sous le gel. Les yeux en éveil, les oreilles à l'affût, il écoutait tous les bruits sourds de la forêt. Son regard s'arrêta quelques instants sur un étang gelé, sur lequel deux canards s'étaient posés,
avant de reprendre leur vol, puis, il guetta en soufflant dans ses mains, le chemin sinueux qui le séparait du logis de Pierrot.
La demeure de Pierre Binard n'était qu'une vieille baraque en torchis dont les volets claquaient sous les assauts du vent. Le toit auquel il manquait plusieurs tuiles commençait à s'affaisser, laissant la pluie s'infiltrer et le vent soulever les dernières ardoises, finissant ainsi de ruiner cet abri rudimentaire, dans lequel avait vécu une famille de bûcherons. La chance avait tourné pour cet individu, qui, quelques mois auparavant se pavanait dans la maison de Roger. Pierrot se trouvait désormais réduit à vivre dans cette masure, ouverte à tous les courants d'air. Jean en fut réjoui, et en voyant ce lieu qui lui paraissait encore bien trop convenable pour le boiteux, un sourire de vengeance vint se dessiner sur son visage, ne laissant apparaître que des yeux brillants de haine. Mais avant le châtiment que lui avait réservé le jeune soldat, il faudrait que le boiteux crache tout ce qu'il savait, et lui arracher cette lettre qui semblait cacher

une inquiétante vérité ! Que peut-il y avoir d'écrit sur cette feuille de papier? Quel est donc ce secret qu'il ne faut pas dévoiler et qui semble être si terrifiant pour Delagarne ? Ce courrier avait-il un rapport avec une mystérieuse relation entre Delagarne et sa mère ? Quelle était cette relation ? Pourquoi avoir déposé cette médaille sur la tombe de Jeanne ?
Jean sentit son esprit s'embrouiller, sa tête tourner parmi toutes les questions sans réponse qui le tourmentaient. Il ferma les yeux un instant respirant profondément, afin de retrouver ses moyens et essayer de ne pas trop penser pour le moment ; puisque bientôt, il connaîtrait la vérité.
La haine que ressentait son père envers Pierrot était-elle liée à ce mystère ? Roger connaissait-il lui aussi ce terrible secret ?
Ce passé qu'il fallait cacher, il se jura de le découvrir afin de protéger sa famille. C'était l'heure de la vengeance, le glas venait de sonner pour le boiteux, la mort serait au rendez-vous. Il le fallait, il fallait maintenant agir et tuer pour vivre en paix.
Il dut attendre encore une bonne partie de la matinée, avant d'apercevoir sur le chemin, celui qu'il attendait. Pierrot, aidé de sa canne, marchait la tête baissée sur le sentier boueux, sur lequel il cracha à plusieurs reprises, portant sur son épaule, un sac en toile de jute, dans lequel devait certainement se trouver sa braconne. Le bonnet enfoncé jusqu'aux yeux, un cache-nez remonté jusqu'aux narines, l'homme vêtu d'un vieux manteau, avançait d'un pas tranquille en direction de son refuge, dans lequel il pourrait dépiauter à l'abri des regards, les lièvres qu'il avait piégés, et tanner leurs peaux

pour les revendre au marché.
Quand il ouvrit la barrière du terrain vague qui lui servait de cour, un craquement de branche vint le surprendre. L'air méfiant, il s'arrêta et se retourna pour scruter les abords de la forêt, cherchant peut-être un animal en lisière du bois. Peut-être craignait-il une visite inattendue, comme celle du garde forestier qui traînait de temps à autre, dans les environs.
Pierrot savait qu'il s'était fait beaucoup d'ennemis, il était conscient que maintenant, il n'était plus sous la protection du Comte. Ses relations ne servaient plus à rien dorénavant, et il ne pouvait plus négocier avec les paysans. Il ne vivait plus tranquille depuis son renvoi. Malgré cela, il s'était juré, lui aussi, de se venger ! Se venger de ce Delagarne qui l'avait chassé comme un chien enragé, mais aussi et surtout, se venger de Roger. Il s'était juré de lui faire payer le décès de sa jeune épouse, en ne cessant de lui pourrir la vie, en l'humiliant devant ses enfants. Cet homme qui avait refusé d'héberger sa sœur ce soir-là, alors qu'elle avait éprouvé le besoin familial de se retrouver avec les siens, en attendant l'arrivée du bébé qu'elle portait.
Pierrot ne s'était jamais remis de cette nuit qui lui avait gâché le reste de sa vie. Lui qui venait de fêter cette heureuse nouvelle, avait choisi ce soir maudit pour arroser avec ses camarades d'antan, sa future paternité.
Il pouvait le juger et dire tout ce qu'il voulait le Roger, mais pour Pierrot il n'y avait qu'un seul et unique responsable dans le décès de la Marianne, et le coupable ce n'était pas lui, mais ce frère qui avait refusé d'accueillir sa sœur ce soir-là. La Marianne n'avait pas choisi le bon moment pour annoncer la bonne nouvelle à son frère.

Pendant les colères courantes de Roger qui éclataient quand il revenait des champs, personne ne pouvait le calmer. Dans ces moments-là, il fallait le laisser, attendre qu'il se calme, et surtout, ne rien lui demander. Cet homme qui ne songeait qu'à sa terre, oubliait souvent son rôle de père, d'époux et de frère, obsédé par les fins de mois difficiles, et cette rage qu'il avait de posséder ses propres terres.

Pierre Binard fut détruit en une nuit, Pierre Binard n'existait plus, il ne restait désormais que Pierrot le boiteux. C'est dans la boisson qu'il avait trouvé refuge; l'alcool avait chassé ses joies, la haine avait tué l'amour et le reste d'humanité qui lui restait, fut vaincu par le désir de vengeance.

Lorsqu'il entra dans son abri, il referma la porte délabrée derrière lui, et se dirigea vers la cheminée près de laquelle il déposa son sac, afin de réchauffer son gibier. Il alla ensuite ouvrir un vieux meuble dans lequel il attrapa fermement sa bouteille. Après avoir bu son premier verre, qui en appelait d'autres, il posa une bûche dans la cheminée et alla s'asseoir sur une chaise, bien décidé à vider son litre de vin.

Il resta un long moment affalé sur son siège à regarder l'intérieur de cette bâtisse, qui ne recevait que très peu de lumière, que l'unique fenêtre daignait lui apporter. La porte entrouverte afin d'éviter que la cheminée ne fume, laissait la voie libre au froid de l'hiver. Il rota et cracha de nouveau sur le sol, et décida enfin de s'occuper de sa chasse. Lorsque l'animal fut pendu par les pattes, il commença à lui trancher la peau.

*

Jean surveillait les alentours, personne ne devait le surprendre, pour ne pas être dénoncé lorsque l'on découvrirait le corps du boiteux.
Après s'être assuré qu'il était bien seul, il se dirigea rapidement vers la tanière, pour se coller contre un mur et observer à travers la fenêtre le boiteux en train de tirer sur la peau du lièvre.
Jean rampa vers la porte en retenant sa respiration, puis se dressa et l'ouvrit violemment.
Pierrot se retourna brusquement, les yeux exorbités, il ressentit une foudroyante douleur dans la poitrine, provoquée par cette violente intrusion. En respirant douloureusement, il essayait de discerner l'inconnu immobile devant l'entrée. Ebloui par la lumière du jour, il mit un certain temps avant de reconnaître le fils de Roger.
Il tenta d'expulser la douleur de ses entrailles, en serrant la poitrine de sa main gauche et en tentant de retrouver son souffle, puis, il éructa :
- Qu'est-ce que tu viens foutre chez moi ?
Jean ne répondit pas, et retira la main de sa poche pour ouvrir son couteau.
Pierrot comprit aussitôt les intentions du jeune soldat :
- Fous-moi le camp, sale merdeux, avant que je te casse la gueule !
Les dents serrées, Jean resta muet en s'avançant vers son adversaire.
Ce dernier sentit la panique s'emparer de lui, et d'un geste rapide, il alla se saisir de sa canne et s'apprêta à bondir sur celui qui le menaçait.
- Fais encore un pas de plus et je te fracasse le crâne !

Le jeune Durrieux, s'arrêta pour le fixer droit dans les yeux. Il attrapa brusquement la chaise qui se trouvait devant lui afin de se protéger des éventuels coups du boiteux.
Pierrot se rendit compte qu'il se trouvait dans une très mauvaise posture, Jean était bien plus alerte que lui. Il devina rapidement qu'il n'avait que très peu de chance d'avoir le dessus, dans un combat à la loyale.
- Qu'est-ce que tu me veux ?
- Donne-moi cette lettre !
- De quoi tu parles ?
Les nerfs à vif, Jean répliqua :
- Ne te fous pas de ma gueule ! Donne-moi la lettre du Comte !
La bouche restée ouverte par la stupéfaction de ce qu'il venait d'entendre, le Pierrot ne sut quoi répondre.
Le jeune soldat hurla :
- Donne-moi cette putain de lettre !
Pierrot savait que s'il se débarrassait de son unique preuve, tous ses espoirs seraient perdus.
- Tire-toi ! Je ne sais pas d'où tu tiens ça, mais je n'ai aucune lettre à te donner. Je ne sais pas de quoi tu parles !
- Tu l'auras cherché, je vais te crever fumier !
Jean jeta la chaise au visage du boiteux, qui par chance l'évita. Dans l'action il en profita pour charger le jeune homme, résolu à l'empêcher d'être le premier à frapper.
Les coups pleuvaient sur le jeune militaire qui s'efforçait d'esquiver du mieux qu'il pouvait les assauts de son ennemi.
La rage au ventre, le boiteux n'arrêtait pas de cogner, conscient que s'il s'arrêtait, il était perdu. Jean reçut en plein visage la canne du Pierrot. Sonné, il tomba à terre en lâchant

son arme. C'est alors que l'autre sauta sur lui avec son propre canif pour le planter dans le corps.
Une lutte à terre s'engagea. Jean résista sous le Pierrot, qui malgré son âge, était encore très robuste. Serrant les poignets de son ennemi, il essaya d'empêcher le couteau d'atteindre le cœur. Surpris par la puissance de l'homme, il décida de le mordre jusqu'au sang. Pierrot hurla en lâchant prise. Ils roulèrent à terre et en l'espace d'une seconde, Jean agrippa le cou de Pierrot, puis le frappa violemment au visage. Dans une rapidité incroyable, il se releva pour le rouer de coups, et l'attrapa aussitôt par le col, le souleva et le jeta face contre mur. Le sang avait giclé de la lèvre de Pierrot, son nez en fit de même. A demi-conscient, l'aîné ne put cette fois riposter. Un genou à terre, il se laissa traîner vers la cheminée, le bras fermement maintenu dans le dos, il essaya de reprendre ses esprits, en comprenant que la lutte était finie et qu'il était vaincu. Jean agrippa son visage au-dessus des flammes en lui criant :
- Où est cette lettre ou je te crame la gueule ?
Etourdi par la douleur des coups qu'il venait de recevoir, il essaya en vain de résister mais la chaleur du feu commençait à lui griller le visage.
Enfin il répondit avec difficulté, tout en laissant un filet rouge sortir de sa bouche.
– Dans …dans… la boite.
Il indiqua l'étagère qui se trouvait au-dessus de la cheminée, sur laquelle une boite en métal était posée.
Aussitôt, le jeune homme lui envoya un grand coup de canne sur le dos et le poussa violemment à terre, pour aller se jeter sur cette boite. Il l'ouvrit et glissa rapidement la lettre dans sa

poche.
Le boiteux gisait au sol en poussant des râles et en respirant de plus en plus difficilement, puis leva les yeux vers son agresseur.
- T'as ce que tu veux vermine ! Tire-toi ! Je te préviens sale petit con…. Il toussa en recrachant du sang. Tu regretteras de l'avoir lue !
Jean ne l'écoutait plus, il ne se contrôlait plus, une bête enragée s'était emparée de son esprit.
- J'en n'ai pas fini avec toi ! Tu vas crever maintenant !
Il sauta sur le vieux et brandit son couteau sous la gorge de celui-ci, prêt à l'égorger. Leurs regards se croisèrent, celui de Jean était rempli de haine, mais celui du Pierrot semblait tout à coup détendu.
- Vas-y, finis ton travail ! C'est le plus grand service que tu pourrais me faire ! lui dit-il, résigné, usé et vaincu. Ce n'était pas ce gamin qui l'avait vaincu, mais sa triste vie, qui avait eu raison de lui. Il hurla de nouveau :
- Vas-y ! Je te dis !
Les nerfs à fleur de peau, la main tremblante et crispée sur son arme, les muscles tendus, Jean hésita un instant et se mit à crier :
- POURQUOI !
Les nerfs lâchaient, les larmes coulèrent, sa main droite se serrait sur le front de l'homme pour violemment la balancer :
- Pourquoi ! Pourquoi nous as-tu pourri la vie ! Parle fumier ! POURQUOI !
Soudainement, dans la tourmente, il aperçut pour la première fois, dans les yeux du Pierrot, une étincelle de miséricorde, une lumière de regret, qu'il n'avait jamais vu auparavant sur

cet homme qu'il tenait à sa merci.
- Qu'est-ce que ça peut te foutre, petit con ? Finis ton travail et tire-toi vite !
- Dis-moi pourquoi ! Dis-le !
Pierrot fixa difficilement le militaire, hésita un instant, puis se décida, en songeant que sa dernière heure était arrivée :
- Ce n'est pas moi qui ai foutu votre vie en l'air ! Mais ton père qui m'a détruit !
Jean ne le croyait pas, persuadé que seul le mensonge pouvait sortir de la bouche de ce démon.
- Tu mens ! C'est toi qui nous as toujours fait chiés !
Lorsqu'il vit des larmes couler sur les joues burinées du vieil homme, il se sentit subitement perturbé, et lâcha prise en reculant. Troublé et épuisé nerveusement par ce qu'il venait de vivre, il alla s'asseoir sur un tabouret tout en ne quittant pas des yeux, le boiteux.
Ce dernier décida enfin de lui dévoiler sa vérité. Jean l'écouta et ne comprenait plus ce qu'il était en train de subir. Ainsi, cet homme était son oncle, ainsi cet homme avait aimé sa tante et l'avait épousée pour la perdre dans des circonstances horribles. Ainsi, l'homme qui était à terre avait horriblement souffert et perdu à jamais toute forme d'humanité. Ce fumier de Pierrot était le beau-frère de son père. Pourquoi Roger avait-il caché ce douloureux passé ?
Il se releva écœuré par l'épave qui gisait devant lui ne pouvant s'empêcher d'avoir un sentiment de tristesse envers ce personnage qui avait perdu ce qu'il avait de plus cher au monde, sans pour autant lui pardonner tout le mal qu'il avait fait subir à sa famille. Déstabilisé par cette pulsion de meurtre qui s'était emparé de lui, une envie de vomir vint amplifier

son dégoût. Mais il n'était pas un assassin, il ne pouvait tuer ainsi, même son pire ennemi. C'est sous un visage décomposé qu'il jeta son arme et s'en alla sans dire un mot.
La vie avait fait son travail. Cet homme était déjà condamné, cet homme avait déjà payé, il était fini et le remords aurait raison de lui.
Plus tard, Jean erra longuement sur le chemin qui le ramenait chez lui, songeant que lui aussi pouvait très bien finir ainsi, s'il se laissait détruire par la haine et la vengeance.
Pendant ce temps, resté seul dans sa baraque, le Pierrot gémissait en rampant, tout en essayant de se relever, puis il murmura difficilement.
« Tu ne perds rien pour attendre, sale petit merdeux! »

Au cœur, des larmes

ou

La promesse des hommes

X

Quand enfin il arriva devant le portail, Jean s'arrêta un moment, afin de dissimuler sa blessure avec le col de sa veste et de reprendre ses esprits. Il s'engagea alors sur le chemin qui séparait la cour du jardin. La tête baissée, il se hâta, pour passer inaperçu. Il marcha d'un pas rapide sur cette longue allée qui séparait deux rangées d'arbustes, au bout desquelles se trouvait la haute résidence de Delagarne. Lorsqu'il fut devant la demeure, il se glissa furtivement sous un saule pleureur, et derrière les longues branches de ce dernier, il ne put s'empêcher de fixer cette habitation tout en songeant à la lettre qui se trouvait dans sa poche. Une forte envie de la lire s'empara de lui, mais l'inquiétude de découvrir ce que ce courrier renfermait l'empêcha d'ouvrir l'enveloppe. La crainte se lisait sur son visage, ses soupçons lui tordirent l'estomac. Il savait que ce n'était plus qu'une question de temps et que son envie de connaître la vérité le pousserait à ouvrir cette correspondance si mystérieuse. Il décida donc de ne pas s'attarder et pressa le pas en direction de la dépendance. Sa priorité était de se soigner, puis de réapparaître comme si rien ne s'était passé Mais lorsque Roselyne le vit, elle courut à sa rencontre. Son visage écarlate reflétait des yeux resplendissants, la joie qui se dessinait sur son visage semblait vouloir annoncer une très bonne nouvelle. Jean, le visage défait, les yeux cernés s'arrêta en la regardant approcher, sa main calée au fond de sa poche s'était crispée sur la lettre pour s'assurer que ce secret qu'il allait bientôt découvrir était bien en sa possession.

- Où étais-tu ? Nous t'avons cherché toute la matinée !

Il ne répondit pas, détournant légèrement son visage. Néanmoins, Roselyne s'en aperçut aussitôt. Affolée de voir un hématome ensanglanté, elle demanda.
- Qu'est-ce qui s'est passé ?
- Oh ! Ce n'est rien, j'ai glissé en descendant le chemin du Calvaire, et je suis tombé sur une pierre !
Un peu surprise par cette réponse, elle sortit un mouchoir afin d'essuyer le sang qui ne cessait de couler sous l'œil de son frère, et de mieux observer cette plaie qui semblait assez profonde. Inquiète de cette entaille, elle lui demanda de maintenir l'étoffe sur celle-ci. Ne le questionnant pas davantage, elle l'embrassa tout en lui prenant fermement la main, insistant pour qu'il la suive:
- Je crois que je ne pourrai pas faire grand chose, il va falloir voir cela avec le docteur pour qu'il te fasse, je le crains, des points de suture. Allez, Viens, vite ! Dépêche-toi ! Nous te soignerons là-bas ! Qu'est-ce que tu es allé faire près du calvaire? C'est assez loin !
Essayant de prendre un ton rassurant, il expliqua qu'il avait souhaité redécouvrir le paysage de cette campagne qui lui avait tant manqué, sans se rendre compte que ses pas l'avaient conduit si loin.
Elle sembla satisfaite de cette réplique, et n'insista pas, comprenant le besoin que son aîné avait dû ressentir.
Jean ne saisissait pas l'étrange excitation qu'elle exprimait et cette impatience qu'elle avait de l'emmener dans le sens contraire de l'annexe. Toutefois, il se laissa guider, sans rien dire, jusqu'à la demeure du propriétaire, sans malgré tout ressentir dans ses tripes une très grande appréhension. Il était tout à fait évident que Delagarne avait eu une relation avec

Jeanne. De quelle relation s'agissait-il ?
Inquiet, il n'avait qu'une hâte, celle de découvrir de quoi il pouvait bien s'agir, s'efforçant de refuser à songer au pire. Quel était donc ce secret qui avait lié sa mère à cet homme ?
Lorsqu'ils furent en bas de l'escalier, il retrouva au fond de la poche de son pantalon une médaille. Sans réfléchir, il la sortit et fixa la gravure de la vierge. Ce petit médaillon ressemblait à un bijou d'enfant, comme ceux que l'on offre aux bambins le jour de leur baptême. Pour quelle raison, bon sang était-il venu déposer cet objet ?
Il s'arrêta subitement, attendant que Roselyne s'explique. Le mouchoir qu'il tenait sur la joue était déjà bien rouge, ce qui amplifiait la crainte de sa sœur.
- Que veux-tu que j'aille faire là dedans ? demanda t-il.
- Tais-toi et suis-moi !
- Et Delagarne ?
- Ne t'en fais pas, il nous attend aussi ! Avant toute chose, le docteur va te soigner !
- Il est ici aussi ? demanda t-il perplexe.
Roselyne lui lança un regard rapide.
- Il n'y a pas que lui, d'ailleurs!
Ne saisissant pas son étrange comportement ni l'énigme qu'elle voulait maintenir, il se tut et se mit lui aussi à grimper l'escalier. Le visage éclatant, Roselyne frappa et le fit enfin entrer.
-Monsieur et madame Zellers sont arrivés ce matin, et monsieur Delagarne nous a invités à déjeuner.
Jean hésita, étonné de cette singulière invitation de la part de Delagarne, dont le visage paraissait curieusement très hospitalier à son égard. Jean le fixa durement essayant de

décerner dans le regard de cet homme un trouble quelconque. Delagarne ne laissa rien paraître. Ce qui augmenta dans l'esprit de Jean un sentiment de rancœur envers le personnage. Roger, qui s'était accoutré de son unique costume, tenant dans les mains sa casquette, était resté en arrière, un peu embarrassé de se trouver ici.

Lorsque Jean vit son lieutenant au bout de ce long couloir aller à sa rencontre, son visage se détendit et un sourire respectueux s'installa sur ses traits. Il s'avança pour lui serrer la main:

- Je suis vraiment très ravi de vous voir ici mon lieutenant !

Charles paraissait plus serein. Son visage était paisible et son regard s'était adouci. Vêtu dans son costume de ville, Charles paraissait différent et le jeune soldat ressentit un léger malaise de voir cet homme qu'il respectait, affublé en homme de la haute bourgeoisie.

- Oublions nos grades mon ami, nous sommes ici en civil ! Savourons pendant cette petite semaine, le bonheur d'être parmi les nôtres !

Jean approuva d'un signe de tête.

- Que vous est-il arrivé ? demanda l'officier.

Delagarne et ses invités fixèrent cette sérieuse plaie qui défigurait le jeune soldat ; une cicatrice s'installerait certainement sur cette face déjà abîmée par une blessure d'enfance. Roger s'avança précipitamment interrogeant son aîné du regard.

Jean se mit à lui sourire afin de dissimuler la vérité, en lui précisant qu'il ne s'agissait que d'une stupide chute de randonnée.

Enfin, arriva le docteur Roca qui par chance était de passage

ce jour là. Il alla donc chercher sa mallette qui ne quittait jamais son cabriolet. Il se hâta pour ensuite emmener le jeune homme dans la cuisine et le soigner. Roselyne les accompagna pendant que les autres allèrent s'installer convenablement dans le séjour.
Madame Zellers s'essuya le front en puisant de l'eau d'une cruche qui était posée sur un guéridon. Puis, elle entama une conversation.
- J'espère que la plaie de votre ami ne sera pas bien grave, Charles.
- Rassurez-vous mère, je peux vous garantir que Jean est un homme solide et que ce n'est pas une petite blessure qui aura raison de lui, vous pouvez m'en croire.
Roger approuva ces propos en regardant cet homme qu'il ne connaissait pas, mais qui semblait de toute évidence apprécier son fiston.
- Monsieur Durrieux, je suis honoré de vous rencontrer car votre fils m'a parlé de vous et croyez-moi, l'estime qu'il vous porte est admirable. Vous pouvez véritablement être fier de lui, comme je suis fier de l'avoir dans ma compagnie. Sa camaraderie est sans égale, son dévouement est admirable et son courage est exemplaire. J'ai fait une demande pour qu'il soit élevé en grade et j'ai bon espoir de le voir sergent avant juin, car il le mérite amplement. Nous devrions avoir plus d'hommes tels que lui dans nos rangs, car la guerre n'aurait pas eu le même visage et serait peut-être déjà terminée à l'heure où je vous parle.
Reconnaissant, Roger, toujours aussi mal à l'aise, répondit :
-Je vous remercie de ce que vous me dites monsieur ! Pour sûr que je suis fier de lui ! Il m'importe peu qu'il devienne

sergent, je demande simplement qu'il me revienne une fois pour toutes.
Intervenant avant son fils, Georges répliqua :
-En effet, monsieur Durrieux, tout comme vous, nous avons, mon épouse et moi-même, vraiment hâte que cette fichue guerre se termine, pour qu'enfin nos gamins puissent retourner dans leur foyer !
Essayant de prouver ainsi devant son fils l'amour qu'il n'avait jamais su lui exprimer auparavant. Par ces propos, Charles savait qu'il était en train de découvrir son père et que ce dernier depuis son retour, s'efforçait à travers ses comportements, de réparer les erreurs du passé.
Charlotte se leva pour crocher le bras de son fils :
- Oui, vivement qu'il nous revienne, comme vous venez de le dire monsieur Durrieux. Je ne supporte plus cette angoisse de savoir mon fils si loin. Cette guerre me fait tellement peur. Je comprends sincèrement vos inquiétudes et je les partage.
Charles prit la main de sa mère afin de la rassurer, pendant que Roger toujours aussi lourdaud, et qui ne savait comment se tenir dans ce séjour et devant cette dame qu'il trouvait honnête, attendait de savoir comment allait se dérouler cette après-midi. Georges, voyant sa gêne, se dirigea vers lui et l'invita à s'asseoir autour de la table. Delagarne qui avait chassé ses idées sombres de la nuit précédente, avait assisté à cette conversation. Il intervint, pendant que le docteur Roca accompagné de Roselyne s'éclipsaient dans la cuisine avec Jean :
-Mes amis, je suis très enchanté de vous avoir dans ma demeure, et sachez que ce vingt-cinq décembre m'apporte une grande joie, celle que nous soyons réunis. Cela, grâce à

ton insistance Charlotte. Ton bon cœur sera toujours une lumière de réconfort dans ce lieu. Ta bonté nous permet d'oublier nos statuts sociaux.
Georges acquiesça d'un rictus, comprenant tout à fait les allusions de ce dernier.
-Ne soyez pas mal à l'aise ni surpris mon cher Durrieux ! continua Delagarne. Car je reconnais que je suis bien plus étonné de cet instant et peut-être encore plus mal à l'aise que vous !
Je dois reconnaître que ma sœur a eu une excellente idée en insistant pour que nous soyons ensemble aujourd'hui. Tu as encore raison Charlotte, notre richesse n'est que dans ce que nous faisons de notre vie.
Puis, il ajouta d'un air pensif :
- Je ne suis pas certain d'être un homme aisé dans ce cas.
Charlotte craignant que des pensées néfastes ne viennent s'emparer de l'esprit de son frère, se mit à tousser, lui permettant ainsi de lui laisser la parole:
- Et bien, il faut bien que vous finissiez par admettre que la sagesse se trouve le plus souvent chez les femmes.
Raymond a raison monsieur Durrieux, soyons simples et profitons sans façon. Après tout, vous faites un peu partie de la famille maintenant, puisque votre fille Roselyne vit dans notre maison. Elle est vraiment adorable et nous l'apprécions beaucoup. Sa gentillesse, son dévouement, son sens des responsabilités, vous honorent. Je suis certaine de ne rien vous apprendre mais vous avez vraiment une jeune fille très convenable et si radieuse. Il est évident que toutes ces valeurs qu'elle détient, viennent de l'éducation respectueuse que vous lui avez certainement donnée. Je vous en félicite

sincèrement.
Roger accepta en silence cette soudaine intimité et alla donc s'asseoir devant la table, sur laquelle brillaient des couverts qui ne l'impressionnaient pas, mais qui lui firent tout de même comprendre que l'univers dans lequel il était entré, était bien loin du sien. Cependant, en aucun cas, il n'enviait ce monde, bien trop heureux de vivre cette liberté qu'il chérissait à l'extérieur, en travaillant avec les animaux et en savourant chaque jour l'harmonie de la nature. Satisfait de ne pas vivre comme ces hommes qui, enfermés dans leurs affaires, ne prenaient pas le temps d'apprécier leur univers. Toutefois, il dut admettre que c'était tout de même grâce à Delagarne qu'il pouvait de nouveau espérer en des jours plus cléments. Le Comte se découvrait, cet homme qui se trouvait debout devant lui et qui alla lui aussi s'asseoir, n'était plus celui qu'il avait connu. L'ancien paysan s'étonna de nouveau de ressentir une impression de sympathie envers son employeur.
Si cette guerre n'était pas, il aurait pu espérer enfin le soulagement d'une vie meilleure pour sa famille, mais l'ombre de ce conflit si meurtrier gâchait évidemment cette espérance.
Après un court silence, le Comte s'adressa à Georges:
- Quelles nouvelles nous apportez-vous de Cherbourg mon cher ami ?
Georges répondit.
- Pour tout vous dire, elles ne sont pas aussi bonnes que cela.
-Tiens donc ! répondit Delagarne. Charlotte un peu embarrassée essaya, du regard, d'empêcher son époux d'entamer une conversation trop personnelle en présence

d'inconnus. Georges ne fut pas réceptif à l'insistance de sa femme.
- Nous sommes un peu fatigués de vivre dans cette ville.
Surpris Delagarne demanda :
- Que vous arrive t-il mon cher Georges ? Pourtant vous sembliez vous épanouir.
- En effet, mais les choses sont devenues bien compliquées ces derniers temps.
- Nous souhaitons Charlotte et moi-même quitter Cherbourg et nous aimerions revenir par ici.
- Vous quitteriez votre situation ? Je dois reconnaître mon ami que vous me surprenez ! J'avais cru comprendre que votre emploi dans cette usine vous apportait toute satisfaction. Que vous arrive t-il ? Dites-m'en plus, je vous prie ! insista gentiment le Comte.
Georges ne se fit pas prier :
- Depuis que la guerre fait rage, mes relations se sont rapidement dégradées. Je crois que je suis devenu aux yeux de beaucoup une bête noire qu'il faut abattre à tout prix. Je n'ai plus beaucoup d'amis là bas, je dirais plutôt que je me suis fait beaucoup d'ennemis. On me le fait sentir bien durement dans mon travail, on m'évite, on nous jette des regards malsains, et maintenant ces rancunes nous pourchassent même en dehors de mon établissement. Nous avons reçu des ultimatums. Un jour Charlotte a eu la mauvaise surprise de recevoir un courrier anonyme de très mauvais goût. Croyez-moi la situation devient véritablement insupportable !
La stupéfaction et l'incompréhension se lisaient sur le regard de Delagarne.

- Que s'est-il donc passé pour que l'on vous en veuille autant ?
- Je me suis fait des ennemis, car je pense que j'ai eu la maladresse de remettre certaines personnes à leur place ou plutôt j'ai eu le malheur d'exprimer mes convictions politiques et certaines personnes bien ambitieuses ont profité de cette erreur pour aiguiser sur ma personne, l'opportunité de montrer leurs vrais visages
Charlotte toussa légèrement essayant de faire comprendre à son époux qu'il ne devait pas en dire plus, pour ne pas inquiéter son frère et surtout ne pas dévoiler ces désagréments devant les invités. Georges embarrassé comprenant l'intervention de son épouse termina :
-Mais je vous ennuie avec tout cela ! Pardonnez-moi et discutons d'autres sujets.
Delagarne resta muet pendant de longues secondes, il se tourna vers Charles qui ne connaissait pas les soucis de ses parents et qui se leva d'un bond.
Le Comte calma le jeune officier en le priant de se rasseoir :
- Vous avez raison mon cher Georges, passons à autre chose, nous en discuterons bien plus tard ensemble dans mon bureau si vous voulez. .
- Où est donc votre jeune fils ? Pourquoi n'est-il pas parmi nous ? demanda Raymond à son invité.
Ce fut le docteur Roca qui répondit à cette interrogation, lorsqu'il entra subitement dans la pièce principale, accompagné de son patient qu'il venait de soigner et dont la joue droite était recouverte d'un imposant pansement..
-J'ai aperçu le petit Julien dans le village, il se dirigeait vers la maison du maître d'école. Je crains qu'il ne soit

sérieusement éploré quand il apprendra ce qui est arrivé.
Roger, sur un ton fautif, ajouta :
- Il le sait ! Je voulais l'annoncer à mes enfants un peu plus tard, mais Julien a été prévenu par l'abbé, après la messe.
-Cette triste nouvelle a dû être très difficile pour votre fils ! termina le docteur.
Roger acquiesça d'un signe de tête :
-C'est grâce à cet homme que mon fils a pu continuer ses études ! Sans lui, il n'aurait jamais eu cette opportunité. J'éprouve une grande estime envers monsieur François. Il était plus qu'un maître d'école, il était devenu un ami.
L'émotion l'empêcha d'en dire plus. Un silence s'installa quelques secondes. Roselyne resta quelques instants bouche bée en apprenant ce malheur, elle sentit tout à coup les larmes monter, puis interrogea du regard son père qui n'avait rien dit. Elle songea aussitôt à la peine que son jeune frère devait ressentir au même moment. Elle ignorait que Julien était parti au village. En colère et dans la peine de ne pas avoir été prévenue, elle décida donc d'aller le chercher.
Roger ne bougea pas, culpabilisant de ne pas leur avoir dévoilé cette triste nouvelle la veille, mais c'était le soir du réveillon et il ne voulait pas gâcher la joie des retrouvailles.
Valentin avait accidentellement trouvé la mort, une semaine plus tôt, après avoir chuté dans l'escalier qui menait à la cave de sa maison. Il s'était tué sur le coup, la nuque brisée.
Ce fut son épouse Mathilde qui, ne le voyant pas remonter, avait découvert le corps de son époux au bas de l'escalier. Mathilde, après les obsèques, était partie quelques jours chez ses parents avec sa fille. Charlotte ressentie une très grande compassion dans la détresse de sa jeune employée qui venait

de quitter les lieux.
- Elle est partie le chercher ! crut bon de rajouter Jean qui, lui aussi, venait d'être meurtri par ce décès qu'il venait de comprendre. Il fixa son père un instant, tout en comprenant les raisons de son silence. Jean baissa les yeux, afin de contenir sa peine.
Tous avaient très bien compris la précipitation de la jeune fille, qui était d'aller retrouver Julien pour le soutenir dans ce moment si douloureux.
George Zellers crut bon d'intervenir :
-Que Dieu le garde !
Roger camoufla de sa main un sourire nerveux, en songeant aux positions que le maître d'école ressentait envers les religions. Il lui paraissait si évident que s'il y avait un homme qui ne voulait surtout pas se retrouver entre les mains de cet éventuel Dieu, c'était bien Valentin François, républicain convaincu et farouche anticlérical.
Raymond Delagarne croisa le regard de Jean, les yeux sombres de ce dernier qui le fixaient durement l'ébranlèrent quelque peu. Troublé par cette étrange attitude, il détourna les yeux et se ravisa en essayant de changer de conversation.
- Alors, mon ami Bertrand, vous allez donc nous abandonner à notre triste sort !
- En effet, Raymond, j'ai pris la décision d'offrir mes services à tous ces malheureux que l'on envoie à l'abattoir.
Georges le félicita permettant ainsi à Bertrand d'expliquer sa décision.
-Je serai certainement bien plus utile la-bas près de ces jeunes hommes, plutôt que de me laisser vivre tranquillement ici. Il est de mon devoir de médecin d'aller secourir, soigner

et j'espère sauver nos gamins. Je souhaite avoir suffisamment de courage pour supporter ce désastre humain.
-C'est tout à votre honneur monsieur Roca, ajouta encore une fois Georges, ému et respectueux de la décision du médecin.
- C'est vraiment admirable ! continua son épouse.
- Si seulement Jaurès était encore en vie, nous n'en serions peut-être pas arrivés aux extrêmes dans lesquels ont succombé notre pays et l'Europe. Défendre la liberté ! De quelle liberté s'agit-il ? répliqua le docteur.
Ravi de ce qu'il venait d'entendre, Georges se leva et lui tendit une main chaleureuse.
-Permettez-moi de vous serrer la main monsieur, car je partage tout à fait votre pensée.
Une nouvelle amitié était certainement en train de naître entre ces deux hommes qui quelques heures auparavant ne se connaissaient pas. Raymond imita son beau-frère :
- Je vous demande de porter un toast sur le dévouement humain de notre ami Bertrand et souhaitons-lui du courage dans cette difficile épreuve.
Charles approuva cette proposition tout en fixant son caporal. Ce dernier ressentait une très grande fierté envers ce docteur qu'il connaissait si bien. Roger se leva à son tour et salua son ami d'un signe de tête qui en disait long sur l'amitié qu'il ressentait envers celui qui avait tenté tout ce qui fut possible pour sauver son épouse et qui était toujours disponible pour soigner sa famille. C'était un grand ami qui allait partir. L'ami de deux familles si différentes, l'ami des hommes et non des riches ou des pauvres, l'ami qui avait réussi à réunir ces deux mondes que tout semblait vouloir diviser, en ayant convaincu Raymond Delagarne de réemployer Roger. Deux

familles qui n'étaient peut-être pas si différentes dans les cœurs et dans l'humanisme.
Le repas s'annonçait, et tous étaient installés autour de la table. Jean resta immobile.
- Asseyez-vous voyons ! Venez partager ce repas avec nous ! insista son lieutenant.
- Je suis désolé, mais je ne peux rester, j'ai une course importante à faire.
Déçu de cette réponse Charles insista de nouveau :
- Cela ne peut-il donc pas attendre ?
- Non c'est assez urgent et je dois m'en aller, car on m'attend au village.
Roger ne fut pas surpris de l'attitude de son fils qui n'appréciait guère l'univers des bourgeois, mais il aurait aimé qu'il reste près de lui. Que lui avait-il donc pris d'accepter cette invitation ! Il se sentit brusquement un imbécile dans ce contexte dans lequel il était bien mal à l'aise. Par politesse il ne pouvait revenir en arrière contrairement à son fils.
Il le regarda donc saluer l'assemblée et se retirer, l'abandonnant ainsi dans ce salon avec tous ces bourgeois.
Jean croisa Delagarne qui s'était levé. Il s'arrêta net devant lui. Puis, il lui murmura en lui tendant la médaille qu'il avait ramassé la veille.
- Tenez monsieur, je crois que ceci vous appartient.
Delagarne se mit à blêmir en apercevant l'objet qui brillait dans la main du jeune homme.
Il fut si ébranlé qu'il ne put répondre immédiatement. Après un court moment de stupéfaction, il leva les yeux, pour fixer le fils du paysan.
-Je suis désolé, ceci ne m'appartient pas. Où l'avez-vous

donc trouvé ?
Jean avait désormais compris que Delagarne cachait véritablement quelque chose, puisqu'il venait de lui mentir et qu'il avait ressenti de la gêne chez ce dernier. Il avait réussi pour la première fois à déstabiliser cet individu.
- Dans votre cour monsieur, ce matin. J'ai donc pensé qu'elle devait vous appartenir!
- Que voulez-vous que j'en fasse voyons !
Jean laissa échapper un sourire ironique :
- Dans ce cas je la garde. Je vous souhaite un bon déjeuner avec vos invités.
Il quittait les lieux, persuadé que bientôt il s'expliquerait bien plus sérieusement avec cet homme.
Quant à Delagarne le trouble qu'il avait ressenti le laissa perplexe et inquiet. Le comportement du jeune homme était si étrange, qu'il devinait que le garçon savait quelque chose. Il songea aussitôt au boiteux, craignant que ce dernier n'ait dévoilé une vérité que personne ne devait apprendre. Il se jura dans l'après-midi d'en avoir le cœur net.

Au cœur, des larmes
ou
La promesse des hommes

XI

Roselyne traversa les ruelles de ce nouveau quartier qu'elle découvrait, tout en croisant les nouveaux habitants du village qui dorénavant n'en était déjà plus un.
De nouveaux commerces étaient déjà en activité près des nouvelles maisons qui s'élevaient sur deux étages, construites en briques rouges avec des toits pentus et sous lesquels étaient accrochées des gouttières qui laissaient pendre les congélations que le gel avait sculptées et qui brillaient sous les faibles rayons du soleil. La fumée qui sortait des cheminées laissait deviner la douce chaleur qui certainement réconfortait le soir venu, toutes ces familles en cette époque peu réjouissante. Cependant, la vie continuait à l'extérieur des maisons endormies par le froid de l'hiver.
Les étals du boucher installés dans une boutique étroite, essayaient, malgré le froid, d'attirer les passants; une blanchisserie, un menuisier, un nouveau maréchal-ferrant offraient maintenant leurs services à la population. Il y avait aussi une épicerie qui venait d'ouvrir ses portes à la clientèle et dans laquelle on pouvait dénicher divers ustensiles, ce qui ne nécessitait plus aux habitants d'aller en ville pour se les procurer. On pouvait y trouver toutes sortes d'objets tels que des outils, des tissus, de la bonneterie, de la quincaillerie, des victuailles et toutes sortes de choses utiles à la vie quotidienne. Une foule se trouvait devant la devanture de ce magasin qui, il fallait le reconnaître, était une aubaine pour les nouveaux habitants comme pour les anciens. Le développement des petits métiers s'était véritablement amplifié en si peu de temps, au travers de ces itinérants, tels

que les étameurs, les rémouleurs, les colporteurs, qui avaient saisi l'aubaine de la naissance de cette nouvelle peuplade. Le village n'était plus, une ville venait de naître, avec sa population et ses gens qui se croisaient, ses enfants emmitouflés dans leurs vêtements d'hiver qui jouaient dans les rues. Roselyne accéléra le pas, un peu perdue dans cette rue qu'elle ne connaissait pas. Affolée, elle se sentit subitement angoissée dans ce quartier qu'elle était en train de traverser, en ne prenant pas le temps de l'observer. Elle passa devant un chantier, celui de la future école, puisque l'ancienne allait bientôt laisser ses murs pour la nouvelle mairie. Une rumeur courait sur un éventuel collège qui serait également construit dans la commune, mais toute cette évolution étourdissait les anciens habitants, dont certains maudissaient le modernisme, alors que d'autres se laissaient griser par une meilleure qualité de vie. Certains pouvaient donc se permettre d'exagérer sur l'avenir, personne ne pourrait leur en vouloir. Après tout, cette usine providentielle et tous ces ouvriers et surtout, toutes ces ouvrières permettaient des espoirs, peut-être démesurés, mais qu'importe, le monde changeait, les hommes avec. Malgré cette mutation, les conditions de vie étaient encore bien modestes, surtout depuis que la guerre avait éclaté. Puisqu'il ne restait que quelques hommes et qu'un bon nombre de femmes devaient remplacer leurs fils ou leurs époux en effectuant des fonctions souvent difficiles.

Un nouveau café s'était aussi élevé dans les rues du nouveau bourg, encore en chantier. Mais ce dernier ne faisait aucune concurrence au vieux bistrot qui n'avait pas perdu ses habitués, puisque, pour la plupart, ils mimaient un refus de fréquenter une population d'expatriés, pour lesquels ils prétendaient n'avoir aucun intérêt. Ces bistrots étaient si importants pour tous les hommes qui, après le travail, venaient trouver quelques instants de repos, loin des soucis familiaux, et des enfants qui braillent dans les foyers. Ces hommes partageaient ainsi avec leurs compagnons de boisson, leurs soucis communs, en essayant de refaire le monde ou de parler de cette guerre qui n'en finissait pas. Ces travailleurs qui n'étaient pas partis se battre, et tous les anciens, aimaient déguster leur verre de cidre, de vin ou leur goutte avant de rentrer dans leur demeure. Pour la plupart, ils s'abreuvaient souvent avec excès, dans cette deuxième maison, dans laquelle ils retrouvaient une liberté qui, à leurs yeux, était si méritée, oubliant avec un certain égoïsme, les épouses aigries par les difficultés quotidiennes et leurs enfants qui, pour certains, malgré leur insouciance, étaient bien trop souvent les témoins des soucis journaliers de la vie familiale et de ces disputes quand le père rentrait ivre à la maison. Alors ces gamins fuyaient quand ils le pouvaient pour retrouver leurs camarades et leurs jeux préférés.

D'autres commerces seraient certainement bientôt construits dans ce village qui n'en était plus un. Désormais, il y avait le vieux, et le nouveau bourg dont l'architecture était bien plus moderne que celle du village de son enfance. Il fallait que Roselyne s'y fasse, le village de sa jeunesse n'était plus maintenant qu'un souvenir.
Elle arriva près de la maison du maître d'école.
Lorsqu'elle fut à la hauteur de la demeure de monsieur François, les volets étaient clos. Mathilde et Sophie étaient

parties. Elle traversa rapidement la cour pour aller frapper à la porte. Personne ne répondit. La maison semblait abandonnée. Essayant de calmer son inquiétude elle se mit à réfléchir en scrutant les alentours, espérant apercevoir son frère, en vain. Elle décida donc de se diriger vers l'église et d'aller à la rencontre de l'abbé, persuadé que Julien serait près de lui.
Lorsqu'elle fut près du presbytère, elle aperçut le curé dans son jardin.
- L'abbé ! L'abbé !
Le père se retourna aussitôt.
- Bonjour Roselyne ! Tu cherches ton frère n'est-ce pas ?
- Oui ! Savez-vous où il se trouve ?
- Je le devine ! Attends ! Je t'accompagne.
Ils se dirigèrent tous deux en direction du cimetière. Julien se trouvait au bout de celui-ci, assis près d'un mur qui ombrageait une tombe isolée.
L'émotion grandissait dans le cœur de Roselyne en apercevant ainsi son frère recroquevillé sur lui-même, et qui fixait le cœur en peine, cette sépulture. Elle ne put empêcher les larmes de couler sur ses joues rougies par le froid, en découvrant le visage décomposé de Julien.
Elle s'agenouilla pour le serrer fortement contre elle.
-C'était mon ami Roselyne ! Il avait toujours cru en moi, et j'avais tellement hâte de le revoir. Il disait toujours que j'étais l'unique gamin qu'il avait réussi à sortir de sa condition. J'avais tant de choses encore à lui demander. Ce n'est pas juste Roselyne. Il était mon ami. Il éclata de nouveau en pleurs dans les bras de sa tendre sœur, qui, impuissante ne pouvait que le garder contre elle tout en lui caressant les

cheveux.
-Je sais l'estime que vous aviez l'un pour l'autre. Mais nous n'y pouvons rien. Garde en toi les souvenirs de tout ce que tu as partagé avec lui et dis-toi que là où il est désormais, il est très fier de toi.
- A quoi ça sert tout ça ! Puisque ceux que l'on aime, finissent toujours par nous quitter quand nous avons tant besoin d'eux !
Roselyne essuya ses larmes et répondit d'une voix enrouée, en fixant au loin la tombe de leur mère.
- Rien mon frère… Nous n'avons rien fait de mal. C'est la vie et nous n'y pouvons rien. Nous ne sommes pas les seuls à vivre des moments aussi douloureux. Nous ne sommes pas différents des autres, et nous réagissons comme eux, quand nous sommes dans la peine.
Les lèvres tremblantes, elle laissa un ruisseau se déverser sur son visage en fixant la tombe de sa mère et en serrant contre son corps ce frère qu'elle aimait tant et dont elle partageait et comprenait le chagrin.
L'abbé resta debout, ému devant ces deux gamins si proches et si dévoués l'un envers l'autre. Il ne put lui aussi retenir quelques larmes. En secret, il se mit à prier pour le salut de cet homme qui dormait sous cette tombe. Tout en connaissant les positions qu'il avait pour l'église, et qui n'avait pas reçu les derniers sacrements ni de cérémonie religieuse.
Ils restèrent un long moment sans rien dire. Roselyne resta immobile en gardant Julien contre son corps, attendant qu'il finisse par se calmer. Enfin, ils se levèrent et remercièrent l'abbé de sa présence.
-Je suis persuadé qu'il vous aurait beaucoup apprécié, si le

temps nous avait permis de nous réunir. Cela ne pourra plus jamais se produire maintenant. Sur ces mots, Julien alla se blottir contre son ami.
-Je suis moi aussi persuadé que j'aurais apprécié cet homme, car c'est grâce à toi que je le connais un peu et il ne pouvait être qu'un homme bon, puisqu'il était ton ami.
Avant de partir, Roselyne se retourna pour fixer la stèle de monsieur François, elle fut intriguée par un symbole qui se trouvait sur celle-ci et surprise de ne voir aucune croix.
Elle s'agenouilla pour essayer de percevoir ce symbole qu'elle ne connaissait pas.
L'abbé, accompagné de Julien s'agenouilla à son tour et se mit à leur murmurer:
- Monsieur François n'était pas chrétien, tout du moins, le disait-il. Il croyait en une autre méthode qui œuvre aussi au bien être de l'humanité. Monsieur François était un républicain convaincu et aussi un homme qui s'investissait dans une association très discrète, et du peu de ce que j'en sais, humaniste, mais qui refuse toute sorte de dogme.
Etonné de cette révélation, Julien le questionna du regard.
- Je ne peux pas t'en dire plus, car je ne connais pas très bien cette communauté.
Intrigués et déçus de ne pas connaître le mystère de cet emblème, ils décidèrent de quitter les lieux pour prendre une boisson bien chaude dans la demeure de l'abbé qui venait de les inviter.
Ce sera bien plus tard que Julien comprendra la signification de cette équerre et de ce compas qui s'entrecroisaient sur la tombe de son ami, expliquant ainsi la raison de l'isolement de cette sépulture dans le cimetière.

Au cœur, des larmes
ou
La promesse des hommes

Jean s'était empressé de rentrer chez son père. Et lorsqu'il fut à l'intérieur de l'annexe, il claqua la porte et alla rapidement s'asseoir, après s'être servi un grand verre de vin qu'il posa sur l'imposante table fermière. Enfin, il était seul, enfin, il allait découvrir ce secret. Il avala une grande gorgée et sortit l'enveloppe froissée de sa poche. L'impatience de lire ce courrier et la peur de découvrir ce mystère, l'angoissa. De ses mains tremblantes, il déplia la lettre. La crainte l'étouffa quand il commença à lire ce courrier.

Monsieur,

C'est dans la honte que je vous écris cette lettre. Je ne trouve plus le sommeil, j'ai peur, car je crains que mon homme sache ce que nous avons fait. Je ne trouve plus la paix en moi depuis tout ce temps. Comme je regrette d'avoir accepté de venir faire du ménage chez vous ! Comme j'ai honte de cette faute ! Je me suis toujours efforcée d'être une bonne chrétienne, et aujourd'hui j'ai peur d'être maudite par ce terrible péché. Je n'ose plus regarder mon époux, je ne sais plus m'occuper de mon fils. Je me sens salie, et mon âme souffre d'avoir ressenti ce désir et d'avoir avec vous partagé cet acte. Je voudrais aller me confesser, mais je n'ose le faire, je n'ose avouer ce péché. Vous avez abusé de ma faiblesse et j'ai succombé à votre gentillesse. Je suis une femme mariée, mais j'ai accepté de vous aimer. Je sais que nous sommes aussi coupables l'un que l'autre puisque vous aussi, vous êtes marié. Malgré la colère que j'éprouve envers vous, malgré cet acte d'adultère que nous avons partagé, et cette salissure qui ne pourra plus jamais me quitter, je trouve encore un sentiment de quiétude envers vous. Car je vous

plains de la perte de votre fils et de l'état de votre épouse. Vous comprenez que plus jamais je ne mettrai les pieds chez vous. Cela m'est devenu impossible et je vous demande de me laisser tranquille et d'oublier ce que nous avons fait. J'aime mon époux, j'aime mon fils, et malgré cette honte, j'aimerais aussi que l'enfant que je porte dans mes entrailles, grandisse dans l'amour, au sein d'une famille unie et aimante.
Car je porte Votre enfant !
J'ai honte, mais personne ne saura la vérité et je vous demande de respecter mon honneur comme je respecterai le votre. J'aurais pu ne rien vous écrire sur ma grossesse, mais je suis une chrétienne et vous devez donc savoir la vérité. Pour ma part, je vais devoir désormais vivre dans le mensonge tout le restant de ma vie, auprès de mon époux, pour ne pas détruire ma famille. Surtout je vous implore, je vous supplie de ne rien faire, de ne pas intervenir, mais de nous laisser vivre comme nous l'entendons. Je ne veux pas tout perdre pour un moment d'égarement, je saurai élever mes enfants, mais ayez pitié de moi. Laissez-moi retrouver le bonheur que je partage avec mon mari. Je vous demande seulement de ne plus penser à ce que nous avons fait et je vous conseille de prier vous aussi, pour que Dieu nous pardonne !Lorsque vous aurez lu cette lettre, je vous en supplie, détruisez-là. Comprenez que je ne pouvais que vous écrire, car il m'est impossible de vous revoir. Les années me permettront certainement de vous pardonner, car malgré ce que l'on dit de vous, je sais que vous êtes un homme bien.
Oubliez moi par pitié ! Laissez moi vivre et retrouver mes esprits avec ma famille.

Jeanne

Jean n'arrivait pas à réaliser ce qu'il venait de lire. Ses craintes étaient bien justifiées. Cette relation, il refusait d'y penser et pourtant, c'était bien cela qui s'était passé entre sa mère et Delagarne. Ses traits se durcirent et la rage gonflait son cœur. Ce n'était pas possible, sa mère n'avait pas pu…Pas sa propre mère! Jeanne avait trahi son père et pendant toutes ces années, elle avait gardé ce terrible secret, cette honte. Il paraissait évident que Roselyne et Julien n'étaient pas les enfants de son père…. Cette grossesse était certainement celle qui allait donner naissance à son frère et sa sœur. Jean éclata en sanglot, les mains crispées, par une haine qui enflamma ses pensées. Il se leva brutalement et poussa un hurlement tout en jetant violemment son verre qui vola en éclat contre le mur le plus proche. Les mains serrées sur ce dernier, il se cogna la tête à plusieurs reprises, tout en ne cessant de crier.

- Je vais le tuer! Ce fumier de bourgeois ! Celui qui t'a salie ! Celui qui a volé mon frère et ma sœur, celui qui a détruit l'honneur de papa! Je te jure maman que je vais tuer cet homme. Je le hais ! Ils pensent que nous ne sommes que des moins que rien. Je les hais plus que tout au monde. Tu n'avais pas le droit! Tu n'avais pas le droit de nous trahir….. Je te jure que papa ne connaîtra jamais la vérité, et je te fais le serment que Julien et Roselyne n'en sauront jamais rien. Je vais tuer ceux qui savent. Je vais sauver notre famille !

Il hurla de nouveau :

- Pourquoi… Pourquoi nous as-tu fais ça ?

Il s'effondra au sol, se roula à terre en cachant son visage dans ses mains. Il resta un long moment ainsi, inerte, les yeux dans le vague, fatigué de cette vie maudite. Il se mit à

réfléchir fixant cette damnée lettre qui contenait une déchirure familiale ; puis, il reposa sa tête sur le sol. Il laissa son regard se poser sur les combles de la maison et ferma les yeux, épuisé par cette si dure matinée.
Il avait voulu tuer un homme, il s'était battu, pour apprendre la trahison de sa mère et découvrir que son frère et sa sœur n'étaient autres que les enfants de Delagarne. Ce n'était pas le même sang qui coulait dans leurs veines, mais celui d'un bourgeois.
La rage au ventre, les nerfs à vif, il se releva rapidement et décida de régler ses comptes en commençant par le boiteux.
Il fixa un instant le fusil de son père accroché au-dessus de la cheminée, mais il renonça à s'en saisir. Il ne fallait surtout pas que l'on sache que c'était un meurtre. Il fallait tuer, pour se venger et parce qu'il n'y avait plus d'autres solutions pour étouffer à tout jamais ce terrible secret. Ce meurtre devait être maquillé en accident pour ne pas finir au bagne ou pire encore. La vengeance allait le transformer en une bête sauvage. Il regretta en cet instant de ne pas avoir eu le courage d'assassiner cet homme, alors qu'il était à sa merci, quelques heures plus tôt. Désormais, il n'avait plus le choix, puisque cet homme pouvait tout dévoiler en faisant courir cette rumeur.
Quant à Delagarne, cet homme pour lequel il avait manqué de se laisser berné, il trouvera le moyen de s'en occuper plus tard. Protéger sa famille en sauvant l'honneur de son père était devenu son unique objectif à l'instant présent. La raison s'échappa de lui, la folie meurtrière, la vengeance avaient pris possession de son âme.
Tout à coup, il entendit des pas s'approcher de la maison. Il

se précipita à la fenêtre et vit son père qui rentrait. L'après-midi était déjà bien avancée. Dans sa douleur, il ne s'était évidemment pas rendu compte qu'il était resté plus de deux heures perdu dans ses pensées. Il se jeta sur la lettre pour l'enfouir à nouveau dans sa poche, juste au moment où son père venait de franchir la porte.
Ce dernier semblait véritablement soulagé d'être rentré. Il poussa un long soupir :
- Enfin! Ces simagrées sont terminées ! J'ai bien cru que j'allais y passer ma vie dans cette baraque.
Son fils l'écouta, s'efforçant de ne rien laisser paraître.
- Pourquoi n'es-tu pas resté avec moi ? J'aurais eu l'air moins stupide au milieu d'eux !
- Tu sais très bien ce que j'en pense papa ! Nous n'avons rien à voir avec eux, ce n'est pas notre monde ! Chacun à sa place et c'est bien mieux comme ça ! C'est ce que tu m'as toujours appris!
- T'as raison fiston ! répondit Roger en allant se réchauffer près du feu de la cheminée. Je ne sais pas ce qui m'a pris d'accepter de me mélanger avec ces gens ! Nous devons bien admettre que sans Delagarne, je ne sais pas où nous serions aujourd'hui !
Irrité par cette conclusion, Jean secoua la tête et répondit sèchement.
- Tu sais très bien papa, que Delagarne ne voulait pas de nous ici. Qu'il a toujours tout fait pour que l'on disparaisse ! Si tu crèches ici aujourd'hui, c'est grâce au docteur ! Tu le sais très bien !
Roger sentit une très grande aigreur dans les paroles de son fils. Cette haine que lui aussi avait auparavant, il en avait

hérité.
- Je reconnais que tu as raison, mais il faut bien finir par mettre de l'eau dans son vin et ravaler sa fierté!
Jean se mit à crier :
- C'est toi qui dit ça ! Ils nous ont toujours pourri la vie ! Delagarne n'est qu'un fumiste, qu'un voleur, comme tous ces bourgeois ! Il n'y en a pas un pour relever l'autre ! Ce ne sont que des menteurs et compagnie. Il n'y a que leur pognon qui les intéresse ! Il t'a volé tes terres papa ! L'aurais-tu oublié ? Qu'est ce qui t'arrive ? Tu ne vois pas que nous ne sommes qu'une farce pour Delagarne et que le jour où il n'aura plus besoin de toi, il te jettera comme il l'a déjà fait ! Jamais il ne t'a donné une seule chance de pouvoir t'élever ! Voilà qu'aujourd'hui tu te couches devant lui ! Tu vieillis père !
Surpris par cette colère subite, Roger se retourna pour fixer son fils, il discerna sur son visage une haine qu'il n'avait jamais vue aussi imprégnée auparavant.
- Qu'est-ce que tu as aujourd'hui ? Tout allait pourtant bien hier ?
- Rien père ! Uniquement que je sais encore qui je suis contrairement à toi !
- Je ne te permets pas de me parler sur ce ton ! N'oublies surtout pas à qui tu parles !
- Si tu n'es pas capable de comprendre certaines choses, alors ouvre un peu les yeux !
- De quoi tu parles ?
-Reconnais au moins que c'est grâce à Delagarne que Roselyne a été bien placée ! Reconnais que s'il n'était pas là, je ne sais pas où je dormirais aujourd'hui. Reconnais aussi que depuis que je suis ici, il nous laisse tranquilles et il nous

facilite même la vie.
-C'est vrai qu'à une époque moi aussi j'avais ta colère, et j'ai toujours cette amertume en moi. Celle de ne pas avoir réussi à faire mieux pour vous ! Nous sommes vivants mon fils et nous ne crevons pas la faim. Julien est en train de réussir ses études. L'année prochaine, il passera...Son diplôme... Son....
- Son brevet papa !
- Oui enfin peu importe ! Ton frère est en train de réaliser son rêve, et Roselyne semble épanouie chez les Zellers ! C'est tout de même Delagarne qui lui a trouvé ce boulot. Alors je suis d'accord avec toi sur beaucoup de choses, et je comprends ta frustration, car je l'ai connue. Tu as encore toute la vie ; la mienne, elle est derrière moi maintenant et dans la vie il y a des choix à faire !
Roger pouvait dire tout ce qu'il voulait, Jean n'était pas en état de comprendre.
- Et alors ! Roselyne n'est jamais qu'une bonne qui leur torche le cul ! Elle ne leur sert que de boniche, car c'est le seul horizon qu'ils acceptent de nous offrir ! Ils ont fini par t'avoir papa ! T'as raison, ta vie est derrière toi ! Puisque tu n'es plus capable de te battre. En ce qui me concerne, il n'est pas certain que j'ai encore toute la vie devant moi !
Roger fut touché en plein cœur par ce qu'il venait d'entendre. Pour la première fois de sa vie, son fils était en train de le rabaisser, pour la première fois, son fils le dénigrait. Il prit conscience de cette dernière phrase. Celle que son aîné pouvait très bien ne plus jamais revenir de cette guerre. Son cœur se retourna en songeant à cette réalité, et l'angoisse de

cette possibilité l'empêcha d'en dire plus. Il resta immobile et blessé du comportement de son aîné. Il retint ses larmes, car un père ne doit jamais pleurer devant ses enfants, surtout pas devant ce fils, mais la déception et l'inquiétude s'étaient imposées en lui.
Jean se rendit compte en le voyant si désemparé qu'il était allé trop loin. Il alla prendre son père dans les bras pour s'excuser.
-Qu'est ce qu'il t'arrive fiston ?
- J'en sais rien! Je crois que c'est cette putain de guerre qui m'a rendu si nerveux ! Excuse-moi papa, je ne voulais pas !
- N'en parlons plus, ce n'est pas grave ! Si je le pouvais, je n'hésiterais pas une seconde pour prendre ta place !
- Je sais papa, je sais !
- Surtout mon fils, ne te laisse pas bouffer par l'amertume, elle te détruirait. Tu as toute la vie devant toi, j'en suis certain. Sois patient tu y arriveras !

Sur ces mots, ils restèrent quelques instants serrés l'un contre l'autre. Jean se rendit compte que son père n'était plus aussi fort qu'auparavant et qu'il n'avait plus la force de lutter contre les injustices. Il s'apercevait qu'il devenait vieux et qu'il ne serait pas toujours présent. Enfin, pris par le remord du mal qu'il lui avait fait subir, et prisonnier de ce qu'il savait maintenant, Jean décida de sortir, afin de retrouver ses esprits.
Son père, inquiet, le regarda s'éloigner à travers la fenêtre, impuissant devant ce mal qui s'était emparé de son fils. Dans deux jours déjà, Jean redeviendra ce caporal, transporté dans le train qui le ramènerait en enfer.

XII

Sur le chemin du retour, Roselyne avait laissé son frère en compagnie de l'abbé, puisque ce dernier n'avait pas souhaité rentrer et avait insisté pour que sa sœur aille rejoindre le père. Elle décida donc cette fois de prendre le temps de découvrir le nouveau quartier, afin de se changer les idées. Elle vagabonda dans une ruelle bruyante en dévisageant tous ces nouveaux visages, s'arrêtant devant ces nouvelles boutiques, écoutant cette vie qui s'activait autour d'elle et qu'elle savourait maintenant avec confiance, car elle approuvait malgré tout, cette évolution qui permettrait aux anciens villageois d'accéder à de nouvelles commodités. Malgré le décès prématuré du maître d'école, la vie semblait s'annoncer plus clémente pour sa famille. Elle pouvait donc prendre le temps de reposer ses esprits et de songer à son avenir. Qu'allait-elle devenir ? La proposition de madame Zellers à son encontre semblait intéressante. Celle de lui permettre d'accéder à un diplôme de gouvernante était une bonne perspective. Toutefois, monsieur Zellers avait expliqué à sa manière, qu'il n'était pas nécessaire qu'elle suive des études pour atteindre ce statut, mais qu'il suffisait tout simplement de lui augmenter ses gages et de lui offrir un statut de gouvernante au travers d'un véritable contrat de travail. Roselyne, ravie de cette reconnaissance avait accepté cette proposition qui lui permettrait d'évoluer dans cette société si agressive.

Mais ce n'était pas uniquement son avenir professionnel qui la préoccupait, il y avait aussi ce besoin d'être aimée, cette envie de rencontrer l'homme de sa vie. En y songeant, elle fut

surprise d'avoir eu une pensée pour ce jeune lieutenant qu'elle trouvait très séduisant et si courtois. Elle se mit à en sourire, car il lui paraissait si évident que sa condition sociale ne lui permettrait certainement pas d'être aimé par un homme issu de la bourgeoisie. Elle s'efforça de chasser cette pensée et refusa de croire en cette illusion afin de ne pas se faire souffrir inutilement.
Elle continua mollement sa promenade sur le chemin qui la ramenait doucement vers la propriété de Delagarne.
Tout à coup, elle aperçut son frère aîné qui déambulait sur le trottoir d'en face, le visage inerte et éprouvé. Elle décida aussitôt d'aller à sa rencontre. Elle fut obligée de presser le pas pour le rejoindre.
- Jean ! Attend-moi !
Jean ne l'entendit pas, plongé dans ses pensées néfastes, marchant droit devant lui en ignorant tout ce qui l'entourait. Sous sa casquette à pont qui cachait ses yeux, la colère et une forte lassitude se dessinaient sur le visage, sur lequel était collé cet énorme pansement qui cachait la partie droite de sa face efflanquée et tourmentée.
D'un pas rapide, il s'engouffra dans une ruelle sinueuse et sombre, tout en jetant rapidement un regard derrière lui. Peut-être voulait-il s'assurer qu'aucune personne de sa connaissance ne l'avait surpris à emprunter cette voie. Etonnée de cet étrange comportement, Roselyne s'arrêta quelques secondes, puis repartit de plus belle, mais cette fois sans chercher à rattraper son aîné. Elle se mit à le suivre afin de découvrir le lieu vers lequel son frère se dirigeait. Qu'allait-il donc faire dans cette impasse bordée de maisons ouvrières, assombrie par les toits de la filature de Delagarne?

S'apercevant qu'elle risquait de le perdre, elle se mit de nouveau à l'appeler, en vain. Il ne se retourna pas, mais accéléra le pas. L'avait-il entendu ? Voulait-il la semer ? Avait-il de nouveau besoin de se retrouver seul, sachant que son départ approchait ?

Roselyne s'engouffra dans cette ruelle dissimulée par les maisons aux hauts murs de brique, aux fenêtres closes, aux rideaux tirés, préservant les secrets des vies qui se trouvaient à l'intérieur, que la grisaille de l'hiver et les remparts de l'usine rendaient sinistres. Elle ne quitta pas du regard cette silhouette aux épaules baissées et aux bras ballants qui rythmaient la démarche de ce corps amaigri, enveloppé dans une veste en drap bleu qui pendait le long d'un pantalon trop large, flottant autour de ce corps désarticulé et qui ressemblait aux tristes épouvantails qui se trouvaient dans les champs.

Quand elle arriva devant la grille de l'usine, elle put apercevoir au travers de celle-ci, quelques travailleurs qui se croisaient d'un pas rapide. Dans leurs vêtements ternes, ces âmes se pressaient certainement pour rejoindre leurs métiers, afin d'assouvir l'appétit de tous ces industriels qui, bien calés sur leurs fauteuils, assis dans leurs bureaux, derrière les murs de cet ogre de brique et d'acier, comptaient certainement les résultats financiers que produisaient toutes ces familles qui s'activaient pour gagner leurs maigres salaires de la journée. Roselyne fut stupéfaite par l'immensité de cette fabrique et aussi troublée par les créatures disciplinées aux visages fermés, fatiguées et résignées qui partaient accomplir leurs tâches quotidiennes.

Une main vint brusquement se poser sur son épaule. Surprise, elle se retourna promptement.
-Bonjour Roselyne ! J'ai eu du mal à te rattraper. Je suis content de te revoir. Il y a longtemps que l'on ne s'était pas revu. Comment vas-tu ?
Ce n'était que le fils du boulanger, qu'elle n'avait pas reconnu sur le coup et qui l'avait involontairement effrayée. Remise de cette émotion, elle répondit agacée:
- Bonjour Léon !
S'efforçant de rester courtoise, elle essayait de ne pas perdre de vue son frère tout en écoutant son ami. Jean avait disparu au fond de ce cul de sac, au bout duquel se trouvait un sentier s'enfonçant dans une prairie, qui s'étalait jusqu'à la lisière de la forêt. Morose, elle accepta néanmoins de passer un peu de temps avec ce jeune homme qu'elle connaissait bien. Devenu maintenant un homme, Léon était joli garçon, mais paraissait toujours aussi maladroit dans la façon de s'exprimer. Son regard bleu fixé au-dessus d'un nez aquilin sous lequel une fine moustache était dessinée, n'arrivait pas à fixer les yeux la jeune fille. Malgré son apparence mature, il était toujours aussi timide. Cette timidité laissait apparaître sa gentillesse débordante. Pour ne pas le froisser, elle l'écouta tout en espérant trouver rapidement une excuse pour se dégager. Léon n'en finissait pas de bafouiller, ce qui avait don d'agacer la jeune fille. En d'autres circonstances, elle aurait été ravie de passer un petit moment avec lui, et de prendre des nouvelles de sa famille. Elle aurait aimé aussi comprendre les raisons qui avaient permis à ce garçon de ne pas être mobilisé. En songeant à cette chance, dont il bénéficiait, elle eut un sentiment d'injustice pour son frère.

Elle décida enfin de rompre cette discussion, prétextant que son père l'attendait.
- On se voit demain si tu veux ! insista Léon.
- Oui … demain, j'aurai plus de temps.
- A la même heure ?
Dans la hâte, elle répondit:
- Oui... La même heure.
Enfin, elle l'embrassa et s'en alla.
- Attends Roselyne !
Crispée, elle poussa un long soupir et s'arrêta à nouveau.
- Quoi !
- Tu n'as pas précisé l'endroit !
- Bah, heu ! Je ne sais pas !
- Ici, si tu veux, et ensuite nous pourrions aller nous promener.
- D'accord on fait comme ça ! Allez à demain !
Elle put enfin reprendre le chemin que son frère avait emprunté, mais au bout d'un certain temps, elle fut prise d'un doute. Jean s'était-il dirigé vers la forêt? Elle n'en était pas certaine. En cette fin d'après-midi, le jour commençait à s'effacer et la crainte de se perdre dans la nuit ainsi que le froid qui s'accentuait l'invitèrent à renoncer. Elle rebroussa donc chemin, troublée par l'attitude surprenante de son grand frère. Elle jura sur ce pauvre Léon qui était apparu au mauvais moment, puis se ravisa en souriant sur la maladresse de ce pauvre bougre qu'elle appréciait malgré tout.

*

Au cœur, des larmes
ou
La promesse des hommes

Au milieu des arbres dénudés, dans l'obscurité naissante de l'hiver, Jean avançait d'un pas décidé dans le sous bois dont les squelettes des arbres laissaient encore filtrer la lumière du soleil. Bientôt les dernières lueurs du jour se laisseront mourir doucement dans le lourd silence de l'obscurité qui sournoisement enveloppait l'âme du soldat. Perdu dans le piège que le diable lui avait tendu, il approchait de sa victime, armé de cette lame qui venait de souffler son dernier éclat avant de recevoir la chaleur vermeille de la mort. Dans l'enchevêtrement fantomatique des arbres, il aperçut enfin à la lisière de la forêt, la flamme d'une lampe qui gesticulait follement derrière la vitre brisée de l'antre de sa proie. Le sol gelé craquait sous ses pieds, le vent glacial rougissait ses yeux mouillés, et blanchissait ses mains rugueuses. L'assassin était prêt et plus rien désormais ne pouvait l'empêcher de tuer. La soif du diable était en lui, Dieu semblait encore une fois être vaincu par la colère des hommes.

Brusquement, la bête sauvage fonça, ivre de vengeance et de sang. Elle devait maintenant s'abreuver et satisfaire sa haine. Elle allait enfin se nourrir sur la table hideuse du mal. Un cri surgit dans la nuit quand la porte céda sous la force du dément. La bête s'arrêta aussitôt pour repérer dans la pénombre celui que la mort venait de choisir.

Où était-il ?

Jean examina l'intérieur du refuge. Sa respiration haletante faisait apparaître sur sa face enragée des perles de sueur qui restaient figées sur son front. La tanière du boiteux était vide !

Furieux, Jean hurla.

Quand tout à coup, il vit une ombre danser sur le mur qui se trouvait devant lui. Essoufflé, Jean plissa les yeux pour observer cette étrange apparition. Un spectre gesticulait dans la lueur de la lanterne qui brûlait sur la table. L'ombre inquiétante intriguait le jeune caporal, qui commençait à se calmer. Une étrange atmosphère régnait dans la pièce, une odeur morbide planait au-dessus des quelques meubles vieillis qui dormaient devant lui. Son regard scruta les alentours pour enfin venir s'arrêter devant ce pantin inerte qui se balançait au bout d'une corde, dans un coin de la pièce. Jean reconnu son visage que le nœud coulant avait bleui. Ses yeux exorbités et sa langue pendante le faisaient ressembler à un démon venu tout droit des enfers. Le jeune caporal resta immobile devant cette triste scène.
Le boiteux n'était plus. Le Pierrot, vaincu par ce passé trop lourd et l'âme débordante de remords, avait décidé de mettre fin à sa si longue et si déplorable histoire. Après le décès de Marianne sa vie n'était devenue qu'un enfer dans lequel la haine s'était vautrée. Combien de personnes avait-il fait souffrir, par mépris par aigreur, par vengeance? De combien de femmes avait-il abusé, combien de verres d'alcool avait-il ingurgité afin de le rendre encore plus fou et surtout, depuis combien d'années harcelait-il la famille Durrieux? En se donnant la mort, il avait donc renoncé au châtiment qu'il avait réservé à Roger. Certainement qu'il avait enfin pris conscience du drame de sa vie et du malheur dont il ne fut pas le seul à souffrir. Avait-il pardonné ? S'était-il pardonné à lui-même ? S'était-il confessé à Dieu avant d'accomplir l'acte suprême ? Nul ne le saurait certainement jamais. Jean était venu pour le tuer, et voilà qu'il venait de lui voler sa

vengeance.
Jean fit un pas en arrière, la face grimaçante à la vue de ce cadavre qui se balançait devant lui. Le boiteux venait incontestablement de sauver l'âme du jeune Durrieux en lui évitant l'acte criminel qu'il était venu accomplir et qui certainement aurait pourri tout le restant de sa vie. Il n'y avait aucune pitié dans le regard du jeune homme, uniquement un sentiment de dégoût, accompagné d'un salutaire soulagement que le destin venait de délivrer. La vie n'avait donc pas voulu faire de lui un criminel. Jean n'était pas un assassin. Il alla s 'adosser sur le mur de la porte d'entrée, jeta son arme sur le sol, puis souffla dans ses mains pour les réchauffer. Epuisé, il resta ainsi de longues minutes dans le froid à regarder ce mort qui s'était perdu entre terre et ciel et dont le néant s'était emparé du regard.
Dans la lueur de la lanterne qui continuait de danser sur l'ombre macabre du pendu que le froid avait rapidement raidi, Jean chercha au fond de ses poches ses cigarettes, et sa boite d'allumettes. Sa main droite vint alors retrouver cette maudite lettre qui dormait au fond d'une de ses poches et qui l'avait fait venir jusqu'ici. Ses doigts glacés se mirent à la serrer. Non, il ne pouvait avoir aucune compassion pour ceux qui avaient fait le malheur de sa famille.
C'en était fini du boiteux, mais il restait encore Delagarne. Comment lui et sa mère avaient-ils pu? Il gratta une allumette et embrasa sa cigarette. Quel ne fut son effarement quand dans la lumière de la flamme, il aperçut à sa gauche, de l'autre côté de la porte, une silhouette immobile qui sûrement devait être présente avant qu'il n'entre dans la masure. L'étranger ne bougea pas et resta silencieux. Certainement

était-il en train de l'observer. Etait-il l'ange du diable venu chercher le damné ? Ou seulement la mort qui admirait son œuvre ?
Jean ne bougea pas et tendit son allumette en direction de l'inconnu.
- Tu peux l'éteindre jeune homme, je ne vais pas bouger !
Delagarne ! Raymond Delagarne était venu jusqu'ici !
Jean n'en revenait pas. Ce salaud de Delagarne était présent devant lui et était resté sournoisement caché dans ce taudis, pendant tout ce temps. Une énorme envie de bondir s'empara du jeune homme, mais ses muscles semblaient s'être figés. Aucun de ses membres n'en avait la force. Etait-il paralysé par le froid qui sévissait à l'intérieur de la demeure ou seulement tétanisé par l'émotion.
- Que faites-vous là ? demanda t-il.
- La même chose que toi ! Je suis venu en finir avec cette histoire et récupérer un objet que je n'ai pas trouvé et que tu dois certainement avoir en ta possession !
- Si c'est de cette médaille dont vous me parlez, je l'ai encore sur moi !
- Tu sais très bien de quoi je parle. Si tu es ici c'est que tu l'as lue !
- Et alors ! Vous allez essayer de me la reprendre ?
- Non, seulement la détruire !
- J'ai lu la lettre ! Je vais vous tuer pour ce que vous avez fait ! Jean sentit la haine qu'il éprouvait depuis si longtemps envers ce bourgeois, cette rancune qui brûlait son esprit si meurtri. L'envie de meurtre était de nouveau en train d'incendier ses veines, il s'apprêtait à l'étrangler de ses propres mains.

- Ne bouge pas petit ! Je crois qu'il est important maintenant de te dire la vérité! Après tu feras ce que tu voudras.
- Je la connais déjà votre vérité !
- Non ! Laisse-moi t'expliquer !
- Dites-moi si mon frère et ma…
- Tu penses que je ne suis qu'un sale rentier qui a profité de ta mère !
- Taisez-vous !
Delagarne était bien décidé à continuer et à tout lui dire:
- Ce n'était pas qu'une question d'amour, mais uniquement un désir qui nous a réuni ce jour-là !
Jean ne voulait rien entendre. Il voulut intervenir de façon brutale, mais Raymond Delagarne leva la main en criant :
-Laisse-moi terminer ! Je sais le mal que je suis en train de te faire ! Il est nécessaire que tu saches pourquoi nous en sommes arrivés là !

S'apercevant qu'il n'avait plus force pour se battre, Jean se résigna involontairement à l'écouter
-J'étais à cette époque un homme détruit par la mort de mon fils, et ma femme était déjà en train de me quitter dans sa folie. Je n'avais aucun réconfort. Je n'écoutais même plus Charlotte qui s'efforçait de m'aider. J'avais perdu tout espoir, plus rien ne comptait depuis le décès de mon garçon. Je voulais en finir, car je venais de perdre ce que j'avais de plus cher au monde. Je donnerais tout ce qui m'appartient aujourd'hui pour retrouver ma famille ! L'état dans lequel se trouvait mon épouse et l'amour que j'avais pour elle, m'empêcha de mettre fin à mes jours. Le docteur avait tout essayé ! Il fallait se rendre à l'évidence, mon épouse avait

perdu la raison. Je ne supportais plus ses cauchemars, ses hurlements dans la nuit, ses angoissants éclats de rire ; Je ne savais plus que faire quand elle éclatait en sanglots, de voir son regard absent. Personne ne pouvait comprendre le monde dans lequel elle était entrée. Dans ses angoisses, ses pleurs, j'essayais malgré tout, de la réconforter, mais c'était inutile, elle était morte depuis longtemps. Seul son corps était encore vivant, mais son âme s'en était allée. Le docteur Roca m'avait un jour expliqué qu'elle ne pouvait plus rester dans le manoir. Il m'avait proposé de l'interner dans un hôpital psychiatrique, où elle aurait fini sa vie entourée de médecins incompétents, entourée d'aliénés. Elle qui fut une si jolie femme, si joyeuse, si coquette, si pleine de vie. Il m'était inacceptable de l'abandonner en la laissant dans un univers aussi pitoyable. J'ai refusé catégoriquement, je ne pouvais la laisser. Elle était ma femme, mon plus grand amour et je voulais avec elle subir notre détresse. Je me sentais si coupable de mon absence le jour du drame. J'ai un jour essayé de mettre fin à tout ça, en décidant de nous tuer tous les deux pour enfin rejoindre notre enfant. Le courage m'a manqué. J'ai donc continué de vivre dans cet enfer. Jeanne est venue demander du travail au manoir. J'ai accepté de lui concéder quelques heures de ménage tous les mardis. Ta mère était pleine de vie, si joyeuse, si courageuse et toujours volontaire. Je fus séduit par sa personnalité et sa bonne humeur. Elle avait apporté dans ma demeure cette joie qui avait disparu. Au début, je l'ignorais, puis au fil du temps, j'ai fini par observer son comportement avec les autres employés. Tous l'appréciaient, elle apportait cette gaieté de jadis. Au fur et à mesure des semaines, je me suis rapproché

d'elle sans aucune intention, tu peux me croire. Uniquement parce que j'appréciais cette lumière qu'elle apportait dans le manoir. Nous avons appris à mieux nous connaître et à véritablement nous apprécier. Ce n'étaient que des sentiments amicaux. Je peux te jurer que nous n'avions aucun autre but que celui d'une simple amitié.
Delagarne se mit à bafouiller. Ce n'était pas le froid, mais le trouble des souvenirs qu'il s'était jurés d'oublier, qui le fit trembler. Il racla sa gorge enrouée par l'émotion et ce trop lourd malheur de la perte de sa femme et de son fils ainsi que du secret qu'il avait gardé en lui toutes ces années. Les yeux humides, le visage blême, il fixa un instant la silhouette du soldat, puis l'image effrayante du pendu immobile dont l'ombre s'élargissait sur le sol. Angoissé par cette vision il demanda à Jean de sortir pour pouvoir continuer. Jean refusa.
- Il est crevé ! Il ne fera plus de mal à personne. Nous restons ici !
Delagarne, mal à l'aise, n'insista pas et continua à martyriser sa mémoire.
- C'est arrivé un jour où je me trouvais seul dans mon bureau. Elle est venue comme d'habitude, faire du rangement. Il y a des choses que tu ignores peut-être. Je ne te demande pas de me croire, seulement de m'écouter. Je n'ai aucune raison aujourd'hui de te mentir. Après tu pourras prendre ma vie, si cela peut te soulager. De toute façon, je suis mort depuis bien longtemps. Ta mère m'a un jour expliqué ce qu'elle endurait avec ton père, à cette époque. Je ne cherche pas à salir ton père, car c'est un homme qui a mon admiration. Je veux te dire la vérité !
Jean attendait la suite, malgré la souffrance qui le tenaillait. Il

resta immobile, ressemblant à une statue qui se serait perdue dans un monde inconnu, et qui du regard chercherait la liberté si désirée. Cette liberté, Jean la réclamait depuis si longtemps, pour enfin se dégager de ce passé qu'il n'avait pas connu, mais dont les fantômes venaient le hanter jours et nuits.
Delagarne continua :
- Ton père délaissait ta mère et elle en souffrait. A cette époque, ton père ne vivait que pour ses récoltes et sa ferme. Ils se disputaient souvent. J'ai ressenti chez Jeanne beaucoup de souffrance qu'elle réussissait à dissimuler devant les gens. Après une longue discussion elle a fini par se confier. Elle était si malheureuse, mais si résignée dans sa vie de femme et surtout de mère. Je crois que nous nous sommes compris en cet instant. Elle connaissait ma vie, et je venais de comprendre la sienne. Je pense que ce jour là, nous avions tous les deux ce besoin qui nous a amenés à ce que tu sais. Ta mère était une femme si étonnante, si brave, si bienveillante et surtout si intelligente. Je ne devrais pas….. J'ai aimé Jeanne, et cet amour que j'ai éprouvé, m'a torturé l'esprit, ma conscience envers mon épouse et mon fils. Cet amour me torture encore aujourd'hui. Car je l'ai toujours gardé en moi. Je regrette ce que nous avons fait. Quand j'ai lu sa lettre je venais de comprendre que j'avais perdu une grande amie pour un moment d'égarement ! Voilà ! Je te demande pardon !

Jean senti ses larmes couler sur ses joues glacées.
- Êtes-vous le père de mon frère et ma sœur ?
Delagarne ne répondit pas aussitôt.

- Ta mère n'a jamais menti ! J'aurai certainement préféré ne jamais savoir !
Le jeune homme se mit à cogner ses poings sur le mur sur lequel il s'était appuyé. Ne trouvant la force ni l'envie de s'acharner, fatigué et embrouillé dans ses pensées, il cria :
-Allez vous en ! Foutez-moi le camp !
Delagarne hésita quelques secondes devant la détresse du jeune soldat. Ne trouvant pas les mots pour lui faire entendre à quel point il comprenait sa douleur et comment se faire pardonner, il décida alors de se retirer. Le cœur meurtri par ce passé que tous avaient subi, il s'en alla.
Ébranlé, Jean se laissa tomber sur le sol et se recroquevilla sur lui-même. Tentant de remettre de l'ordre dans sa tête, il essaya de comprendre ce passé qu'il n'avait pas connu mais qui continuait de s'acharner sur lui bien des années plus tard.. Il se souvint des mots du boiteux et de Delagarne, il imagina la vie de sa mère. Des moments difficiles, que sa mère avait vécus avec son père trop préoccupé par sa terre, oubliant le manque de tendresse et d'amour que réclamaient son épouse et ses enfants. Ce que lui avaient dit Delagarne et le boiteux sur l'attitude de Roger à cette époque où le mal était en train de naître, ne le surprenait pas. Car il savait au fond de lui, qu'ils avaient raison; Jean n'ignorait pas que son père avait été ainsi, il se rappela les colères, et les anxiétés de ce dernier. Roger était certainement aussi fautif que les autres. Il avait sa part de responsabilité dans ce malheur, dans l'égarement de son épouse, dans le décès de sa sœur Marianne et dans la rancune du boiteux. Le boiteux était-il plus coupable que Roger? N'avait-il pas lui aussi souffert de la mort de sa jeune épouse et du bébé qu'elle portait ? Dans la

nuit de ce drame, le boiteux n'avait ce soir-là, que la joie de fêter sa future paternité. L'alcool l'avait empêché de sauver sa femme. Etait-il vraiment coupable pour autant ? Si cela était le cas, Roger devait être aussi fautif que son beau-frère, puisqu'il avait refusé l'hospitalité à sa jeune sœur à cause de ses excès de colère. Jean compris en cet instant, qu'ils étaient tous aussi coupables qu'innocents, et que le seul et unique condamnable dans cette tragédie n'était autre que le destin, celui des hommes, qui en semant le malheur avait détruit une famille et semé derrière lui la haine dans les cœurs. Ce drame n'était autre qu'un épisode dramatique dans l'histoire des hommes. Il finit par se rendre compte qu'il en était de même pour Delagarne et Jeanne. Un homme qui, le cœur brisé par la perte de son unique enfant et par la folie d'une épouse, avait trouvé un réconfort, un amour dans le cœur d'une femme esseulée. Ces tragédies qui avaient empoisonné pendant de si longues années ces familles, devaient maintenant ne plus être. Jean commença à se rassurer sur cette dernière pensée. Désormais, il fallait oublier, recommencer, pardonner et croire en l'avenir. Il resta assis sur le sol de longues minutes en fixant inerte Pierre Binard qui avait réussi à sa manière à s'évader de ce passé devenu trop lourd à porter. C'est alors qu'il sentit en lui un fort sentiment de pitié envers cet homme qui s'était détruit dans le malheur. Jean ressentit subitement un soulagement étrange accompagné de compassion, le soulagement d'avoir pardonné le réchauffa, et la compassion sur la misère de ce bougre qui se balançait au-dessus de lui. Il ferma les yeux en s'apercevant qu'il était resté humain et que la colère venait de le quitter enfin, que le destin avait décidé de sauver son âme

et certainement sa famille.
La silhouette de Raymond Delagarne s'enfonça dans l'obscurité de la nuit. Le vent qui soufflait dans les branches des arbres laissait les dernières feuilles flotter dans l'air pour venir mourir, comme les larmes de Jean, sur le sol gelé de la clairière que la timide lumière de la fenêtre éclairait faiblement.
Cependant, les deux hommes ignoraient que dans ce lourd silence, dans cette atmosphère glaciale, dans cette obscurité inquiétante, se cachait une ombre qui observait l'homme disparaissant dans la forêt. Cette silhouette dissimulée sous la lueur de l'unique fenêtre de la demeure, cette silhouette n'était autre que Roselyne qui avait finalement succombé à l'envie de comprendre l'étrange comportement de son aîné et qui avait décidé de le suivre jusqu'à ce lieu maudit. Le visage défait et engourdi par le froid, elle se mordit les lèvres pour ne pas hurler. Ses mains glacées se tordirent sur ses genoux, elle était gelée jusqu'aux os par ce froid humide qui la torturait dans cette détresse dans laquelle elle venait d'entrer. Quel était donc ce cauchemar, cette horrible nouvelle qui venait de détruire son passé à tout jamais? Son père n'était pas l'homme qui l'avait élevée, mais ce Delagarne qui venait de s'effacer dans les ténèbres. Elle voulut se précipiter dans les bras de son frère, mais le gel et l'effroi l'en empêchèrent. Devinant que son frère se trouvait derrière le mur sur lequel elle s'était recroquevillée, elle caressa les pierres qui les séparaient en espérant que ses caresses traversent ce rempart qui n'était que l'unique témoin intime et le seul lien de cette détresse fraternelle. Roselyne le cœur brisé, l'âme martyrisée, pleurait en silence, incapable de serrer dans ses bras ce grand

frère qu'elle aimait tant et dont elle espérait recevoir du réconfort.
Elle resta ainsi un long moment, le visage enfoui entre ses genoux. La douleur de cette révélation était si puissante qu'elle ne savait plus qui elle était, elle se perdit dans ses pensées, incapable de se calmer, elle songea brusquement à Julien et se jura qu'il ne devrait jamais connaître ce terrible secret, persuadée que cela le détruirait. Les souvenirs lui firent apparaître le visage de sa mère et de son père. Elle ressentit alors, un si grand besoin d'apaisement. Elle souhaita en cet instant qu'un ange la prenne dans ses bras, la réchauffe, la protège contre toutes les malédictions qui s'acharnaient sur sa famille et se mit à prier pour qu'un séraphin puisse l'emmener loin de ce monde, loin de cette misère, de ce désastre, pour s'envoler dans un univers de paix, dans un lieu où la souffrance n'existe pas. Le froid abrutissait ses pensées tout en la paralysant. Immobile, attendant peut-être la venue de cet ange qui viendrait pour la sortir de ce cauchemar, en grelottant, elle observa l'obscurité qui l'entourait. Les spectres que les arbres dessinaient, amplifiaient ses angoisses, puis elle leva les yeux vers cette lumière que la fenêtre libérait essayant peut-être de fuir la mort qui s'était installée dans ce lieu horrible.
Brusquement, elle entendit un craquement, et fut aussitôt élevée pour être serrée contre celui qui venait de l'arracher du sol glacial et de ses pensées morbides. Il la serra fortement dans ses bras pour essayer de la réchauffer, attristé et surpris de la voir en ce lieu. Il l'embrassa longuement sur la joue pour ensuite lui demander :
-Qu'est-ce que tu es venue faire ici ? Il y a longtemps que tu

es là ?
Il n'eut pour seule réponse qu'un hochement de tête suivie de grosses larmes qui coulaient sur le visage supplicié de sa petite sœur.
- Tu as donc tout entendu !
La forte étreinte de sa sœur lui fit comprendre ce qu'il redoutait. Elle avait tout entendu et c'est le cœur brisé par cette fin de journée, par cette tragédie qui hantait cette nuit si profonde, qu'il décida de partir en la protégeant de sa veste du froid qui ne cessait de s'acharner sur le corps de la jeune femme. Il l'emmena loin de cet endroit où la mort venait de frapper en laissant derrière eux un drame exprimant une triste vérité et qu'ils devront désormais accepter pour enfin vivre en paix.

XIII

L'annonce du décès de Pierre Binard n'avait évidemment pas remué les foules dans le village. Le corps du boiteux fut retrouvé par le garde-chasse, le lendemain du drame. Ce fut bien pénible pour Delagarne de ne pas signaler le cadavre aux autorités, mais il n'allait pas s'attirer la curiosité des habitants. Jean avait eu la même réaction. Il leur paraissait évident, sans se concerter, que cela aurait paru suspect. Sans la curiosité du fonctionnaire, qui fut intrigué de ne pas le voir rôder dans les parages, le mort aurait certainement pourri dans la baraque. Le docteur Roca fut aussitôt convoqué pour prendre acte du décès. Le corps fut étendu sur sa paillasse attendant qu'on le prépare et qu'on l'enferme dans une boite pour ensuite l'emmener sur le banc de pauvreté. Ce fut un enterrement à la charité, une inhumation de misérable qui fut vite expédiée. La brume matinale recouvrait de son manteau opaque le cimetière au milieu duquel se dressait l'église. Quelques personnes présentes attendaient les derniers mots du prêtre. Le son du glas résonnait tristement en cette matinée, poussé par un vent humide qui glaçait les os de ceux qui avaient accompagné le misérable dans sa dernière demeure. Delagarne était tout de même venu aux obsèques du malheureux. Le Comte regardait la scène silencieusement et fut surpris de la présence de Jean. Affublé dans son uniforme, le jeune homme avait décidé, juste quelques heures avant son départ, d'assister à l'enterrement.
Le suicide fut vite reconnu par les autorités, personne ne fut inquiété, car bons nombres de témoins se doutaient que le Pierrot finirait ainsi.

Dans la genèse de cette année de 1916, la colère des hommes allait-elle s'apaiser ? La mort du boiteux permettrait-elle de chasser les rancunes d'antan, afin que les éprouvés puissent enfouir leur haine du passé et ouvrir les yeux vers un avenir plus clément ? Il le fallait ! Pour ne pas se démolir, pour ne pas laisser les rancœurs ruiner une famille. Delagarne eut une pensée pour la Jeanne. Les regrets ne pourront rien changer, il le savait. Pourtant, il ne pouvait s'empêcher de songer à ses deux enfants. Il ne pouvait s'enlever de l'esprit qu'ils étaient sa progéniture. Son cœur se serra subitement quand il songea à cette trahison, à cet égarement qui lui avait donné deux enfants, dont il était vital qu'ils ignorent tout le long de leur vie cette paternité. Pour leur bonheur, leur équilibre, Raymond Delagarne ne pourrait jamais se dévoiler. Quant à Roselyne, elle était restée près de son père, car il était évident que dans son cœur, il n'y avait qu'un seul papa. Cette déchirure qui avait entaillé son âme, ne cicatrisera certainement jamais, mais elle saura vivre avec cette douleur pour l'amour des siens, pour elle-même et pour cette maman dont elle comprit que la vie ne l'avait pas non plus épargnée. Roselyne savait cacher ses détresses. Elle resterait fière de ce père qu'il fallait aussi protéger, et qui avait suffisamment souffert. Roger avait refusé d'assister aux funérailles. Il paraissait satisfait après avoir appris cette nouvelle qui le sauva lui aussi de sa menaçante colère. Au fond de lui, il refusait d'admettre qu'une perception de tristesse s'était installée. De la tristesse ! Ou bien un sentiment de gâchis, de toutes ces vies ruinées par la dure réalité de la vie. Il ignorait que désormais son fils et sa fille connaissaient ses humeurs et ses erreurs du passé. Il aspirait maintenant à une vie plus

calme, lorsque l'aîné serait enfin libéré.
Pourtant, le temps du repos semblait être encore si loin avec cette guerre qui paraissait ne jamais vouloir s'arrêter.
Deux années de conflit déjà, et tant de victimes tombées sur le champ d'honneur, tant de vies perdues et si peu d'espoir de voir la sagesse humaine retrouver le chemin de la Paix. Tant de vies détruites par la colère des hommes, tant de désastres que le passé avait semés. Dans le cimetière, sous le froid persistant, l'abbé Victor avait donné son sermon pour cette âme qui s'était égarée dans les méandres de la folie. Il connaissait le misérable que l'on enterrait près de son épouse disparue dans les circonstances que tous connaissaient. Il ne jugeait pas l'homme qui se trouvait enfermé dans le cercueil posé sur la terre gelée. Bien au contraire, il pria pour que Pierre Binard puisse enfin retrouver pour l'éternité, son amour, et que dans le royaume des cieux, il redevienne l'homme qu'il aurait dû toujours être. Les hommes lui ont pardonné, il ne peut en être autrement de la part des anges. Ce n'était pas Pierre qui était le mal, mais le supplice qui l'avait rendu fou. En ce jour où le soleil ne décidait toujours pas d'offrir sa lumière, l'abbé leva les yeux vers le ciel, suppliant en silence le seigneur d'offrir sa clémence et de redonner l'espoir dans le cœur des hommes. Dieu allait-il enfin intervenir au travers de sa miséricorde pour que finalement le monde trouve la quiétude si désirée ?
Autour de la sépulture, aucun mot ne fut échangé ce jour là, uniquement de brefs regards qui en disaient long sur la difficulté relationnelle que Jean et le Comte connaîtraient désormais. Jean ressentait une grande fatigue. Il était brisé de l'intérieur, détruit par toutes les horreurs qu'il avait vécues.

Comment réussir à se reconstruire avec toutes ces images barbares qui le hantaient ? Comment croire en l'espèce humaine ? Sa lumière était en train de s'éteindre, ses émotions disparaissaient pour laisser place à trop de haine dont il fut aussi victime que coupable. Il savait qu'il ne serait plus jamais le même. L'avenir ne voulait plus rien dire en cet instant. Trop de déchirures, trop de trahisons, trop de morts, trop de larmes, trop de souffrances pour pouvoir encore espérer. L'animal enragé qu'il était devenu venait de se transformer en un fantôme, qui errerait toute sa vie dans le cauchemar désormais installé dans son esprit.
Il s'inquiéta pour la santé de sa sœur, pour cette innocente que la vie ne voulait pas épargner. Jean craignait que ce qui avait été révélé en ce soir tragique finisse par miner l'esprit de la jeune femme les mois qui suivront.
Roselyne restera t-elle assez forte pour supporter l'infidélité de sa mère, qui n'en était pas tout à fait une, si le père avait su comprendre le mal de son épouse dans les périodes difficiles ? Toutefois, Jean devrait se rassurer, car malgré son apparence fragile, elle était bien forte la gamine. Certainement la plus courageuse de toute la famille. Elle savait encaisser et se relever. Le même caractère que la mère ! Ne jamais baisser les bras, toujours aller de l'avant. Elle vivra ainsi la petite Roselyne ! Bien plus brave dans son cœur que beaucoup d'hommes. Elle saura aussi garder le secret pour ne pas bouleverser l'esprit fragile de son frère Julien.
En quittant la cérémonie, Jean avait aussi compris que malgré les différences sociales, la vie dans ses actes n'épargne personne. Il se dirigea vers le Comte, s'arrêta net devant lui,

et se mit à le fixer longuement sans dire un mot. Delagarne ne sut que faire, il resta immobile, troublé par l'insistance du regard de Jean. Ce dernier lui tendit sa main droite.
Delagarne baissa les yeux et se troubla en apercevant la médaille.
- Elle ne m'appartient pas ! Reprenez là ! murmura le jeune militaire.
Saisis par l'émotion, le Comte observa le bijou et le prit dans ses mains tout en balbutiant :
- Je l'ai acheté pour l'offrir à votre mère. J'espérais que la vierge qui y est gravée puisse protéger l'enfant qu'elle attendait.
Il se mit à sourire nerveusement.
- Je n'ai jamais eu le courage de lui offrir !
Il n'y avait aucune expression sur le visage de Jean, qui se retira en laissant l'homme dans ses pensées.
Le Comte se dirigea vers la tombe de son épouse pour se recueillir. Là, il se baissa et déposa la médaille au pied de celle de son fils qui reposait à côté de sa mère. Le cœur vide, il éclata en sanglots. Puis, il leva les yeux pour observer au loin la silhouette du soldat qui s'effaçait dans la brume. Il le remercia silencieusement de l'avoir aidé à se délivrer du mal qui le tourmentait depuis tant d'années et de lui avoir rendu cette médaille qui ne pouvait revenir qu'à son fils.
Désormais, pour Jean, il y avait un autre combat à gagner. Une promesse à tenir. Un frisson d'effroi lui glaça le sang en songeant qu'il fallait retourner dans les entrailles du diable. Il avait souvent songé à ne pas repartir et à se cacher, en attendant la fin de cette guerre. Mais pour aller où ? Comment réussirait-il à vivre sans mettre sa famille dans

d'autres soucis aussi angoissants que s'il se battait ? Combien de temps pourrait-il rester caché avant d'être retrouvé pour être jugé pendant ou après ce conflit ? Il connaissait les risques de devenir déserteur. En temps de guerre, l'insoumis ne meurt pas sur le champ de bataille mais devant un peloton d'exécution. Il avait donc finalement abandonné cette énorme envie de fuir. Il ne se pressa pas et s'arrêta même un moment pour observer l'horizon. Comme elle était belle sa campagne, il chérissait cette forêt, ces champs et ce village qui malgré les transformations qu'il subissait, savait garder son âme. Jean aimait son pays. Une larme glissa sur sa joue blessée quand il songea à cette vie déchirée, et à cette maman qui, comme lui avait tant aimé ce lieu dans lequel ils eurent malgré tout, des périodes heureuses.
Ses mains se remirent à trembler, son cœur à s'emballer lorsque ce décor s'effaça, remplacé par la vision des combats, ce qui lui noua l'estomac. Bien sûr qu'il fallait repartir, il n'avait pas le choix. Essayant de se calmer, il se promit à nouveau de rester vivant pour tenir ce serment qu'il s'était imposé, celui de ramener Antoine auprès de sa fiancée, protéger ce gamin qui comptait tant sur sa protection. Pourvu qu'il soit encore en vie, songea t-il. Il le fallait ! Ce gamin n'avait pas le droit de le laisser tomber, car il était son unique raison de continuer à se battre. Antoine représentait le peu d'humanité qui lui restait, et qui lui permettait de tenir. En protégeant cet innocent, cet enfant perdu au milieu de cette terreur, de cette folie sanguinaire qui avait changé les enfants en démons, il s'empêchait lui-même de devenir un monstre.
Etait-il si important de revenir vivant de cette guerre ? Il n'en était pas certain, car il savait que le mal qui s'était installé

dans sa tête, que tous ces morts, cette rage guerrière le hanteraient pour le restant de sa vie. Ne fallait-il pas revenir vivant pour les siens, continuer de les protéger, construire une nouvelle vie, avoir sa terre et prouver que lui aussi était quelqu'un ? Revenir vivant pour découvrir enfin la quiétude familiale qui s'était échappée depuis bien trop d'années. Etait-ce encore possible ? Il n'osait l'espérer, mais une étincelle brillait encore au plus profond de lui. L'instinct de survie peut-être, ou simplement un rayon d'espoir qui ne voulait pas s'éteindre. Voilà cette volonté qu'il fallait retrouver ! Voilà ce but qu'il ne fallait pas abandonner, pour se donner une raison de vivre. Continuer de se battre, non pas pour tuer mais sûrement pour vivre.
Vivre ! Il était encore difficile pour Jean de comprendre le véritable sens de ce mot. Vivre et non plus survivre, pour enfin profiter de tous ceux que l'on aime, pour partager un bonheur mérité avec sa famille réunie, et offrir son amour à ceux qui les ont aimés. Vivre en paix avec soi même, sans rien regretter, en ayant pardonné, en oubliant les haines d'autrefois, les misères et en se souvenant des joies et non des peines. Respirer le plus longtemps possible l'air de cette bonne terre pour enfin s'épanouir vers la paix que chaque homme est en droit de demander. Comme la vie des hommes lui semblait si étrange tout à coup ! Comme ce rêve lui semblait inaccessible ! Toutefois, la petite lumière, aussi fragile qu'elle fut, brillait encore dans son cœur. Il s'aperçut que pour jouir d'un tel bonheur, il serait encore obligé de tuer, de supprimer la vie d'hommes qui aspiraient certainement au même rêve que lui. Qu'en face, les gamins qui se battaient étaient les mêmes que ses camarades, mais

que la folie humaine les avait transformés en assassins uniquement pour les mêmes raisons que lui.
Quelques heures plus tard il se retrouva avec son lieutenant à l'arrière du train qui les ramenait dans cette région où le Diable avait élu domicile. Après avoir brûlé le peu d'humanité qui restait, ce dernier attendait dans son repaire le retour de ses proies. Les deux militaires regardèrent les ombres de leurs familles disparaîtrent dans la fumée de la locomotive qui se mélangeait à l'opacité du brouillard persistant en ce milieu d'après midi. Les deux familles restèrent statiques sur le quai en observant le convoi qui ramenait tous ces pauvres bougres dans l'antre du Démon. Ils restèrent ainsi de longues minutes, figés, désespérés, abattus par la fatalité contre laquelle ils ne pouvaient lutter. Il n'y avait plus rien d'autre à faire maintenant, que de prier pour le retour des garçons.

XIV

Dans la matinée de ce samedi matin de début juillet, le brouhaha incessant des personnes assises dans le compartiment dans lequel s'était installée Claire était inaudible et fatiguait la jeune fille, qui n'avait qu'une hâte, celle d'être enfin arrivée à destination. Une terrible migraine l'empêchait de savourer son retour dans cette ambiance populaire et si désordonnée. Tous ces gens qui se bousculaient pour pouvoir s'installer, ces autres qui discutaient à haute voix afin de pouvoir s'entendre dans ce tapage ou encore ces enfants qui se chamaillaient pour coller leur visage contre l'unique fenêtre du compartiment, l'étourdissaient. L'insupportable chaleur de cette journée d'été, le bruit des roues sur la voie ferrée, le sifflet du train qui résonnait à l'approche de tous les passages à niveau, des stations ou pour amuser quelques enfants qui saluaient cette longue chenille de fer et de bois si peu confortable, l'odeur de la fumée qui sortait de la cheminée de la locomotive qu'approvisionnait le mécanicien en compagnie du chauffeur et dont les visages étaient toujours enduits de noirs, l'épuisaient et l'empêchaient de se concentrer.

Cette jeune fille qui s'était déjà transformée en une très jolie femme et qui venait d'entrer dans sa deuxième année de médecine, ne supportait plus la distance et tous ces jours qui la séparaient de Julien. Il était grand temps que les études se terminent. Assise sur ce siège si inconfortable, elle s'impatientait en serrant dans ses mains l'anse de son grand panier d'osier qui enfermait avec soin son trousseau et les présents qu'elle avait achetés pour l'anniversaire de Julien

qui venait de prendre dix-sept ans. A l'approche des gares, lorsque le train ralentissait sa course, la cohue reprenait, entre ceux qui cherchaient enfin une place assise et ceux qui se précipitaient vers la lourde porte du wagon, laissant derrière eux tous ces bancs au bois brillant, lustrés par les postérieurs des voyageurs.
Enfin, le train s'arrêta. Lorsqu'elle descendit du wagon, elle put l'apercevoir au-dessus des personnes qui se rassemblaient sur le quai. Dans la précipitation, elle réussit à se frayer un chemin et descendit du wagon en forçant des coudes le passage contre le rempart humain qui la séparait de son bien-aimé. En regardant cette silhouette fine et séduisante qui s'activait pour le rejoindre, faisant voler sa robe légère aux couleurs du soleil, les yeux de Julien se mirent à briller. Saisis par l'émotion des retrouvailles, il laissa perler une larme de joie. Un large sourire illumina le regard du jeune homme, ce qui la réconforta à nouveau, chassant encore une fois cette anxiété qu'elle éprouvait avant de le retrouver.
Cela faisait plus d'une heure qu'il patientait sous un soleil de plomb en tenant dans sa main droite un léger bouquet de fleurs, qu'il n'aurait pas osé tenir quelques mois auparavant devant tant de personnes. Il était bien déterminé cette fois-ci à lui faire sa demande de fiançailles. Sous sa casquette son visage était devenu plus viril, son regard était plus décidé, plus déterminé à maîtriser son destin. Plus que jamais il était résolu à réussir sa vie. Cette vie que Jeanne avait tant espérée pour son enfant, Julien était en train de la réaliser. Il n'était plus le petit garçon timide et perdu de l'enfance, mais un jeune homme que la vie avait endurci. Les vacances débutaient enfin et l'annonce d'un été réconfortant lui fit

oublier quelques instants ses angoisses pour ce frère qui ne donnait plus de nouvelles depuis plusieurs mois.
Claire se serra fortement contre sa poitrine en réalisant à ces deux semaines de bonheur qui débutaient. Julien fut heureux de lui apprendre la bonne nouvelle de l'obtention de son brevet. Il en était fier et soulagé. La joie qu'avait ressentie sa famille fut sa plus grande récompense. Il avait maintenant hâte de recevoir les conseils de son amie car il ne savait quelle décision prendre. Continuer ses études jusqu'au baccalauréat ou effectuer un stage de deux ans au sein d'une école pour devenir instituteur. L'adolescent avait bel et bien disparu, c'était un homme qui se tenait désormais devant Claire.
Celle-ci fut surprise d'apercevoir une fine moustache au-dessus de ses lèvres. Les années où ils barbotaient dans la rivière semblaient si loin. Le temps de l'enfance s'était effacé dans les souvenirs pour les laisser entrer dans le monde des adultes. Julien restait sous le charme de cette princesse qu'il admirait, qu'il chérissait. Cette jeune femme aux joues rosies par la chaleur, sur lesquelles persistaient des petites taches de rousseurs, avait réussi à consoler l'enfant en lui offrant son cœur. Les yeux brillaient d'allégresse sous un chapeau de paille qui la protégeait des rayons du soleil tout en camouflant sa longue chevelure. La fatigue du voyage avait subitement disparue pour laisser place à l'excitation des jours prochains.
Quelques instants plus tard, ils se retrouvèrent sur le chemin qui les ramenait à la propriété. Sur ce sentier ils savouraient de nouveau le paysage verdoyant de la colline. En humant l'odeur des premières fleurs sauvages, ils entendirent avec

joie le chant des oiseaux qui s'éparpillaient au-dessus de ce sentier pentu, longé par diverses herbes abondantes et multicolores. Dans ce tableau qui se dessinait, ils contemplèrent les quelques habitations s'élevant au milieu des prairies cernées par des clôtures, qui enfermaient quelques vaches ruminant l'herbe verte et grasse sous des pommiers fleuris. Toutes les sensations lointaines leur rappelaient les merveilleux moments qu'ils avaient partagés dans les pâturages. Ils se souvenaient de leurs jeux, de leur complicité, et surtout de leur premier baiser près du vieux moulin. Leur promenade les ramenait dans le passé, en cette époque où l'innocence commençait déjà à les quitter, pour leur offrir dans la genèse de leur adolescence le plus beau des serments, celui d'un amour qui ne pourrait jamais s'éteindre. Malgré les doutes, les épreuves, les séparations, les craintes, ils savaient en cet instant qu'ils s'aimeraient toute leur vie et que les beaux jours approchaient. Le temps des malheurs allait bientôt disparaître, ils en étaient persuadés. D'autres épreuves les attendaient bien entendu mais ils seraient ensemble pour les combattre. Ils décidèrent de s'enfoncer dans le bois pour aller s'étendre quelques instants près du vieux moulin qui fut le premier témoin de leur amour.
Allongés sur la verdure des sous bois, Julien serra fortement la main de sa tendre amie qui ferma les yeux attendant un nouveau baiser. Le jeune homme l'enlaça et l'embrassa. Il pouvait sentir la chaleur de sa chair et les battements de son cœur. Etourdi par le frottement de leurs deux corps, il laissa ses mains parcourir celui de Claire qui s'abandonnait à ses caresses un peu maladroites. Le désir s'amplifia dans le sang de cette jeunesse qui découvrait timidement les premiers

plaisirs sensuels qui les transportaient avec délicatesse dans l'univers merveilleux de l'amour.

*

Roselyne vivait maintenant près de son père depuis que Raymond Delagarne avait quitté la propriété. Cela faisait bien longtemps que le comte songeait à trouver une solution pour abandonner de la meilleure façon possible ses vieilles ambitions.
Il avait pris conscience que sa situation ne pouvait plus durer. Le moment était venu pour lui de quitter cet endroit puisque sa fortune lui permettait de vivre aisément de ses rentes. Toutefois, les actions qu'il détenait sur la filature lui permettraient d'avoir encore un certain regard et un droit de décision sur d'éventuels projets qui pourraient survenir à l'avenir. C'était aussi une délivrance d'offrir cette résidence. Il aura fallu ce suicide et ces révélations pour lui ouvrir les yeux et le diriger vers d'autres horizons.
Il avait essayé de se relever, de s'abrutir dans les affaires, mais n'ayant plus rien à prouver, à quoi bon continuer. Ce fut donc une occasion quand Georges lui avait expliqué son mal être à Cherbourg. Georges fut au début déconcerté. Delagarne avait insisté et avait trouvé les arguments pour forcer la décision de son ami. Vivre loin de la médisance, retrouver un refuge qu'ils pourraient partager avec leur fils quand il sera revenu, obtenir au sein de la filature un poste à haute responsabilité. Toutes ces raisons qu'il avait évoquées avaient fini par convaincre les Zellers. Ce qui n'avait pas empêché Charlotte de s'émouvoir pour son frère. Delagarne avait quitté les lieux en mars, il était parti en Touraine dans une petite commune au bord de la Loire. Ce qui avait fini par atténuer les inquiétudes de Charlotte. Charlotte avait très vite trouvé de nouvelles occupations en participant à des activités dans le village, ayant noué de nouvelles relations amicales.

Elle retrouva vite des usages similaires à celles qu'elle avait auparavant. Elle continua de s'intéresser au bien être des gens en offrant sa disponibilité auprès des enfants du village, en donnant des cours de piano ou encore en apportant son aide auprès des gens de petite condition. Cela n'était pas pour déplaire à son époux qui était ravi de voir son épouse s'épanouir dans cette campagne dont la vie était si différente de la ville. Charlotte avait besoin de se sentir entourée, de s'occuper afin de ne pas trop penser, la nuit suffisait amplement pour se morfondre de l'absence de son fils dont elle n'avait plus de nouvelles. Georges essayait d'en faire de même, mais il avait du mal à supporter les regrets qui le tenaillaient et les angoisses qui le tourmentaient jour et nuit. Pourtant le couple avait apporté un nouveau souffle dans le domaine. La nouvelle maîtresse des lieux avait su très vite se faire apprécier de son personnel. Ce fut un peu plus difficile pour Marguerite de s'adapter à cette nouvelle vie. Elle eut un pincement au cœur en abandonnant Cherbourg. Ses patrons ne l'avaient d'aucune façon obligée à les suivre, mais pour la bonne Margo il était impensable de quitter ses employeurs. Elle avait donc très vite pris la décision de partir avec eux vers cette campagne qui lui faisait un peu peur. La perspective de servir des inconnus lui était insupportable, et l'idée de ne plus revoir sa petite Roselyne était inconcevable. Au fil des jours elle retrouva ses repères et commença à apprécier cette vie plus calme. Seul Gaston était resté. A son âge, il ne pouvait quitter sa famille et puis il avait bien mérité un peu de repos auprès des siens.

Quand Claire et Julien arrivèrent dans la propriété, il furent

heureux de voir Roger en compagnie de son nouveau propriétaire. Sans doute discutaient-ils des prochains travaux à effectuer dans la cour, puisque Charlotte souhaitait avoir un jardin fleuri devant les fenêtres du salon. Cela n'avait pas une grande importance, ce qui importait c'était surtout l'agréable atmosphère qui régnait maintenant. Roger était beaucoup plus détendu depuis que les Zellers avait ramené sa fille.
Cependant, une ombre empêchait ce bien-être de s'installer durablement au sein des deux familles, Jean n'avait pu envoyer qu'une seule lettre depuis son départ. Dans celle-ci il s'était efforcé d'être rassurant, mais Roger et ses deux enfants n'étaient évidemment pas dupes. Les nouvelles qu'ils lisaient dans les journaux ne les rassuraient guère. En effet, Les informations étaient très inquiétantes depuis que la bataille de Verdun avait commencé. Où étaient Charles et Jean ? Avaient-ils été eux aussi mobilisés? Tant d'hommes furent hors de combat dans les deux camps, en si peu de temps. La bataille la plus sanglante depuis le début de cette guerre avait semé derrière elle tant de misères et d'inquiétudes envers ces garçons qui subissaient les pires des atrocités que l'humanité seule est capable d'engendrer. Jean et son lieutenant y étaient-ils ?
Son père en était certain depuis qu'il avait lu dans les annonces l'incroyable mobilisation humaine qu'avait ordonné Joffre pour aller défendre Verdun. Sans nouvelle, les deux familles s'efforçaient de garder espoir.
En cette si belle journée il ne fallait pas songer au pire mais profiter de l'instant présent et de cet endroit que les rayons du soleil rajeunissaient. Il ne fallait rien gâcher. Il fallait maintenir cette harmonieuse ambiance que Charlotte Zellers

avait su imposer..
Ce fut une énorme surprise qui attendait Julien quand ce dernier passa devant la porte du manoir.
- Alors Julien, tu ne viens pas me dire bonjour ?
Le jeune homme en eut le souffle coupé.
- Vous ici ? Bah ça alors !
L'abbé Victor descendit l'escalier pour aller saluer son ami.
- Je m'attendais un peu à cette réponse et ne suis pas du tout étonné de ta réaction. Madame Zellers a insisté pour que je sois son invité aujourd'hui, je crois qu'elle souhaite que nous fassions plus ample connaissance. Je suis persuadé que nous allons très bien nous entendre.
Julien ne put s'empêcher de s'exclamer :
-Si un jour on m'avait dit que je vous trouverais ici au côté de ma famille, je crois que j'aurais eu du mal à le croire. C'est formidable de vous avoir en cette si belle journée. N'avez vous pas eu quelques rétorques de la part de mon père ?
-Et bien mon garçon, si toi tu es étonné de me voir ici, sache que j'ai eu la même stupéfaction à l'égard de ton père. Oh, il ne m'a pas non plus embrassé, n'exagérons rien ! Mais il a été très courtois.
Julien fut amusé des mots du vieil homme, tout en soupçonnant que son père ne pouvait faire autrement devant les Zellers.
-Alors mon garçon que vas-tu faire maintenant que tu es diplômé ?
Julien ne répondit pas aussitôt, il regarda Claire en souriant
- J'ai décidé.... Il laissa traîner volontairement un léger silence.

- J'ai décidé de rester ici pour effectuer mon stage.
- Tu ne peux pas savoir à quel point tu me fais plaisir !
Emu par la réaction de son vieil ami et impatient de lui annoncer une autre bonne nouvelle, il le fixa et se décida :
- Claire et moi nous allons nous fiancer !
- C'est une excellente nouvelle mes enfants. Ce serait pour quand ce grand événement ?
Julien se rendit compte qu'il était peut-être allé un peu vite en besogne. Il ne sut que répondre. Claire vint à son secours:
- Tout d'abord je dois l'annoncer à mon père. Afin qu'il nous donne son accord, ensuite nous nous fiancerons lorsque tout le monde sera présent. Il ne peut en être autrement. Vous comprenez.
- Evidemment voyons ! Espérons qu'ils rentrent vite, cela n'a que trop duré !
Julien hocha la tête.
- Vous l'avez dit l'abbé, il est grand temps que tout cela se termine. Le plus dur c'est de ne rien savoir. Quand je pense que si elle dure encore trop longtemps, ce sera mon tour d'aller la-bas.
Claire ressentit tout à coup un sursaut d'angoisse et répondit violemment:
- Tais-toi Julien !
S'apercevant que ce n'était pas le moment d'avoir de telles pensées, Julien se rattrapa :
- Tu as raison Claire, je suis stupide !
L'abbé ressentit un frisson en songeant à cette perspective qui était pourtant très probable.
-La guerre sera certainement finie. Après tout elle ne peut pas durer une éternité cette saleté. Accepteriez-vous de faire

quelques pas avec moi avant que madame Zellers ne revienne du village ?
Le jeune couple accepta son invitation..
Ils se dirigèrent vers les écuries pour admirer les chevaux qui patientaient dans le box attendant que l'on décide de les sortir. Claire aimait beaucoup les chevaux, et cela permettrait de se changer les idées.

Au cœur, des larmes
ou
La promesse des hommes

XV

Sur le front de Verdun, après avoir fixé sa baïonnette sur le canon de son fusil, Jean resta assis au fond de la tranchée pour écouter avec ses camarades les dernières recommandations de son lieutenant. Une longue rangée d'âmes longeait cette galerie large d'une dizaine de mètres et sillonnée de fils barbelés reliés par de hauts piquets. Méconnaissables derrière leurs barbes de plusieurs jours, amaigris et harassés par trop de nuits sans sommeil, les hommes attendaient. Un silence pesant s'était installé depuis les derniers bombardements. Trois jours sous les bombes à attendre que cette pluie dévastatrice s'arrête. Ils avaient attendu terrés dans ce boyau, dans lequel si on ne crève pas sous les balles ou les obus, on meurt gazé ou de maladie. Ils n'en pouvaient plus, ils avaient les nerfs à bout, ils devenaient fous, suicidaires, prêts à faire n'importe quoi pour quitter cet enfer. Certains s'étaient même mutilés volontairement et s'étaient retrouvés devant un peloton d'exécution, la guerre n'avait aucune pitié pour les malheureux, ces victimes, que certains officiers des Etats majors, osaient appelés des lâches, des traîtres qui déshonoraient leur patrie. Les autres avaient hâte d'en finir et d'entendre la charge sonner. Quitte à mourir, autant crever en se battant plutôt qu'enfouis comme des rats. En attendant que les pilonnages cessent, ils ne pouvaient bouger, ils restaient recroquevillés au fond de ce trou. Antoine avait songé lui aussi à s'estropier, mais son caporal l'en avait empêché car il n'aurait pu le défendre devant le peloton, devant les soldats de son propre camp.

-Fais-moi confiance ! lui avait-il dit, il ne t'arrivera rien tant que tu seras près de moi !
Le gamin ne supportait plus l'abîme dans lequel il était prisonnier. La démence occupait son esprit, il ne voyait que les cadavres qui pourrissaient entre les deux camps. Jean le savait et s'efforçait d'empêcher le môme de sombrer dans la folie et de commettre l'irréparable. En voyant tous ces pauvres bougres morts, et ceux souffrant le martyr sous les coups de bec des corbeaux qui venaient se nourrir pendant les accalmies, Antoine cria:
- Je n'en reviendrai pas, je ne veux pas mourir comme ça. Aide-moi à crever, je n'en peux plus ! .
-Calme-toi ! Je suis là ! Allez mon bonhomme je suis près de toi, je ne t'abandonnerai pas, je te le promets !
Le gamin hurla de nouveau :
- Tu ne vois pas qu'on est foutus, qu'on va tous crever !
- Pense à elle ! Tu n'as pas le droit de lui faire ça !
Antoine l'agrippa violemment:
- Que veux-tu qu'elle fasse de moi ? T'as vu ce que je suis devenu ! Je crève de peur, je ne fais que des cauchemars. Dès que je ferme les yeux, je vois ma mort. Je vous vois tous tués et je ne veux plus voir de cadavres. Je ne peux plus la revoir, je ne veux pas qu'elle vive avec un type aussi bousillé que moi!
Il éclata en sanglot en hurlant de nouveau :
- Je suis déjà mort !
Jean ne put que le serrer contre lui. Il savait ce que ressentait le gamin, car au fond, il était comme lui. Il avait les mêmes visions. Fallait-il honorer la promesse qu'il s'était faite ou laisser mourir cet enfant qui était certainement déjà perdu ? Il

ne savait plus. Pourtant, au fond de lui il savait qu'il irait jusqu'au bout quitte à mourir pour cela. Mourir pour un gosse dont l'esprit était peut-être déjà entre les mains de la faucheuse. Cela en valait-il la peine ? Ne valait-il pas mieux mourir ensemble comme deux frères. La liberté se trouvait peut-être dans l'au-delà. La mort serait une délivrance dans ce cas.
Il s'enferma dans ses pensées morbides tout en serrant contre lui ce môme qu'il ne pouvait plus sauver.
Quelques minutes plus tard, il entendit un hurlement :
- Ca y est, la voilà ! La dernière ! On passe ou on crève.
Tous les hommes étaient face à l'ennemi, prêt à foncer pour déloger les boches. La pluie recommença à tomber, le ciel était sombre et menaçant, aucune lumière d'espoir pour ces malheureux qui allaient encore une fois braver les balles et bon nombre tomberont aussitôt sortis de la tranchée.
Ils les attendaient en face prêt à les mitrailler.
- Tu l'as dit Jean, c'est la dernière ! On passe ou on crève.
Le lieutenant les observa, déchiré par l'impuissance de ce caporal qui ne savait comment faire pour protéger son jeune compagnon. Il les avait donc rejoints et décidé de charger auprès de cet homme auquel la mort ne faisait plus peur et qu'il admirait.
Jean ne fut pas surpris de la décision de son lieutenant. Il venait de comprendre que le jeune officier l'avait choisi, pour mourir à ses côtés, si cela devait arriver aujourd'hui, autant mourir tous les trois ensemble.
Ils attendirent les ordres de leur capitaine, ils étaient prêts à bondir et ne plus s'arrêter. Foncer jusqu'au bout, sans réfléchir. Ils savaient qu'ils seraient ensemble désormais pour

cette ultime charge. Car ils n'en voulaient plus de ce bourbier, de cette folie.
Jean fut reconnaissant envers Charles. Puis le capitaine brailla.
Tous partir comme des bêtes enragées. Désormais pour tous ces bougres qui se livraient au diable, c'était chacun pour sa peau.
Les tirs ne se firent pas attendre, plusieurs hommes ne purent sortir de la tranchée. Ils tombèrent atteints par les balles, qui fusaient de tous les côtés. S'en sortir vivant ne serait qu'une question de chance. Dieu sera avec eux ou ne le sera pas.
Jean se mit à courir traînant derrière lui le gamin qui galopait tête baissée ne sachant où il mettait les pieds. Antoine ne pouvait lever les yeux, il suivait son protecteur aveuglément, en essayant de ne pas s'écrouler dans ce bourbier, dans lequel leurs brodequins s'enfonçaient, ce qui les freinait considérablement. Charles les suivait, en essayant d'éviter ceux qui étaient déjà à terre.
Ils voyaient leurs camarades tomber les uns après les autres, mais Jean cavalait droit devant lui en vidant son chargeur. A plusieurs reprises, ils sautèrent dans des trous d'obus dans lesquels gisaient plusieurs soldats. Ils entendirent des hurlements de haine, de peur, de rage et de souffrance, mais ils devaient continuer, ne pas s'arrêter, aller jusqu'au bout. L'artillerie allemande les pilonnait, les tirs nourris des mitrailleuses fauchaient tous ces misérables dans leur élan.
Cette charge désespérée n'était rien d'autre qu'un massacre, qu'une boucherie. Une explosion retentit brusquement et un amas de terre s'envola au-dessus de Charles qui venait de voir le jeune caporal expulsé du sol sur une bonne dizaine de

mètres. Jean tomba lourdement dans la boue. Sonné, il se retrouva le visage ensanglanté, et resta inconscient pendant de longues secondes. Lorsqu'il ouvrit enfin les yeux, il ne savait plus où il était et ne comprenait plus l'horrible spectacle qui se déroulait autour de lui. Etourdi par le choc, ne sentant plus rien, ne voyant plus personne, il n'entendait même pas ses camarades l'appeler.

Antoine cria de toutes ses forces, le regard empli de frayeur, Ne sachant plus quoi faire, il se retrouva seul. Il resta debout sans bouger à scruter les alentours et essayer de retrouver son ami, mais il ne le voyait pas. Les balles sifflaient de tous les côtés, le son des mitrailleuses l'abrutissait. Certains furent tués sur le coup, d'autres hurlaient emmêlés dans les fils barbelés, d'autres encore grattaient la terre de leurs doigts pour essayer d'amonceler des tas de terre qui pourraient les protéger, pris au piège, ils ne pouvaient même plus faire demi-tour. Tous ces corps mutilés, qui gisaient dans la boue, tous ces soldats blessés qui cherchaient un membre arraché, un camarade ou qui essayaient de trouver un refuge, lui donnaient la nausée. Antoine allait certainement être atteint par un de ses projectiles qui les visaient.
Puis il fut brusquement poussé à terre ! Le lieutenant venait à son tour de le protéger.
- Ne bouge pas d'ici tu entends ! Je vais le chercher ! Je l'ai vu tomber !
Le gamin les yeux écarquillés, le regard dans le vague, hocha la tête en se recroquevillant dans ce trou puant près d'un soldat mort d'une balle dans le crâne, un filet de sang sillonnait le visage de son casque jusqu'au menton.

Charles se releva pour distinguer l'endroit où gisait son caporal. Quand il l'aperçut enfin, il décida de le rejoindre en rampant.
Jean était adossé contre un soldat tué, en se tenant la tête, il essayait de comprendre ce qui venait de lui arriver. Il ne souffrait pas, tout du moins pas encore. Il cherchait sur son corps la blessure qui l'empêchait de se relever. Il ne s'était pas encore rendu compte que sa jambe droite était complètement déchirée. Affaiblie par le choc, il commença à fermer les yeux.
-Je suis là ! Ne bouge pas, on va te tirer de là ! Fais-moi confiance tu vas t'en sortir. Jean n'eut qu'une seule réponse.
- Où est-il ? Où est le gamin ?
- Je l'ai mis à couvert quelques mètres derrière nous ! Il n'a rien, c'est toi qui as morflé. Ton corps l'a protégé.
Tout en lui parlant le lieutenant lui mit un garrot à la hauteur de la cuisse.
-Qu'est ce que j'ai ? Je ne vois pas où je suis blessé !
Le visage décomposé, Charles ne put que lui répondre:
- Si on sort d'ici, je peux te dire que la guerre est finie pour toi ! Pour ça il faut que tu tiennes !
Jean venait de comprendre que sa blessure était grave. Il se mit à vomir. Le visage défait, il fixa l'officier;
- Je vais crever n'est-ce pas ?
- Tais-toi et laisse moi te sortir de là !
Il se sentait de plus en plus faible, et luttait pour ne pas fermer les yeux.
Inquiet, Charles insista pour ne pas qu'il s'endorme.
- Reste éveillé ! Je vais revenir, je vais chercher de l'aide !
Jean ne répondit pas et commença à sentir une horrible

douleur à la jambe et au bas du ventre.
Le jeune officier décida de retourner en arrière pour trouver le gamin. Quand tout à coup, il sentit une forte brûlure dans le dos qui le propulsa à terre. Il n'aurait pas dû se relever, il aurait dû rester allongé.
Jean hurla en le voyant tomber.
- Mon lieutenant ….Parlez-moi !
Charles ne répondit pas et ne bougeait plus.

Antoine, paralysé par la peur, ne savait ce qu'il devait faire. Tremblant de tous ces membres, il resta à regarder ce soldat mort qui le fixait de son regard inexpressif. Il se retourna et vit ces deux compagnons étendus dans la bourbe. Que devait-il faire ? Il commençait à comprendre que c'était la fin, qu'une fois qu'ils auraient tous été massacrés, les boches chargeront à leur tour pour terminer le travail.
Tous ses hommes qui se faisaient décimer sous la mitraille, tous ces pauvres gamins qui n'arrivaient pas à atteindre la tranchée ennemie étaient en train de crever devant lui.
Ils se mordit la main jusqu'au sang en regardant son caporal couché et son lieutenant qui ne bougeait plus.
Brusquement, il se mit à bondir et à courir comme un forcené. Que lui arrivait-il? C'était de la folie !
Jean qui se vidait de son sang, ouvrit les yeux et l'aperçu. Essayant de retrouver ses esprits, il tentait de reconnaître celui qui s'approchait, puis il cria.
- Couche-toi ! Reste où tu es ! Couche-toi !
Le gosse la bave aux lèvres, les traits tirés, ne l'écoutait pas.
- Pas sans toi ! Pas sans toi ! lui répondit-il.
Il pleurait comme un enfant, il ne voulait pas mourir seul et

n'en pouvait plus, mais continuait de courir en enjambant les dépouilles de leurs compagnons.
Jean ne pouvait que le regarder s'enfoncer vers la mort qui le guettait à son tour. En vidant son corps de toutes ses larmes le caporal fixait l'ombre du gamin éviter les balles en expulsant de sa chair le peu de force qui lui restait.
- Dépêche-toi gamin !
Antoine sauta juste à côté de son ami. Lorsqu'il fut à sa hauteur, il alla le tenir contre lui.
Il gémissait en le serrant dans ses bras, sous le bruit des canons, en se protégeant des éclats de terre qui volaient au-dessus d'eux. Ils savaient qu'ils ne reverraient plus leur famille.
Jean laissa ses pensées s'envoler vers sa campagne, près des siens. Il revit son père, son petit frère, et Roselyne. Puis, le visage de Jeanne se figea devant ses yeux. Elle lui souriait, elle lui tendait les mains. Son sourire calma ses angoisses, et le soulagea un bref instant de ses douleurs. Allait-il la rejoindre ?

Les deux hommes restèrent sans bouger enfouis dans la glaise, derrière le corps du soldat mort qui les dissimulait.
Jean souffrait énormément, mais il eut encore la force de lui demander :
- Rampe jusqu'au lieutenant ! Dis-moi s'il vit encore ! S'il te plait va voir !
Le gamin s'exécuta aussitôt.
-Il est vivant !
Le caporal hurla :
-Pousse le dans le trou !

- Va avec lui ! Je te rejoins !
-Non tu ne vas pas y arriver tout seul, je viens t'aider !
-Reste où tu es j'arrive !
- Non !
Antoine fit demi-tour et rampa à nouveau vers son camarade, puis le tira de toutes ses forces vers cette poche qui les protégerait des balles. Une longue traînée de sang les suivait en se mélangeant à la terre humide. Jean brailla sous la douleur tout en essayant de soulager le gamin.
Autour d'eux, les balles ne cessaient de s'enfoncer dans la terre. Ils se laissèrent tomber au fond du cratère. Jean paralysé par la douleur cria :
- Dis-moi ce qu'il a!
-Une balle dans le haut du dos au niveau de l'omoplate !

Le jeune soldat pressa sa main sur la blessure de l'officier en essayant de resserrer de son autre main le garrot du caporal.
La douleur était insupportable, Jean ne résistait plus, le visage grimaçant, il mordit le col de sa vareuse tout en se balançant sous les martèlements de son cœur qui jaillissaient dans ce qui lui restait de jambe. Il fallait au moins qu'un des trois puisse s'en sortir, alors il lança au gosse: - Faut que tu te tires d'ici Antoine. Tu ne peux pas en faire plus. Dès que les tirs cesseront, je t'ordonne de fuir ! Je ne peux plus rien pour toi !
Antoine ne répondit pas mais réagissait par instinct, il ne s'obéissait plus. Le courage qui venait de s'emparer de lui, l'avait transformé. Il attendit ainsi de très longues minutes en continuant à s'efforcer de parler à son camarade pour l'empêcher de s'endormir. Jean, se sentit partir, il avait perdu

bien trop de sang et ne pouvait plus combattre la mort qui l'attendait. Le jeune soldat se mit à éclater en sanglots quand il vit que son ami ne l'entendait plus, trop faible et trop épuisé, son caporal s'était évanoui. Antoine se retrouva seul à veiller les corps de ses compagnons en attendant que la mort vienne à son tour le chercher, dans l'explosion d'un obus ou sous la baïonnette d'un boche. La frayeur de savoir qu'il pouvait être tué à tout instant ou qu'il subisse les mêmes souffrances le fit éructer. Il pleurait au fond de ce trou
comme une bête qu'on allait achever. Il ne pouvait qu'attendre la nuit pour espérer fuir, mais ses camarades qu'il était en train de soigner allaient-ils tenir jusque là ?
Des bombardements violents se firent entendre de nouveau mais ceux-ci partaient de son camp pour essayer de détruire la tanière des boches, puis des hommes de leur compagnie rebroussèrent chemin, en fuyant ce carnage beaucoup furent fauchés par les balles qui s'enfonçaient violemment dans leurs dos.. Quand il vit sauter au-dessus de lui les hommes de sa section, il cria de toutes ses forces :
- Aidez-nous ! Aidez-nous !

*

Au cœur, des larmes
ou
La promesse des hommes

Le ciel fût transformé en un abri laiteux, les nuages avaient disparu, l'horizon n'existait plus, les couleurs s'étaient évanouies, pour le laisser seul dans une brume céleste qui semblait avoir absorbé toute vie. Angoissé, il voulut se lever, mais une forte douleur au niveau de son genou l'en empêcha. En reposant sa tête, il guetta brièvement les alentours, afin d'apercevoir ses camarades, mais il ne vit qu'un voile incolore qui le frôlait en ondulant autour de lui. Il n'y avait plus de combat, plus de mitraille, plus de bourbe, plus de charnier, uniquement un décor sans couleur, sans vie et d'une inquiétante blancheur. Où était-il ? Où était son lieutenant ? Où était le gamin ? Etait-il encore en vie ou était-ce son âme qui commençait un nouveau voyage ? Il essaya de distinguer ces formes blafardes qui flottaient au-dessus de lui tout en le fixant. Sa vue et son esprit étaient trop brouillés pour essayer d'apercevoir les visages des silhouettes silencieuses qui paraissaient l'attendre. Peut-être que ces ombres n'étaient que des fantômes venus pour l'emmener dans un autre monde, loin de cette terreur et de toutes les misères qu'il avait endurées. Un visage féminin se rapprocha du sien et se mit à lui sourire. Une main vint lui caresser le front. Sous la subite lumière qui venait de l'éblouir, il n'arrivait pas à entendre, un bourdonnement incessant l'abrutissait et l'empêchait de distinguer cette inconnue qui lui parlait. La chaleur rassurante de sa paume le réconforta, il se détendit et sentit que la douleur était en train de s'atténuer. Qui était-elle ? .

- Je suis là, Jean ! Je suis près de toi ! Tu vas bientôt rentrer à la maison !

Roselyne ! Ce n'était pas possible elle ne pouvait être en cet endroit. Tout cela ne devait être qu'un rêve, il en était persuadé et il craignait de se réveiller et de retrouver la terreur qui l'avait terrassé. Alors, il se mit à pleurer, convaincu que son corps était encore dans la pourriture de ce champ de bataille et que son âme hésitait à s'en aller. Etait-il en train de mourir ? La voix insista :

- Je suis venu avec papa et Julien, nous allons bientôt te ramener !

Il voulait crier, mais il ne put que saisir cette main si douce, si réconfortante qui alla se poser sur sa joue. Il essaya de parler mais ses lèvres tremblantes l'en empêchaient, alors le visage de la jeune femme se rapprocha encore pour l'embrasser. C'était bien elle, cette petite sœur qui laissait une larme tomber sur son front et qui vint se blottir contre son corps en balbutiant :

-Je suis venue te chercher mon frère, je suis venue te chercher !

*

Quelques jours plus tard, Jean avait finalement compris qu'il était dans un hôpital militaire et que sa vie n'était plus en danger. Un mois de soin, un mois de souffrances, de douleurs, d'hallucinations, de délires, de cauchemars causés par les fortes doses de morphine. Tous ces jours écoulés qui l'avait éloigné de l'enfer mais qui lui avait ramené sa famille. Les Durrieux étaient restés tout ce temps près de cet hôpital en louant un logement payé par les Zellers. Quand ils avaient appris l'atroce nouvelle, les deux familles avaient aussitôt décidé de rejoindre leurs enfants. Charlotte passait ses journées en compagnie de son époux dans la chambre de son fils. Elle n'aurait jamais pu imaginer toutes les horribles mutilations qui torturaient ces pauvres gosses. Horrifiée, elle ne cessait de gémir devant tant de souffrances. Charles resterait handicapé de l'épaule gauche, son omoplate étant complètement fracassée, mais il avait survécu et la guerre était terminée pour lui. Un mélange d'émotions se bousculait dans sa tête, un sentiment de joie de rentrer enfin chez lui, et une triste sensation d'abandonner tous les hommes qu'il estimait et qui continueraient de sacrifier leurs vies au nom d'une patrie qui ne reconnaissait pas à sa juste valeur la bravoure de ces pauvres bougres. Il pleurait de rage et de pitié en songeant à tous ces malheureux. Comment allait-il annoncer la triste nouvelle à son caporal ? Comment lui apprendre que le gamin ne s'en était pas tiré ? Quel malheur, pour cette jeune femme qui ne reverra plus jamais son bien-aimé et quelle douleur pour Jean de n'être pas parvenu à sauver son protégé. Tous ces mois à le défendre, en vain. Antoine n'avait pas été secouru, il avait alors attendu la nuit et avait traîné le lieutenant jusqu'à sa tranchée sous les

regards admiratifs des troufions qui le regardaient supporter le poids de son officier. Quand il parvint à atteindre son camp, les hommes l'acclamèrent et son capitaine le félicita, en lui promettant la croix de guerre. Les Allemands n'avaient pas tenté de descendre ce brave, certainement émus par son courage. Charles fut aussitôt conduit à l'infirmerie, pendant qu'Antoine criait qu'il y avait encore un gars blessé à récupérer. Trois hommes s'étaient portés volontaires, mais le capitaine ne voulut pas risquer trois vies pour une seule. La colère d'Antoine le fit de nouveau bondir en dehors de la fosse. N'obéissant pas aux ordres de son officier qui lui ordonnait de revenir, il s'enfonça de nouveau dans le no man's land. C'était de la folie d'y retourner. Tous les hommes se turent en scrutant le camp ennemi qui ne le laisserait certainement pas renouveler l'exploit. Deux soldats l'avaient suivi. Ils disparurent dans l'obscurité, le bruit que faisait le frottement de leurs uniformes sur le terrain boueux attirèrent les projecteurs ennemis qui éclairaient les trois soldats glissant sous les barbelés, en se mouvant dans la boue et l'odeur des cadavres. Le capitaine et ses hommes restèrent silencieux en observant la détermination de ses fous. Un unique coup de feu fut fatal. Antoine fut touché en pleine tête sur le retour et s'écroula violemment face contre terre.
Ainsi, la vie en avait voulu autrement, ce n'était pas à Jean de sauver l'enfant, mais à l'enfant de se sacrifier. Ce n'était pas Jean qui fut choisi, mais Antoine qui fut désigné pour le sauver. Tout cela était certainement écrit depuis le début. Dans la vie des hommes, il n'y a pas de hasard, uniquement des rencontres. L'ange gardien n'était pas le brave, mais l'innocent que la frayeur avait changé en héros. La promesse

de Jean ne pouvait être tenue, car Dieu avait déjà fait son choix. .
Sous un soleil cuivré qui commençait à repeindre la nature aux couleurs de l'automne, passants, ouvriers, camelots, enfants se croisaient et se mouvaient dans les ruelles, essayant de maintenir les activités qui remplissaient leurs vies afin de ne pas perdre le fil de leurs histoires tout en essayant vainement d'échapper à l'histoire des hommes.
Pour les Durrieux et les Zellers la tourmente était en train de s'atténuer, entrouvrant l'espérance d'un monde plus serein. Roger restait immobile sur sa vieille chaise, assis au pas de la porte de sa demeure en caressant son chien dont le regard fidèle paraissait offrir de la compassion à ce maître que la vie n'avait pas épargné. Derrière son regard fatigué, les années avaient laissé de nombreuses blessures. Après la tourmente, les orages, les pleurs, le désespoir, les peurs, et la mort, il était vraiment temps que toute cette haine disparaisse pour laisser place aux moments paisibles.
Roger songea à Marianne, au dernier sourire de son épouse, à cette promesse tenue et enfin à ses enfants revenus près de lui. Sept années s'étaient écoulées depuis que la Jeanne s'en était allée, sept années où le monde des Durrieux s'était au fil du temps écroulé, où la détresse avait creusé un fossé de désespoir dans cette famille que le destin sépara.. Il ne pouvait connaître toutes les vérités, et cela était bien mieux ainsi. La Jeanne avait bien mérité le pardon de ses deux enfants..
Roger se leva et décida de marcher un peu, il observa les parents Zellers qui flânaient avec Charles dans le jardin, puis sa vue se tourna vers son aîné qui, aidé de son frère

descendit de la charrette du Docteur Roca. Claire et Roselyne les attendaient au bord du chemin. Un pincement noua l'estomac de Roger en regardant son fils se débattre avec ses béquilles qui remplaçaient sa jambe perdue. Son cœur et son corps resteront mutilés, son esprit mettra beaucoup de temps pour renouer avec la vie. Pourtant, il le fallait, Jean ne devra pas s'abandonner dans les peintures horribles de son passé. Son lieutenant et ami était le seul compagnon qui pouvait le comprendre, et il pourra compter sur cet homme dans les moments d'angoisse. Ils se comprendront et le lieutenant ou plutôt Charles qui avait décidé lui aussi de quitter Cherbourg ne permettra pas que son caporal sombre dans les regrets et les mauvais souvenirs. Jean était abîmé mais vivant, le temps fera qu'il remontera, c'était le serment de Charles et rien ne pourra l'empêcher de sauver l'âme de cet homme qu'il admirait et qu'il avait apprit à connaître.
Il en sera certainement de même pour ces deux familles que le destin avait réunies. Le temps de la colère disparaîtra pour laisser l'espoir renaître dans le cœur des hommes.

*
* *

Au cœur, des larmes
ou
La promesse des hommes

35253311R00228

Printed in Poland
by Amazon Fulfillment
Poland Sp. z o.o., Wrocław